무덤의 천사

The Angel at
the Grave

JN430099

이디스 워튼
김지혜, 정윤희 옮김

무덤의 천사

The Angel at the Grave

반려견과 함께 있는 이디스 워튼(1889)

차례

일러두기

1 「기도하는 공작 부인」과 「밤의 승리」는 김지혜, 나머지 작품은 정윤희가 우리
말로 옮겼다.

2 본문의 각주는 모두 옮긴이 주다.

벨벳 귀마개

1

로링 G. 히바트는 뉴욕 클리오에 위치한 퓨어워터 대학교의 교수로, 지금은 마르세유에서 벤티밀리아로 향하는 급행열차의 구석진 자리에 앉아 주머니에서 꺼낸 벨벳 귀마개를 조용히 귀에 씌운 채 깊은 사색에 잠겨 있었다.

이렇게 황홀한 사색의 시간을 아무런 방해 없이 누리기란 거의 석 주 만의 일이었다. 증기선을 타고 보스턴에서 마르세유로 향하는 동안 사색을 즐길 기회는 충분히 있었으나, 배에 오르자마자 로링 교수에게 지나치게 관심을 보이며 사사건건 간섭을 하려 드는 다른 승객들 탓에 제대로 누릴 수 없었다. 다행히 풍랑이 심해지는 바람에 그들의 도를 넘는 행동은 꼼짝없이 중단되었지만, 불행히도 동일한 이유로 로링 교수 역시 옴짝달싹 못 하는 신세가 되고 말았다. 마침내 배가 잔잔한 바다로 접어들면서 그는 기력을 서서히 회복하였다. 물론, 동시에 다른 승객들도 어느 정도 기력을 되찾으면서 또다시 그의 일에 일일이 간섭을 하고 집요하게 말을 걸었다. 그러다 보니 어느새 방해하는 이들의 숫자는 몇 배로 불어나고 말았다. 엎친 데 덮친 격으로 배가 지중해에 진입하려는 찰나, 한 여성이 배 위에서 쌍둥이를 출산하는 소동까지 벌어졌다.

로링 교수는 마르세유에 도착한 뒤로 정신없이 흘러갔던 이십사 시간의 기억에 대해서는 굳이 떠올리고 싶지 않았다. 중요한 것은 이제 모두 끝났다는 사실이었다. "그저 조용한 곳에서 쉬고 싶습니다." 그는 심한 독감과 뒤이은 기관지 폐렴으로 한참 고생한 뒤에, 의료진이 당장 따뜻한 지역으로 가서 요양할 것을 권하자 이렇게 대답했다. 그런데 의사들은 떠들썩한 관광객으로 가득 찬 유람선에 그를 실어 보냈고, 바야흐로 도착한 항구에서마저 전 세계 사람들이 한자리에 모인 듯 혼잡한 풍경이 펼쳐지고 있었다. 그렇다면 로링 교수 본인의 잘못인 걸까? 사실 그는 계획이든 결정이든 서둘러 처리하는 데에 서툰 편이었다. 고된 병마에 시달린 끝에, 갑자기 기후가 온화한 지역에 가서 육 개월 동안 요양하라는 권고를 받았을 당시만 해도 그에게 주어진 선택지는 캘리포니아 남부와 프랑스 남부, 두 곳뿐이었다. 그는 둘 중에서 학계 동료와 마주칠 가능성이 낮고, 우연히 지인을 만날 위험도 훨씬 적은 후자를 선택했다. 사실 기후 하나만 놓고 보면 어디든 별 차이가 없었고, 로링 교수 입장에서는 그저 폐 질환을 회복하면서 반강제로 얻은 여유로운 시간을 이용해 아인슈타인이 새로 발표한 『상대성 이론』을 반박하고 싶은 마음뿐이었다.

프랑스 남부로 떠나기로 결정한 뒤, 조용한 거처를 찾는 과정에서 또다시 벽에 부딪혔다. 요란한 소음이나 타인과의 접촉을 꺼리는 몇몇 동료와 오래 논의한 끝에 몬테카를로와

망통 사이 깊은 산속에 자리 잡은 한적한 숙소에서 지내기로 결론을 내렸다. 들은 바에 따르면 그곳에서는 개가 짖는 소리조차 들리지 않고, 수탉이 요란한 기상나팔을 불지도 않으며, 고양이들마저 발정의 비명을 지르지 않는다고 했다. 요란한 폭포 소리를 비롯한 자연의 시끄러운 소음도 거의 들리지 않으며, 심지어 소음기를 끈 자동차도 절대로 오르지 못할 만큼 가파른 길 위에 위치하고 있었다. 만약 아인슈타인의 상대성 이론을 논박할 수 있는 장소가 존재한다면, 정녕 그곳이야말로 그 목표를 달성할 수 있는 최적의 장소인 것 같았다.

일단 열차에 몸을 싣고 나니 로링 교수는 한층 마음이 편해졌다. 함께 배를 타고 온 승객들 대부분은 아직 배에 남아 있었다. 아마도 그 배는, 그가 이곳을 떠날 때까지 마르세유 곳곳을 휩쓸고 다니던 승객들을 또다시 다른 관광지로 데려다줄 터였다. 다행히 그가 탄 열차는 그리 붐비지 않았고, 혹여 누가 같은 칸에 타더라도 벨벳 귀마개를 하고 있으면 쓸데없는 간섭을 피할 수 있을 터였다. 마침내 로링 교수는 본인이 목표로 삼은,『상대성 이론』을 반박하는 책을 집필하는 일정을 세우는 데 집중할 수 있었다. 드디어 심해를 향해 뛰어든 잠수부처럼 오롯이 몰입할 수 있었다. 그는 깊은 숨을 들이마시고 아득한 사색의 바다로 빠져들었다……

열차가 마르세유를 출발할 때만 해도 분명히 객실에는 그 혼자뿐이었고, 분명히 그랬다. 하지만 다음 정거장인가 어딘가에서 새로 승객이 올라탄 것 같았다. 정확히 언제, 어느 역이었는지는 알 수 없었다. 그도 그럴 것이 로링 교수는 한번 사색에 잠기면 모든 시공간이 완전히 사라진 듯 빠져들었기 때문이다.

로링 교수는 서서히 콧속으로 파고드는 담배 냄새를 맡은 다음에야 같은 칸에 다른 승객이 타고 있다는 사실을 깨달았다. 그것도 아주 천천히 말이다. 로링 교수는 일단 순수 이성의 요새 속으로 깊숙이 침잠하여 그 입구에 걸린 사다리를 끌어올리고 나면 감각의 창구를 통한 그 어떠한 자극도 쉽게 인지할 수 없었다. 그렇다고 평소 감각이 둔한 것은 아니었다. 오히려 정반대였고, 그는 생명을 가진 그 어떤 존재보다 예민한 후각과 시각, 미각과 청각을 지니고 있었다. 하지만 오랜 세월을 거치면서, 생존이나 안전을 유지하는 데 반드시 필요한 경우를 제외하고는 자신의 예민한 감각을 의식적으로 자제해 왔다. 로링 교수는 차라리 이 세상에 볼 것도, 냄새 맡을 것도, 들을 것도 없기를 바랐다. 이런 식으로 불필요한 시각적, 청각적, 후각적 자극을 스스로 오랫동안 거부해 오다 보니, 급기야 그는 단단한 갑옷을 입은 사람처럼 무감각한 상태에 이르고 말았다. 지금 그가 쓴 벨벳 귀마개는 이 같은 방어 체계의 일부를 보여 주는 상징에 불과했다.

그럼에도 그가 퀴퀴한 담배 냄새를 맡은 것은 일종의 자동차 사고와 같았고, 아직 몸이 완벽히 회복되지 않았다는 증거이기도 했다. 로링 교수는 그 범인을 '맞은편 남자 승객'이라고 정리한 뒤에, 다시 추상적 사유의 세계로 뛰어들었다.

한 시간 정도 지났을까, 열차가 덜컹거리며 멈추어 서는 바람에 로링 교수는 구석 자리에서 튕겨져 나왔다. 그 충격으로 정신적 균형이 깨지면서 한순간 원치 않게, 그는 창밖을 내다보게 되었다. 은빛으로 반짝이는 올리브나무 숲, 보랏빛으로 반짝이는 곳과 푸른 바다가 눈앞에 펼쳐져 있었다. "쳇, 저딴 풍경이 뭐라고!" 그는 투덜거리면서 다시금 강력한 의지력을 발휘해, 혼란스러운 자연의 풍경을 차단하고자 애써 정신적 장막을 내리 닫았다. 순수한 지적 사유가 펼쳐지는 세계는 완벽하게 텅 빈 공간이어야만 했다. 방금 전의 갑작스러운 충격으로 다시 담배 냄새가 떠올랐지만, 로링 교수는 그것 역시 단호히 떨쳐 냈다. 드디어 열차가 다시 움직이기 시작했다…….

사실 로링 교수는 극도로 감정적인 성향을 타고난 사람이었다. 냉철한 학문적 작업에 몰두하는 것이 천성처럼 보이지만, 실제로는 그런 일에 적합한 인물이 아니었다. 그는 오직 순수한 사유의 세계에서 살아가고자 했으나, 현실은 늘 무자비하게 그를 속세로 끌어 내렸다. 따라서 인간 세상의 어설프거나 엉망진창인 일에 연민 혹은 분노, 경멸을 느끼는 경우가 잦은 편이었다. 다행히 로링 교수는 자기 의지대로 완벽하게 제거할 수 있는 두 가지 대상을 발견했다. 바로 낭만적 풍경과 아름다운 여성이었다. 다만 아직 풍경을 완전히 외면하는 데에는 익숙하지 않았다.

바로 그 순간, 그의 팔에 부드럽지만 단호한 손길이 느껴졌다. 고개 숙인 채로 보니 장갑을 낀 손이 보였다. 다시 고개를 들어 맞은편을 보니, 그곳엔 남자가 아니라 여자 승객이 있었다.

이토록 예기치 못한 발견에도 그는 언제든 무관심이라는 철벽을 세울 수 있는 만반의 준비가 되어 있었다. 한편 맞은편에 앉은 승객은 어떻게든 그의 관심을 끌겠다는 강한 의지를 가지고 억센 손아귀로 그의 팔을 꼬집었음이 분명해 보였다. 그가 아파하든 어떻든 그리 개의치 않는 눈치였다. 그리고 그녀는 뭔가를 말하려는 듯 보였다. 아마 다음 정거장에서 내려야 하는지 물어보려는 거겠지. 로링 교수는 소리 없이 입술만 움직이며, 말소리가 안 들린다는 시늉을 하고는 귀에 낀 벨벳 귀마개를 가리켰다. 여자는 즉시 붙잡고 있던 그의 손목을 내려놓고, 반대편 손으로 그의 귀마개를 벗겨 냈다.

"안 들린다고요? 그럴 리가." 그녀는 경쾌한 목소리로 말했다. 영어를 유창하게 구사했지만 어딘가 모르게 이국적인 억양이 느껴졌다. "정말 귀가 안 들린다면 애초에 귀마개를 끼고 다닐 필요도 없었겠죠. 그저 다른 사람에게 방해받고 싶지 않은 거잖아요, 저도 잘 알아요. 허버트 스펜서[1]의 책에 나오는 내용이잖아요!"

뜻밖의 공격에 로링 교수는 적절한 반박은커녕, 아무 반응도 보일 수 없었다. 하지만 곧바로 정신을 가다듬고 단호한 투로 대꾸했다. "열차 시간표가 없어서요. 궁금한 건 차장에게 묻는 편이 좋겠군요."

여자는 담배꽁초를 차창 밖으로 집어 던졌다. 뿌연 담배 연기가 사라지고 나서야, 그녀가 꽤 젊은 여성이라는 사실을 알아챘다. 그녀의 입가와 눈가 근육이 미묘하게 움직이더니 어렴풋한 미소 같은 것이 떠올랐다. 그다음 순간, 로링 교수는 스스로 여자의 얼굴을 세밀하게 인식하고 있음을 깨닫고 경악을 금치 못했다. 그는 황급히 시선을 돌렸다.

"차장에게 묻고 싶은 게 아니라, 당신한테 질문하려는 거예요." 여자가 말했다.

그녀의 목소리는 청아하고 매력적인 음색이었다. 특히

---

1   Herbert Spencer(1820~1903). 영국의 사회학자이자 철학자. 영국 사회학의 창시자로 유명하다.

'당신'이라는 단어를, 마치 세상에서 유일하게 존재하는 단어인 양 풍요롭고 감미롭게 발음했다.

"당-신이요." 그녀가 다시 한 번 길게 강조했다.

로링 교수는 고개를 돌린 채 단호하게 말했다. "이 열차의 운행 노선은 하나도 모릅니다."

"세상에, 정말이에요?" 그녀는 그 사실에 엄청난 충격이라도 받은 듯 동정심 어린 눈빛으로 그를 바라보며 대꾸했다. "저는 전부 알아요! 심지어 눈을 감고도 전부 외울 수 있을 정도라니까요. 자, 들어 보세요. 파리……."

"저는 알고 싶지 않습니다!" 교수는 거의 소리를 지르듯 받아쳤다.

"하긴, 저도 관심 없어요. 그저 부탁을 하나 하려 했을 뿐이죠. 아주 사소하지만 어마어마하게 중요한 부탁이요."

로링 교수는 여전히 시선을 돌리고 있었다. "저는 최근까지 건강이 매우 좋지 않았답니다." 그는 겨우 용기를 내서 말했다.

"어머나, 다행이에요. 아니, 그러니까 제 말은," 그녀가 급히 말을 고쳤다. "지금은 괜찮으신 것 같아서 다행이라고요! 그리고 한편으로는, 건강이 좋지 않으셨다는 점 역시 잘된 일이에요. 제 확신에 힘을 실어 주셨으니까요."

이쯤에서 로링 교수는 무너져 버리고 말았다. "확신이라니, 무슨 확신 말입니까?" 이렇게 쏘아붙이는 순간, 그는 자진해서 함정에 빠지고 말았다.

"당신이 저를 도와주실 운명이라는 확신 말이에요." 맞은편에 앉은 승객이 기쁨에 젖은 얼굴로 대답했다.

"아, 그건 완벽한 오해입니다. 아주 큰 오해를 하신 거예요. 나는 한평생 다른 사람에게 도움을 준 적이 없으니까요. 그러는 걸 철칙으로 여기며 여태 살아왔어요."

"러시아 난민에게도요?"

"절대로!"

"아니요, 도움을 주셨어요. 벌써 제게 도움이 되었는걸요!"

로링 교수가 잔뜩 화가 난 눈빛으로 쳐다보자, 그녀는 고개를 끄덕였다. "제가 바로 러시아 난민이거든요."

"당신이?" 교수가 놀라서 되물었다. 이때부터 그는 자기 시선을 뜻대로 통제할 수 없었다. 오히려 그녀의 외양이나 옷차림새를 하나하나 뜯어보면서, 마치 자세하게 기록하듯 나름대로 머릿속에 정리하기 시작했다. 눈에 보이는 모든 것이 조화롭고, 고풍스럽기까지 했다. 결국 그는 헛웃음을 터뜨리고 말았다.

"왜 웃으세요? 딱 봐도 러시아 난민 같지 않나요? 제 옷을 보세요. 러시아 난민이 아니라면 이런 진주 장식을 누가 하고 다니겠어요? 이 담비 모피는 또 어떻고요? 난민에게는 이런 것들이 필요하죠, 물론 돈을 마련하기 위해서지만요. 당신은 담비 모피 따위엔 관심이 없으시죠? 현금이라면 단돈 6000파운드에라도 당장 팔아 치울 거예요. 하긴, 관심이 없을 줄 알았어요. 그래도 일단은 물어봐야 하니까요. 사실 이 진주 장신구는, 각각 파리와 런던의 보석상에서 대여한 거예요. 이 모피도 거물급 디자이너가 빌려줬고요. 러시아 난민들은 원래 가지고 있던 보석과 모피를 진작에 팔아 버렸죠. 그래도 저는 제법 실적이 좋은 편이에요. 지난주에 몬테카를로에서 은빛 모피 두 벌과 진주 목걸이 하나를 팔았거든요. 아, 몬테카를로에서 정말 힘들었어요! 판매 수수료를 올린 그날 밤에, 날이 밝도록 도박을 하다가 기껏 벌어들인 돈마저 전부 날려 버렸지 뭐예요…… 아, 먼저 저를 어떻게 도와주셨는지부터 설명해야겠네요…….”

여자는 잠시 숨을 골랐고, 그 틈을 타서 로링 교수는 손에 쥐고 있던 귀마개를 다시 귀에 뒤집어썼다.

“제가 귀마개를 쓰는 이유는,” 그가 냉정하게 말을 이었다. “불필요한 논쟁을 피하고 싶기 때문입니다.”

하지만 여자는 곧장 손을 뻗어서 그의 귀마개를 벗겨 냈다. “논쟁을 하려는 게 아니라고요, 그저 고마운 마음을 전하고 싶은 거예요.”

“도대체 뭐가 고마운지 전혀 모르겠군요. 어쨌거나 고맙다는 인사도 사양하겠습니다.”

여자는 불쾌한 듯 이마를 찌푸렸다. “그럼 왜 감사의 글을 남겨 달라고 하신 거죠?” 그녀는 날카롭게 되물은 뒤, 화려한 보석으로 치장된 손가방을 열어 담배 종이와 전차 영수증 사이에 끼어 있는 종이 한 장을 내밀었다. 로링 교수는 가냘픈 여성의 손에 들린 종이 위에 자신의 이름이 적혀 있음을 확인하고 깜짝 놀라서 눈을 크게 떴다.

“내가 뭐랬어요!”

로링 교수는 그 종이를 받아, 거기에 쓰인 내용을 꼼꼼히 읽어 내려갔다.

이 책, 『현상의 제거』는 뉴욕 클리오에 위치한 퓨어워터 대학교의 로링 G. 히바트 교수가 미국 YMCA의 오데사난민센터도서관에 기부한 것입니다. 이 책을 읽은 뒤, 위 주소로 감사의 글을 보내 주신다면 로링 G. 히바트 교수가 무척 기뻐할 것입니다.

"내가 뭐랬어요!" 그녀가 자신만만한 투로 거듭 말했다. "고맙다는 말도 듣고 싶지 않다면서 왜 이렇게 적어 놓으신 거예요? 여기에 분명히 '무척 기뻐할 것'이라고 쓰여 있잖아요? 오데사에서 바로 감사 편지를 쓰고 싶었는데, 그럴 수가 없었어요. 우표를 살 돈이 없었거든요. 그래서 교수님의 책이 제게 얼마나 큰 도움이 되었는지를, 직접 말씀드릴 기회가 생기기만을 바랐지요. 이 책이 제 인생을 완전히 바꿔 놓았거든요. 책이란 그런 힘을 가지고 있잖아요. 교수님 덕분에 난민센터에 있을 때조차 세상을 완전히 다른 눈으로 바라볼 수 있었답니다! 결국 애인과 헤어지고, 남편과도 이혼하기로 결심했지요. 그게 바로 제 인생에서 처음으로 실천한 두 가지 '제거'였답니다." 여자는 과거를 회상하며 미소를 지었다. "그렇다고 가벼운 사람이라고 생각하진 마세요. 사실 저는 철학 박사 학위도 땄답니다. 심지어 열여섯 살에 모스크바 대학교에서 말이에요. 그런데 철학자의 꿈을 버리고 조각 쪽으로 방향을 틀었지요. 그리고 이듬해엔 조각을 포기하고 수학과 사랑에 빠졌답니다. 아마 일 년 정도는 수학에 푹 빠져 있었어요. 그러고는 발랄라틴스키 공작과 결혼했지요. 제 사촌인데, 어마어마한 부자거든요. 물론, 이혼하지 않았더라도 어차피 똑같은 결말을 맞았을 거예요. 전남편은 저와 이혼하고 얼마 지나지 않아서 볼셰비키 당원한테 산 채로 매장당했으니까. 그 사람이 그렇게 죽을지 제가 어떻게 알았겠어요? 교수님이 쓰신 책은 저에게……."

"맙소사!" 책의 저자가 말허리를 자르며 외쳤다. "설마 감사 인사를 받고 싶다는 그 헛소리를, 내가 직접 썼다고 생각하는 건 아니겠죠?"

"아닌가요? 그거야 저로서는 알 길이 없죠. 미국에서 난민센터로 보내 준 대부분의 물품들엔 그런 메모가 붙어 있는 걸요. 난민들이 본드 거리[2]에서 구입한 만년필과 우표함을 챙겨, 말끔히 정리된 책상에라도 앉아 있는 줄 아셨나 봐요. 한번은 립스틱이랑 '조지 버나드 쇼 달력'[3]을 받은 적이 있었는데, 거기엔 이런 글이 적혀 있더군요. '이 물품을 수령한 난민께서는 조지아주 메로피 정션에 거주하고 있는 꼬마 셰이디 버트에게 감사의 편지를 보내 주세요. 그러면 꼬마 친구가 무척 행복해할 거예요. 한 달 동안 풍선껌을 씹지 않고 모은 용돈으로 기부한 물품입니다.' 물론, 그 셰이디라는 친구에게 감사 편지를 쓰지 못한 건 미안하게 생각해요." 여자는 잠시 말을 멈추었다가 이렇게 덧붙였다. "혹시 제가 교수님의 여행 가방에 붙은 이름표를 보자마자, 바로 이 책의 저자임을 알아봤다는 것도 알고 계신가요?"

"맙소사!" 로링 교수는 괴로워하며 외쳤다.

배에서 내리면서 승선할 때 부착해 둔 이름표를 떼는 걸 까맣게 잊고 있었다! 그 순간 반사적으로 손을 뻗어서 그 불쾌한 이름표를 떼어 내려 했지만, 또다시 러시아 공주님이 그의 움직임을 막아섰다. "이미 늦었어요. 그런데 교수님의 책

---

2   Bond Street. 영국 런던 웨스트엔드오브런던에 위치한 고급 상점가.

3   George Bernard Shaw Calendar. 흔히 'The G.B.S. Calendar'라고 불리며, 각각의 일자마다 조지 버나드 쇼의 작품에서 발췌한 문장이 들어가 있는 일종의 일력이다.

을 읽은 사람이 고맙다고 인사를 전하는 게 그토록 화가 나는 일인가요?"

"아니, 나는 인사를 바라지 않았습⋯⋯."

"그래요, 하지만 저는 꼭 고맙다고 이야기하고 싶었어요. 이 책을 읽던 당시만 해도 철학이라는 학문에 완전히 냉담해진 상태였거든요. 프레오브라젠스키 근위대[4]의 젊은 장교와 함께 현실 속에 완벽히 안주하고 있었으니까요. 그 와중에 전쟁이 터진 거예요. 게다가 오데사의 난민센터는 도망치고 싶다는 생각밖에 안 들 만큼 가혹했어요. 그런데 교수님의 책을 읽고 난 뒤로 유일하게 순수한 행복을 경험할 수 있게 해 주던 또 다른 '세계'로 돌아갈 수 있었지요. 순수함이란 정말 아름다운 거잖아요! 하지만 돈처럼 정말 지키기가 쉽지 않죠. 아니, 진정한 가치를 지닌 모든 것들은 지키기가 참 어려워요! 그래도 그중에서 아주 작은 부분이나마 누렸다는 사실에 감사해요. 제가 열 살 때까지만 해도⋯⋯."

여자는 돌연 말을 멈추고, 윤기가 흐르는 두툼한 모피 속으로 몸을 파묻었다. "혹시 제가 인생사라도 떠들어 댈까 봐, 걱정하셨나요? 아니에요, 다시 귀마개를 쓰셔도 돼요. 이제 교수님이 귀마개를 쓰는 이유를 알겠어요. 지금 새 책을 구상하고 계신 거죠? 맞나요? 저는 교수님 생각을 전부 읽을 수 있다니까요. 어서 귀마개를 쓰세요! 저의 지난날을 구구절절 늘어놓는 것보다, 교수님의 엄청난 걸작이 탄생하는 순간을 목격하는 것이 훨씬 흥미로운 일이니까요!"

로링 교수는 미소를 지었다. 역과 역을 오가는 소란한 열

---

4 러시아 제국의 가장 유서 깊은 보병 연대.

차 속에서, 게다가 수다가 끝없이 이어지는 환경 속에서 걸작이 탄생할 리가 없지 않은가. 솔직히 로링 교수는 화가 많이 난 상태도 아니었다. 뜻밖에도 자기 저서에 대한 극찬을 들어서 기분이 좋았을 수도 있고, 어쩌면 그녀와 긴 이야기를 나눈 끝에 제법 조화로운 인상을 받았는지도 몰랐다. 아무튼 그는 아까보다 더 참을성을 가지고 동승자를 대할 수 있게 되었다. 로링 교수는 그녀를 바라보면서 일부러 귀마개의 한쪽을 천천히 벗었다.

"오." 여자가 짧은 숨을 들이마셨다. "계속 이야기를 해도 된다는 뜻인가요?" 하지만 로링 교수가 미처 대답을 하기도 전에 그녀의 표정은 다시 어두워졌다. "아니군요. 어차피 교수님의 평정심을 깨뜨릴 테니 그냥 내버려두자고 자포자기하신 거겠지요. 정말 죄송해요. 그래도 다행인 점은, 저와 함께하실 시간이 그리 많이 남지 않았다는 거예요. 다음 역이 칸인데, 저는 거기서 내리거든요. 그건 그렇고, 교수님에게 아주 사소하지만 어마어마하게 중요한 부탁을 드리고자 하는데요."

로링 교수의 얼굴 역시 어두워졌다. 누군가에게 부탁받는다는 소리만 들어도 신경이 온통 곤두섰기 때문이다. "만년필이 고장 나서요." 그는 단호한 투로 이렇게 말했다.

"아, 제가 서명이라도 부탁드릴 것 같았나요? 아니면 설마 수표를 써 달라고 할까 봐 그러시나요?"(그녀는 정말 눈치가 빠르다!) 여자는 고개를 가로저었다. "아네요, 저는 억지로 서명받는 건 별로예요. 그리고 돈을 빌려 달라고 부탁하려는 것도 아니고요. 오히려 제가 교수님에게 드리고 싶습니다."

로링 교수는 믿기지 않는다는 눈빛으로 그녀를 쳐다보았다. 이게 말이 되는 일인가? 그는 아직 쉰일곱이고, 여태껏 크게 흠잡을 데 없는 평탄한 인생을 살아왔다……. 나름대로 괜찮은 이론도 정립했고…… 그런데 요즘같이 타락한 유럽 사회에서는 어느 누구라도 나쁜 일에 휘말릴 수 있지 않은가? 로링 교수는 딱딱하게 굳은 억지 미소를 지어 보이며 힘겹게 말했다.

"돈을요?"

그녀가 다시 고개를 끄덕였다. "오, 웃지 마세요! 농담이라고도 생각하지 마시고요. 전부 귀마개 덕분이에요." 그러고는 예상 밖의 말을 덧붙였다.

"진짜예요. 교수님이 귀마개를 끼고 계시지 않았더라면 절대로 먼저 말을 걸지 않았을 거예요. 가방의 이름표도 그다음에 발견한 거예요. 만약 이름표를 먼저 봤더라면, 위대한 철학자의 명상을 감히 방해할 엄두조차 못 냈을 테죠. 그런데 저는 아주 오랫동안, 오, 아주 오랫동안 말예요! 교수님의 귀마개를 눈여겨보고 있었답니다."

로링 교수는 어찌할 바를 몰라서 멍하니 그녀를 바라보았다. "귀마개를 사고 싶다는 뜻인가요?" 그는 두려움에 가득 찬 목소리로 물었다. 언어도 제대로 통하지 않는 이곳, 프랑스에서 새 귀마개를 어떻게 구할 수 있다는 말인가?

하지만 여자는 웃음을 터뜨렸다. 장난스럽게 놀리는 듯 어느 정도의 친밀함이 배어 있는 웃음소리였다.

"산다고요? 오, 맙소사! 그럴 리가요! 오 분이면 이보다 더 멋진 귀마개를 직접 만들 수도 있는걸요." 여자는 로링 교수의 안도하는 표정을 보며 미소를 지었다. "그런데 저는 완전히 빈털터리예요. 한 푼도 없는 빈털터리, 이 표현이 맞는 거죠? 젊은 미국인 친구가 항상 '빈털터리'라는 표현을 쓰더라고요. 오래전에 캅카스산맥에서 만난 집시가 이런 말을 해 준 적이 있어요. 만약 도박을 하다가 마지막 남은 돈까지 몽땅 털리거나 거의 다 털리게 되더라도, 얼굴이 창백하고 벨벳 귀마개를 한 지식인이 나타나서 모든 걸 되찾게 해 줄 거라고요. 그러니 잘 설득해서 도박판에 앉히기만 하면 된다고 했지요." 그녀는 몸을 숙이고 그를 유심히 뜯어보면서 말을 이었다. "교수님은 누가 봐도 안색이 창백한 편이고, 또 지적인 인상을 풍기는 분이시잖아요. 게다가 많이 아팠다고 말씀하시는 순간에, 바로 예언 속의 그 사람이 교수님이라는 확신이 들더군요."

로링 교수는 필사적으로 주위를 둘러보았다. 그제야 미치광이와 단둘이 객차에 갇혀 있다는 사실을 깨달았다. 물론, 치명적인 해를 끼칠 만큼 미치광이는 아니겠지만…… 하지만 저 보석으로 화려하게 장식된 가방 속에 전당포 영수증과 담배 종이 말고, 장난감 권총이라도 숨겨져 있다면? 평생을 교수로서, 이른바 '흥미진진한 상황'과는 거리가 먼 삶을 살아왔기에, 이런 예기치 못한 상황을 마주했을 때, 적절한 전략과 힘을 발휘해 해결할 만한 능력이 있는지 스스로 확신할 수 없었다.

"아무래도 육체적으로 겁에 질린 거겠지." 그는 비통하게 뇌까렸고, 불편한 기분이 그의 온몸을 옥죄었다. "아직까지 건강이 완쾌되지 않은 상태라…… 지금으로서는 어떠한 충격도 감당할 수 없는 게 당연해." 그는 스스로에게 나름대로 변명을 하며 위로했다.

그래도 미치광이를 만났을 때 어떻게 대처해야 하나? 어떻게든 방법을 기억해 내야 해! 그 순간, 한 가지 생각이 떠올랐다. 그냥 기분을 맞춰 주면 되잖아!

새로운 돌파구에 힘을 얻은 듯, 그는 조금 더 부드러운 눈빛으로 발랄라틴스키 공주를 바라보았다. "그러니까 당신 대신에 도박을 해 달라는 말씀이군요?" 그는 조지아주에 사는 꼬마 셰이디에게 얘기하듯 장난스러운 투로 말했다.

"오, 역시 대단하세요! 해 주실 거죠? 도와주실 줄 알았어요! 하지만 먼저……." 그녀가 잠시 멈칫했다가 말을 이어 갔다. "제 설명부터 들어 보세요."

"오, 물론 설명을 들어야겠지요." 그는 재빨리 머릿속으로 계산기를 돌렸다. 저 여자가 신이 나서 설명을 늘어놓는 동안, 다음 역에 도착할 때까지 시간을 벌 수 있을 테고, 그러면 방금 말했듯이 저 여자는 어차피 그곳에서 내려야 할 것이다.

벌써부터 여자의 눈빛에서 광기가 어느 정도 걷힌 듯했고, 로링 교수는 내심 안도의 한숨을 내쉬었다.

"역시 교수님은 천사세요! 저는 말이죠, 이야기하는 걸 정말 좋아하거든요." 그녀가 솔직하게 고백했다. "교수님도 아마 흥미를 느끼실 거예요. 그러니까, 제 부탁을 들어주시면, 저는 교수님의 동포와 결혼할 수 있을 테니까요. 정말 영웅적이고 아름다운 청년이랍니다! 그 사람을 위해, 오직 그이만을 위해 다시 부자가 되고 싶은 거예요. 교수님 입장에서 생각해 보셔도, 사랑하는 사람이 굶주림에 고통받고 있다면 차마 견디기 힘드시지 않겠어요?"

"그런데……." 로링 교수가 조심스럽게 그녀를 일깨웠다. "방금 전까지는 본인이 굶주리는 처지라고 얘기하지 않았나요?"

"우리 둘 다 마찬가지예요. 정말 끔찍하지 않나요? 처음 그 사람을 만나 사랑에 빠진 뒤로 우리는 같은 생각을 했어요. 서로를 부자로 만들어 주고 싶다고! 하지만 그 당시에는 엄청난 부자를 잡아서 결혼을 했다가 이혼을 하는, 가장 단순한 방법을 찾는 일조차 불가능했어요. 그래서 우리는 수중에 있던 전 재산을 걸고 도박을 했지만, 결국 둘 다 잃었지요! 가엾은 제 약혼자는 이제 몇 백 프랑의 돈밖에 남지 않았고, 저는 칸에서 드레스 디자이너의 마네킹 역할이나 하며 쥐꼬리 같은 일당을 받는 처지가 되었어요. 그나저나 교수님은 몬테카를로까지 가시는 거죠? 네, 여행 가방에 적혀 있는 목적지를 봤어요. 물론, 숙소를 안 잡으신 터라 몬테카를로에서 하룻밤 묵으실 생각은 없으신 것 같은데, 제가……." 여자는 큼지막한 가방에서 백 프랑을 꺼냈고, 로링 교수는 황급히 그녀를 저지했다. 이 여자가 아무리 미쳤더라도 그녀의 돈까지 받는 일은 몹시 도를 넘는 행동이었기 때문이다.

"나는 몬테카를로에서 묵을 생각이 없어요." 그가 단호히 말했다. "몬테카를로에서 내린 뒤에 산속의 조용한 숙소로 가는 고속버스를 탈 생각이에요. 어딘가에 숙소 이름을 적어 두었을 텐데, 벌써 예약도 했다고요. 다른 곳에서 지체할 여유가 없답니다." 그가 완곡히 거절했다.

여자는 로링 교수를 빤히 쳐다보았고, 로링 교수의 상상 속에서 그녀의 모습은 교활한 미치광이로 보일 뿐이었다. "우리 열차가 두 시간이나 연착되었는데, 혹시 모르셨어요? 툴롱 부근에서 관광버스랑 충돌했는데, 전혀 모르고 계셨군요? 구급차 소리도 못 들으신 거예요? 몬테카를로에 도착할 즈음이면, 그 버스는 벌써 떠났을 거예요. 그러니까 다음 버스를 타려면 몬테카를로에서 하룻밤을 묵으셔야 해요! 만약 하룻밤을 묵지 않으시더라도," 그녀가 간절하게 설득하는 투로 덧붙였다. "어차피 기차역 바로 앞에 카지노가 있으니까, 삼십 분 정도만 들렀다가 가세요. 이 정도는 허락해 주실 거라 믿어요." 여자는 절박한 표정으로 두 손을 모았다. "부디 제 약혼자를 위해서라도 거절하지 말아 주세요. 교수님의 동포이기도 하잖아요! 몇 천 프랑 정도만 따도 모든 일이 원만하게 이뤄질 거예요. 그럼 곧바로 식을 올리고, 캔자스에 있는 약혼자의 토지에서 살면 되니까. 여름엔 아프리카처럼 덥고, 겨울에는 시베리아 옴스크만큼 춥대요. 우리는 오렌지를 재배하고 모피를 생산할 거예요. 그 두 가지만 잘해도 성공할 수밖에 없지요. 지금 필요한 건 그 일을 시작하기 위한 자금뿐이에요. 오늘 밤에 교수님이 그 자금을 마련해 주시리라 믿어요. 제가 드리는 백 프랑으로 일단 판을 시작해, 첫판에서 따고 나면 계속 판돈을 불려 나갈 수 있을 거예요, 제 말만 믿으세요!"

여자는 순식간에 몸을 숙이더니, 주먹을 쥔 로링 교수의 손바닥을 억지로 벌린 뒤에 찢어진 봉투 속에 든 지폐 한 장을 쥐어 주었다. "잘 들으세요. 이건 칸에 있는 제 숙소의 주소예요. 공주 발랄라…… 아, 도착했네요! 잘 가요, 나의 수호천사님. 아니, '오 흐부와(au revoir)', 다시 만나요! 칸의 드레스 가게에서는 저를 벳시라고 부른답니다……."

로링 교수가 다시 손가락을 펴기도 전에, 그리고 받은 돈을 들고 그녀를 쫓아가기도 전에, 여자는 이미 기차역의 수많은 군중과 여행 가방들 사이로 사라져 버렸다. 친구들과 포옹을 하고 겨우 작별 인사를 나눈 다른 승객들이 서로 밀치고 떠들어 대면서 그녀가 앉아 있던 자리를 다시 채웠다. 새로운 승객들이 창가에서 손을 흔들고, 출구를 가로막거나 오가는 와중에 열차는 또다시 움직이기 시작했다. 그리고 로링 교수는 여전히 구석 자리에 앉아서, 넋이 나간 표정으로 백 프랑 지폐를 손에 쥐고 있었다…….

2

몬테카를로에 도착한 로링 교수는 짐꾼 하나를 붙잡아서 무거운 여행 가방을 떠넘겼다. 그러는 사이에 완전히 녹초가 된 그는 퓨어워터 대학교에서 배운 대로 처음에는 라틴어로, 나중엔 프랑스어로 의사소통을 시도했다. 그러고는 대합실 구석에서, 산속에 위치한 고요한 숙소의 주소가 적힌 종이를 찾기 위해 주머니를 뒤적였다. 마침내 종이를 찾아낸 로링 교수가 짐꾼에게 건넸지만, 그는 양손을 번쩍 들며 이렇게 외쳤다. "파흐티(Parti)! 파흐티! 고속버스는 이미 떠났어요." 그 악마 같은 여자의 말이 옳았다!

로링 교수는 다음 버스가 언제 오는지, 짐꾼에게 물었다.

내일 아침 8시 30분, 그때까지 다른 버스는 없었다. 짐꾼은 자신의 말을 확인해 주려는 듯 대합실 벽에 걸린 커다란 버스 시간표를 가리켰다. 로링 교수는 시간표를 찬찬히 살펴본 뒤에 신음 소리와 함께 자리에 주저앉았다. 물론, 이런 장소에서 뭔가를 기대한다는 것 자체가 터무니없는 일처럼 여겨졌으나, 혹시나 이 근처에 하룻밤을 묵을 만한 괜찮은 숙소가 있는지 짐꾼에게 물어볼 참이었다. '혹시 근처에……'라고 어렵사리 입을 열려는 찰나, 짐꾼이 먼저 눈을 찡긋하더니 유창한 영어로 대답했다. "예쁜 아가씨를 찾으시나요? 좋은 업소는요? 사진 찍고 싶나요?"

교수는 온몸을 흔들며 그의 제안을 단호히 거절했다. 일단 물품 보관소에 가방을 맡긴 뒤, 직접 숙소를 찾으러 나섰다. 그렇게 두 걸음도 떼기 전에, 척 봐도 도덕적으로 미심쩍은 분위기를 물씬 풍기는 또 다른 남자가 그의 앞을 막아섰다. '룰렛 게임에서의 확률 이론'이라는 제목이 적힌 작은 팸플릿 하나를 쓱 내미는 것이 아닌가. 확률 이론이라니, 로링 교수의 흥미를 대번에 끌어당기는 주제였다. 게다가 그 같은 이론을 룰렛 게임에 적용하다니! 개념 자체가 다소 추상적이긴 했지만 꽤 매력적으로 느껴졌다. 결국 로링 교수는 그 팸플릿을 구입한 다음, 근처 벤치에 자리를 잡고 앉았다.

그렇게 팸플릿에 완전히 몰두해 있다 보니, 어느덧 황혼이 깔리고 카지노를 중심으로 수많은 조명들이 환하게 반짝이기 시작했다. 로링 교수는 그 무렵에야 겨우 정신을 차릴 수 있었다. 그는 여태 오늘 밤에 묵을 숙소를 찾지 못했다는 사실을 떠올리고 자리에서 벌떡 일어섰다. "내일 아침에 버스를 타려면 일찍 일어나야 해." 그는 내일의 일정을 상기했다. 그는 중심가에 비해 조용하고 외딴 지역으로 이어지는 듯 보이는 한적한 거리를 향해 발걸음을 옮겼다. 그렇게 한참을 걸으며 주변 건물들을 유심히 살폈지만, 대부분 개인 주택처럼 보였다. 그러다 반대편에서 걸어오던 테니스복을 잘 차려입은, 날렵한 체구에 쾌활한 인상을 가진 젊은 남자와 부딪칠 뻔했다.

"실례합니다." 교수가 먼저 말을 걸었다.

"무슨 일이시죠?" 상대가 웃으며 대답했다. 유독 마지막 음절의 발음이 귀에 착 달라붙었다.

"미국인시군요!" 교수가 반가운 마음에 외쳤다.

"셜록 홈스 씨가 따로 없군요!" 젊은 남자도 반가워하며 손을 내밀었다. "저도 첫눈에 미국인이라는 걸 알아봤다니까요."

교수는 반가운 듯 안도의 한숨을 내쉬었다. "아, 그러시군요. 사실 나는……." 그는 덧붙였다. "가족호텔이나 아무튼 조용한 하숙집을 찾고 있답니다."

"어머니의 손길이 닿은 듯 느껴지는 아담한 숙소 말씀이죠?" 젊은 남자는 잠시 생각에 잠겼다. "외지인이 찾기엔 좀 어려운 곳이지만, 몬테카를로에 딱 한 군데 있기는 해요. 그곳을 아는 사람은 아마 저뿐일 거예요. 아, 제 이름은 테이버 트링입니다. 저를 따라오세요."

로링 교수는 테이버라는 이름의 청년을 의심의 눈초리로 잠시 쳐다보았다. 물론 그는 알고 있었다. 심지어 퓨어워터 대학교에서도 이 정도 사실은 누구나 알고 있었다. 유럽의 타락한 도시에서 우연히 마주친 낯선 사람의 말을 무조건 믿어서는 안 된다는 점을. 아무리 친근한 서부 억양으로 다정하게 제안했더라도 말이다. 그런데 몬테카를로는 수도나 대도시도 아니고, 그저 산과 바다 사이에 끼어 있는 아담하고, 마치 실없는 농담처럼 우스꽝스러운 지역에 불과하지 않은가? 다시 그 젊은이를 바라본 순간, 이 작은 도시만큼이나 자신에게 무해한 사람이리라는 확신이 들었다. 그 청년은 로링 교수의 마음속을 읽기라도 한 듯, 대번에 장난스러운 눈빛으로 그를 바라보며 말했다.

"드넓고 탁 트인 미국과는 전혀 다르지요? 여기 리비에라의 휴양지들을 보노라면, 러시아워 때의 지하철이 떠올라요.

하나같이 손잡이에 매달려 있는 것 같거든요. 지금 소개해 드릴 하숙집 주인은 제 오랜 친구인데, 오늘 아침에 손님 한 사람이 떠난 걸로 알고 있어요. 집주인 친구가 그 사람의 짐을 담보로 잡아 둔다고 그랬거든요. 거의 도망치다시피 사라진 거죠. 어쨌든 손님 하나가 떠났으니, 선생님께서 그 방을 사용하면 되지 않을까요?"

로링 교수는 상황을 이해했다. 하지만 곧장 자신의 여행 가방이 저당잡힌다고 상상하니 불안해졌다. 태어나서 단 한 번도 그런 일을 경험해 본 적이 없었기 때문이다.

"여기서는 그런 일이 자주 일어나나요?" 그가 궁금해하며 물었다.

"뭐가요? 하숙집 주인이랑 실랑이하는 거요? 방값을 제때에 지불하거나 집주인 마음에 들면 그럴 일은 없답니다. 그런데 그 친구는 집주인 눈 밖에 난 모양이더라고요. 한 가지 확실한 점은, 매번 안 좋은 패만 받았다는 거예요."

"안 좋은 패라고 하면, 혹시 카지노 도박을 얘기하는 건가요?" 로링 교수가 걸음을 멈추고 물었다.

"맞습니다." 젊은 남자가 대답했다.

"혹시 그쪽도 카지노에 종종 다니는 편인가요?" 교수는 흥미로운 듯 되물었다.

"오, 맙소사." 테이버는 외마디 비명을 내뱉었다.

로링 교수는 점점 관심이 동해서, 그를 자세히 살펴보았다. "혹시 자기만의 '확률 이론' 같은 것도 있나요?"

젊은이는 그를 똑바로 쳐다보며 대답했다. "물론 있죠. 하지만 그걸 말로 정확히 표현할 자신은 없어요."

"아, 그렇다면 개인적 경험에 바탕을 둔 이론인가 보군요.

그렇지만 이론적으로⋯⋯."

"글쎄요, 그 이론이라는 놈이 저를 바닥으로 내팽개쳤고, 저는 처참하게 무너졌지요." 그의 무덤덤하던 표정에 생기가 돌았다. "지금은 빈털터리 신세죠. 딱 백 프랑만 제게 빌려주신다면 다시 도전해 보고 싶기는 한데⋯⋯."

"오, 안 돼요," 로링 교수가 황급히 대답했다. "저도 돈이 없거든요." 그때부터 다시 의심이 꿈틀거리기 시작했다.

테이버가 웃음을 터뜨렸다. "당연히 없으시겠죠. 적어도 모르는 사람한테 빌려줄 돈은 말이에요. 농담이에요, 여기선 다들 그런 농담을 하거든요. 자, 여기가 그 하숙집이랍니다. 제가 가서 주인을 깨울게요."

두 사람은 도로 끝에 자리한 아담한 집 앞에 멈춰 섰다. 야자나무 한 그루와 덩굴장미 두 그루가 자라 있었고, 하숙집 입구와 인도의 경계선에 '아카디'[5]라는 글자가 새겨져 있었다. 로링 교수는 오렌지색 가발을 뒤집어쓴 통통한 체형의 여자가 서둘러 걸어 나오는 모습을 지켜보며 크게 숨을 들이마셨다.

오렌지색 가발을 쓴 묘한 행색에도 불구하고, 그녀의 얼굴엔 다정한 기운이 가득했다. 그제야 로링 교수는 편히 쉴 곳을 찾았다는 확신이 들었다. 집주인은 그를 반갑게 맞이한 뒤에, 마침 빈방이 있다면서 그곳으로 안내했다. "오늘 밤 하루만 가능해요. 내일부터는 시암[6]에서 오는 귀족분이 예약을 하셨거든요."

---

5   Arcadie. 이상향을 의미하는 아르카디아(Arcadia)의 프랑스어 표기다.
6   Siam. 과거 '태국'을 가리키던 명칭.

로링 교수는 내일 아침에 동이 트자마자 떠날 거라고 장담하며 집주인을 안심시켰다. 하지만 첫 번째 계단을 오르기 전에, 등을 돌려 테이버를 바라보며 말했다.

"혹시 기차역에 짐꾼을 보내서 제 짐을 이쪽으로 옮겨 달라고 부탁할 수 있을까요? 저는 지금 잠시 산책을 하려고 하는데, 집주인에게 설명 좀 해 주세요. 내일 아침 일찍 떠날 예정이라 몬테카를로를 둘러볼 기회는 오늘뿐이거든요."

"그렇게 하세요, 제가 주인에게 전하죠." 테이버는 그의 말에 공감하며 흔쾌히 대답했다. 로링 교수가 현관을 나서려는 찰나, 테이버는 관광버스의 안내원이 확성기에 대고 소리를 지르는 듯한 흉내를 내며 이렇게 외쳤다. "세 번째 도로에서 좌회전, 그다음 골목에서 우회전하면 바로 카지노가 나올 겁니다." 그리고 평소의 말투로 덧붙였다. "이곳 '아르카디아'는 자정이 되면 문을 닫습니다."

로링 교수는 청년의 쓸데없는 설명을 듣고 미소를 지어 보였다.

3

외국어가 능통한 도어맨에게 외국 국적과 성인임을 확인받은 뒤, 마침내 그는 카지노에 들어섰다. 저녁 식사 시간이 가까워지자 손님들은 하나둘 빠져나가고 있었다. 그 덕분에 비교적 어렵지 않게 첫 번째 룰렛 테이블에 가까이 다가갈 수 있었다.

테이블에 앉은 도박꾼들의 어깨 너머로 상황을 살피며 그는 깨달았다. 제아무리 추상적인 이론을 깊이 연구했더라도, 진정한 도박의 신전에서 직접 두 눈으로 승리의 여신이 변덕 부리는 모습을 관찰하는 것만큼 값진 경험은 없다는 사실을 말이다. 승리의 여신이 부리는 변덕은, 자신을 숭배하는 자들의 경이로운 어리석음과 소심함 그리고 무모함과 절묘하게 뒤섞여 있었다. 처음엔 그 모든 것들이 로링 교수의 흥미를 자극했지만 곧이어 짜증으로 바뀌었다. 이를테면, 아름다운 미모의 소유자, 혹은 무의미한 사치품을 볼 때마다 느끼던 짜증과 비슷한 감정이었다. 더불어 마음만 먹으면 승리의 여신마저 자기 뜻대로 춤추게 할 수도 있다는 비밀스러운 자신감이 떠올랐다. 어쩌면 그런 감정들이 로링 교수를 살짝 부추겼는지도 모른다. 이제껏 한두 번, 아주 짧은 순간이었지만 그와 비슷한 감정을 느껴 본 적이 있었다.

하지만 그 어떤 여인도, 이 베일에 싸인 신성한 존재만큼 그를 강렬히 유혹하지는 못했다. 로링 교수는 그 베일을 들춰 그 아래에 숨어 있는 얼굴을 확인하고 싶다는, 도무지 저항할 수 없는 강렬한 유혹을 느꼈다. "저 바보 같은 도박꾼들 중에 확률 이론을 제대로 이해하는 사람은 아무도 없는 모양이군." 그는 투덜투덜 혼잣말을 하면서, 팔꿈치로 주변 사람들을 밀치고 딜러의 옆자리로 향했다. 그러다 자연스럽게 주머니 속에 손을 넣었고, 그제야 오 프랑짜리 동전 하나와 잔돈 몇 푼밖에 없다는 사실을 깨달았다. 돈이 없으니 순간적으로 불쾌해졌다. 나머지 현금, 대략 사오백 프랑 정도의 돈은, 지금쯤 '아카디'에 있을 여행 가방 속에 잘 보관해 두었던 것이다. 로링 교수는 자신의 불운한 상황을 한껏 정제된 언어로 구시렁거리며, 주섬주섬 자리에서 일어서려고 했다. 바로 그 찰나에,

딜러가 큰 소리로 외쳤다. "무슈(monsieur), 판돈을 거시죠."[7]

로링 교수는 욕설이라 할 수 없을 만큼 가벼운 불평을 내뱉으며 다시 자리에 앉았다. 그러고는 오 프랑짜리 동전을 마지막 세 숫자에 걸었다. 결국엔 판돈을 잃고 말았다.

너무 흥분한 나머지, 자신이 세운 확률 이론과 정반대되는 선택을 해 버리고 만 것이다! 본래는 처음 세 숫자에 돈을 걸려고 했다. 그러나 이젠 너무 늦어 버렸다. 그런데…….

반대쪽 주머니를 뒤적이자, 백 프랑짜리 지폐 한 장이 손에 잡히는 게 아니겠는가! 이 돈을 어디서 났을까? 로링 교수는 자신의 재정 상태를 정확히 기억하는 사람이었기에, 이 지폐는 절대 자기 돈일 수가 없었다. 잡생각을 떨치고 악착같이 정신을 가다듬은 끝에, 비로소 그날 오후, 열차 안에서 만난 누군가가 자신의 손에 지폐 한 장을 억지로 쥐여 줬다는 사실을 겨우 기억해 냈다. 그런데 그 사람이 누구였더라?

"무슈, 판돈을 거세요! 판돈을 거셔야, 여러분, 게임이 시작됩니다."

그 순간, 백 프랑짜리 지폐 한 장이 그의 손에서 스르륵 빠져나가더니, 도박 테이블 한가운데에 있는 숫자 위로 툭 떨어졌다. 이번 판은 그 숫자에 적중하며 이겼다. 초록색 펠트 테이블 위로 서른여섯 장의 백 프랑짜리 지폐가 로링 교수 쪽으로 물밀듯이 몰려왔다. 같은 숫자에 다시 베팅하시겠습니까? 로링 교수는 딜러의 질문에 '예'라는 의미로 조용히 고개를 끄덕여 보였다. 그러자 딜러는 본전을 포함해 삼천칠백 프랑을, 갈퀴 막대를 이용해 한곳으로 가지런히 옮겨 두었다.

---

7   원문에서 딜러의 말은 전부 프랑스어로 처리돼 있다.

다시 같은 숫자가 나왔고, 이번엔 아까보다 더 많은 양의 지폐 무더기가 행복해하는 도전자의 주머니 속으로 와르르 몰려들었다. 이제부터는 자신의 이론에 따라 차분하게 베팅을 해야 한다. 로링 교수는 계획대로 움직였다. 먼저 천 프랑을 걸어서 그 금액을 세 배로 불렸다. 다시 삼천 프랑을 베팅하고, 또다시 승기를 잡았다. 로링 교수는 딴 돈을 다시금 두 배로 불렸고, 그때부터 주변 도박꾼들의 시선이 그에게 집중되기 시작했다. 사람들은 흥미와 질투가 뒤섞인 눈빛으로 거듭 승리를 차지하는 로링 교수의 모습을 지켜보았다. 그렇다면 이제껏 딴 이 모든 돈은 누구의 것이라는 말인가?

지금으로서는 그런 생각을 할 여유가 없었다. 로링 교수는 자기가 세운 이론에 완전히 사로잡혀 있었다. 마치 어떤 초월적 존재가 그의 지적 사고를 완벽히 조종하고 있는 듯 보일 지경이었다. 가령 자신만의 초월적 힘, 즉 다이몬[8]이 베일을 쓴 승리의 여신과 대결을 펼치고 있는 것 같았다. 이것이야말로 부인할 수 없을 만큼 흥분되는 일이 아니겠는가. 퓨어워터 대학교를 방문한 대통령의 영부인과 차를 마시던 시간에 비한다면 말이다. 병력을 좌측에서 우측으로 재배치하고, 공격하고, 후퇴하고, 전열을 정비하는 전쟁터의 나폴레옹 장군이 된 기분이었다. 아, 베일을 쓴 승리의 여신이 이번만큼은 무참히 패배하고 있었다!

밤이 깊어 감에 따라, 로링 교수가 선보이는 놀라운 광경에 매료된 군중은 도박판을 완전히 둘러싸기에 이르렀다. 그

---

8   daemon. 고대 그리스 및 헬레니즘 시대에 '신과 인간 사이에 위치한 선하거나 악한 초자연적 존재'를 가리키는 의미로 사용되던 말이다.

순간, 열차에서 만난 어떤 여자가 자신에게 지폐 한 장을 건넸다는 사실이 불현듯이 떠올랐다. 오늘 오후에 함께 열차를 탔던 그 여자가…… 하지만 그딴 게 지금 무슨 상관이라는 말인가? 로링 교수는 매번 최대 금액으로 판돈을 걸었다. 그의 정신은 그 어느 때보다 맑고 명료했으며, 지성마저 절정에 도달해 있었다. 마침 그의 명징한 정신 속에서 '아카디'가 자정에 문을 닫는다는 또 다른 유용한 정보가 떠올랐다. 오늘 밤에 따뜻한 지붕 아래서 편히 쉬려면 지금 당장 이 자리를 털고 일어나야만 했다.

로링 교수는 침실에서 편히 휴식하고 싶었기에, 조용히 딴 돈을 주머니 속에 집어넣고 도박 테이블을 떠나 카지노 바깥으로 나섰다. 배는 고팠지만 기분이 상쾌하고 정신도 그 어느 때보다 맑았다. 아마 그에게 정말 필요했던 것은, 이젠 이름조차 떠오르지 않는, 열차 안에서 마주친 여자가 불러일으킨 불쾌한 긴장감과 다른, 이처럼 즐거운 흥분이었는지도 모른다. 지금 그가 가장 원하는 것은, 밝은 조명을 밝힌 길거리의 아무 카페에나 들어가서 맥주 한 병과 햄 샌드위치를 먹으며 유유히 시간을 보내는 것이었다. 아니면 '웨일스식 치즈 토스트'[9]라는 낯선 음식을 먹어 봐도 나쁘지 않을 것이다. 하지만 밤공기가 싸늘했으므로 공원 벤치에서 밤을 지새우지 않으려면, 최대한 자제심을 발휘해 '아카디'로 빨리 움직여야 했다.

---

9   Welsh rabbit. 유래는 불분명하나 영국에서 널리 먹는 음식이다. 보통 빵 위에 체더치즈와 머스터드 등을 얹어 구워 낸다. 토끼는 물론이고 고기가 전혀 들어가지 않는 까닭에, 조롱조로 이러한 이름이 붙었다는 설이 있다.

꾀죄죄한 앞치마 차림을 한, 반쯤 잠에서 깬 소년이 하숙집의 문을 열어 주었다. 로링 교수가 들어오자마자 그 아이는 바로 문을 잠그고 2층의 작은 빈방으로 안내해 주었다. 두 사람이 층계참을 오를 때마다 낡은 계단이 삐걱거리며 요란한 소리를 냈다. 그리고 지나치는 방문 너머에서는 잠든 사람들의 숨소리와 뒤척이는 소리가 새어 나왔다. '아카디'라는 하숙집은 자그마한 방들이 다닥다닥 붙어 있는, 작고 허름한 건물이었다. 로링 교수는 문득, 산속의 숙소는 이보다 더 쾌적하고 손님들도 덜 붐비기를 바랐다. 그래도 이 정도면 하룻밤은 충분히 묵을 수 있다고, 그는 막연히 생각했다.

소년이 떠난 뒤, 그는 전등을 켜고 주머니가 불룩 튀어나올 만큼 쑤셔 넣은 지폐들을 테이블 위에 와르르 쏟아 냈다. 그러고는 여행 가방 쪽으로 다가갔다.

여행 가방은 그리 크지 않았지만, 언제나 짐을 푸는 건 길고 수고스러운 일이었다. 매번 어떤 물건을 어디에 넣었는지 기억나지 않아서, 가방 속의 소지품을 일일이 끄집어내야 했다. 언젠가는 세면도구 속에서 실내화를 찾은 적도 있었다. 축축하게 젖은 스펀지가 잠옷 속에 돌돌 말려 있는 난감한 상황도 부지기수였다.

하지만 오늘 밤에는 목욕용 스펀지도, 파자마도 찾을 생각이 없었다. 첫 번째 여행 가방을 여는 순간, 손가락 끝에 새하얀 원고지 뭉치가 딱 닿았다. 항상 연구 논문을 작성할 때 사용하는 종이였다. 테이블 위에는 잉크가 딱딱하게 말라붙은 호텔용 잉크병이 놓여 있었고, 천장에 매달린 전등은 이리저리 아른거리고 있었다. 테이블 앞엔 의자 하나가 있고, 활짝 열린 창문 너머에서 들려오는 고요히 잠든 바다의 속삭임이 귓가를 간질였다. 이따금 저 멀리서 울리는 자동차의 경적 소리마저 딱히 신경 쓰이지 않았다. 로링 교수의 뇌에도 이 같은 평온함과 적막함이 깃들었다. 참으로 기묘한 일이었다. 베일을 쓴 승리의 여신과 한바탕 승부를 벌인 끝에, 오히려 그의 지적 능력이 더욱 예리해진 것이었다. 지난 몇 주 동안 병마와 피로에 시달리느라 지적 무기력에 빠져 있던 그를 완벽하게 각성시켜 주었다. 더는 도박 테이블이나 확률 이론 따위는 떠오르지 않았다. 그 대신 이토록 새롭게 재정비된 지적 능력을 더욱 고양시켜, 반드시 무너뜨려야 할 막강한 괴물과 마주해야 했다.

"아인슈타인!" 그는 성전(聖戰)을 앞둔 십자군 전사가 구호를 외치듯이 크게 소리쳤다. 그는 테이블 앞에 앉아서, 수북이 쌓인 지폐 뭉치를 한쪽으로 밀어내고, 벌써 말라붙은 시퍼런 잉크병에 펜촉을 푹 찔러 넣었다. 그러고는 글을 써 내려가기 시작했다.

밤의 정적은 신비하고 황홀했다. 아인슈타인의 이론에 맞서는 그의 논리가 하나하나 엮이면서 사슬처럼 차곡차곡 이어지기 시작했다. 꾸물거리며 전진하는 애벌레 떼같이 종이 위를 끊임없이 가로질렀다. 한 치의 망설임이나 약간의 주저함조차 없었다. 이토록 매끄럽게 정신적 활동이 유지되기는 실로 오랜만의 일이었다. 문득 외딴 산속에 자리한 이름 모를 숙소에서 지내려던 계획을 철회하고, 자신의 지적 능력을 발휘하기에 가장 적합한 이곳, 하숙집에서 겨울을 보내는 편이 더 나을 것 같다는 생각마저 들었다.

바로 그때, 옆방에서 느닷없이 소음이 울려 퍼졌다. 처음에는 쾅 하고 거칠게 문을 닫는 소리로 시작하더니, 마음대로 열리지 않는 자물쇠와 멍청하게 씨름하는 신경질적인 소리가 뒤따랐다. 그러고는 신발 한 켤레를 타일 바닥에 힘껏 내던지는 소리가 들려왔다. 울퉁불퉁한 세면대에 물을 붓는 소리, 그리고 두 객실을 연결하는 문 바로 앞에 있는 듯싶은, 삐걱거리는 세면대 위에 물병을 거칠게 내려놓는 소리도 났다. 한참 동안 격렬하게 세수하는 소리가 한바탕 이어졌다. 마침내 잠깐의 평화가 찾아오며 모든 소음이 끝났나 싶었는데, 그저 속임수일 뿐이었다. 곧장 휘파람 소리처럼 희미하게 울리는 숨소리가, 마치 음계를 연습하는 듯 오르락내리락했다. 급기야 헛간에서나 들릴 법한 기묘한 소리와 함께, 앵무새의 야단스러운 울음소리 같은 소음이 반복되었다. "난 땡전 한 푼 없는 빈털터리야, 빈털터리라고!"

　그런 와중에도 로링 교수의 머릿속에서는 쉼 없이 이론적 주장들이 하나씩 결집되었고, 그는 그 모든 논리를 단단한 언어의 틀 속에 가두기 위해 애쓰고 있었다. 하지만 옆방에서 울려 퍼지는 억눌린 불협화음이 점점 더 커지자, 그의 정신적 투쟁은 불리한 상황으로 치닫고 있었다. 결국 그는 자리에서 벌떡 일어나, 주머니 속을 뒤진 끝에 벨벳 귀마개를 찾아냈다. 로링 교수는 부리나케 귀마개를 뒤집어썼다. 그러나 이 같은 조치는 역효과를 불러왔다. 귀마개는 끊임없이 귓가를 괴롭히는 소음을 차단해 주기는커녕, 오히려 그 소리에 집중하게 했다. 옆방에서 새어 나오는 희미한 소음은, 마치 깊고 어두운 밤의 고요함 속에서만 들을 수 있는 초자연적 떨림처럼 귓가를 날카롭게 파고들었다. 잠에 흠뻑 취한 하숙집에서 들려오는 불길한 마찰음과 삐걱거리는 소리. 아무리 베개를 겹겹이 쌓고, 이불을 끌어 올려도 절대 막을 수 없는 소음이었다.

이윽고 로링 교수는 옆방과 연결된 문 아래에 커다란 틈새가 있음을 알아챘다. 그 틈새를 막지 않으면 연구 작업은 불가능할 터였다. 마침내 로링 교수는 자리에서 벌떡 일어나, 문틈을 막을 만한 수건을 찾고자 세면대 쪽으로 냉큼 달려갔다. 그런데 급히 객실을 안내받느라 미처 수건을 챙기지 못한 모양이었다. 그렇다면 신문지라도, 하지만 그것조차 없었다. 그는 뭐라도 찾으려고 방 안을 두리번거렸으나 결국 헛수고였다…….

이윽고 소음은 나직한 속삭임처럼 잦아들었다. 하지만 간헐적으로 침묵을 깨뜨리는 불규칙한 소리 때문에 신경이 더욱 곤두섰다. 그는 절망적인 눈빛으로 방 안을 둘러보았고, 테이블 위에 수북이 쌓인 지폐 더미를 발견한 순간, 머릿속이 번뜩였다. 그는 다시 자리에서 일어나, 지폐 뭉치를 문틈에 마구 쑤셔 넣었다.

비로소 신비한 기적처럼 완벽한 침묵이 찾아왔고, 로링 교수는 계속 작업을 이어 나갔다.

4

언덕 위에 자리한 숙소에서 처음 스물네 시간을 보낸 뒤, 로링 교수는 바로 여기가 그동안 꿈꾸었던 마지막 안식처라는 확신이 들었다. 주위 풍경을 제대로 둘러보지 않았음에도, 꽤 높고 아늑한 위치인 것 같았다. 방에는 햇살이 가득했고, 무엇보다 양질의 숙면을 취할 수 있는 최적의 환경이었다. 그는 이 같은 혜택을 누렸을 때 얻을 수 있는 상쾌한 기분으로,

다음 날 아침, 식당으로 향했다. 과도할 정도로 친근하게 구는 동포도, 지나치게 목례를 하며 예의를 차리는 프랑스인도 없었다. 그저 네댓 명가량의 영국인만이 눈에 띄었는데, 그들은 로링 교수가 누군가에게 말 붙이는 것을 두려워하는 만큼 질문을 받을까 봐 경계하는 모습이었다. 그는 정확히 필요한 정도의 단백질과 탄수화물을 조용히 섭취한 뒤에, 애써 남의 시선을 피하려 하지 않는다는 사실조차 티 나지 않을 만큼 완벽히 유령 취급을 받으며 다시 방으로 돌아왔다. 그로부터 한 시간 뒤, 그는 다시 작업에 몰입해 있었다.

이렇게 평온한 삶이 영원히 유지될 수만 있다면! 그러나 그는 처음부터 뭔가 불길한 기운을 감지하고 있었다. 분명 이곳에는 아기가 있다. 물론, 모두가 그 사실을 부정했다. 요리사는 계단 옆에 놓인 이유식 그릇을 보고 '고양이 밥그릇'이라 둘러댔다. 집주인은 과부가 된 지 벌써 이십 년째라며, 아기가 있다는 건 어불성설이라 했다. 그렇다면? 급기야 하녀에게 어딘가에서 아동용 약 냄새가 난다고 묻자, 그녀는 미모사 향기가 어떤 이에겐 약품 냄새처럼 느껴질 수도 있다고 반박했다.

그날 저녁, 로링 교수는 귀마개를 낀 채, 의례적으로 정원을 산책한 뒤, 다시 방으로 돌아와서 작업에 몰두했다. 처음 두 시간 동안은 아무런 방해 없이 글을 쓸 수 있었다. 그런데 언젠가부터 희미한 울음소리가 들려왔다. 그는 더욱 귀마개를 틀어막고 작업을 이어 갔지만, 그 낮고도 가느다란 울음소리는 마치 코르크 마개처럼 귓속을 비집고 들어왔다. 마침내 그는 펜을 내동댕이치고, 오감을 집중해서 귀를 쫑긋 세웠다. 울음소리는 오 분마다 반복되었다. "말해 봤자 고양이 울음소리라고 둘러대겠지!" 그는 이를 바득바득 갈았다. 이젠 그따위 얄팍한 수작에 속지 않으리라. 애당초 이곳에 들어설 때부터, 왠지 모르게 아이 냄새가 나는 것 같다고 생각했었다. 그때 곧장 걸음을 돌려 다른 곳으로 떠나야 했는데! 그러나 여기에서 나가면 어디로 가야 한담?

미지의 세계로 뛰어든다는 생각만으로도 벌써 중병(重病)의 첫 단계에 접어든 환자처럼 나약해지는 기분이었다. 게다가 새로운 연구 작업은 이미 그의 정신에 깊숙이 파고들어, 마치 굶주린 짐승처럼 머릿속을 쪽쪽 빨아먹고 있지 않은가. 그리고 아래층에서 마주친 사람들은 점심 식사 때와 마찬가지로 저녁 식사 시간에도 무뚝뚝하고 냉정하게 행동했다. 두 끼의 식사를 함께하면서 추측해 보건대, 그들이 그를 귀찮게 할 가능성은 전혀 없었다. 그렇다면 이곳은 천국이 아닌가, 딱 한 가지 문제만을 제외하면!

가느다란 울음소리는 끊이지 않았고, 로링 교수는 의자에 앉아 몸을 돌린 채 절망적인 눈빛으로 주위를 둘러보았다. 작고 단출한 방, 복도로 향하는 문 하나가 전부인 곳이었다. 이틀 전에, 몬테카를로에서 이와 비슷하게 방해받았던 때가 희미하게 떠올랐다. 당시에 그는 그 소란을 잠재울 방법을 찾아냈다. 어떻게 했더라? 그 방법을 정확히 기억해 낼 수만 있다면!

그의 시선이 문 쪽으로 향했다. 문 밑으로 희미한 빛이 보였고, 누군가가 아이를 돌보고 있음이 틀림없었다. 그의 정신은 서서히 엄혹한 현실로부터 문 밑의 작은 틈새로 내리닫기 시작했다.

"수건 두 장이면 될 텐데……. 아, 이런, 수건이 없잖아!"

탄식이 끝나기도 전에, 그는 벽에 가지런히 걸려 있는 수건을 퍼뜩 발견했다. 그런데 왜 이 방에 수건이 없다고 생각했을까? 그 까닭은, 몬테카를로에서 보냈던 밤을 떠올리고 있었기 때문이다. 그곳 방에는 수건이 없었고, 그래서 옆방에서 들리는 소음을 차단하기 위해 어쩔 수 없이……

"오, 세상에!" 로링 교수가 외쳤다. 손에 들고 있던 펜이 바닥으로 떨어졌다. 그는 자리에서 벌떡 일어났고, 의자가 등 뒤로 요란하게 쓰러졌다. 이 야단에 아이가 겁에 질렸는지, 울음소리는 즉시 멈추었다. 그 순간, 소름 끼칠 만큼 무거운 정적이 흘렀다.

"오, 세상에!" 교수가 다시금 외쳤다.

소리가 들려오는 반대편 방과 관련한 지난 기억이 머릿속에 천천히 펼쳐졌다. 그때, 테이블에서 벌떡 일어나 수건을 가지러 갔다가 아무것도 찾을 수 없자 종이 뭉치를 닥치는 대로 손에 쥐고 문틈에 쑤셔 넣었는데……. 종이 뭉치, 그렇다! "오, 세상에……."

그날 밤, 그가 손에 쥔 것은 종이 뭉치가 아니라 수백 장, 수백만 장의 백 프랑짜리 지폐였다. 그 엄청난 액수의 지폐를, 감히 겁도 없이, 손에 미친 듯이 그러쥐고 문틈을 막아 버렸던 것이다! 그 거액의 돈다발로 말이다. 도대체 그 큰돈이 어디서 생겼다는 말인가. 또, 그 돈은 누구의 것이었을까?

로링 교수는 침대 구석에 힘없이 주저앉아서, 두 손으로 터질 것 같은 머리를 감쌌다.

날이 환하게 밝은 뒤에도 로링 교수는, 자신의 광기 어린 행동을 이해하기 위해, 도무지 믿기지 않는 일련의 사건들을 하나하나 되짚어 보았다. 그 당시, 문틈에 쑤셔 넣은 지폐 뭉치 중 단 일 프랑도 그의 돈이 아니었다. 이 점 하나만큼은 확실했다. 그리고 명확하지는 않지만, 누군가가 자신에게 백 프랑짜리 지폐를 건네주었던 또 다른 기억이 떠올랐다. 마르세유로 향하는 배 위에서였던가, 아니면 열차 안에서였나? 게다가 카지노에서 도박을 하라는, 기이한 지시까지 받았는데…… 현재로서는 거기까지가 기억의 전부였다……. 그의 몽롱한 정신은 찬란한 천상에서 현실이라는 딱딱한 바닥으로 추락했고, 아직도 그 충격에서 헤어나지 못한 상태였다. 어쨌든 그 지폐 뭉치 중 단 한 푼도 자신의 것이 아니었다. 그리고 자기 것이 아닌 돈다발을 몬테카를로의 어느 하숙집 문틈에 끼워 둔 채, 별생각 없이 떠난 것이었다. 지금으로부터 이틀 전의 일이었다…….

또다시 아이의 울음소리가 들려왔다. 하지만 집 안의 다른 사람들은 여전히 깊은 잠에 빠져 있었다. 이윽고 로링 교수는 헝클어진 머리카락, 면도하지 않은 수염, 마치 광기에 물든 햄릿처럼 온통 흐트러진 차림새로 갑자기 문을 박차고 뛰쳐나갔다. 하녀는 미치광이 같은 그의 모습에 놀랐지만, 로링 교수의 뒤통수에 대고, 마을로 가는 지름길을 이용하면 마지막 고속버스를 탈 수 있으리라고 소리쳤다.

로링 교수는 연구 작업을 하다가 돌연 멈추면, 힘겨운 수술을 위해 깊은 마취에 빠졌다가 깨어난 것 같은 멍한 기분에 사로잡혔다. 그렇게 미끄러운 수직 벽에 둘러싸인, 아무런 사실도, 사유도 없는 텅 빈 세상 속을 떠다니는 것이었다. 몬테카를로에 이르는 사이, 그를 둘러싼 벽은 고속버스에 올라탄 승객들의 무표정한 얼굴로 변해 있었다. 그의 정신은 매끈하고 비밀스러운 벽을 애써 기어오르며, 다시 현실로 돌아가기 위해 분투하고 있었다. 유일하게 한 가지 감정만이 남아 있었다. 바로 그 여자, 그 존재에 대한 혐오감이었다. 그 치명적인 백 프랑짜리 지폐를 굳이 쥐어 준 당사자. 로링 교수는 마치 물에 빠진 사람이 구명조끼를 움켜쥐듯 그 유일한 감정을 붙들었고, 그것이 자신을 현실로 끌어 올려 주기만을 간절히 기다렸다. 그 원수 같은 여자의 이름을 다시 기억해 낼 수만 있다면!

그는 몬테카를로에 도착하자마자 택시를 잡아타고, 유일하게 기억나는 그 단어를 외쳤다. "아카디!" 로링 교수는 이렇게 말하면서도, 택시 기사가 그 보잘것없는 하숙집의 이름을 알 리 없다고 생각했다.

"아카디요? 거기야 당연히 알지요! 요즘 사람들은 다들 거기만 찾거든요!" 택시 기사는 정확한 위치를 아는 듯, 한 치의 망설임도 없이 곧장 핸들을 틀었다. 그 특별할 것 없는 하숙집을 '사람들'이 굳이 찾아간다니, 이게 무슨 뜻일까? 도대체 그 사람들은 누구라는 말인가.

"확실한가요?" 교수가 더듬대며 물었다.

"아, 길을 확실히 아느냐고요? 걱정 마세요, 그냥 사람들을 따라가기만 하면 되니까!"

기사의 말은 다소 과장된 듯싶었다. 워낙 이른 아침이었기에, 몬테카를로의 주거지는, 로링 교수가 마지막으로 방문했을 때와 마찬가지로, 인적을 찾아보기가 힘들었다. 혹시나 길을 제대로 가고 있는지 의심했더라도 즉시 헛된 걱정이었음을 깨닫게 되었으리라. 맞은편에서, 테니스복을 차려입은 쾌활한 인상의 젊은 남자가 성큼성큼 걸어오고 있었기 때문이다.

"테이버 트링!" 로링 교수의 깊은 무의식으로부터 그 이름이 터져 나왔다. 그리고 어떻게든 그 젊은이의 주의를 끌기 위해 반사적으로, 교수는 택시 밖으로 몸을 내밀고 힘껏 손짓을 해 댔다.

아무래도 로링 교수가 착각한 모양이었다. 그 젊은이는 교수를 발견하고 잠시 멈추어 섰지만 말문이 막힌 듯 공허한 시선으로 멀뚱히 쳐다볼 뿐이었다. 그러고는 발걸음을 돌리더니 골목길 아래로 잽싸게 사라지고 말았다. 또다시 로링 교수는 습관적으로 고개를 드는 불확실성에 휩싸였고, 그를 쫓아가야 할지 잠시 고민에 빠졌다. 그러나 택시는 계속 달리고 있었고, 미처 다른 결정을 내리기도 전에, 입을 떡하니 벌린 군중을 뚫고, 여전히 생생하게 기억나는 '아카디'의 입구에 당도해 버렸다.

"자, 도착했습니다!" 택시 기사는 버릇없이 구는 아이를 달래듯 손짓을 했다.

드디어 도착했군! 로링 교수는 거의 뛰다시피 택시에서 내려, 하숙집 입구에 잔뜩 몰려든 사람들을 밀치고 앞으로 나아갔다. 그런데 눈앞에 보이는 것이라고는 검게 불타 버린 폐허뿐이었다. '아카디(이상향)'라는 역설적인 현판을 내건 정원의 입구는 완벽한 혼돈 속으로 이어져 있었다. 다만 하숙집 뒤편에 들어선 이름 모를 건물들이, 이 재앙의 공간을 내려다보고 있을 따름이었다.

"여기가 아니잖습니까!" 로링 교수가 어이없다는 목소리로 항의했다. "여기는 불타 버린 폐허잖아요!"

"당연하지요." 택시 기사가 여전히 아이를 달래듯 말했다.

그 순간 로링 교수의 관자놀이가 찌르는 듯 욱신거렸다.

"설마…… 여기가 정말…… 아카디 하숙집이 있던 자리라는 말입니까?"

택시 기사는 어깨를 으쓱하더니, 하숙집의 현관을 가리켰다.

"도대체 언제 이렇게 된 거죠?"

"어제 오전에요."

"그럼 집주인은요? 여기 묵던 사람들은요?"

"아, 그게……."

"제발 도와주세요. 어떻게 좀 그들을 찾을 수 없을까요?"

택시 기사는 로링 교수의 절규에 마음이 움직인 듯했다. "무슈, 진정하세요. 인명 피해는 없었답니다. 혹시 이곳에 친구나 지인이 계셨다면……."

로링 교수는 당장 말허리를 자르며, 친구나 지인은 없었다고 정정했다.

"그렇다면 곧장 경찰서에 가 보는 편이 좋겠군요." 택시 기사가 계속 말을 이었다.

경찰이라니! 그 한 단어가 듣는 이의 귀를 의심하게 했다. 나더러 경찰을 찾아가서 그 돈에 대해 설명하라고? 그토록 황당한 일을, 심지어 서툰 프랑스어로 해명해야 한다고? 상상하기만 해도 온몸이 차갑게 식었다. 곧이어, 지나칠 만큼 공감 능력이 뛰어난 택시 기사에게 이끌려 경찰서로 향하는 끔찍한 광경이 머릿속에 그려졌다. 그는 황급히 요금을 지불하고 택시를 부리나케 떠나보냈다. 그러고는 시커먼 연기가 피어오르는 불탄 폐허 앞에 서서, 그는 자신의 어리석음이 남긴 흔적을 망연히 바라보았다.

상황이 이러한데, 돈을 되찾을 수 있을까? 이전엔 그저 희망이 보이지 않았다면, 이제는 뭔가 시도하는 일 자체가 프랑스법이라고 하는 낯설고 기묘한 위험을 자초하는 꼴이었다. 이곳 경찰한테 붙잡혀, 신문당하고, 조사받고, 여권은 물론이고 어렵게 쓴 원고마저 몰수당하는 자신의 모습이 눈앞에 선했다. 몇 달 동안 꿈꾸던 이성의 평온한 휴식과 연구 작업에 대한 장밋빛 소망이 한순간에 사라져 버리는 광경 말이다. 그때, 폐허를 감시하는 경찰의 시선이 흥미롭게 자신을 쳐다보고 있음을 깨달았다. 로링 교수는, 틀림없이 '테이버 트링'으로 보이던 젊은 남자가 자기를 발견하자마자 잽싸게 몸을 피하던 모습을 떠올리며, 그 역시 서둘러 화재 현장에서 달아났다.

그렇게 몬테카를로의 다른 구역에 도착한 뒤에야, 그는 길거리 벤치에 주저앉아 현재의 상황을 정리해 보았다.

그러니까 이틀 전에, 그는 정확히 이러한 상황이었다. 몬테카를로에 도착했고, 고속버스를 놓쳤다는 사실을 알게 되었다. 뒤이어 그를 구원해 줄 여러 기억들이 하나둘 꼬리를 물고 떠올랐다.

천천히 어느 젊은 여자의 어렴풋한 모습이 떠올랐다. 진주와 모피로 한껏 치장한 여자, 그가 탔던 열차에서 급히 내리던 여자, 그리고 그 짧은 순간에, 그의 손에 지폐 한 장을 억지로 쥐어 주던 모습까지.

"공주…… 무슨 공주라고 했는데…… 저를 벳시라고 불러요……." 지금까지 찾아낸 실마리라고는 이게 전부였다. 로링 교수는 그 동승자가 칸에서 내렸다는 사실을 분명히 기억해 냈고, 이토록 무거운 양심의 짐을 내려놓을 수 있는 유일한 희망은, 다시 열차를 타고 칸에 가서 아무래도 불가능해 보이는 이 탐색을 계속 이어 나가는 것뿐이었다.

5

열차에 몸을 싣고 칸으로 출발하려는 순간, 로링 교수는 그제야 자신이 얼마나 끔찍한 상황에 처했는지를 깨달았다. 그는 한 시간 동안, 현재 자신이 처한 비참한 현실을 정확히 분석했고, 그 재앙의 규모가 얼마나 어마어마한지를 직시했으며, 불명예는 물론이고 자기가 책임져야 할 돈이 얼마큼 거액인지도 또렷이 인지했다. 하지만 무엇보다 끔찍한 일은, 그토록 사랑하는 학문적 연구로부터 헤아릴 수 없을 만큼 오랜 세월 단절될, 비극적 운명에 처했다는 사실이었다. 앞으로 한동안은 부채를 갚기 위한 예비적 난관을 헤쳐 나가야 할 것이고, 그 뒤로도 오래도록 잃어버린 돈을 변상하느라 느리고 지루한 세월을 보내야 할 터다. 게다가 그 엄청난 빚을 갚으려면 현재 몰두하고 있는 진지한 과학적 연구를 포기하고, 생각하기만 해도 끔찍한 대중 과학 잡지에 천박하기 짝이 없는 '기사'를 써야 할지도 몰랐다. 한때, 그런 쓰레기 같은 지면을 제법 값비싼 원고료와 함께 제안받은 적이 있긴 하지만, 당시만 해도 경멸을 금치 못하며 일언지하에 거절했었다. 그러나 지금 그가 품을 수 있는 최선의 희망은, '에티켓 칼럼'이나 '레이철 화장품'과 '수영복'의 신상품 소식을 알리는 싸구려 잡지에 자신이 기고할 만한 자리가 남아 있기를 간절히 바라는 것뿐이었다.

칸에 도착하자마자, 그는 가장 번화한 상점가로 향했다. 로링 교수는 굳은 의지를 발휘해, 최대한 모든 정신을 외부 세계에 집중한 채, 필사적으로 드레스 가게를 하나하나 찾아다니기 시작했다.

방문하는 가게마다 극진한 예우를 갖춰 그를 맞이해 주었다. 기묘한 우연인지 몰라도, 모든 드레스 가게엔 '벳시'라는 이름을 가진 직원이 한 명씩은 근무하고 있었다. 대부분 젊은 나이에 부드러운 곱슬머리를 가진, 볼을 발그레하게 화장한 여성들이었는데, 로링 교수가 대번에 자신이 찾는 여자가 아니라고 퇴짜를 놓자 저마다 불쾌한 기색을 내비쳤다. 결국 교수는 가게를 나설 때마다 그의 등 뒤에서 들려오는 볼멘소리를 감수해야 했다. 이 무렵부터는 자신을 '러시아 공주'라고 소개한 여자의 얼굴을 어느 정도 또렷이 떠올릴 수 있었다. 그 덕분에, 이제껏 가게에서 만난 젊은 여자 직원 중에 그녀가 없다는 사실을 확신할 수 있었다. 절망감에 젖어, 마지막 드레스 가게에서 나온 로링 교수는 길거리 벤치에 주저앉아 고뇌에 잠겼다.

바로 그 순간, 머릿속에서 딸깍하며 내면세계로 향하는 문이 활짝 열렸다. 이번에 열린 문은, 로링 교수를 격렬한 혼란이 아니라 창조적 세계로 이끌어 주었다. 그는 순간적으로 아인슈타인과 논쟁할 때 반드시 짚고 넘어가야 하는 중요한 논점을 깨달았고, 이 계시를 메모해 두기 위해 곧장 종이를 꺼냈다. 그런데 지금 그가 가진 종이는 달랑 한 장뿐이었다. 그것도 칸으로 향하는 열차에서, 장차 그 러시아 공주한테 갚아야 할 부채를 계산하느라 온통 낙서해 버린 찢어진 봉투 한 쪽말이다. 어쩌면 뒷면엔 메모가 가능할지도 몰랐다. 로링 교수가 봉투 쪼가리를 뒤집자, 거기엔 낯선 필체로 적힌 메모 하나가 남아 있었다.

발랄라틴스키 공주
칼리포니 거리, 몽 카프리스 빌라

로링 교수는 번개처럼 자리에서 일어나, 미친 듯이 두리번거리며 택시를 찾았다. 칼리포니 거리가 어디에 있는지 짐작조차 안 되었지만, 오 분 거리든 아주 먼 곳이든 택시를 타는 수밖에 별도리가 없었다. 로링 교수는 그녀를 찾아야 한다는 일념에 사로잡혀, 지금 당장 이 주소지로 가야만 했다.

그를 태운 택시는 먼 길을 달렸다. 도심의 기나긴 도로를 벗어나자, 새하얀 먼지가 이는 평지가 나타났다. 그 길을 따라 푸른 덩굴이 늘어진 담장을 지나고, 꾸불거리는 언덕을 오르내린 끝에 택시는 급커브를 돌더니 마침내 멈춰 섰다.

로링 교수는 창밖을 내다보았다. 그의 눈앞에는 자신을 쳐다보는 기민한 표정의 익숙한 얼굴, 바로 테이버 트링이 서 있었다.

"오, 맙소사. 또 당신이군요!" 그는 거의 경악하듯 소리를 질렀고, 그 표정은 흡사 격렬한 분노나 두려움으로 새하얗게 질린 듯 보였다.

"또라뇨? 무슨 뜻이죠?" 로링 교수가 차분하게 물었지만, 상대방은 기막히게 빠른 동작으로 몸을 틀더니 곧장 푸른 나뭇잎이 드리워진 길을 따라 쏜살같이 사라져 버렸다.

로링 교수는 말문이 막혀서, 택시 좌석에 몸을 기댔다. '또'라고 말한 까닭은, 분명 오늘 아침에 몬테카를로에서 마주쳤기 때문이리라. 테이버는 그를 맞닥뜨릴 때마다 습관적으로 도망치고 있었다. 그러나 너무 빨리 달아나 버려서, 로링 교수로서는 도저히 따라잡을 수 없었다.

"흠, 저분은 뭔가 기분이 상한 모양이네요. 이 택시에 손님이 없는 줄 알고, 언덕까지 공짜로 얻어 탈 심산이었나 봅니다."

"그런 거라면 제가 공짜로 합승하게 해 줬을 텐데요." 교수가 아쉬운 투로 말하자, 택시 기사는 이렇게 대꾸했다. "벌써 일 킬로미터는 도망쳤을 거예요. 아마 손님 얼굴이 마음에 들지 않았나 봅니다."

택시 기사의 말을 듣고 자존심이 상했지만, 딱히 반박할 수 없었다. 택시는 다시 도로를 따라 움직이기 시작했고, 오래지 않아 주변 풍경 사이로, 위엄 넘치는 사자 조각상으로 장식한 대문과 계단식으로 조성한 단층 정원을 뽐내는 웅장한 저택이 모습을 드러냈다.

이즈음 로링 교수는 어떠한 뜻밖의 상황을 맞닥뜨리더라도 전혀 동요하지 않을 만큼 단련이 된 상태였다. 그래서 그 몰락한 러시아 공주라는 여자의 기묘한 난민 생활과 눈앞의 호화로운 저택이 결코 어울리지 않음에도 로링 교수는 군이 머리를 싸매고 고민하지 않았다. 저택 입구엔 똑똑히 '몽 카프리스 빌라'라고 적혀 있었고, 그것은 봉투 뒷면에 쓰인 주소와 일치했다. 이 정도면 충분했다. 그는 굳게 결심한 듯 단호한 손길로 초인종을 눌렀고, 제복 차림의 하인이 나왔다. 교수는 그에게, 발랄라틴스키 공주가 집에 있는지를 물어보았다.

로링 교수는 응접실을 가로지르는 긴 복도를 지나, 한참이나 더 안내받은 끝에, 비로소 긴 의자에 앉아 있는 러시아 공주를 만나게 되었다. 그녀는 교수를 보더니 천천히 일어났다. 검은색의 반투명한 드레스, 아니 정확히는 몸의 윤곽만이 드러나 보이는 옷이었다. 여자는 완벽한 자태를 과시하며 로링 교수의 눈앞에 서 있었다.

그 순간, 로링 교수의 머릿속에서 다시 한 번 딸깍 소리가 울렸다. 그와 동시에, 깊은 내면에서 날카로운 외침이 들려왔다. '아름다운 여자를 보면 눈길이 가는 법이지.' 그는 애써 마음의 귀를 닫고, 조용히 그녀를 향해 다가갔다.

그런데 세 걸음도 떼지 않았을 때, 불쑥 상대가 먼저 다가오더니, 순식간에 그의 손목을 부러질 정도로 강하게 움켜쥐었다. 그러고는 뜨겁게 타오르는 불덩이처럼 이글거리는 눈빛으로 그를 응시했다.

"선생님! 마에스트로! 이렇게 몰래 나타나셔도 소용없어요! 아무 연락도 없이 찾아오시다니! 그래도 저는 언젠가 선생님이 제 부름에 응답해 주시리라 믿고 있었어요. 아무리 많은 사람들 사이에 숨어 있어도, 그 어디에 있든지 저는 선생님을 알아볼 수 있답니다." 그녀는 당황한 교수의 손에 경건하게 입을 맞추었다. "천재가 치러야 하는 대가 같은 거죠." 그녀가 속삭였다.

"하지만……." 교수가 놀라서 입을 열었다.

그녀의 향기로운 손가락이 그의 입술을 슬며시 가로막았다. "쉿, 아직 안 돼요. 제가 왜 선생님에게 편지를 쓸 수밖에 없었는지, 먼저 설명하게 해 주세요." 여자는 긴 의자 옆에 놓인 푹신한 안락의자로 로링 교수를 이끌었다. 그러고는 동양식 예의를 갖춘 뒤에, 의자 쿠션에 몸을 기댔다. "한때는 인생의 만감(萬感)을 모두 경험했노라고 생각한 적이 있었어요. 고작 이 나이에 말예요, 정말 비극적인 일이죠? 하지만 그건 실수였어요. 철학, 결혼, 수학, 이혼, 조각 그리고 다시 사랑…… 이 모든 걸 경험했지만, 연극은 단 한 번도 시도해 본 적이 없었어요. 자신의 진정한 소명을 깨닫기까지 아주 오랜 세월이 걸리는 사람도 있잖아요! 선생님도 분명 저처럼 혼란스러운 시기를 겪어 보신 적이 있을 거예요. 어쨌든 제가 연극에 재능이 있다는 사실을, 겨우 석 달 전에야 깨닫게 되었답니다. 이제 막 희곡 한 편을 완성했어요. 『붉은 폭포』라는 작품인데요, 제 일생을 담아냈답니다. 제목만 봐도 아시겠지만, 제 친구들 말로는 제법 드라마적 가치가 느껴진다고 하더군요. 사실 친구들의 이야기를 들으면……."

로링 교수가 자리에서 벌떡 일어섰다. 지난날 열차에서 느꼈던 그녀의 광기 어린 모습이 또다시 떠올랐기 때문이다. 그는 조심스럽게 입을 뗐다. "아무래도 저를 다른 사람과 착각하신 모양인데……."

그녀는 우아한 몸짓으로 그의 말을 가볍게 무시해 버렸다. "제가 설명하고 싶은 건 딱 한 가지, 바로 주인공 역할은 저 자신만이 맡을 수 있다는 거예요. 어쨌거나 극의 모든 내용은 제가 직접 경험한 거니까요. 그러니 누가 저보다 더 그 역할을 잘 연기할 수 있겠어요? 그래서 이렇게 무릎을 꿇고 간청드리는 거예요. 저는 극작가이자 또 비극 배우로서, 드라마 제작자인 선생님을 만나 뵙고 싶었답니다. 이런 겉모습과는 달리 제 삶은 비극 그 자체였답니다. 그 사실을 증명하기 위해서라도, 제 삶을 간단하게나마 들려 드릴 수 있게 허락해 주세요."

다음 말로 넘어가기 전에, 그녀는 잠시 숨을 골랐다. 로링 교수는 그 틈을 놓치지 않고 자리에서 벌떡 일어나, 강력히 반발했다. "마담, 나는 그 이야기를 더는 들을 수가 없습니다. 먼저 당신의 인생살이는 벌써 들은 바 있고, 두 번째로 나는 그 일을 맡을 만한 적임자가 아니기 때문입니다."

순식간에 공주의 얼굴이 창백하게 질렸다. "사기꾼!" 그녀가 이를 갈며 말했다. 그러고는 자수를 놓은 초인종 줄을 향해 손을 뻗었다.

그녀가 격렬한 반응을 보이자, 흥미롭게도 로링 교수의 마음은 어느 정도 진정이 되었다. "나를 내쫓기 전에, 왜 여기까지 찾아왔는지 이유를 들어 보는 편이 좋을 텐데요. 이틀 전에, 열차에서 당신은 내게 억지로 백 프랑짜리 지폐를 쥐어 주었고, 심지어 몬테카를로 카지노에서 그 돈으로 도박을 해 달라고 부탁까지 했습니다. 바로 그 일 때문에 불운을 겪은 사람의 이야기니까 잘 들어 보세요. 불행히도 나는 당신의 이름이든 주소든 아무것도 기억할 수 없었고, 결국 칸까지 달려와서 이곳의 모든 드레스 가게를 이 잡듯이 뒤졌어요."

그 순간, 그녀의 얼굴이 조명을 밝힌 듯 환해졌고, 로링 교수는 그 모습이 너무나 사랑스러워서 하마터면 이제껏 자신이 느낀 두려움과 수치심을 까맣게 잊을 뻔했다.

"드레스 가게라고요? 아, 벳시를 찾으러 다니셨군요. 그건 사실이에요, 하루 온종일 마네킹 역할을 해야 했으니까요. 하지만 그날 교수님을 만난 뒤로, 제 운명이 기적적으로 바뀌었답니다, 전부 교수님 덕분이었지요." 공주는 감격에 겨운 목소리로 말을 이어 갔다. "이제야 그날 내게 나타난 천사이자 은인이 누구인지 알게 되었네요. 어떻게 여태 그런 분을 몰라봤는지! 제가 아무리 멍청해도 평범한 연극 제작자랑 교수님을 착각하다니 말이에요. 천재이자 철학자인 교수님을요! 부디 저를 용서해 주시겠어요? 저는 모든 걸, 정말 모든 걸 교수님에게 빚진 것이나 다름없어요!" 여자는 흐느끼면서, 로링 교수의 무릎에 거의 매달리다시피 했다.

그런데 그녀의 감정이 격해질수록, 오히려 로링 교수는 차분히 냉정을 되찾아 갔다. 그는 조심스럽게 그녀의 팔에 손을 얹고, 단호하고도 부드러운 몸짓으로 그녀를 다시 긴 의자 쿠션에 기대앉혔다.

"마지막 문장에서 주어를 저로 바꾸면, 정확하게 제가 하고 싶었던 말이 될 것 같습니다."

하지만 그녀는 그새 새로운 열정으로 불타오르고 있었다. "그 축복받은 백 프랑 지폐! 그 지폐를 교수님이 받아 주신 순간부터, 그 열차에서 내린 그때부터 제 운명은 기적적이고도 완벽하게 바뀌었답니다. 저 대신 카지노에 가서 그 돈을 베팅해 주실 줄 알았어요. 하지만 이렇게까지 엄청난 행운을 제게 가져다주실 줄은 꿈에도 몰랐답니다."

로링 교수의 이마에서 식은땀이 흘렀다. 이번에도 그녀의 악마 같은 직감이 그의 비밀을 꿰뚫어 본 것이다! 열차 안에서 그녀는 로링 교수의 이름을 알아보았고, 『현상의 제거』의 저자라는 사실을 알아냈으며, 새 책을 집필하고 있다는 상황조차 간파하지 않았던가? 당시만 해도 로링 교수는 그 모든 것을 그저 우연이라고 생각했다. 하지만 비로소 저 여자는 어떤 외부적 단서의 도움 없이도 모든 것을 꿰뚫어 볼 수 있는 신성한 능력을 가졌다고 확신하게 되었다. 여자는 자리에서 일어나더니 또다시 그의 두 손을 애절하게 붙잡았다.

"고맙다는 인사를 들으러 직접 찾아오신 거군요, 정말 감사해요!" 속눈썹 끝에 맺힌 눈물방울이 당장이라도 뚝 하고, 교수의 땀 맺힌 이마에 떨어져 내릴 것 같았다.

"오, 이러지 말아요! 제발!" 그는 필사적으로 손을 뿌리치며 뒤로 물러섰다. "부디 내게도 설명할 기회를 주세요…….
자세히 설명할 수 있는 시간을…….."

여자는 힐난하듯 손가락을 세우며 말했다. "스스로를 깎
아내리도록 내버려두라는 말씀인가요? 제 감사한 마음을 거
부하도록 그냥 지켜보기만 하라는 말씀이냐고요? 절대로, 안
될 말이에요! 교수님이 뭐라고 하든 달라지는 건 아무것도 없
답니다. 아주 오래전에, 캅카스산맥에서 만난 집시가 교수님
덕을 톡톡히 볼 거라고 예언했다니까요. 그런데 그 모든 은혜
를 베풀고도 내 감사 인사를 듣지 않겠다고 거부하시다니요!"

"하지만 나는 당신을 위해 아무것도 한 것이 없어요. 돈을
벌어 주지도 못했고 오히려…….."

"쉿, 쉿! 그런 말은 신성 모독이에요. 이곳의 호화로운 장
식과 아름다운 장관을 한번 보세요. 내일이면 이 모든 걸 잃을
뻔했답니다. 그런데 교수님 덕분에 엄청난 부가 마치 파도처
럼 저에게 밀려들었어요. 완전히 절벽 끝에 내몰렸다고 생각
했는데 말이에요."

"마담, 부탁인데 제가 솔직하게 고백할 수 있도록 기회를
주세요. 누군가가 잘못된 정보를 전달한 모양이군요." 로링
교수는 그녀의 끈질긴 시선으로부터 벗어나고자 초조한 눈빛
으로 애써 주위를 둘러보았다. "그 돈을 밑천 삼아 판돈을 딴
것은 사실이지만, 그 뒤에 그 돈을 전부 잃어버렸어요. 정말
수치스러운 실수를 저질렀죠."

하지만 공주는 그의 말을 귓등으로도 듣지 않았다. 그녀
의 얼굴 위로 감사한 마음에 복받친 눈물이 줄줄 흘러내렸다.
"잃어버렸다고요? 조금 더 잃었든 조금 더 땄든 그게 무슨 상
관이에요? 지금의 재정 상황을 고려하면, 그 정도는 전혀 문

제가 되지 않아요. 이제 나는 부자예요, 평생 부자로 살 수 있다고요! 사실은 그래서," 여자는 솔직하게 속내를 털어놓았다. "이제 내가 쓴 희곡을 무대에 올려 줄 제작자만 구하면, 이 세상의 어느 누구보다 완벽하게 행복한 여자가 될 수 있을 것 같답니다." 이어서 그녀는 매혹적인 눈빛을 그에게 고정한 채 말을 이었다. "그런데 말이죠, 최고의 친구이신 우리 교수님! 제가 쓴 희곡을 직접 읽어 드려도 괜찮을까요?"

"오, 아니에요." 교수는 간곡히 거절했다. 하지만 순간적으로 그 같은 거절이 그녀의 기분을 상하게 할 수도 있음을 깨닫고 황급히 덧붙였다. "그보다 먼저 꼭 해야 할 이야기가 있어요. 내가 정확하게 얼마나 많은 돈을 잃었는지, 그리고 어떻게 그 불행한 상황이 벌어지게 됐는지부터 설명해야 하는데……."

하지만 그녀가 더는 자신의 말을 듣고 있지 않다는 사실을 깨달았다. 그녀의 얼굴에 새로운 광채가 떠올랐고, 그 빛은 방금까지 흐르던 눈물을 이미 말라붙게 할 정도로 강력했다. 가녀리지만 날렵한 모습의 그녀는 테라스를 향해 나 있는 커다란 프랑스식 창문 쪽으로 다가갔다.

"나의 약혼자, 저기 교수님의 젊은 동포가 오고 있군요! 지금 도착했어요! 아, 두 사람을 드디어 만나게 하다니, 이 얼마나 행복한 순간인가요!"

로링 교수는 예상하지 못한 놀라움을 감추지 못한 채, 그녀의 시선을 따라 창가 쪽으로 고개를 돌렸다. 반쯤 열린 창문 너머로, 테니스복 차림의 젊은 청년이 거실을 향해 느긋이 걸어 들어오고 있었다.

"내 사랑, 테이버," 공주가 숨을 들이쉬며 말했다. "이분이 바로 나의 은인, 우리의 은인이셔, 이쪽은⋯⋯."

테이버 트링은 몸을 감싸 안는 그녀의 손길을 가볍게 밀쳐 내며 대답했다. "나도 누군지 알아." 그는 다소 격앙된 억양으로 얘기했다. "누군지 알기 때문에 아침부터 그렇게 도망다녔던 거라고."

앳되고 활기차던 그의 얼굴은, 스트레스 탓인지 시커먼 낯빛으로 빛바래 있었다. 그는 여자 쪽엔 시선조차 주지 않은 채, 단호하게 로링 교수를 바라보면서 입을 꾹 다물어 버렸다.

"정말 최선을 다해서 도망쳤어요. 십오 분 전인가, 죽기 살기로 달리다가 겨우 멈추었죠. 그러고는 스스로에게 이렇게 말했어요. '테이버 트링, 이런 식으로 굴면 안 돼. 중서부에서 태어나기는 했지만 부모님은 뉴잉글랜드 출신이잖아. 지금이야말로 뉴잉글랜드의 정신을 증명할 때가 된 거야. 메이플라워호[10]의 정신, 그 험난한 바위투성이 해안에 스며든 정신 말이야. 바로 그 정신을 물려받았다는 사실을 이제부터 증명해야 해.' 그리하여 세상에! 정말 그렇게 되었네요. 이제 여기에서 모든 사실을 털어놓을 작정입니다."

그는 주머니에서 비단 손수건을 꺼내 이마 위에 흐르는 땀을 닦아 냈다. 로링 교수가 흘린 식은땀만큼이나 그의 이마도 땀으로 흠뻑 젖어 있었다. 그러나 로링 교수의 인내심은 이쯤에서 바닥나 버리고 말았다. 일이 어떻게 되든, 어떠한 방해를 받든 이제 모든 것들을 낱낱이 까발리고야 말겠다고 굳게 다짐했다.

"이해가 안 되는군요." 교수가 입을 열었다. "오늘 아침엔

---

10 1620년. 영국에서 미국으로 첫 이민을 떠난 청교도들이 탑승한 배의 이름.

나를 피해 도망치더니, 이제는 나를 찾으러 왔다고 하니까요. 만약 여기, 이 여성과 밀접한 관계가 있는 사람이라면, 지금부터 내가 하려던 말을 같이 들어도 아무 문제가 없겠습니다. 마담, 다시 설명하지요. 나는 당신이 열차에서 건네준 백 프랑 지폐를 가지고, 몬테카를로의 카지노에서 도박을 했습니다. 전혀 예상치 않았지만 엄청난 액수의 돈을 따서, 그 모든 돈을 몽땅 챙겨 그날 묵던 숙소로 가져왔지요. 때마침 그날 밤에……."

"9만 9700프랑. 이게 정확한 액수예요." 테이버가 냉담하게 말했다.

로링 교수는 경악을 금치 못한 채 놀란 숨을 내쉬었다. 그저 이곳에서 벌어진 모든 일들이 몹시 낯설게 느껴질 뿐이었다. 퓨어워터 대학교에서는 감히 상상할 수조차 없을 정도로 뜻밖의 일들로 가득 차 있었던 것이다. 그래서 로링 교수도 더는 주의력을 붙들어 둘 수 없었다.

"액수를 아주 정확하게 알고 있군요. 하지만 그중 단 한 푼도 내 수중에 없다는 사실까진 알지 못할 겁니다."

"아, 그걸 제가 몰랐을까요?" 테이버 트링은 탄식하듯 한 마디를 내뱉고는, 또다시 이마에 맺힌 땀방울을 닦아 냈다.

로링 교수는 순간 멈칫했다. "이미 알고 있었다고? 아, 이제야 알겠군. 당신도 아카디 하숙집에 묵었던 투숙객이군요. 그러니까 그 끔찍한 화재가 있던 날, 그곳 지붕 아래에 머물고 있었다는 말이지요? 내가 부주의하게 그 엄청난 액수의 돈뭉치를 그곳에 두고 온 바람에 모조리 불타 버렸지요……."

"심지어 문 밑에 처박아 둔 채 말이죠!" 테이버 트링이 비명을 지르듯 외쳤다. "그 방문 아래에 말이에요! 당신 방과 연결된 방이 바로 내 방이었다고요."

로링 교수의 머리 위로 은은한 조명이 비추는 듯했다. "그러니까 당신이 바로 내 옆방에서, 그 밤늦은 시각에, 요란한 소음으로 나를 발작하게 했던 그 사람이라는 말인가요? 수건한 장은 고사하고 달리 문틈을 막을 방도조차 없어서, 옆방의 방해 없이 연구 논문을 계속 써 내려가기 위해, 지폐 뭉치를 문 틈새에 쑤셔 넣었던 그날 밤에, 바로 거기, 그 방에 묵었다는 거요?"

"바로 저였어요." 테이버 트링이 뚱한 표정으로 대답했다.

그때까지만 해도 여자는 사랑스러운 얼굴로, 혼란스러운 듯 교수의 캐물음에 귀 기울이고 있었으나, 차츰 지루해하는 눈치였다. 하지만 테이버의 그 대답에, 순간 정신이 번쩍 들었던 모양이다.

"나의 연인, 우리 테이버의 방에서 그토록 야심한 밤에 무슨 소음이 들렸다는 거죠?" 여자는 신문하듯 교수에게 물었다.

"오, 맙소사." 테이버는 지친 목소리로 한숨을 내쉬었다. "사람들 사는 게 다 똑같잖아, 누군들 안 그렇겠어?" 그는 교수를 향해 고개를 돌렸다. "물론 제가 소란 피운 건 맞아요. 너무 절박했으니까요. 돈 한 푼 없이 빈털터리 신세가 되었고, 앞으로 어떻게 살아가야 할지도 알 수 없었거든요. 제 처지였다면 누구든 그 정도 소리는 질렀을 거예요."

그 말을 듣자, 로링 교수는 딱한 청년에게 다소간 동정심을 느꼈다. "정말 안타까운 일이군요, 유감입니다." 그가 말했다. "만약 그런 상황인 줄 알았다면, 내가 조금 더 인내했을 텐데. 그리고 아마 문 틈새에 지폐 뭉치를 쑤셔 넣지도 않

앉을 테죠. 그러지만 않았다면 화재로 그 돈을 전부 날릴 일
도…….”

“참으로 중국의 현자 같은 깨달음이군요!” 여자가 감탄하
는 투로 중얼거렸다.

“화재로 불타 버렸다고요? 그렇지 않아요.” 테이버가 대
답했다.

로링 교수는 엄청난 충격을 받은 듯 순간 휘청거렸고, 바
로 옆에 놓인 의자를 부여잡고 가까스로 균형을 잡았다. “불
타지 않았다니요?”

“제 말 믿으세요.” 청년이 말했다. “그 돈은 그대로 있답니
다. 제가 훔쳐 갔으니까요.”

“당신이 돈을 훔쳤다고요?” 여자는 그의 품속으로 튕기듯
뛰어들었다. “사랑하는 여자를 구하기 위해 말이죠? 오, 하나
님도 그렇게 못하실 텐데, 얼마나 도스토옙스키 같은 행동인
지!” 그녀는 촉촉해진 눈망울로 교수를 바라보았다. “오, 부디
저 사람을 용서해 주세요! 제가 어떻게 해야 교수님의 복수를
멈출 수 있을까요? 칸의 거리로 나가서 몸이라도 팔아야 하나
요? 저 사람이 교수님의 돈을 훔친 영웅적인 행동을 속죄할
수만 있다면 저는 뭐라도 하겠어요…….”

테이버 트링은 그녀를 조용히 옆으로 밀어냈다. “벳시, 그
만해. 이건 여자가 끼어들 문제가 아니야. 난 그저 돈을 훔쳐
서 도박을 하려고 했을 뿐이야. 그 돈은 물론이고, 그 돈으로
딴 돈까지 전부 갚아야 해.” 그는 교수를 바라보면서 잠시 말
을 멈추었다. “제 말이 맞지요?” 그가 물었다. “지난 이틀 내
내, 어떡할지 고민하고 또 고민했어요. 하지만 다른 방법이 떠
오르지 않더군요. 벳시, 받아들이기 힘들 거야. 이제야 우리

인생에 행운이 찾아왔다고 생각했을 테지만, 그냥 솔직하게 털어놓겠어. 로링 교수님! 뉴잉글랜드 출신의 사나이로서, 저는 교수님에게 175만 프랑을 갚아야 할 책임이 있습니다."

"오, 맙소사!" 교수가 소리쳤다. "대체 어떻게 돈을 불린 거요?"

테이버 트링의 해맑던 얼굴이, 돌연 철문처럼 딱딱하게 굳었다. "그건 저만의 비밀이랍니다." 그가 정중하게 대답했고, 로링 교수도 수긍하지 않을 수 없었다.

"그러니까 지금부터는 교수님께서 대답해 주셔야 합니다." 젊은 청년이 고집스럽게 말을 이어 갔다. "제가 앞으로 정확히 얼마를 갚아야 하는지, 확인해 봐야 하니까요. 만약 남의 돈을 훔쳐서 그 돈으로 거액을 벌어들였다면 얼마를 갚아야 할까요? 훔친 돈만 갚으면 될까요, 아니면 불린 돈까지 전부 갚아야 할까요? 바로 그 부분이 궁금합니다."

"나도 그랬어요! 똑같은 상황이었다고요!" 교수가 외쳤다.

"뭘 말입니까?"

"나도 당신과 마찬가지였답니다. 훔친 돈, 아니, 도박을 부탁받고 건네받은 돈을 가지고, 당신이 말했던 그 액수만큼의 돈을 벌어들인 겁니다. 이게 진실이지요." 교수가 말을 이었다. "물론, 그중 단 한 푼도 내가 가질 생각은 없었답니다. 하지만 나의 무책임한 실수로 인해 그 모든 돈이 잿더미가 되었다 생각했고, 그래서 나는……."

"그래서요?" 테이버가 숨을 죽였다.

"그 총액을 여기, 이 여자분에게 갚아야 한다고 결론을 내렸답니다……."

테이버 트링의 얼굴이, 갑자기 모든 사정을 이해한 듯 환하게 밝아졌다.

"맙소사, 그렇다면 그 문틈 아래에 쑤셔 넣었던 돈 전부가 벳시의 돈이었다는 말씀인가요?"

"내 의견을 묻는 거라면, 예, 단 한 푼도 빠짐없이 모두 이 여자분의 것입니다." 로링 교수가 단호히 대답했고, 두 남자는 잠시 서로를 멍하니 바라보았다.

"어머나, 잠깐만요." 여자가 끼어들었다. "그렇다면 돈을 훔친 사람은 아무도 없는 거네요!"

로링 교수는, 그동안 어깨를 짓누르던 무거운 짐이 일순간에 사라진 듯한 홀가분한 기분을 느꼈다. 마침내 자유를 얻은 사람처럼 고개를 들었다. "그런 것 같군요."

하지만 테이버 트링은 여전히 멍한 얼굴로 중얼거렸다. "하나님, 맙소사!"

"그럼 우리는 다시 부자가 된 게 맞네요, 안 그래요, 내 사랑?" 공주는 사려 깊은 표정을 지으며, 한 손으로 머리를 받쳤다. "그런데 혹시 그거 아세요? 나는 조금 아쉬워요. 네, 정말 안타까워요. 두 사람 모두가 죄를 짓지 않았으니, 내가 아무런 희생도 할 필요가 없어진 거잖아요. 만약 두 사람 모두가 죄를 지었다면, 여러분을 구하기 위해 나 역시 죄를 지었을 텐데 말이에요. 하지만 반대로 생각하면," 여자는 눈을 반짝이며 환하게 웃었다. "드디어 내 돈으로 직접 쓴 희곡을 무대에 올릴 수 있게 되었어요. 그것 역시," 여자는 또다시 로링 교수의 손을 꼭 잡으며 말을 이었다. "교수님에게 감사해야 할 일이에요! 그 감사한 마음을 표현할 수 있는 유일한 방법은 이것 하나뿐이고요."

여자는 교수의 목덜미를 두 팔로 휘감은 채 그에게 입술을 내밀었다. 드디어 무거운 죄책감에서 벗어나 자유로움을 되찾은 로링 교수는 그녀의 키스를 사나이답게 받아들였다.

"그리고 다음은, 내 진짜 영웅을 위해서!" 여자는 진심을 다해 사랑하는 남자를 끌어안았다. 이러한 격정적 순간은, 화려한 제복을 차려입은 하인이 등장하면서 중단되었다. 하인은 눈앞에서 벌어지는 장면을 보고도 놀라거나 당황하거나 비난하지 않았다.

"지금 손님이 도착하셨습니다." 그가 말했다. "이름이 벳시라고 하는, 여성분께서 무슈를 찾아오셨습니다." 하인은 로링 교수를 가리켰다. "성은 밝히지 않으셨고, 이름만 전하면 된다고 하셨습니다. 무슈께서 칸 시내의 드레스 가게를 돌아다니시며 본인을 찾으신 걸로 안다면서, 만나 뵙지 못해 굉장히 아쉬웠답니다. 당시엔 다른 고객을 안내하느라 만날 수가 없었다고 합니다."

이 말을 듣자, 로링 교수의 얼굴이 하얗게 질렸다. 그런데 테이버 트링은 왼쪽 눈꺼풀을 살짝 찡긋해 보일 뿐이었다.

하지만 공주는 가장 위엄 있고 우아한 말투로 굳이 끼어들었다. "당연히 못 찾았겠지요! 바로 내가 교수님이 찾던 벳시니까! 우리 교수님은 칸의 모든 드레스 가게를 돌아다니면서 나를 찾으신 거랍니다!" 그녀는 최대한 인자하게 미소 지으면서, 하인을 향해 몸을 돌렸다. "자, 가서 그 젊은 여성분에게 전하세요. 무슈께서는 다른 고객을 만나고 있다고. 여기까지 오느라 수고하셨으니, 보답의 의미로 이 작은 선물을 드리겠다고." 그녀는 손목에 차고 있던, 비취와 다른 보석으로 세공된 팔찌를 풀어서, 감사의 의미를 담아 하인에게 건네주었다.

　"그렇다면," 공주가 말했다. "벌써 3시가 넘었으니, 러시아 식 전채 요리, 자쿠스키에 대해 이야기를 나눠 보도록 해요."

죽은 손의 집

1

'가장 중요한 건 시에나를 떠나기 전에 반드시 롬바드 박사가 소유한 레오나르도 다빈치의 작품을 봐야 한다는 거야.' 그 편지의 끝부분에는 이렇게 적혀 있었다.

롬바드 박사는 괴짜 같은 영국인으로 신비주의자 혹은 미치광이(두 단어가 동의어가 아니라면)인 데다 이탈리아 르네상스에 광적으로 몰두한 연구자였다. 수십 년간 이탈리아에서 거주하며 외진 곳까지 속속들이 탐구하였고, 최근 베르가모 인근의 한 농가에서 레오나르도 다빈치의 진품이 확실한 작품 하나를 손에 넣었다고 한다. 그 작품은 바사리가 언급했던 레오나르도 다빈치의 사라진 작품 중 하나로, 권위 있는 전문가들의 말에 따르면 그가 최전성기에 남긴, 대표작으로 꼽힐 정도로 가치 있고 거의 훼손되지 않은 물건이었다.

"롬바드 박사는 워낙 괴짜 같아서 본인이 수집한 보물을 쉽게 보여 줄 사람이 아니지만, 삼 년 전에 시에나에서 지오반니 안토니오 바치[11]를 연구할 때 친분을 쌓은 적이 있으니, 내 편지를 보여 주면 잠시나마 다빈치의 작품을 감상할 수 있을 거야. 작품이 복제되는 것을 무척 싫어하는 사람이니, 아마도 '잠깐' 구경만 가능할 테지. 레오나르도 다빈치의 왕실 컬렉션 도록에 그 그림을 꼭 사용하고 싶으니까 부디 그를 설득해 주게. 촬영이나 스케치를 허락하지 않는다면 최소한 작품에 대해 상세히 묘사해 두거나 자네가 알아낼 수 있는 최대한의 정보를 구해 보게. 듣기로는 프랑스와 이탈리아 정부에서 그 작품을 넘겨받는 대가로 엄청난 액수의 선금을 제시했는데, 롬바드 박사는 아무리 큰돈을 주더라도 절대 판매하지 않겠다고 했다더군. 그런 대단한 명작을 감당할 수 없는 게 분명한데도 말이야. 솔직히 말하면, 도대체 무슨 돈으로 그 그림을 손에 넣었는지 짐작조차 안 돼. 롬바드 박사는 파파줄리오 거리에 있네."

와이언트는 호텔의 테이블에 앉아 늦은 점심을 즐기며 친구의 편지를 다시 읽었다. 시에나에 도착한 지 벌써 닷새가 지났지만 아직 롬바드 박사를 방문할 시간을 내지 못했다. 본인에게 주어진 중요한 기회를 무시해서가 아니라, 처음 방문한 이 붉고 신비스러운 도시가 보여 주는 온갖 경이로운 풍경에 매료되었기 때문이다. 마치 오만한 군주의 몸짓처럼 벽돌로 쌓아 올린 궁전들에 매달린 화려한 철제 횃불걸이며, 시에나

---

11 Giovanni Antonio Bazzi(1477~1549). 레오나르도 다빈치와 라파엘로의 영향을 받은 이탈리아 르네상스 시기의 화가로, 바로크 미술의 선구자로 평가받는다. 그의 동성애적 성향 때문에 소도마(Il Sodoma)라는 별명으로 불리기도 했다. 즉, 이 작품에서 '소도마'라고 언급되는 인물은 바로 지오반니 안토니오 바치다.

의 시민적 알레고리로 장식된 거대한 시회의실, 교황 율리오 2세의 행렬을 그린 도서관의 벽화, 뿌연 빛을 받으며 예배당 안에서 구슬프게 미소 짓고 있는 소도마, 즉 지오반니 안토니오 바치의 그림들, 그 모두가 와이언트를 매혹했고, 이렇게 첫 번째 갈증이 어느 정도 해소되고 나서야 아직 시에나라는 연회장에서 맛보지 못한 코스 요리가 남아 있다는 사실을 떠올릴 수 있었다.

그는 주머니에 편지를 쑤셔 넣고 호텔 식당을 나서기 위해 자리에서 일어섰다. 그리고 그를 제외하고 남은 유일한 손님이자 올리브빛 매끄러운 피부와 반짝이는 눈동자, 납작한 옷깃의 상의를 입고 테이블 맞은편에 앉아서 이탈리아의 문예 주간지《판풀라 디 도메니카》를 읽고 있는 젊은 남자를 향해 끄덕 고갯짓을 했다. 그 신사는 거의 매일 맞은편 테이블에 앉아 있었는데, 라틴 사람 특유의 우아한 태도로 고개 숙여 화답했다. 와이언트는 식당 전실로 가서 담뱃불을 붙이기 위해 잠시 멈추어 섰다. 그러고는 다시 담배 케이스를 주머니에 넣으려는데, 등 뒤에서 다급한 발소리가 들려 돌아보니, 반짝이는 눈망울의 젊은 신사가 식당 유리문을 지나 자신을 향해 다가오고 있었다.

"실례합니다, 선생님." 그는 매우 세련되고도 무척 공손한 억양의 영어로 말했다. "편지를 떨어뜨리셨습니다."

와이언트는 롬바드 박사에게 가져갈 소개 편지를 한눈에 알아보고는 감사 인사를 전한 뒤 곧바로 돌아서려고 했다. 그런데 젊은 청년은 뭔가 더 이야기하고 싶어 하는 간절한 눈빛으로, 여전히 자신을 바라보고 있었다.

"다시 실례하겠습니다." 젊은 신사가 조심스럽게 말을 꺼냈다. "혹시 그 저명하신 롬바드 박사님의 지인이신가요?"

"아닙니다." 와이언트는 앵글로색슨족의 후예답게 본능적으로 낯선 이의 접근을 경계하듯 곧바로 받아쳤다. 하지만 혹여 무례하게 보일까 하는 우려에, 공손하고 조심스러운 투로 덧붙였다. "혹시 롬바드 박사의 집 주소를 알고 계십니까? 이 편지에는 자세히 적혀 있지가 않아서요."

그 젊은 신사의 얼굴이 눈에 띄게 환해졌다. "박사님의 집 주소는 파파줄리오 거리 13번지입니다. 아마 시에나에서 사는 사람이라면 누구든 그분이 어디 사시는지 알 거예요. 그 집은……." 그가 잠시 머뭇대다가 덧붙였다. "죽은 손의 집이라고 불립니다."

와이언트는 놀란 표정으로 그를 바라보았다. "기이한 이름이군요!"

"수백 년 동안, 그 집 현관문 위에 걸려 있는, 손 모양의 고대 대리석 조각에서 따온 이름입니다."

와이언트가 감사의 몸짓을 전하고 돌아서려는 찰나, 젊은 신사가 이렇게 덧붙였다. "부디 초인종을 두 번 누르시기 바랍니다."

"두 번 말입니까?"

"롬바드 박사님 댁에서는 그래야 합니다." 청년이 미소를 지으며 말했다. "관례거든요."

눈부신 3월의 오후였고, 새파란 하늘 사이로 햇살이 쏟아지는 사이, 황갈색 언덕 뒤로 잿빛 구름이 일렬로 모여들었다. 와이언트는 리차 공원 주변을 한 시간 가까이 서성이면서, 맨살을 드러낸 풍경 위로 드리워진 그림자와 서쪽 하늘을 점차 시커멓게 물들이는 천둥 구름을 지켜보았다. 그리고 나서야

'죽은 손의 집'으로 출발하기로 마음먹었다. 관광 안내서의 지도를 보니 파파줄리오 거리는 광장에서 방사형으로 뻗어 있는 길이라 지도를 살피면서 걸음을 옮겨야 했다. 그렇게 걸어가는 와중에도 와이언트는 세월의 흔적이 여실한 고풍스러운 마을 곳곳을 눈에 담고 있었다. 하늘 높이까지 떠오른 구름은 환한 햇살을 가린 채 롬바드 박사의 저택 근처 거리 쪽으로 삐죽 튀어나온 처마 위로 장례식의 장막 같은 어두운 그늘을 드리웠다. 툭 불거진 저택의 정면부에 드리운 어두운 그늘 속으로 한참을 걸어가자, 창백한 대리석으로 만든 손이 달린 현관이 시야에 들어왔다. 그는 잠시 걸음을 멈춰 서서 그 기이한 상징이 매달린 문을 올려다보았다. 분명히 여인의 것인데 죽은 듯 축 늘어진 손. 마치 저택에 숨겨진 사악한 비밀을 널리고하기 위해 힘겹게 손을 내밀었으나 고된 싸움 끝에 죽음 속으로 서서히 가라앉기 시작한 듯, 파르르 경련을 일으키며 힘없이 매달려 있는 모습이었다.

우물가에서 물을 긷던 소녀가, 영국인 박사는 1층에 살고 있다고 알려 주었다. 와이언트는 유리문을 지나서 계단 부근의 움푹한 공간에 놓인, 군데군데 금이 간 석고로 된 아스클레피오스 조각상을 뒤로한 채 습기로 축축이 젖은 아치형 천장이 있는 계단으로 올라갔다. 조각상과 마주 보는 문 앞에 도착한 그는 초인종과 연결된 줄을 붙잡고 낯선 청년의 당부를 떠올리며 두 번 종을 울렸다.

손님의 종소리를 듣고 나타난 사람은 이마가 푹 꺼지고 눈과 눈 사이가 좁은 시골 여인이었다. 그녀는 와이언트와 그의 명함 그리고 친구가 써 준 소개 편지를 유심히 살펴본 뒤, 그를 벽돌이 깔린 바닥과 층고가 높은 대기실에 홀로 남겨 둔 채 어디론가 사라졌다. 와이언트는 달그락거리는 나막신 소리가 끝없이 이어지는 복도를 따라 서서히 멀어지는 소리를 들으며 서 있었다. 그리고 시간이 한참 흐른 뒤에야 그녀가 돌아왔다. 그러고는 자신을 따라오라고 말했다.

두 사람은 대기실만큼 길고 휑한 복도를 지나갔다. 머리 위로 높고 둥근 아치형 천장에는 17세기풍으로 된, 고대 로마 장군 스키피오의 승리와 마케도니아 알렉산드로스 대왕의 승리를 묘사한 프레스코화가 그려져 있었다. 그림 속 병사들은 구원받지 못하는 영혼이 머무는 림보에 갇힌 그림자처럼 구슬프고 흐릿한 시선으로 주군의 뒤를 따랐다. 복도 끝에 이르러 두 사람은 더 자그마한 방으로 들어갔는데 아까와 마찬가지로 얼음처럼 차가운 분위기가 가득했으나, 누군가가 머무는 듯한 흔적이 분명히 느껴졌다. 벽에는 색색의 실로 엮은 태피스트리가 걸려 있었는데, 썩은 초목처럼 잿빛이 감도는 갈색으로 빛바래 있었다. 그 순간, 와이언트는 햇볕이 들지 않는 가을의 황량한 숲에 들어선 기분이 들었다. 반대편에는 금박이 덮인 육중한 다리로 버티는 키 큰 장식장 몇 개가 늘어서 있었고, 창가 탁자엔 세 사람이 나란히 앉아 있었다. 화롯가에서 손을 쬐는 나이가 지긋한 부인, 자수틀을 든 채로 허리를 푹 숙인 앳된 소녀, 마지막으로 늙은 노인 하나가 눈에 들어왔다.

그중 늙은 노인이 와이언트를 향해 다가왔다. 그는 의식적으로 노인의 구부정하고 왜소한 체구를 뚫어져라 쳐다보았는데, 누가 봐도 허름하고 대충 걸친 옷차림, 깡마르고 독수리 부리처럼 날카로운 콧날, 날렵한 여우 같은 생김새는 마치 르네상스 예술에 탐닉한 어느 독재자의 얼굴을 연상하게 했다.

인문학자 특유의 지적인 새하얀 머리칼과 커다란 눈동자가 눈에 띄었지만 옆모습은 완연히 탐욕에 찌든 도굴꾼의 모습이었다. 와이언트는 15세기에 제작된 메달 속의 초상화를 떠올리며, 그러한 역설적 인물 유형은 오직 극단적 개인주의가 만연한 시대에만 탄생할 수 있으리라고 이따금 상상하곤 했다. 하지만 제아무리 청동에 초상화를 정교히 새길 수 있는 뛰어난 장인들이라 할지라도 롬바드 박사처럼 기이할 만큼 강렬하고 상반된 열정을 가진 인간의 얼굴을 정확히 구현해 낸 적은 없었다.

"반갑습니다." 롬바드 박사가 먼저 인사를 건네면서 뼈대 주위로 혈관이 엉켜 울퉁불퉁한 손을 내밀었다. "워낙 조용하게 지내는 터라 손님 맞을 일이 거의 없지만, 클라이드 교수의 친구라면 언제든 환영이오." 그러고 나서 나머지 두 여성을 가리키며 덧붙였다. "제 아내와 딸도 클라이드 교수 이야기를 종종 합니다."

"아, 맞아요. 클라이드 교수가 정말 맛있는 토스트 요리를 해 주었어요. 이탈리아에서는 제대로 된 토스트를 먹기가 어렵거든요." 롬바드 부인이 안타깝다는 듯 고음의 목소리로 거들었다.

롬바드 박사의 태도나 외향만으로는 국적을 짐작하기가 쉽지 않았지만, 부인의 경우엔 무의식적으로 영국인 특유의 습성을 여실히 드러내 보였다. 머리에 쓴 모자의 실루엣마저 유럽 대륙의 자유분방한 풍속에 힘껏 저항하고 있었는데, 통통한 체형에 핏기 없는 볼 위로 붉은 실핏줄이 거미줄처럼 어지럽게 얽힌 모습을 보니 더욱 그러했다. 이탄목으로 된 시곗줄은 자그마한 초상화가 그려진 브로치로 가슴 부근에 고정되어 있었고, 부인의 팔꿈치 옆에는 풍성한 뜨갯거리와 낡은 《퀸》잡지 한 권이 놓여 있었다.

테이블 옆에 서 있던 앳된 소녀는 어머니를 쏙 빼닮은 얼굴에 날씬한 체형이었는데, 복숭아처럼 붉은 뺨과 투명한 푸른 눈동자가 두드러졌다. 아담한 머리 아래로 짙고 풍성한 금발을 가지런히 땋아 내렸고, 도톰한 입술은 끝부분이 살짝 처져 있지 않았더라면 얼핏 상큼한 매력을 발산했을 터였다. 그 뾰로통한 표정이 못된 심보를 드러내는 것인지, 무관심의 표현인지는 알 수 없었으나, 롬바드 박사는 나이에 비해 생기가 넘치는 반면 앳된 딸의 젊음은 오히려 무기력해 보였다. 방문객은 이러한 기묘한 대비에 주목할 수밖에 없었다.

와이언트는 주인이 권하는 의자에 앉으면서 롬바드 부인을 향해 시에나의 아름다운 풍경이라는 평이한 주제로 대화를 시작하려고 했다. 롬바드 부인은 내키지 않는 투로 그의 말에 동의했고, 이어서 롬바드 박사가 미소를 지으며 끼어들었다. "아내는 시에나가 살기 좋은 도시임을 알고 있지요. 더불어 시장 물가가 저렴하다는 점을 높이 평가하고요. 하지만 영국에서 흔히 사용하는 캐널 석탄을 구하기가 힘든 데다, 이탈리아식으로 가구의 먼지를 처리하는 방식만은 도저히 익숙해지지 않나 봅니다."

"제대로 닦지를 않는걸요, 아시잖아요!" 롬바드 부인은 남편의 태도에 반감 없이 항의조로 말했다.

"아내의 지적이 정확해요, 정말 그렇소. 우리 가족이 시에나에서 지내는 동안, 토레 델 만자 탑의 흉벽에 걸린 거미줄을 단 한 번도 치우지 않더군요. 그 정도로 엉망이라는 게 상상이나 됩니까? 이 사람은 영국 본처치에 계신 숙모님들에게 그런 사실을 편지로 적어서 알릴 엄두가 나지 않는다는군요."

롬바드 부인은 남편이 이례적으로 자신의 관점을 대변해 주고 있음에도 달리 아무 말도 하지 않았다. 롬바드 박사는 당황한 와이언트를 향해 심술궂은 미소를 지으면서 불쑥 앞으로 다가오더니 말했다.

"그러니까 내 레오나르도 다빈치를 보고 싶어서 찾아온 겁니까?"

"그래도 될까요?" 와이언트가 발등에 불이라도 떨어진 것처럼 갑자기 자리에서 벌떡 일어나며 외쳤다.

롬바드 박사가 껄껄 웃음을 터뜨렸는데, 마치 노랫가락을 흥얼거리는 것 같았다. "아, 이곳에 찾아온 사람들 대부분이 비슷한 반응을 보이기는 합니다." 그는 딸을 바라보면서 이전과 사뭇 다른, 조롱 섞인 미소를 지었다. "얘야, 손님이 너의 고운 눈동자를 보러 왔다고 착각하면 안 된다. 부인의 원숙미 때문도 물론 아니고." 그가 매서운 눈으로 아내를 쏘아보았다. 하지만 롬바드 부인은 뜨개질에 정신이 팔린 채 뜨개 코의 수를 중얼중얼 세느라 남편이 던지는 농담에는 전혀 개의치 않았다.

둘 중 누구도 그의 농담을 귀담아듣지 않았지만 롬바드 박사는 꾸역꾸역 와이언트를 향해 이야기를 이어 갔다. "문턱이 닳을 정도로 많은 사람들이 찾아옵니다. 수많은 이들이 찾아오지만 극소수만이 선택을 받소." 그는 장엄한 어조로 목소리를 낮추었다. "내가 살아 있는 한, 감상할 자격이 없는 이들의 눈으로 레오나르도 다빈치의 걸작을 절대 더럽힐 수 없지! 물론, 내 친구 클라이드가 변변찮은 분에게 그림을 대신 감상해 달라고 청하지는 않았을 거라 믿소. 자기 저서에, 그 작품에 대한 상세한 묘사를 더하고 싶다던데, 맞지요? 가능할지는 모르겠으나, 그 자세한 묘사를 당신에게 맡겼을 테고."

와이언트는 이 시점에서 사진 촬영을 부탁해도 될지 확신이 서지 않았으므로 잠시 망설이고 있었다.

"말씀하신 대로 클라이드, 그 친구가 최대한 많은 걸 알아오라고 부탁했습니다." 그가 말했다.

롬바드 박사는 냉소적인 눈빛으로 그를 응시하며 대답했다. "얼마든지 그렇게 하시죠." 그러더니 딸을 바라보며 덧붙였다. "물론 시빌라의 허락을 먼저 받아야겠지만."

소녀는 말없이 자리에서 일어나 손에 쥐고 있던 바느질감을 옆으로 치우고, 장식장의 비밀 서랍에서 열쇠 하나를 꺼냈다. 박사는 쌀쌀맞은 농담조로 말을 이었다. "분명히 알아 두어야 할 것은, 그 작품이 내 소유가 아니라 내 딸의 소유라는 점이오."

롬바드 박사는 놀란 토끼 눈으로 앳된 소녀의 무표정한 표정을 바라보는 와이언트의 모습을 내심 즐기듯 구경하고 있었다.

"내 딸 시빌라는……." 잠시 멈추었다가 말했다. "예술을 숭배하는 아이라오. 사랑하는 아버지로부터 손에 넣기 힘든 것을 열망하는 뜨거운 열정을 물려받았지. 다행히 얼마 전에 할머니로부터 꽤 많은 유산을 상속받게 되었소. 그러고는 운명처럼 레오나르도 다빈치의 작품을 직접 보게 되었고, 아비의 능력으로는 감당하기 어려운 값어치라는 사실을 확인한 뒤, 역사에 길이 남을 만한 중대한 결정을 내린 겁니다. 그 작품 하나에 전 재산을 쏟아부은 셈이지요. 그 덕분에 나는 세기의 걸작 중 하나와 함께 여생을 보낼 수 있게 되었고 말이오.

그리스 비극의 주인공 안티고네도 이보다 더한 희생은 감수하지 못했을 테지!"

아버지의 의미심장한 찬사를 받은 주인공은 벽에 걸린 태피스트리를 한쪽으로 젖히더니, 그 아래 숨겨져 있던 비밀 문에 열쇠를 꽂았다.

"가시죠. 해가 떨어지기 전에 가 보는 편이 나을 테니까." 롬바드 박사가 말했다.

와이언트는 무표정한 얼굴로 여전히 뜨개질에 빠져 있는 부인을 힐끗 쳐다보았다.

"신경 쓰지 말아요. 아내는 함께 가지 않을 거요. 대화 중에 전혀 느끼지 못했겠지만, 저 사람은 예술, 특히 이탈리아 예술에 대해서는 관심이 없는 편이라. 물론 아내보다 초기 빅토리아 미술을 사랑하는 사람은 아마 없을 테지만 말이오." 박사가 말했다.

"저는 윌리엄 프리스[12]의 「기차역」 같은 작품을 좋아해요. 생동감 넘치는 그림을 선호하는 편이라서." 롬바드 부인이 미소를 지으며 말했다.

롬바드 양은 아버지와 와이언트가 편히 들어갈 수 있도록 태피스트리를 한쪽으로 들어 올렸고, 앞선 두 사람을 따라서 좁은 석조 복도를 따라 끝까지 걸어갔다. 그곳에는 다른 문이 하나 더 있었는데, 그 철문에는 와이언트의 눈에도 복잡해 보이는 특별한 자물쇠가 걸려 있었다. 소녀는 또 다른 열쇠를 꺼내 다시 자물쇠를 열었고, 롬바드 박사는 앞장서서 두 사람을 아담한 방으로 이끌었다. 이 특별한 공간을 둘러싼 어두운 나

---

12   William Powell Frith(1819~1909). 영국 빅토리아 시대를 대표하는 풍속화가.

무 패널은 군데군데 흩어진 천둥 구름 사이로 비치는 샛노란 빛줄기를 받고 환하게 빛났다. 그 찬연한 빛이 비치는 중심부에는 빛바랜 벨벳 커튼에 가려진 그림 하나가 걸려 있었다.

"너무 밝구나, 시빌라." 롬바드 박사가 말하는 순간, 표정이 엄숙해졌다. 딸이 창문 위쪽으로 리넨을 드리우자 그의 입술이 긴장감으로 파르르 떨렸다.

"그 정도면 됐어." 그는 와이언트를 향해 힘주어 말했다. "이 카펫에 있는 석류 봉오리 문양이 보이지요? 바로 그 위에 왼발을 두고 서세요. 자, 시빌라 이제 커튼 끈을 당기렴."

롬바드 양이 벨벳 커튼 위에 감추어 두었던 끈에 손을 얹었다.

"아." 롬바드 박사가 말했다. "잠시 그림을 보기 전에 마음속으로 이 시 구절을 떠올리면 좋겠소. 시빌라……." 그러자 그의 딸은 표정 하나 변하지 않고, 마치 아버지의 요청을 기다리고 있었다는 듯 낭송을 시작했다. 롬바드 부인처럼 낭랑한 음색으로, 바로 성 베르나르의 「성모 마리아에게 바치는 기도」에 나오는, 천국편 33번째 칸토의 일부를 읊었다.

"수고했다, 얘야." 딸의 낭송이 끝나자 아버지는 깊은 숨을 내쉬며 말했다. "이렇게 완벽한 모음으로 조화를 이룬 시 구절을 듣고 나면 이 그림을 감상하기에 완벽한 준비가 되었다고 할 수 있지요."

롬바드 박사가 이런 말을 하는 사이, 벨벳 커튼의 주름이 차차 갈라지더니 빛바랜 금빛 액자 안에 걸린 레오나르도의 작품이 모습을 드러냈다.

시빌라가 낭송한 시 구절 때문인지 뭔가 신성한 주제를 담은 그림이리라고 기대했는데, 비로소 벨벳 커튼이 마저 걷히면서 작품 전체의 구도가 드러나자 전혀 예상치 못한 충격에 사로잡혔다.

그림의 배경에는 강철처럼 시커먼 강이 창백한 석회질 풍경 사이로 굽이치며 흘렀고, 좌측에 외로이 솟은 봉우리와 쪽빛 구름이 맞닿은 지점에는 십자가에 못 박힌 예수 그리스도가 힘없이 매달려 있었다. 그런데 이 작품의 중심인물은 고대 대리석 의자에 앉은 한 여인이었다. 여인이 앉은 대리석 의자에는 디오니소스를 춤추며 찬양하는 마이나스의 모습이 부조로 새겨져 있었다. 발치에는 작은 야생화가 점점이 박힌 초원이 펼쳐져 있었고, 은은하게 미소 지은 채 위엄 넘치는 자세로 앉아 있는 모습은 마치 이탈리아 르네상스 시대의 화가 도소 도시[13]가 그린 「키르케」라는 작품을 연상시켰다. 화려하게 수 놓은 핏빛 망토는 부드럽고 풍성한 주름을 이루며 축 늘어져 있었고, 베일이 덮인 높이 솟은 이마 아래로 구불거리는 금발이 흘러내렸다. 여인은 대리석 의자의 팔걸이 위에 한 손을 올리고, 다른 손으로는 뒤집힌 두개골을 들고 있었다. 그리고 바로 그 곁에 매끈한 갈색 피부의 젊은 디오니소스가 루브르 박물관의 세례자 요한처럼 비스듬히 서서, 두개골 잔에 포도주를 따르고 있었다. 여인의 발아래로는 예술과 부를 상징하는 물건들이 잔뜩 쌓여 있었다. 플루트와 악보 두루마리, 포도와 장미가 수북이 쌓인 접시, 고대 그리스의 토르소, 금화와 보석으로 가득 찬 그릇이 보였으며 등 뒤의 석회질 언덕 위에는 십자가에 못 박힌 예수 그리스도가 아스라이 내다보이고, 한쪽

---

13   Dosso Dossi(1489~1542). 이탈리아 후기 르네상스 시대에 활약한 화가이자,
      페라라파(Scuola ferrarese)를 이끈 인물로 유명하다.

구석에는 '세상의 빛(Lux Mundi)'이라는 글귀가 적힌 두루마리 하나가 자리 잡고 있었다.

와이언트는 예기치 못한 경이에서 빠져나오자마자 곧장 놀란 눈으로 동반자들을 돌아보았다.

두 사람 중 어느 누구도 움직이지 않았다. 시빌라는 눈을 아래로 내리깔고 커튼 끈을 여전히 감아쥔 채로 입술을 축 늘어뜨리고 있었다. 롬바드 박사는 고대 이집트의 시간의 신, 토트 같은 옆얼굴로, 여태 자신의 보물을 넋이 나간 채 멍하니 쳐다보았다.

와이언트는 소녀에게 말을 건넸다.

"정말 운이 좋으시군요." 그가 말했다. "이렇게 완벽한 작품을 소유하다니."

"무척 아름다운 작품이지요." 그녀가 냉담하게 대답했다.

"아름답다, 아름답다고?" 박사가 갑자기 외쳤다. "아, 그런 흔해 빠진 표현이라니, 정말 지긋지긋하구나! 이토록 순수한 광채를 표현할 방법은 이 세상에 더는 존재하지 않소. 아, 모든 찬란한 것들은 우매한 인간들의 잘못된 비유로 인해 빛을 잃은 셈이지! 사람들이 아름답다고 표현했던 것들을 떠올려 보게, 그리고 저 그림을 다시 보시오!"

"새로운 어휘를 만들 정도로 가치가 있는 작품입니다." 와이언트가 동의했다.

"맞습니다." 롬바드 박사가 말을 이었다. "내 딸은 정말 운이 좋소. 가톨릭에서 말하는 '숭고한 삶', 즉 완벽함의 권고라고 할 만한 길을 택한 거니까. 레오나르도 다빈치 같은 대가의 작품을 오롯이 이해할 수 있는 기회를 누리는 사람이 이 세상에 과연 몇 명이나 있겠습니까? 거장 레오나르도 다빈치의 붓질이 완벽히 보존된 걸작과 한 지붕 아래에서 사는 사람은 정녕 우리 딸뿐일 테지! 이런 창조물의 영향을 일 년 내내 충분히 만끽하며 살아가는 행복감이 얼마나 클지 생각해 보시오. 그 영향 아래서 매초 매시간을 작품과 교감하며 살아가는 삶을 말이오! 이 방은 예배당 그 자체예요. 저 그림을 볼 수 있다는 것은 성찬식이나 다름없지요. 젊은이가 자신의 인생을 활짝 펼쳐 보이기에 최적의 환경인 셈이지! 내 딸은 특별한 축복을 받았소. 시빌라, 와이언트 씨에게 작품의 세부 사항을 설명해 드리려무나. 이분이라면 모두 이해할 것 같으니까."

소녀는 깊고 푸른 눈동자로 와이언트를 빤히 쳐다보고는 다시 시선을 돌려 손가락으로 그림을 가리켰다.

"저 왼손을 자세히 보세요." 그녀가 단조로운 목소리로 이야기를 시작했다. "모나리자의 손 모양이 떠오르죠. 벌거벗은 영적 존재의 머리는 루브르 박물관의 세례자 요한을 연상시키지만, 이 그림의 경우엔 더욱 순수한 이교도적 특성을 드러내며 우측으로 덜 기울어져 있어요. 그리고 망토에 새겨진 자수도 상징적이지요. 자수로 놓은 식물의 뿌리가 화병을 뚫고 나오는 모습이 보이시죠. 이 뿌리는 『빌헬름 마이스터』에 나오는 햄릿이라는 인물에 대한 유명한 정의를 떠올리게 해요. 여기 신비로운 장미와 불꽃 그리고 영생의 상징인 뱀이 보이시나요? 그 밖의 나머지 상징들은 아직 정확하게 해독하지 못했어요."

와이언트는 호기심이 가득한 눈으로 그녀를 바라보았다. 아무리 봐도 달달 외운 내용을 무미건조하게 읊조리는 것 같았다.

"그렇다면 그림 자체는 어떤가요?" 그가 말했다. "특히나

저기 '세상의 빛'이라는 글귀가 있는데, 이 그림의 주제와 연관되기에는 뭔가 독특한 장치 같은데요! 대체 무슨 의미일까요?"

롬바드 양이 시선을 내리깔았다. 아무래도 아직 익히지 못한 내용에 해당하는 질문이었음이 분명했다.

"무슨 의미일까요?" 롬바드 박사가 끼어들었다. "삶이란 무슨 의미겠소? 삶을 백 가지 방식으로 정의할 수 있듯이, 이 그림에서도 백 가지 의미를 찾아낼 수 있지요. 그 상징성은 정교하게 다듬은 다이아몬드처럼 다면적일 테니까. 가령 저 신성한 여인은 누구일까요? 온갖 보석과 생기 넘치는 눈동자, 광택을 내뿜는 대리석 의자와 맑은 강물, 그리고 청동 조각상에서 반사되는 빛을 받고 있는 저 여인이 과연 '세상의 빛'일까요? 아니면 저 폭풍이 치는 언덕에서 이미 사라져 버린 '세상의 빛'을 의미하는 것일까요? 저 여인은 속세의 허영 같은 존재일까, 아니면 눈이 먼 채로 죄악의 포도주를 마시며 스스로를 비추는 찬란한 빛을 외면하고 있는 것일까? 이 두 가지 의미를 모두 그림 속에서 찾아볼 수 있소. 하지만 내가 판단하기에 이 그림은 존재의 본질적인 진리를 상징하는 것 같습니다. 유한한 것 사이에서 영원한 것이 자라나게 마련이라는 진리 말이오. 예술, 아름다움, 사랑, 종교가 모두 그렇지 않소. 우리가 마시는 포도주는 모두 두개골에 담겨 있고, 그 포도주란 결국 저 멀고 잔혹한 과거의 신비로운 영적 존재가 부어 주는 것이라오."

롬바드 박사의 얼굴이 반짝였고, 구부정하던 몸도 어느새 곧게 펴져 키도 훌쩍 크게 보였다.

"아," 박사가 더 격정적인 투로 외쳤다. "저 심오한 의미를 하찮게 다루다니! 너무나 당당하게 정답을 요구하니 말이오! 나는 한평생을 오롯이 르네상스 시대를 연구하는 데에 바친 사람입니다. 그 무덤을 파헤치고 죽은 몸뚱이를 열어 보고, 근육 하나하나, 뼈와 동맥의 흐름까지 치밀하게 추적한 사람이라는 말이오. 르네상스 시대의 시인과 인문주의자의 글 속에서 그들의 영혼을 고스란히 흡수했고, 중세 신학자 피오레의 요아킴[14]의 사상을 굳게 믿으면서 에네아 실비우스 피콜로미니[15]와 함께 웃거나 회의감을 느끼기도 했소이다. 엄청난 인내심을 발휘해 수많은 대가들이 세례받은 영감의 원천을 추적했고, 신석기 동굴과 바빌론 유적지에서 만테냐와 크리벨리가 선뵌 아라베스크 무늬의 뿌리를 발견했지요. 그럼에도 이 엄청난 걸작이 품은 신비 앞에서, 나는 그저 무지하고 부끄러운 존재일 수밖에 없다고 감히 고백하고 싶군요. 이 그림은 무의미함과 동시에 모든 것을 의미합니다. 그림이 창작된 시대를 대변하는 것일 수도, 아니면 과거와 미래를 전부 대변하는 것일 수도 있겠지요. 저 여인이 걸친 망토의 아주 세밀한 부분에조차 방대한 의미가 담겨 있소. 또 테두리에 들어선 봉우리들은 신화와 전통이라는 깊은 곳에 뿌리를 두고 있지요. 그러니까 젊은 신사분, 감히 그림의 의미를 함부로 묻지 말기를 바라오. 그저 명작을 직접 감상할 기회를 얻었다는 사실에 고개 숙여 감사하면 그만이니까."

---

14 Gioacchino da Fiore(1135~1202). 이탈리아 중세의 신학자, 신비주의자. 특히 '종말론'을 깊이 탐구했으며, 크리스토퍼 콜럼버스에게 영감을 준 것으로도 유명하다.

15 교황 비오 2세(Pio Ⅱ, 1405~1464)를 가리킨다. 종교인임에도 불구하고 문학에 뛰어난 재능을 보이며 여러 시 작품을 남겼다.

롬바드 양이 아버지의 팔에 손을 올렸다.

"진정하세요, 아버지." 전문 병원의 간호사처럼 무심한 어조였다.

그는 절망적인 몸짓으로 대답을 대신했다. "아, 너야 쉽게 말할 수 있겠지. 아직 저 그림과 보낼 날들이 많이 있으니 말이야. 난 늙은이고 매 순간이 너무나 소중하단다."

"아버지 건강에 좋지 않으니까요." 그녀는 부드럽지만 고집스럽게 같은 말을 반복했다.

롬바드 박사의 거룩한 격분은 이미 가라앉았다. 그는 덤덤해진 눈빛을 하고, 입가를 무기력하게 늘어뜨린 채 의자에 털썩 주저앉았다. 딸은 그림 위로 다시 커튼을 쳤다.

와이언트는 무거운 발걸음을 돌려야 했다. 어렵사리 얻은 기회가 사라지고 있다는 사실을 느끼면서도, 클라이드가 부탁한 촬영 이야기는 도저히 꺼낼 수가 없었다. 박사가 호탕하게 웃으면서 그림의 세부 사항을 얼마든지 기억에 담아 두라고 했던 말이 이제야 무슨 의미인지 이해할 수 있었다. 그 작품은 한참이나 예상을 뛰어넘었으며, 대단히 복잡하고 모순적인 암시로 가득 차 있었다. 그래서 아무리 주의력이 뛰어난 관찰자일지라도, 갑자기 그 작품을 마주하면 혼란과 경이 탓에 판단력을 제대로 발휘할 수 없을 터였다. 하지만 클라이드에게는 그 작품에 대한 기록 하나하나가 얼마나 소중하겠는가! 여러모로 그 작품은 대가의 사상을 한데 집약해 놓은 총결산인 동시에, 그 난해한 철학을 해결해 줄 열쇠인 것 같았다.

롬바드 박사는 자리에서 일어나 천천히 문으로 향했다. 그의 딸이 문을 열자, 와이언트도 말없이 두 사람을 따라 롬바드 부인이 홀로 기다리고 있는 공간으로 돌아가야만 했다. 부인은 이미 자리를 비운 터라, 더는 그곳에서 버티고 있을 만한 적당한 핑계가 떠오르지 않았다.

와이언트는 롬바드 박사에게 감사 인사를 하고, 방 한가운데에 마치 명령을 기다리는 사람처럼 서 있는 롬바드 양을 향해 돌아섰다.

"이렇게 귀한 작품을 잠시나마 감상하게 해 주셔서 정말 감사합니다." 그가 말했다.

소녀는 묘한 눈빛으로 그를 빤히 쳐다보았다. "다시 방문하실 건가요?" 그녀는 숨 쉴 틈도 없이 질문을 건네더니, 다시 아버지 쪽으로 돌아서며 덧붙였다. "클라이드 교수님께서 특별히 부탁하셨잖아요. 다시 방문하지 않고서는 교수님에게 필요한 정보를 전하기가 어려울 거예요."

롬바드 박사가 모호한 눈빛으로 쳐다보았다. 여전히 꿈을 꾸듯 몽롱한 상태인 것 같았다.

"뭐라고?" 그가 애써 정신을 다잡으며 되물었다.

"제 말은, 와이언트 씨가 클라이드 교수님이 부탁한 그림에 대한 자료를 마련하려면 재방문을 하셔야 한다는 뜻이에요." 롬바드 양이 똑부러지는 투로 같은 말을 반복했다.

와이언트는 아무 말도 하지 않았다. 자신의 바람이, 자기 의사와는 무관하게 누군가에게 간파당했다는 야릇한 느낌이 들었기 때문이다.

"좋아, 그래." 박사가 중얼거렸다. "그렇다면야 거절할 수가 없지, 나도 거절한다고는 하지 않았다. 클라이드 교수가 무엇을 원하는지 알아, 청을 외면할 수는 없지." 그는 와이언트 쪽으로 몸을 돌렸다. "다시 방문하도록 해요, 적당히 기록을 해도 괜찮소." 그는 가까스로 정신을 가다듬으면서 말했다.

"뭐든 생각나는 대로 기록해 두시오. 그 정도는 허락할 테니까."

와이언트는 다시 그녀와 눈이 마주쳤다. 강렬한 메시지를 담고 있는 듯한 그녀의 눈빛이 그를 당혹스럽게 했다.

"정말 감사합니다." 그가 조심스럽게 대답했다. "솔직히 말씀드리면, 작품이 너무나 놀랍고 복잡한 요소가 많아서 메모만으로는 클라이드 교수의 기대에 부응할 수 없을 것 같습니다. 혹시 사진 찍는 것을 허락해 주신다면……"

롬바드 양의 눈썹에 그늘이 드리웠고, 그녀의 아버지는 발끈하며 고개를 들었다.

"사진? 지금 사진이라고 했소? 맙소사, 이럴 수가. 그 방에 들어가서 작품을 본 사람이 열 명도 안 되는데! 사진? 사진이라고?"

와이언트는 자신이 실수했다는 사실을 깨달았지만 물러서기에는 이미 너무 멀리 와 버렸음을 직감했다.

"저도 잘 알고 있습니다, 박사님. 클라이드에게, 그림의 복제본이 어떤 형태로든 공개되는 걸 꺼리신다고 들었습니다. 그저 앞으로 출간될 책에 참고하는 용도로만 허락해 주십사 부탁드리는 겁니다. 사진을 책에 직접 게재한다는 것이 아니라, 그저 참고 자료로 사용하려는 겁니다. 제가 사진을 찍고, 원본 필름은 박사님께 드릴 겁니다. 원하신다면 한 장만 인화해서 클라이드 교수의 작업이 끝난 뒤에 돌려 드리도록 하겠습니다."

롬바드 박사는 신경질적인 투로 그의 말을 잘랐다. "작업이 끝난 뒤라고? 그럼 내가 고마워하기라도 할까 봐! 그 사진이 다시 촬영되고, 삽화가 되고, 복제되어 온갖 무식한 영국 사람들의 손에서 손으로 전해지고 더럽혀진 끝에, 급기야 유럽의 평론가 나부랭이들이 떠들어 대는 말도 안 되는 칭찬으로 인해 완전히 퇴색될 때까지 말인가! 맙소사! 차라리 그림을 내놓으라고 하지 그랬나!"

"알겠습니다, 박사님." 와이언트가 차분하게 대답을 이어 갔다. "만약 가능하다면 저를 믿고 그 그림을 맡겨 주세요. 그러면 제가 안전히 영국으로 가져가서 클라이드에게 보인 뒤에 다시 가지고 오겠습니다. 물론 박사님의 손을 떠난 뒤에는, 오직 클라이드 말고 어느 누구에게도 공개하지 않겠습니다."

롬바드 박사는 그의 예상치 못한 제안을 듣고 침묵으로 일관하다가 결국 너털웃음을 터뜨렸다.

"정말 말이 되는 소리를 하는군!" 그는 비꼬듯 내뱉었다.

이제는 롬바드 양이 당황스러운 표정으로 와이언트를 쳐다볼 차례였다. 그의 제안과 아버지의 어처구니없는 대답은 분명히 그녀가 이해할 수 있는 범주를 아득히 벗어난 모양이었다.

"그렇다면 제가 직접 그림을 가지고 가도 된다는 말씀입니까?" 와이언트는 미소를 지으며 끝까지 고집을 부렸다.

"절대 안 될 말이오. 사진도, 스케치도 금지요. 작품이 복제될 가능성이 있는 방식이라면 뭐가 됐든 절대 안 돼, 시빌라." 그는 갑자기 열띤 목소리로 외쳤다. "그 작품이 결단코 복제되도록 놔두지 않겠다고 당장 맹세해! 사진이든 스케치든 뭐든 절대로 허락하지 않을 거라고! 지금도, 앞으로도 말이야, 알겠니?"

"네, 아버지." 그녀는 조용히 대답했다.

"날강도들 같으니……." 그가 투덜거렸다. "예술의 아름다음에 먹칠을 하려고 드는군. 행여 저 작품이 날강도의 손에 넘어갈 일이 생기면 당장 내 손으로 불사를 거요, 맹세코!" 그러고는 조금 차분한 투로 와이언트를 바라보며 말했다. "다시 그림을 보러 와도 좋다고 이미 말했으니 그걸 번복하지는 않겠소. 하지만 클라이드를 제외하고, 그림에 대한 메모를 아무에게도 보이지 않겠다고 맹세해야 합니다."

와이언트가 격앙된 목소리로 말했다.

"사진 찍는 건 끝까지 반대하시면서, 제가 적은 메모가 유포되지 않으리라고 믿으신다니 정말 이상하군요?" 그가 큰소리를 치듯이 말했다.

롬바드 박사는 악랄한 미소를 지으며 그를 쳐다보았다.

"흥! 그따위 메모가 누구에게 도움이 되겠소?"

와이언트는 막다른 길에 몰렸다는 사실을 깨닫고, 초조한 마음을 달래려고 애썼다.

"다만 최소한이라도 클라이드에게 도움이 되기를 바랄 뿐입니다." 그는 이렇게 말하고 나서 박사를 향해 손을 내밀었다. 롬바드 박사는 별다른 원망의 기색 없이 그의 악수에 응했다. 그리고 와이언트가 덧붙였다. "그러면 언제쯤 다시 오면 될까요, 박사님?"

"내일 오시게, 내일 아침." 느닷없이 롬바드 양이 끼어들었다. 그녀는 아버지를 똑바로 쳐다보았고, 박사는 어깨를 으쓱해 보였다.

"참, 그림 주인은 내가 아니라 내 딸이오." 박사가 와이언트를 바라보며 말했다.

앞서 현관에서 그를 맞아들인 여자가 응접실 앞에 서 있었다. 여자는 그에게 모자와 지팡이를 내밀고는 현관에 걸려 있던 빗장을 걸었다. 문이 열리자 그의 팔을 붙잡는 손길이 느껴졌다.

"편지 가지고 계시나요?" 그녀가 낮은 목소리로 물었다.

"편지요?" 그가 놀란 투로 되물었다. "무슨 편지요?"

여자는 어깨를 으쓱하더니, 한 걸음 물러서며 길을 내주었다.

2

와이언트는 그 집을 나서며 잠시 멈춰 서서 다시 군데군데 부서진 벽돌로 만든 외벽을 올려다보았다. 현관 앞에 비극적인 모습으로 늘어져 있는 대리석 손은 점점 희미해지는 빛을 받으며 절망으로 가득한 무기력에 빠져 있는 것 같았다. 그는 그 손에 숨겨진 의미를 곰곰이 생각하며 서 있었다.

하지만 롬바드 박사 저택의 수수께끼는 비단 그 '죽은 손' 뿐만이 아니었다. 롬바드 양과 아버지는 어떤 관계일까? 무엇보다 롬바드 양과 그림 사이의 관계는 뭘까? 아무리 봐도 그 딸은 예술에 순수한 열정을 가질 만한 사람처럼 보이지 않았다. 오히려 그 그림을 증오한다는 느낌마저 여러 차례 감지했다.

도로 끝자락의 하늘이 샛노랗게 물들었다. 젊은 남자는 소도마가 그린 성 카타리나 위에 아직까지 드리워져 있을 석양을 감상할 기회를 놓치지 않으려고 산 도메니코 교회로 서둘러 발걸음을 돌렸다.

그가 들어설 때부터 텅 빈 교회의 복도에는 이미 어둠이 깔려 있어서 예배당 계단을 더듬거리며 올라가야 했다. 찰나였지만 교회를 물들이는 노을빛 아래로 보이는 성인의 자태는 어스름한 광휘 속에서 창백하고 황홀하게 빛났다. 따스한 붉은빛이 황홀경에 가까운 자태에 감각적인 색감을 더했고, 창백한 살결에서는 살아 숨 쉬는 듯 광채가 뿜어져 나왔으며, 눈꺼풀이 파르르 떨리는 듯 보일 지경이었다. 와이언트는 노을과 저녁 빛이 순간적으로 창조해 낸 그 모습에 완전히 매료된 채로 서 있었다.

그때 갑자기 무언가 하얀 물체가 발아래로 툭 하고 떨어졌다. 그는 몸을 숙여 얇고 자그마한 종이 한 장을 집어 들었다. 옛날에 쓰던 편지 봉투처럼 단단히 봉인된 작은 종이에는 다음과 같이 적혀 있었다.

오타비아노 첼시 백작에게

와이언트는 눈앞에 나타난 불가사의한 봉투를 응시했다. 대체 이게 어디서 튀어나온 걸까? 분명히 허공을 가르며 발치로 툭 떨어지는 모습을 보았다. 그는 예배당의 어두운 천장을 올려다본 뒤에 교회 안을 두리번거리며 살폈다. 아무리 봐도 딱 한 사람, 높은 제단 위에 무릎을 꿇은 신도 한 사람밖에 안 보였다.

그 순간 와이언트는 롬바드 박사의 집에서 하녀가 했던 말이 떠올랐다. 이 편지가 바로 그녀가 말했던 그것일까? 그렇다면 스스로도 알아채지 못한 채 오후 내내 이걸 가지고 다녔다는 말인가?

오타비아노 첼시 백작이라는 사람은 도대체 누구고, 어쩌다 와이언트는 그 고귀한 백작의 전령이 되었는가?

와이언트는 예배당 계단에 모자와 지팡이를 내려놓고서 주머니를 뒤적거리기 시작했다. 혹시나 이 신비한 사건에 대한 단서를 찾을지도 모른다는 비합리적인 기대감 때문이었다. 하지만 주머니 속에는 본인이 직접 챙긴 물건 말고는 아무것도 없었다. 만약 누군가 모르는 사람이 그가 알아채지 못하는 사이에 편지를 건네주었다고 가정한다면, 어떻게 그림을 가만히 바라보던 지금 이 순간에 그 편지가 갑자기 바닥에 떨어졌을까?

때마침 예배당 복도에서 발자국 소리가 들리기에 고개를 돌렸고, 호텔 식당의 식탁 건너편에서 보았던 그 반짝이는 눈동자를 가진 남성이 눈앞에 나타났다.

그 젊은 남자는 가볍게 고개를 숙이고는 양해를 구하는 손짓을 보냈다.

"혹시 제가 방해한 건 아니겠죠?" 그는 부드러운 어조로 말했다.

그는 대답을 듣지도 않고 그대로 예배당 계단을 올라가더니, 오후에 차를 마시러 찾아온 손님처럼 주위를 빙 둘러보았다.

"보아하니······." 그가 미소를 지으며 말했다. "성인을 방문해야 할 최적의 시간을 잘 알고 계시는 모양이군요."

와이언트 역시 이 무렵이 적절하다는 데 동감했다.

낯선 남자가 밝은 표정으로 그림 앞에 섰다.

"정말 우아한 그림이에요! 한 편의 시가 따로 없다니까요!" 그는 성 카타리나의 모습을 바라보며 감정을 담아 감탄하는 와중에, 예배당 내부를 눈으로 빠르게 훑었다.

와이언트는 상대의 속내를 간파한 듯 그의 말에 짧게 동의했다.

"그런데 예배당 안이 너무 춥네요, 얼어 죽겠어요. 안 그런가요?" 낯선 침입자가 모자를 썼다. "교회가 비어 있는 이런 시간엔 충분히 그럴 수 있지요. 그런데 좀 습한 것 같지 않나요? 당신은 예술가시죠? 예술가들이 얘기하길, 그림을 연구할 때는 모자를 써도 아무 문제가 없다던데요."

그는 느닷없이 예배당 계단으로 뛰어가더니 와이언트의 모자를 집어 들었다.

"제가 모자를 쓸 수 있도록 도와드리죠!" 그는 그 말과 함께 와이언트에게 모자를 내밀었다.

그 순간 와이언트의 머릿속에 번뜩 섬광이 비쳤다.

"아마도요." 그는 젊은 남자를 똑바로 쳐다보며 말했다. "혹시 성함이 어떻게 되시는지 알려 주실 수 있겠습니까? 저는 와이언트라고 합니다만."

낯선 남자는 다소 놀란 표정이었지만 곧바로 화려한 문양이 새겨진 명함을 꺼내더니 살짝 목례를 하며 그에게 건넸다. 그 명함에는 '일 오타비아노 첼시 백작'이라고 적혀 있었다.

"감사합니다." 와이언트는 이어서 말했다. "그리고 덧붙여 말씀드리자면, 제 모자에서 찾으려던 편지는 거기 없을 겁니다, 제 주머니 속에 있으니까요." 그는 편지를 꺼내서 얼굴이 창백하게 질린 백작에게 내밀었다.

"그러면 이제부터……." 와이언트가 말을 이었다. "그러니가 이 모든 일이 어떻게 된 영문인지 제대로 설명해 주시면 좋겠는데요."

와이언트의 요청에 백작은 분명히 당황한 기색이었다. 입술을 살짝 움찔거리더니 결국 힘없이 미소를 지었다.

"똑똑히 아실 테지만……." 와이언트는 상대의 머뭇거리는 태도를 보자 분노가 치밀어 올랐다. "당신은 내게 엄청난 무례를 저질렀어요. 정확히 어떤 속셈인지는 모르겠지만, 분명히 나를 이용해서 어떤 목적을 이루려고 한 것 같군요. 그 이유가 뭔지 정확히 알아야겠습니다."

오타비아노 백작은 간청하는 듯한 몸짓으로 한 걸음 다가섰다.

"선생님. 제가 대답할 수 있는 기회를 주시겠습니까?" 그가 간곡하게 말했다.

"부탁이니 그렇게 해 주시죠." 와이언트가 외쳤다. "그렇지만……." 와이언트는 열쇠 꾸러미를 든 관리인이 다가오는 소리를 듣고 덧붙였다. "날이 많이 어두워져서 이제 여기서 나가야 할 것 같군요."

와이언트는 교회를 가로질러 걸어갔고, 오타비아노 백작도 그를 따라서 텅 빈 광장으로 향했다.

"이제 말해 봐요." 와이언트가 계단 앞에 멈춰 섰다.

백작은 어느 정도 침착해진 모습이었는데, 특유의 귀족적인 손짓을 곁들이며 높은 어조로 대답했다.

"친애하는 와이언트 씨, 당신 덕분에 저는 제 끔찍한 무례를 깨닫게 되었습니다. 제 명예를 걸고, 한 가지는 이 자리에서 인정하지요. 당신을 이용했습니다, 맞아요! 당신의 친절과 기사도 정신을 믿고 행동하다가 선을 넘게 되었다고, 말씀드리면 이해가 될까요? 그래요, 인정합니다! 하지만 다른 방법이 없었습니다!" 그는 가슴에 손을 얹으며 말했다. "이 모두가 한 여인을 도우려는 마음에서 시작된 겁니다. 내 목숨이라도 바치고 싶은 여인 말입니다!" 그는 점점 맹렬하게, 마치 속사포처럼 말을 쏟아 냈다. 급기야 조심스럽게 사용하던 영어 대신에, 유창하고 격정적인 이탈리아어로 이야기하기 시작했다. 와이언트는 어리둥절한 상황에서도 정신을 다잡고, 그가 횡설수설하는 모습을 지켜보며 상황이 어떻게 돌아가는지 이해해 보려고 애썼다.

오타비아노 백작의 설명에 따르면, 그는 몇 달 전에 어머니의 재산과 관련한 업무를 보러 시에나에 왔다. 오르비에토 부근에 영지를 거느린 그의 아버지는 그 유서 깊은 도시의 시장이기도 했다. 시에나에 도착한 뒤, 그는 롬바드 박사의 비할 데 없이 아름다운 딸을 만나게 되었고 그녀에게 깊이 빠져들었다. 그래서 부모님을 설득해 그녀와의 결혼을 승낙받았다. 롬바드 박사도 딸의 결혼을 반대하지는 않았는데, 결혼 지참금에 대한 논의가 오가면서 문제가 불거졌다. 롬바드 양은 자기 명의의 재산을 소유하고 있었는데, 얼마 전에 베르가모에서 레오나르도 다빈치의 작품을 구입하는 데 그 전부를 투자한 것이었다. 그러자 백작의 부모는 그 그림을 팔아서 롬바드 양이 재정적으로 독립할 수 있도록 활용하는 편이 좋겠다고 정중히 제안했다. 하지만 롬바드 박사는 그 제안을 단호하게 거부했고, 결국에는 백작의 부모도 그간의 혼담을 철회하기에 이르렀다. 그동안 롬바드 양은 아버지의 뜻을 최대한 거스르지 않는, '수동적인 복종'을 고수했다. 아버지를 극도로 두려워하기에 감히 대놓고 반대의 의사를 내비칠 용기조차 못 냈던 것이다. 하지만 롬바드 양은 백작에게, 이 결혼을 끝까지 포기하지 않으리라고, 상황이 유리하게 바뀔 때까지 인내심을 가지고 기다리겠다고 했다. 백작이 한숨을 쉬면서 얘기하기를, 현재 롬바드 양은 스스로 마음먹기에 따라 얼마든지 아버지에게서 탈출할 수 있다는 사실조차 인식하지 못하고 있었다. 롬바드 양은 이미 성인이므로 그림을 팔 권리나, 아버지의 동의 없이도 결혼할 수 있는 법적 권리를 이미 가지고 있었기 때문이다. 그럼에도 백작은 롬바드 양과 혼인하고 싶은 마음에 여전히 그녀를 기다리고 있었고, 절대로 결혼을 포기하지 않겠다는 의사를 그녀에게 끊임없이 전달하고자 애쓰고 있었다.

하지만 롬바드 박사는 젊은 백작이 딸을 설득해서 그림을 팔아 치우려 한다고 의심했고, 그러한 이유로 만나거나 편지를 주고받는 일마저 금지했다. 결국 두 사람은 몰래 연락할 수밖에 없는 터라, 오타비아노 백작은 여러 차례 방문객을 이용해서 편지를 교환해 왔음을 솔직히 인정했다.

"그래서 나더러 초인종을 두 번 누르라고 한 겁니까?"와이언트가 말허리를 잘랐다.

젊은 백작은 양손을 벌리며 용서를 구했다. 이 모습을 보고 와이언트가 어찌 그를 탓할 수 있겠는가?

오타비아노 백작은 아직 한창나이인 데다, 열정에 불타올랐고 사랑에 흠뻑 빠진 사내였다! 시빌라 양은 그에게 사랑을 허락했고, 영원불변의 충성을 맹세할 수 있는 엄청난 영광을 부여했다. 그런데 그가 이토록 헌신적인 태도 때문에 고통받도록 내버려두어야 하는가? 그는 한 가지 사실은 인정했다. 롬바드 양에게 편지를 보내는 이유는 단순히 그녀에게 충직한 사랑을 계속 맹세하기 위해서만은 아니라고, 어떻게든 그림을 팔아 치우도록 설득하기 위해 온갖 방법을 동원하고 있다고 말이다.

결국 그는 구체적인 계획을 세웠으며, 그에 따르는 세부적인 사항까지 완벽히 준비해 두었다. 이제 롬바드 양이 용기를 내기만 하면 그 결심에 따르는 모든 책임은 백작이 감당할 것이었다. 계획은 다음과 같았다. 먼저 롬바드 양이 비밀리에 백작의 숙모가 있는 수녀원으로 피신을 하고, 그곳에 머무는 사이에 레오나르도 다빈치의 그림을 일사천리로 처분하는 것이다. 꽤나 높은 액수를 지불할 의향이 있는 구매자를 벌써 확보해 놓았다. "엄청난 금액입니다." 오타비아노 백작이 속삭이듯 말했다. 원래 롬바드 양이 상속받았던 재산보다 훨씬 높은 금액이었다. 그렇게 매매 계약이 마무리되면, 필요한 경우에 강제로, 박사의 거처에서 작품을 반출할 수 있었다. 그러는 사이 롬바드 양은 수녀원에서 안전히 보호받을 것이기에, 그림을 끄집어내는 과정에서 발생할 마찰을 직접적으로 겪지 않아도 되었다. 롬바드 박사가 악랄하게도 딸의 혼인을 끝까지 반대한다면, 부모의 동의 없이 결혼을 성사하기 위한 마지막 수단으로 '소마시옹 레스펙퇴즈'[16]를 진행하면 그만이었다. 그 법적 절차를 통해 주어진 기한이 지나고 나면 어떤 방법으로도 롬바드 양과 백작의 결혼을 막을 수 없었다.

와이언트는 두 사람의 순수한 사랑 이야기를 듣고 나서야 화가 누그러졌다. 거리에서 처음 만난 낯선 사람에게 자기 비밀을 털어놓고, 사랑하는 연인의 이름이 나올 때마다 가슴에 손을 얹는 젊은이에게 화를 낸다는 건 어리석은 일이었다.

---

16 존중을 담은 요구 통지서(sommation respectueuse)라는 의미의 프랑스 법률 용어로, 『프랑스 민법전(나폴레옹 법전)』에 명시된 "자유롭게 결혼할 수 있는 성인(남자 25세, 여자 21세)"이 부모의 동의 없이 결혼하고자 할 때, 이 같은 절차를 통해 혼인 사실을 알릴 수 있었다.

이번 일을 가장 쉽게 마무리하는 방법은 그저 농담처럼 받아들이는 것이었다. 와이언트는 스스로가, 오비디우스의 비극적인 사랑 이야기의 주인공, 퓌라모스와 티스베 사이의 '벽' 역할[17]을 했다는 사실을 깨달았다. 그리고 자신의 의도와 상관없이 그런 역할을 맡게 된 상황을 그저 웃어넘길 수밖에 없었다.

와이언트는 미소를 지으며 오타비아노 백작에게 손을 내밀었다.

"당신이 편지를 읽을 때 느낄 기쁨을 빼앗지 않겠습니다." 그가 말했다.

"아, 선생님. 진심으로 감사합니다! 그렇다면 혹시 롬바드 박사 댁에 가실 때, 오늘 오후에 보내기로 했던 이 편지를 전해 주실 수 있을까요?"

"롬바드 양이 기대하던 편지인가요?" 와이언트는 잠시 멈칫했다. "아니, 사양하겠습니다. 내가 어디서 왔는지 알고 계실 테죠. 영국에서는 오히려 사정을 알수록 일부러 나서지 않는답니다."

"하지만 선생님, 이건 젊은 여인을 돕는 일이 아닙니까?"

"그 젊은 여인을 생각하면, 또한 당신 말이 모두 진실이라고 가정한다면, 진심으로 안타깝게 생각합니다." 젊은 백작은 와이언트가 의심을 내보이자 강하게 반박하듯 손사래를 쳤다. "게다가 이번 문제에 있어서만큼은 내가 신세를 져야 하는 사

---

17   오비디우스의 『변신 이야기』에 수록된 설화로, 악연으로 얽힌 두 집안의 남녀가 서로 사랑에 빠지면서 빚어지는 비극을 그린 작품이다. 양가 부모는 두 연인을 억지로 갈라놓지만, 그들은 매일 밤 벽에 난 틈새를 통해 사랑을 속삭이며 더욱 깊은 감정을 키워 나간다.

람은 바로 롬바드 양의 아버지입니다. 그분이 나를 집으로 초
대해 주셨고 그 그림을 직접 보게끔 허락해 주셨으니까요.”

“그 그림은 박사의 것이 아닙니다! 롬바드 양의 소유예
요!”

“어쨌거나 그 집은 박사의 소유니까요.”

“롬바드 양에게 그 집은 감옥이나 다름없어요!”

“그렇다면 왜 그 집에서 떠나지 않는 거죠?” 와이언트가
초조한 말투로 되짚었다.

백작은 두 손을 모으며 간절한 몸짓을 취했다. “아, 선생
님. 정말 단호하고 남자다운 기백을 가진 분이시군요! 부디
그녀에게도 그런 태도로 조언을 해 주세요, 같은 영국인이지
않습니까? 롬바드 양 곁에는 제대로 된 조언을 해 줄 사람이
없어요. 어머니는 허수아비 같은 존재고, 아버지는 너무 무섭
습니다. 롬바드 양은 아버지에게 꽉 잡혀 있습니다. 자기 뜻을
거역하면 정말로 딸을 죽일 아버지예요. 와이언트 씨, 롬바드
양이 그 집에 사로잡혀 있는 한, 생명이 위험해 질 수도 있다
고요. 저는 그 사실이 너무나 두렵습니다!”

“오, 그럴 리가!” 와이언트가 가볍게 받아쳤다. “부녀가 서
로를 잘 이해하는 것 같았어요. 설령 그렇지 않더라도, 내가 이
런 일에 끼어들 수는 없어요. 당신이 영국인이라면 내 입장을
충분히 이해할 겁니다.” 그는 다소 타박하는 어조로 덧붙였다.

3

시에나에서 와이언트가 아는 사람이라고는 하숙집 주인

뿐이었기에, 그는 오타비아노 백작의 이야기가 사실인지 확인하기 위해 그녀를 찾아가서 물어볼 수밖에 없었다.

결론부터 말하자면, 그 젊은 귀족은 자신이 처한 상황을 아주 완벽하고 정확하게 설명한 것이었다. 오타비아노의 아버지 첼시몽지로네 백작은 명망 높은 가문의 출신으로, 상당한 재력가였다. 그는 오르비에토의 시장이므로 주로 시내나 인근 몽지로네 가문의 영지에서 생활했다. 한편, 시에나 부근에 넓은 부지를 소유한 어머니의 부동산을 관리하기 위해 둘째 아들 오타비아노 백작은 이따금 시에나를 방문했다. 장남은 군대에 있고, 막내아들은 성직자로 일했으며, 오타비아노 백작의 숙모는 시에나 근교 비지탕딘 수도회의 수녀원장이었다. 한때 젊은 오타비아노 백작이 영국에서 온 괴팍한 롬바드 박사의 딸과 결혼하리라는 소문이 돌았지만, 지참금 문제로 가문 사이에 갈등이 발생하면서, 백작 쪽에서 먼저 혼담을 철회했다는 것이었다. 젊은 백작의 입장에서는 매우 안타까운 일이었다. 그래서 요즘도 어머니의 영지를 점검한다는 핑계로 시에나를 자주 찾는다고 했다.

오타비아노 백작의 성격을 고려하자면, 두 사람의 이야기는 한 편의 희극 오페라에나 등장할 법한 것이었다. 하지만 다음 날 아침, '죽은 손의 집'의 현관 계단을 올라가면서 이 같은 상황의 다른 국면을 예상해 보았다. 사실 그의 입장에서는 롬바드 박사를 가벼이 여길 수가 없었다. 그리고 저 황량한 저택의 외관만 보더라도 숙명적인 분위기가 감돌고 있지 않는가. 한 독재자로 인해 저 가정에서는 얼마나 많은 비극이 벌어졌을까, 롬바드 양의 좌절된 목표와 지난날의 비극 속에서 그녀의 운명을 좌우할 이 소박한 촌극이 펼쳐지고 있는 것은 아닐까? 혹시 저 집에 오랜 세월 켜켜이 쌓인 과거의 유산이 어떠한 영향력을 발휘해서, 신식 위생 설비를 갖추고 전화선을 설치한 어느 평범한 교외 저택에 사는 사람들로서는 상상할 수조차 없는 방식으로 롬바드 가족의 삶을 조종하고 있는 건 아닐까?

적어도 한 사람만큼은, 이러한 골치 아픈 문제에 아무런 영향을 받지 않는 듯했다. 그 사람은 바로 롬바드 부인이었다. 와이언트가 도착하자, 그녀는 뜨갯감에서 평온한 노년의 주름 잡힌 이마를 살짝 들어 올리며 시선을 옮겼다. 아침부터 온화한 기운이 가득해서인지 일부러 햇살이 드는 창가 자리에 가까이 앉아 있었다. 부인은 시적인 음울함으로 충만한 주변 환경으로부터 완전히 벗어난, 마치 활기찬 산문 같은 자리를 차지하고 있었다.

"정말 좋은 아침이에요! 본처치의 날씨도 이곳처럼 쾌적하겠지요?" 그녀가 말했다.

그녀의 흐릿한 푸른 눈길은 위협적으로 들어선 저택 전면의 비좁은 거리를 잠시 이리저리 살피다가, 마치 날개가 잘린 새처럼 퍼덕거리며 다시 제자리로 돌아왔다. 정말 가엾은 여성임에 틀림없었다. 아무리 봐도 맞은편 집 너머의 세상은 한 번도 본 적이 없는 듯했다.

와이언트는 롬바드 부인이 혼자 있어서 오히려 다행이라고 생각했다. 그의 갑작스러운 방문에 부인이 놀란 기색을 보이자, 그는 바로 대답했다. "롬바드 양이 소유한 그림을 더 자세히 보고 싶어서 온 겁니다."

"아, 그 그림이요." 롬바드 부인의 얼굴 위로 살짝 실망한 기색이 지나갔다. 아마 더 민감한 사람이 그 표정을 보았다면 분명히 권태에 빠져 있다고 느꼈으리라. "레오나르도 다빈치의 진품이라죠, 잘 아시겠지만." 그녀는 기계적인 투로 덧붙였다.

"롬바드 양이 그 작품을 무척 자랑스러워하겠군요, 그렇지요? 예술을 애호하는 아버님의 기질을 그대로 물려받은 것 같던데요."

롬바드 부인은 뜨개질 코를 헤아리는 데 정신이 팔려 있었으므로, 그는 계속 말을 이어 갔다. "사실 젊은 여성분에게는 흔치 않은 일이거든요. 대개의 경우, 예술에 대한 취향은 어느 정도 나이가 들면서 발전하게 마련이니까요."

롬바드 부인이 화색을 띠며 고개를 들었다. "내 말이 그 말이에요! 난 그 나이 때에 완전히 달랐지요. 춤추는 것도 좋아하고 아기자기한 것들도 만들고, 물론 그림도 아주 못 그렸던 건 아니에요. 런던에서 전문가를 모셔서 따로 배웠거든요. 숙모님들은 아직도 제가 그때 크레용으로 그린 그림을 걸어 두고 계실 정도니까요. 언젠가 케닐워스의 풍광을 그렸는데, 그렇게들 좋아하시더군요. 아무튼 나는 소풍도 좋아했고, 또래 친구들과 함께 숲속을 거니는 것도 꽤나 좋아했어요. 그런 게 더 자연스러워요, 와이언트 씨. 예술에 대한 식견을 제대로 가지려면 그림이 뭔지도 느껴 보고, 크레용으로 직접 그려도 봐야지요. 예술을 위해서 모든 걸 포기해 버릴 필요가 없단 말예요. 예술 말고도 중요한 것들이 많다고, 나는 그렇게 배웠거든요."

와이언트는 부인이 순진하게 속내를 털어놓도록 유도했음에 일말의 죄책감을 느꼈지만, 또 다른 질문을 던지지 않을 수가 없었다. "그럼 롬바드 양은 다른 것에는 전혀 관심이 없나요?"

롬바드 부인이 약간 난처한 표정을 지었다.

"시빌라는 정말 똑똑한 아이인데, 항상 저더러 이해를 못한다고 하더군요. 요즘 젊은 애들이 얼마나 기고만장한지 아시잖아요! 하지만 남편은 내게 이해를 못 한다는 둥 그런 말을 한 적이 없어요, 이제는 내가 훌륭한 교육을 받았다는 사실을 인정하게 되었으니까요. 우리 숙모님들이 워낙에 특별한 분들이라, 어릴 때부터 자기 의견을 당당히 말하라고 가르쳤거든요. 남편도 그 점을 높이 평가해요. 그래서 어떤 문제든 내 의견을 듣지 않고 넘어가는 법이 없답니다. 눈치채셨을지 모르겠지만 종종 제 취향을 언급하기도 하고요. 내가 영국에 사는 걸 더 좋아한다는 점도 항상 존중해 준답니다. 그 이유가 뭔지 설명을 하면 잘 들어주는 편이에요. 내가 어떻게 생각할지에 워낙 관심이 많은 사람이라, 내가 대답을 하기도 전에 무슨 말을 할지 이미 안다고 얘기할 정도예요. 그런데 시빌라는 엄마 생각이 어떤지는 전혀 신경을 안 쓰지요."

그 시점에 롬바드 박사가 들어왔다. 그는 날카로운 눈길로 와이언트를 쏘아보았다. "일하는 사람이 멍청해서 그런지 손님이 왔다는 말도 전하지 않더군." 그의 시선이 아내에게로 향했다. "자, 여보. 이번에는 와이언트 씨에게 무슨 이야기를 들려주고 있었소? 내가 맞혀 보지, 본처치에 계신 숙모님들 이야기였겠지!"

롬바드 부인은 의기양양한 표정으로 와이언트를 쳐다보았고, 그녀의 남편은 갈고리처럼 구부러진 손가락을 비비며 미소를 지었다.

"정말 훌륭한 분들이지. 이동 도서관을 구독도 하시고 집

건너편에 사는 부목사 부인에게 《좋은 말》과 《월간 이야기보따리》를 빌려 읽기도 하고 말이오. 아, 일 년에 두 번 교구 목사님을 초대해서 차를 대접하고, 심부름꾼 소년을 부리고, 하급 귀족 부인 두 사람이 매번 방문할 정도니까. 무엇보다 양친을 잃은 조카딸, 우리 안사람의 교육을 위해 헌신하셨소. 굳이 자랑하려는 건 아니지만, 우리 부인과 대화를 나누다 보면 그들에게 얼마나 커다란 교육의 혜택을 받았는지 여실히 느낄 수 있을 거요."

롬바드 부인의 얼굴이 즐거움으로 환해졌다.

"숙모님들이 얼마나 특별하셨는지는 이미 와이언트 씨에게 이야기했어요."

"그렇군, 내 사랑. 그분들이 리넨 소재의 이불이 아니면 절대로 덮지 않으신다는 것도 이야기했소? 소피아 숙모님이 매년 봄에 손수 모피와 담요를 정리해서 보관하신다는 것도? 이 모든 것이 인간 본성을 연구하는 학자들에게는 아주 흥미로운 이야깃거리가 될 만한 내용이지요." 롬바드 박사는 시계를 흘끗 살펴더니 말했다. "이야기를 나누다 보니, 절호의 순간을 놓칠 뻔했군. 지금 이 무렵이, 자연광이 완벽할 때라서 말이오."

와이언트가 자리에서 일어서자, 롬바드 박사는 태피스트리로 가려 둔 문을 열고 복도를 따라 그를 안내했다.

정말로 아주 완벽한 빛이 걸작을 비추고 있었다. 마치 여인의 부드러운 살결 아래에서 붉은 등불이 타오르듯, 그림 자체로부터 내면의 빛이 뿜어져 나오는 것 같았다. 그리하여 그림 속의 세세한 면면이 저마다 보석처럼 또렷한 자태를 드러냈다. 와이언트는 이전에 미처 발견하지 못했던 수십 개의 세부 사항을 감지할 수 있었다.

그는 공책을 꺼내서 메모를 시작했고, 롬바드 박사는 냉소적인 미소를 거두고 완연히 경건한 표정을 띤 채로 와이언트에게 의자를 권했다. 그러고는 벽에 붙은 긴 의자에 몸을 기대앉았다.

"자, 클라이드 박사에게 전할 만큼 적어 봐요. 문자 안에 본질을 담을 수는 없겠지만 말이오."

그는 힘없이 의자에 앉더니 죽은 새의 발톱처럼 길쭉한 의자 팔걸이 위에 손을 늘어뜨리고, 눈으로는 와이언트의 공책을 뚫어져라 쳐다보았다. 누가 봐도 와이언트가 몰래 그림을 스케치하지는 않는지, 경계하는 눈초리였다.

와이언트는 자신을 감시하는 그의 태도가 못내 거슬렸고, 롬바드 박사의 가족 문제로 여러 가능성들과 의문들이 떠올라서 머릿속이 복잡했다. 잠시 아무것도 적지 않은 채, 처음에는 그저 그림만 쳐다보다가 다시 빈 페이지를 멍하니 바라보았다. 그러다가 문득 롬바드 박사가 당혹해하는 자신의 모습을 은근히 즐기고 있으리라는 생각이 들었고, 이를 악물고 한 글자 한 글자 써 내려가기 시작했다.

갑자기 철문을 노크하는 소리가 들렸다. 롬바드 박사는 자리에서 일어나 문을 열었고, 딸이 들어왔다.

그녀는 와이언트를 쳐다보지도 않은 채, 옆으로 고개만을 까닥해 보였다.

"아버지, 몬테아미아타에서 온 손님이 오늘 아침에 다시 방문하기로 했었는데 혹시 잊으신 건 아니시죠? 지금 와 계세요, 기다릴 시간이 없다고 하시는데요."

"빌어먹을!" 박사는 초조해하며 소리쳤다. "상황 설명을 했어야지."

"네, 그런데 다시 오시기 힘들대서요. 만나실 거면 지금 바로 가 보셔야 해요."

"그래, 아직 수습할 기회가 있을 것 같더냐?"

롬바드 양이 끄덕였다.

롬바드 박사가 돌아서서 열심히 펜을 끼적이는 와이언트를 보며 말했다. "시빌라, 너는 여기 있어. 금방 돌아올 테니까." 그는 서둘러 방 밖으로 나가더니, 달그락 소리를 내며 문을 잠가 버렸다.

와이언트는 롬바드 양이 자신과 단둘이 갇혔다는 사실에 혹시 놀라지 않았을까 궁금했지만, 도리어 문이 잠기는 소리가 들리자마자 다급히 자신에게 다가오는 바람에 깜짝 놀랐다. 그녀의 작고 창백한 얼굴에는 흥분과 두려움이 뒤섞여 있었다.

"제가 이야기할 것이 있어서 꾸민 일이에요." 그녀가 가쁜 숨을 몰아쉬며 말을 이었다. "오 분이면 돌아오실 거예요."

그러더니 갑자기 용기를 잃은 듯 애처로운 표정으로 와이언트를 바라보았다.

와이언트는 지뢰밭 한가운데를 걷는 기분이었다. 어두컴컴한 둥근 천장의 공간, 머리 위로 보이는 기이한 미소를 띤 그림, 그리고 평소에는 부목사와 진부한 인사말이나 주고받을 것 같은 앳된 소녀가 음모를 모의하듯 속삭이는 모습이라니.

"제가 어떻게 도우면 될까요?" 그 순간 연민이 차오르면서 그는 입을 열 수밖에 없었다.

"아, 제발 부탁이에요! 다른 사람들과 이야기를 나눌 기회가 전혀 없어서요. 아버지가 저를 감시하고 계신데…… 곧 돌아오실 거예요!"

"그러니까 내가 어떻게 도와주면 좋을지 이야기해 봐요."

"도저히 용기가 안 나요. 지금도 제 뒤에 서 계신 것 같아서." 그녀는 몸을 돌려 그림에 시선을 고정했다.

바로 그때, 마치 무슨 소리가 들리는 듯 그녀가 움찔했다. "이제 돌아오시나 봐요! 아직 아무 말도 못 했는데! 이번이 마지막 기회인데, 다급하게 말하려니 머릿속이 엉망진창이에요."

"아무 소리도 안 들려요." 와이언트가 귀를 기울이며 말했다. "그냥 이야기해 봐요."

"어떻게 이야기해야 좋을까요? 설명하려면 시간이 너무 오래 걸릴 것 같은데." 롬바드 양은 숨을 깊이 들이마신 뒤에야 마침내 속삭이듯 말했다. "오늘 오후 5시쯤 다시 찾아와 주실 수 있을까요?"

"다시 오라고요?"

"네, 그림을 다시 보고 싶다고 핑계를 대세요. 물론 아버지는 여기에 함께 들어올 테고, 그러면 제가 두 분만 두고 문을 잠글게요." 그녀가 헐떡이며 말했다.

"우리를 가둔다고요?"

"제 말이 무슨 뜻인지 아시겠죠? 그게 이 집에서 벗어날 수 있는 유일한 방법이에요." 그녀는 다시 한 번 거친 숨을 몰아쉬었다. "삼십 분 정도 지나면 제가 미리 부탁을 해 둔 누군가가 나타나서 문을 열어 줄 거예요. 조금 더 늦거나 빠를 수도 있고요." 그녀는 너무 떨리는지 긴 의자에 몸을 기대고서 주저앉았다. 와이언트는 그 모습을 가만히 바라보면서 진심으로 안타까움을 느꼈다.

"롬바드 양, 그건 안 되겠어요." 마침내 그가 말했다.

"안 된다니요?"

"미안합니다. 냉정하다고 생각하겠지만, 한번 내 입장에서 생각해 봐요." 그는 자신의 설명이 무의미하다는 사실을 깨달았다. 하긴, 사냥꾼에게 쫓기는 토끼를 붙잡고 구멍 속으로 도망치기 전에 잠깐 멈춰 보라고 하는 것과 진배없는 일이었다. 와이언트는 얼음처럼 차갑고 무기력한 그녀의 손을 잡았다.

"내가 할 수 있는 다른 방법을 찾아보겠습니다. 하지만 이 방법은 불가능해요. 다음에 다시 이야기하는 것이 어떨까요?"

"오!" 그녀는 외마디 소리와 함께 벌떡 일어섰다. "아버지가 오시나 봐요!"

정말로 복도에서 롬바드 박사의 발소리가 들려왔다. 와이언트가 그녀를 힘껏 붙잡았다. "한 가지만 말해 줘요. 아버지가 그림을 못 팔게 막고 있나요?"

"아니요, 쉿!"

"그럼 미래의 일에 대해서는 아버지께 아무것도 약속하지 말아요, 그것만 지켜 주세요."

"미래의 일이라니요?"

"아버지가 돌아가실 수도 있으니까, 충분히 연로하신 분이잖아요. 뭔가 약속하지 않았죠?"

롬바드 양이 고개를 끄덕였다.

"그럼 앞으로도 약속하지 않는 겁니다. 반드시 기억하세요."

그녀는 아무 대답도 못 했고, 자물쇠가 열리는 소리만이 들렸다.

와이언트가 그 집을 나서려는데, 험악한 처마와 황폐한 벽돌로 이뤄진 롬바드 박사의 저택이 기묘한 표정으로 왠지 자신을 내려다보고 있는 듯 느껴졌다. 그 저택의 얼굴은 마치 수많은 군중 속에서 스치듯 지나쳤지만, 결코 피할 수 없는 미래의 일부처럼 오래도록 뇌리에 깊이 각인되었다. 현관 위에 매달린 대리석 손은, 사로잡힌 영혼의 고통스러운 절규처럼 앞으로 뻗어 있었다.

와이언트는 불안에 쫓기듯 고개를 돌리고 말았다.

"괜찮을 거야!" 그가 혼잣말처럼 중얼거렸다. "저 집에 갇힌 것도 아닌데, 어떻게든 도망치겠지."

4

와이언트는 롬바드 양을 돕기 위해 온갖 궁리를 했었다. 같은 날 오후, 막 스무 번째 방법을 강구하던 즈음에, 그는 피렌체행 급행열차에 올랐다. 기차가 체르탈도에 당도할 무렵에는 시에나를 서둘러 떠나는 것이야말로 유일하게 합리적인 판단이라고 확신하게 되었다. 이윽고 엠폴리를 지나칠 무렵에는, 상처 입은 사람을 보고도 도와주지 않은 제사장과 레위인 역시 자신과 비슷하게 스스로를 정당화했으리라고 생각했다.

그로부터 한 달 뒤, 영국에 돌아오고 나서야 그동안의 내적 갈등이 예기치 못한 방식으로 해결되었다. 다름 아니라 조간신문에, 롬바드 박사의 갑작스러운 부고를 알리는 기사가 실렸기 때문이다. 바로 "시에나에서 오랫동안 생활해 온 저명한 영국인 학자가 돌연하게 세상을 떠났다."라는 내용이었다. 이로써 와이언트는 자기 선택의 정당성을 확보하게 되었다. 무릇 가장 충동적인 결정도 여러 사건의 흐름과 잘 들어맞기만 하면 '통찰력의 증명'으로 평가받게 마련이다.

비로소 와이언트는 자신의 선견지명 덕분에 해결된, 너무도 복잡한 문제를 편안한 마음으로 되짚어 볼 수 있었다. 그 절정은 경이로울 만큼 극적이었다. 롬바드 양은 결과가 어떻든, 결국 후회할 수밖에 없는 선택을 내리기 직전이었다. 하지만 그런 선택을 감행하기 전에, 그리고 연인의 열정이 차갑게 식기 전에 완전히 자유로워졌다. 지금은 레오나르도 다빈치의 작품을 팔아 치우고 평온한 신혼 생활을 꿈꾸고 있을 터였다. 그런데 한 가지 이상한 점은, 그 그림이 거래됐다는 소식을 어디서도 들을 수 없었다. 머지않아 그 작품이 이름난 박물관 중 한 곳에서 공개되리라는 기사가 나오리라 예상했지만, 아무리 신문을 훑어봐도 그런 내용의 기사를 찾을 수가 없었다. 그러다가 롬바드 양이 아버지에 대한 충성심 때문에, 너무 급하게 그 보물을 처분하지 않았으리라는 결론에 이르렀다. 그 문제에 대해서는 더 이상 신경 쓰지 않기로 했다. 그렇게 다른 일들에 정신이 팔려 바쁜 나날을 보내느라 몇 달이 훅 지나갔고, 자연스럽게 롬바드 양과 그림에 대한 기억 역시 희미해졌다.

그렇게 오륙 년이 흐른 뒤, 와이언트는 우연히 시에나를 다시 방문하게 되었다. 시에나는 오랫동안 묻어 두었던 과거의 기억이 시작되는 도화선이기도 했다. 그리고 우연히 롬바드 박사의 저택이 자리한 길목에 서 있었다. 그는 음산한 기운이 맴도는 도로를 바라보다가, 롬바드 박사의 저택 현관 위로 툭 튀어나온 '죽은 손'을 어렴풋이 알아보았다. 그 모습을 보자 묵혀 두었던 흥미로운 기억이 떠올랐고, 그날 저녁에 맛있는 프리타타를 먹으면서 집주인에게 롬바드 양의 혼사에 관해 물어보았다.

"그 영국인 박사의 따님 말이신가요? 결혼을 안 했는데요, 시뇨르."

"결혼을 안 했다고요? 그럼 오타비아노 백작은 어떻게 되었나요?"

"오랫동안 기다렸지요. 그런데 작년에 마렘마의 귀족 여성과 결혼했어요."

"무슨 일이 있었던 거죠? 왜 혼사가 깨진 건가요?"

집주인은 자신도 어찌 된 영문인지 모르겠다는 몸짓을 해보였다.

"그럼 롬바드 양은 아직 아버지의 집에서 살고 있나요?"

"네, 시뇨르. 아직 그 집에 있습니다."

"그렇다면 그 그림은요?"

"레오나르도 다빈치의 그림도 아직 그곳에 있어요."

다음 날, 와이언트는 '죽은 손의 집'에 들어서면서 언젠가 오타비아노 백작이 초인종을 두 번 누르라고 했던 말을 떠올렸다. 그토록 교묘했던 계획이 전부 수포로 돌아갔다는 사실에 씁쓸한 미소를 지었다. 도대체 무슨 연유로 결혼이 틀어진 걸까? 만약 롬바드 박사가 오래 살았다면 세월이 흐르면서 서로의 사이가 소원해졌을 테고, 롬바드 양의 결심도 무너졌을지 몰랐다. 하지만 마지막으로 만났을 때까지만 해도, 두 사람의 사랑은 백열의 불꽃처럼 뜨거워서, 누가 봐도 쉽사리 식을 것 같지 않았다.

아치형 계단을 올라가면서 느낀 이곳의 분위기가, 그가 가진 모든 질문에 대한 답변처럼 느껴졌다. 그를 짓누르는 싸늘한 공기는 어떤 집요하고 강렬한 의지를 발산하듯, 집 안의 모든 충동을 완전히 압도하고 무력하게 했다. 심지어 누군가 그의 어깨에 손을 얹고, 자신의 업적을 직접 보이려는 무시무시한 의도를 가지고 그를 잡아당기는 듯 느껴질 정도였다.

낯선 하인이 나타나 현관문을 열었고, 곧장 태피스트리로 장식된 방으로 그를 안내했다. 창가의 익숙한 자리에 앉아 있던 롬바드 부인과 롬바드 양이 자리에서 일어나더니, 나직하게 탄성을 지르며 그를 맞이했다.

두 사람 모두 기이할 정도로 늙어 있었는데, 나무의 열매처럼 무르익었다기보다 선반 위에 놓인 과일같이 쪼그라지고 메말라 있었다. 롬바드 부인은 여전히 뜨갯감을 붙잡고 있었는데, 이따금 난로 위에 퉁퉁 부은 손을 올려서 온기를 더하고 있었다. 롬바드 양은 의자에서 일어서면서 손에 들고 있던 자수를 내려놓았다. 처음 그녀를 만났을 때와 달라진 게 하나도 없었다.

방문객은 조심스럽게 그동안의 안부를 물었고, 롬바드 모녀가 영국으로 돌아가려고 했지만 어쩌다 보니 결국 이곳에 머무르게 되었다는 사실을 알게 되었다.

"숙모님들을 다시 만나지 못하는 게 아쉽지만……." 롬바드 부인이 체념한 투로 말을 이었다. "딸아이가 올해는 영국에 가지 않는 편이 낫겠대서요."

"내년쯤에는 갈 수도 있어요." 롬바드 양이 머뭇거리며 말했고, 그 목소리에서 아직 낭비해야 할 시간이 한참 남았음을 감지할 수 있었다.

롬바드 양은 다시 자리에 앉아서 고개를 숙인 채 자수를 이어 갔다. 두껍게 땋아 내린 머리는 그대로였지만 장밋빛 볼은 어느새 빛바랜 붉은 반점으로 변해 있었다. 꼭 건조하면 칙칙해지는 안료를 바른 것 같았다.

"클라이드 교수님은 잘 지내시지요?" 롬바드 부인이 다정하게 물었고, 다음 말이 이어지기도 전에 딸은 깜짝 놀란 눈으로 어머니를 쳐다보았다. "시빌라, 나도 알아. 와이언트 씨는 클라이드 교수님의 부탁을 받고 레오나르도 다빈치의 그림을 보러 방문하신 신사분이잖니?"

롬바드 양은 입을 다물었고, 와이언트는 클라이드 교수가 건강히 지내고 있다며 황급히 대화를 마무리했다.

"아, 그렇다면 나중에 시에나에 오실지도 모르겠네요." 롬바드 부인이 한숨을 내쉬었다. 와이언트는 충분히 그럴 수 있다고 대답했다. 그러고는 다시 정적이 흘렀다. 결국 와이언트가 정적을 깨고 롬바드 양에게 물었다. "그림은…… 아직 소장하고 계신가요?"

롬바드 양이 눈을 들어 쳐다보았다. "한번 보시겠어요?"

와이언트가 고개를 끄덕이자 롬바드 양은 예전에 그랬던 것처럼 비밀 서랍에서 지난날의 그 열쇠를 꺼내, 태피스트리 아래 숨겨진 문을 열었다. 두 사람은 말없이 복도를 걸어갔고, 그녀는 조용히 손짓을 하며 와이언트가 먼저 들어갈 수 있도록 길을 내주었다. 그러고는 뒤따라 들어와서, 그림을 덮고 있던 커튼을 천천히 걷어 냈다.

이른 오후의 햇살이 그림 위로 쏟아져 내렸고, 그림의 표면 위로 물결치듯 광채가 넘실거렸다. 그림의 전반적인 색감은 여전히 온기를 간직하고 있었으며, 화폭의 윤곽도 변함없이 선명하고 완벽했다. 와이언트의 눈에는 암흑과 망각의 틀에서 갑자기 활짝 피어난 신비로운 꽃처럼 보일 정도였다. 이제야 모든 걸 이해한 듯 그는 롬바드 양을 향해 몸을 돌렸다.

"아, 이제야 왜 이 그림을 팔 수 없었는지 이해가 됩니다!" 그가 외쳤다.

"네, 팔 수 없었어요." 그녀가 대답했다.

"너무 아름다워요, 너무나 아름다우니까요." 그가 동의하는 투로 대답했다.

"너무 아름답다고요?" 그녀가 기묘한 눈길로 그를 향해 반문했다. "아시겠지만, 저는 한 번도 이 그림이 아름답다고 생각해 본 적이 없어요."

"단 한 번도요?" 그가 놀란 눈으로 다시 그녀를 바라보았다.

롬바드 양이 고개를 끄덕였다. "네, 오히려 증오하죠. 항상 이 그림을 증오해 왔어요. 하지만 그분은 내가 그 사실을 깨닫지 못하게 했고, 앞으로도 절대로 나를 놓아주지 않을 거예요."

와이언트는 그녀의 현재형 표현에 못내 놀란 눈치였다. 롬바드 양의 표정 역시 그를 경악하게 했다. 그녀의 순진무구한 눈동자 속에는 기이하고 고집스러운 원망의 빛이 가득했다. 혹시 이상한 망상에 사로잡힌 것은 아닐까? 아니면 그녀가 말하는 '그분'은 설마 돌아가신 아버지를 의미하는 것일까?

"그러니까 롬바드 박사가 이 그림을 못 팔게 했다는 뜻인가요?"

"네, 예전에도 그랬고 앞으로도 영원히 그러겠지요."

또다시 정적이 흘렀다. "혹시 아버님이 돌아가시기 전에 그러기로 약속을 하셨나요?"

"아니요. 아무런 약속도 하지 않았어요. 갑자기 돌아가셔서 그런 약속을 저에게 강요할 기회조차 없었죠." 롬바드 양은 속삭이듯 말했다. "저는 자유라고 생각했어요, 완벽히 자유롭다고요. 막상 시도해 보기 전까지는 그랬죠."

"그 전까지라니요?"

"아버지의 뜻을 거스르려는 시도 말이에요. 그러고 나서야 저로서는 불가능하다는 사실을 깨달았어요. 거듭, 끊임없이 노력했어요. 하지만 아버지는 항상 여기에 저와 함께 있었어요."

롬바드 양은 마치 누군가의 발소리라도 들은 것처럼 갑자기 어깨 너머를 쳐다보았다. 그 순간, 와이언트도 누군가, 또 다른 존재가 그곳에 함께 있는 듯한 기분이었다.

"그래서 아무것도 못 한 거군요." 와이언트는 자기도 모르게 롬바드 양처럼 낮은 목소리로 이야기하며 말끝을 흐렸다.

롬바드 양이 고개를 끄덕이더니 신비로운 눈빛으로 그를 응시했다. "그분을 떼어 낼 수가 없어요. 이제는 영원히 그럴 수 없게 됐어요. 그때 이야기했잖아요, 다시는 기회가 없을 거라고."

그녀의 말이 매서운 냉기처럼 와이언트의 머리카락 사이를 스치고 지나갔다.

"아." 그는 신음하듯 입을 열었지만, 롬바드 양이 엄숙한 몸짓으로 말을 잘라 버렸다.

"너무 늦었어요." 그녀가 말했다. "그때 저를 도와주셨어야 했어요."

기도하는 공작 부인

그 인기척 없는 외관이, 마치 고해성사에서 주고받은 밀담을 수군대는 사제의 표정처럼 부드럽고 과묵하며 도무지 속을 알 수 없는 그런 곳 말이다. 여느 집이라면 그 안에 둥지를 튼 이들의 삶을 담아내기 마련일 터. 거처란 표피에 인접해 흐르는 삶의 분명하고도 확실한 여운인 법이다. 그러나 사이프러스가 우거진 언덕 위 좁다란 길가에 세워진 이 낡은 저택은 죽음처럼 그 어떤 작은 빈틈도 허락하지 않는다. 커다란 창문은 장님의 눈동자 같고 거대한 문은 굳게 닫힌 입술이다. 실내에는 어쩌면 볕이 드는지도 모르겠다. 소귀나무 향을 풍기며, 거대한 구조물을 잇는 모든 관을 타고 삶이 요동치고 있을지도 모른다. 아니면 박쥐들이 서로 맞물리지 않는 바위 틈 사이에 둥지를 틀고, 오래도록 사용하지 않은 문고리 속의 열쇠가 녹슬어 가듯 죽음 같은 고독이 자리하고 있을지도 모른다.

2

낡은 프레스코화가 걸린 로지아[18]에 서서 내려다보니 사이프러스로 만든 사다리가 길목을 막아 섰고 공작의 문장이 새겨진 방패와 문가에 놓인 깨진 화병에는 그늘이 져 있었다. 정오의 햇살이 정원과 분수대, 포르티코[19]와 인공 동굴을 비췄다. 청록색 이끼는 곱게 빻은 금가루처럼 난간 아래를 드넓게 장식했고 포도밭은 언덕에 붙들린 광활한 골짜기 앞에 엎드려 절하듯 펼쳐져 있었다. 경사면과 구릉지는 여름 황혼 녘을 수놓는 별처럼 새하얀 마을들로 가득 찼고 그 너머로는 푸른 산봉우리가 등성이마다 하늘을 맞댄 채 순백의 거즈처럼 맑게 빛났다. 8월의 공기에는 생기가 없었다. 하지만 내가 안내받아 들어간 밀실들을 지나치니 이내 밝고 경쾌한 기운이 감돌았다. 서늘한 기운이 나를 에워싸자 나는 품에 햇살을 껴안았다.

"공작 부인의 저택은 건너편에 있습니다."

노인이 입을 열었다. 그는 내가 지금껏 본 노인 중에 가장 연로한 분이었다. 어찌나 과거에 붙들려 있는지 실존하는 인물이 아닌 회상 같았다. 그를 현실과 이어 주는 유일한 끈을 찾는다면, 내가 실내로 들어서면서 문지기 소년에게 리라 한 닢을 건넬 때 꺼낸 돈주머니, 바로 그것에 고정된 그의 작은 도마뱀 같은 눈매 정도랄까. 그는 움직임 없는 눈초리로 말을 이어 갔다.

---

18   한쪽 또는 그 이상의 면을 튼 방이나 복도. 특히 주택에서 거실 등 내부 공간의 한쪽 면이 정원으로 연결되도록 튼 형태.

19   특히 대형 건물 입구에 기둥을 받쳐 만든 현관 지붕.

"지난 이백 년 동안 공작 부인의 저택은 달라진 것이 없지요."

"그러면 현재 아무도 살지 않습니까?"

"그렇습니다, 나리. 공작님은 여름 동안 코모에 가시지요."

나는 로지아 반대편으로 옮겨 왔다. 작은 숲길을 따라 걷다 보니 저 아래로 하얀색 지붕과 돔이 미소처럼 번뜩이고 있었다.

"그럼 저건 비첸차[20]인가요?"

"본디 그러합니다."

노인은 우리 뒤편 벽 속으로 손이 사라져 없어지듯 손가락을 편편하게 뻗어 보였다.

"저기 바실리카[21] 왼편에 위치한 궁전 지붕이 보이십니까? 비상하는 새 조각상들과 일렬로 놓인 곳 말입니다. 그곳이 공작의 마을 대저택입니다. 팔라디오[22]가 설계했지요."

"그럼 공작은 그곳에 계십니까?"

"전혀요. 게다가 공작님은 동   절기에 로마로 가십니다."

"그렇다면 대저택과 별장은 항상 닫혀 있단 말입니까?"

"보시다시피, 늘 그렇지요."

---

20 이탈리아 베네토주(州)에 있는 도시. 건축가 안드레아 팔라디오의 작품이 도시 곳곳에 다수 있다.

21 왕궁 등을 의미하는 그리스어 '바실리케'에서 유래한 단어로, 일반적으로는 가톨릭 성당의 원형에 해당하는 바실리카식(式) 대성당을 가리키는 경우가 많다.

22 Andrea Palladio(1508~1580). 베네치아 공화국에서 활동한 이탈리아의 유명 건축가.

"언제부터 그랬던 거요?"

"제 기억엔 늘 그랬습죠."

나는 그의 눈을 바라보았다. 그 무엇도 비추지 않는 녹슨 금속 거울 같았다.

나는 마지못해 입을 열었다.

"꽤 오랫동안이었겠군요."

"오랜 세월이고말고요."

그가 수긍했다.

나는 정원을 내려다보았다. 현무암으로 된 수갱처럼 햇살을 토막 내는 사이프러스 사이로 달리아 꽃이 무성하게 피어 올라 네모진 울타리 틈을 비집고 나왔다. 라벤더 꽃 위로는 벌들이 윙윙댔고, 벤치 위에서 볕을 쬐던 도마뱀들은 메마른 수반의 깨진 틈새로 모습을 감췄다. 우리의 아둔한 시대가 그 예술성을 빛바래게 한, 한때의 찬란한 원예 문화가 사방 가득 곳곳에서 자취를 드러내고 있었다. 회랑을 따라 내려가니 망가진 흉상들이 애걸복걸하는 거지 떼처럼 두 팔을 벌린 채였고, 파우누스[23]의 뾰족한 귀를 한 형상은 덤불 사이에서 함박웃음을 짓고 있었다. 상록관목으로 뒤덮인 벽면 위로는 고대 사원을 본떠 만든 건물이 눈부시게 흩날리는 공기 속 실제의 폐허 사이로 침몰하고 있었다.

번뜩이는 불빛에 눈이 멀 지경이었다.

"들어갑시다."

내가 입을 열었다.

---

23 고대 로마 신화에 등장하는 숲, 사냥, 목축을 돌보는 목신으로, 남자의 얼굴을 한 머리에는 뿔이 달리고 염소의 다리를 지녔다.

노인이 묵직한 대문을 밀어젖히자 살결을 도려내는 듯한 냉기가 뿜어져 나왔다.

"공작 부인의 저택이지요."

그가 말했다.

머리 위와 주변으로는 덧없어 보이는 프레스코 그림이, 발아래로는 스카그리올라[24] 장식이 동일한 형태로 끝없이 펼쳐졌다. 교묘한 원근법으로 배치된 값비싼 대리석 기둥을 갖춘 흑단 장식장 사이사이로, 빛바랜 금빛 콘솔이 중국 요괴 조각상을 떠받들고 있었다. 벽난로 가리개 속에서는 스페인식 복장을 차려입은 신사가 오만하게 우리를 외면하고 있었다.

"에르콜레 공작 2세입니다. 제노바 출신 사제의 작품이지요."

노인이 설명했다.

좁은 이마와 밀랍 인형처럼 병색 짙은 얼굴 위로 우뚝 솟은 코와 경계하는 듯한 눈매가 자리하고 있었다. 과연 사제의 손으로 빚어진 듯했다. 입술은 잔혹하기보다 유약하고 허영심으로 가득했다. 파리를 낚아채는 도마뱀처럼 트집 잡기 좋아하는 입매는 그 어떤 말실수라도 덥석 물어 버릴 태세였으나 정작 '예.' 혹은 '아니오.'라고 단호히 말하는 격식은 터득하지 못한 듯했다. 공작의 한 손은 진주 귀걸이와 멋진 드레스로 치장한 원숭이같이 생긴 난쟁이의 머리 위에 놓였고, 다른 한 손은 두개골 위에 자리한 두꺼운 서적을 펼치고 있었다.

"공작 부인의 침실은 건너편에 있습니다."

노인이 다시금 내게 귀띔해 주었다.

---

24 인조 대리석 혹은 인조 화강암을 가리킨다.

덧문 틈새로 스며드는 두 줄기의 가느다란 금빛 광선은 깊이 가라앉은 암영을 더욱 어둡게 할 뿐이었다. 단상의 침대 틀 위로는 엄숙하고 공식적인 혼인을 상징하듯 천개(baldachin)가 세워져 있었다. 「황색의 그리스도」는 커튼 사이에서 고뇌하고 있었고 방 맞은편의 벽난로 굴뚝 위에선 한 여인이 우리를 굽어보며 미소 짓고 있었다.

노인이 덧문을 열자 빛이 그녀의 얼굴을 비쳤다. 유월의 어느 초원에 부는 산들바람같이 희미한 미소가 감도는 표정, 요정과도 같은 연약하고 온화한 모습은 마치 티에폴로[25]의 자유분방한 여신들 중 하나가 17세기의 보수적인 옷차림에 억지로 갇힌 듯 보였다.

"이곳엔 아무도 묵고 계시지 않습니다."

노인이 입을 열었다.

"비올란테 공작 부인 다음으로는 말이죠."

"그분이시라면?"

"저 숙녀분이십니다. 에르콜레 공작 2세의 첫 부인이시지요."

그는 주머니에서 열쇠를 꺼내더니 방에서 가장 먼 곳에 위치한 문을 열었다.

"예배당입니다."

그가 말했다.

"이곳은 공작 부인의 지정 발코니석이지요."

노인을 뒤따르자 공작 부인이 나를 향해 곁눈질로 미소를

---

25 Tiepolo(1696~1770). 베네치아파의 대표적 장식화가로, 빛의 효과와 단축법을 활용하여 무한 공간을 표현한 천장 벽화를 많이 제작하였다.

보냈다.

나는 스투코[26]로 장식된 예배당의 일반 신자석에 들어섰다. 역청으로 그려진 성자의 초상화가 벽기둥 사이에서 썩어 가고 제단 꽃병을 장식한 인조 장미는 세월의 잿빛 먼지를 뒤집어쓰고 있었다. 거미줄로 가득 찬 아치 모양의 로제트[10] 아래로는 새 둥지가 달렸고 제단 앞면으로는 낡아 빠진 안락의자가 놓였다. 그 순간 무릎 꿇은 어떤 형상이 눈에 들어오자 나는 뒷걸음치고 말았다.

"그 조각 또한 공작 부인입니다."

노인이 소곤댔다.

"베르니니[28]의 작품이지요."

털 가운과 자수 스카프를 휘두른 한 여인의 모습이었다. 그녀는 두 손을 들어 올린 채로 예식에 임하고 있었다. 버려진 제단 앞에서 기도에 정진하며 조금도 동요하지 않는 그녀의 모습엔 묘한 분위기가 감돌았다. 그녀의 얼굴은 가려져 있었는데, 나는 그녀로 하여금 두 손을 추어올리게 하고 두 눈을 제단 앞으로 이끈 것이 과연 슬픔이었는지 기쁨이었는지 궁금했다. 신을 향한 그녀의 간절한 절규에 동참하는 이도 없는 이곳에서, 나는 안내받은 대로 신도석 계단을 재빨리 걸어 내려왔다. 나는 이 천재적인 예술가가 발견한 지상의 신비함이 무엇인지 간절히 알고 싶었다. 베르니니는 이와 같은 예술 분야의 대가가 아니던가. 천상의 공기에 하늘대는 옷깃, 두건에

26 치장 벽토.

27 장미 모양의 리본.

28 Giovanni Lorenzo Bernini(1598~1680). 이탈리아 바로크 미술의 거장. 특히 조각과 건축 분야에서 뛰어난 걸작을 남겼다.

서 빼꼼 삐져나온 애교머리, 공작 부인의 자태는 살아 움직이는 듯했다. 이 조각가는 그녀 머리의 균형감, 부드러운 어깨선을 기막히게 포착했다. 그러다가 시선을 돌려 그녀의 얼굴을 바라보았다. 얼어붙은 공포였다. 한 인간의 얼굴이 어찌 그런 증오, 반감, 수심으로 가득 찰 수 있을까.

노인은 자신의 가슴에 십자를 긋고는 다리를 질질 끌며 대리석 바닥을 걸었다.

그가 다시금 말했다.

"비올란테 공작 부인입니다."

"그림에서 본 것과 같은 분이라는 말이오?"

"그렇습니다."

"하지만 얼굴이……."

"무슨 뜻입니까?"

그는 어깨를 움츠리더니 나의 말을 흘려듣는 듯했다. 그는 음산한 기운이 감도는 주위를 힐긋 둘러보더니 나의 소매를 움켜쥐며 귀에 대고 소곤거렸다.

"늘 그랬던 것은 아닙니다요."

"뭐가 아니라는 말입니까?"

"얼굴이요, 너무 끔찍하잖습니까."

"공작 부인의 얼굴요?"

"조각상의 모습 말입니다요. 그 후로 변했습니다."

"그 후?"

"그러고는 이곳에 놓였지요."

"조각상의 얼굴이 변하였다?"

나는 당황하였을 뿐인데, 그는 내가 자기 말을 믿지 않는다고 오해하는 것 같았다. 나의 소매를 붙들던 그의 은밀한 손길도 멀어졌다. "아, 그게 사연이 있습니다. 제가 전해 들은 걸 알려 드리지요. 아, 내가 뭘 알던가?" 그는 대리석 바닥을 따라 노망든 발걸음을 옮겼다. "이곳은 터가 좋지 않습니다. 아무도 이곳에 오질 않지요. 아주 냉기가 돌아요. 하지만 나리께서는 말씀하셨습니다. 나는 모든 것을 보아야만 한다고요."

나는 리라를 딸랑거렸다.

"맞소, 나는 모조리 들어야만 하오. 지금 당장 그 사연을 말이요. 당신은 누구한테 들은 겁니까?"

그는 손을 추슬렀다.

"직접 보았죠! 세상에나!"

"보았다고요?"

"당시 제 조모께서 보셨습니다. 저는 다 늙은 노인네입니다."

"조모라면? 당신의 조모?"

"공작 부인의 몸종이셨습니다, 나리."

"당신의 조모? 이백 년 전에 말이오?"

"너무 오래전인가요? 신의 순리죠. 저는 늙어 빠진 노인입니다. 제가 태어났을 때 제 조모는 이미 연세가 많으셨지요. 그분은 돌아가실 때조차 경이로운 성모 마리아처럼 기운이 넘치셨습니다. 호흡도 열쇠 구멍에서 새는 바람처럼 씩씩했다니까요. 제가 어린아이였을 때 할머니께서 그 이야기를 들려주셨지요. 정원에서 말입니다. 당신이 돌아가시던 그해 여름밤, 물고기 떼가 있는 연못가 벤치에서 말이지요. 틀림없을 겁니다. 저희가 앉았던 바로 그 벤치도 보여 드릴 수 있어요."

3

한낮의 기운이 정원에 무겁게 내려앉았다. 우리 주변은 온기로 데워지기는커녕 퀴퀴하게 썩은 여름 내음만을 풍겨 댔다. 임종을 지키는 자들처럼 조각상들만이 꾸벅꾸벅 졸고 있었다. 도마뱀은 이글대는 땅속 틈새로 모습을 감췄고 상록 관목 사이에 놓인 벤치 위로는 몸뚱이에 푸르게 니스 칠을 한 듯한 파리 떼들이 죽은 채로 여기저기 흩어져 있었다. 우리 앞에는 연못이 있었고 썩어 가는 비밀 위로는 노란 대리석 판이 올려져 있었다. 저택은 맞은편에 위치했고 망자의 얼굴처럼 보였으며 사이프러스들이 측방에서 촛불을 밝히는 듯했다.

4

"……그러니까, 제 어머니의 모친 되시는 분이 공작 부인의 몸종이었을 리 없다고 말씀하시는 겁니까? 제가 뭘 알까요? 이곳에서는 무슨 일이 생겼든 너무 오래전 일들뿐이라 오히려 옛것이 친근하게 느껴지기도 합니다. 도시에 사는 분들보다는 그렇지요. 하지만 제 조모가 당시 조각상에 대해 달리 알 방도가 어디 있었겠습니까? 말씀해 보시지요, 나리. 직접 두 눈으로 보신 게 분명하다고요. 맹세할 수 있습니다요. 게다가 첫아이를 품에 안을 때까지 미소 한 번 지은 적이 없으셨다니까요. 그래서 제게 알려 주신 겁니다. 제 조모는 당시 집사의 아들이었던 안토니오에게 시집을 갔지요. 서신을 전달했던 바로 그분입니다. 한데, 제가 어디까지 말했더라? 아, 그랬지…… 잘 아시겠지만 공작 부인이 돌아가시자 제 조모는 한낱 종잇조각 같은 존재가 되어 버렸지요. 여하튼 하녀들을 총괄하던 낸시아의 조카였던 제 조모는 공작 부인의 장난과 우스운 노래들 탓에 꽤 곤욕을 치렀습니다. 아마 나리께서는, 조모가 직접 봤다고 여긴 일들이 실은 다른 사람들로부터 전해 들은 얘기였을 수도 있겠다, 생각하실지도 모르겠습니다. 어찌 되었든 간에 저처럼 글을 모르는 사람이 할 소린 아니겠지만요. 그럼에도 할머니께서 들려주신 이야기는 꼭 제가 직접 목도한 사건인 듯 생생하게 떠올릴 수 있습니다. 이곳은 묘한 곳이지요. 그 누구도 발을 들이지 않습니다. 변화를 찾아볼 수 없거니와 정원에 세워진 흉상처럼 낡은 기억들이 선명하게 자리매김하고 있지요.

　브렌타에서 돌아온 여름 무렵에 시작된 일입니다. 에르콜레 공작은 베네치아 출신의 숙녀와 혼례를 올리셨지요. 한 가지 기억하셔야 할 점은, 당시까지만 해도 도시에 활기가 넘쳤다는 사실입니다. 물길 따라 웃음소리와 온갖 노랫소리가 울려 퍼졌지요. 일상은 파도를 따라 넘실대는 나룻배 같았더랍니다. 공작은 부인을 기쁘게 해 줄 요량으로 혼인 후 처음 맞이하는 가을에 아내를 데리고 다시 브렌타를 찾았지요. 공작 부인의 아버지는 그곳에 어마어마한 저택을 소유하고 있었던 것 같습니다. 정원이며 볼링장, 인공 동굴과 카지노까지 갖췄죠. 수문에 달려드는 곤돌라, 금빛 마차로 가득 찬 경마 훈련장, 배우들로 소란스러운 극장, 요리사들이 북적이는 부엌, 가면과 장신구로 치장하고 반려견과 흑인 하인, 하급 사제들까지 대동한 귀부인들에게 온종일 초콜릿을 대접하는 일꾼들까지. 아! 마치 제가 그곳에 가 본 듯 눈앞에 선하다니까요. 제 조모의 이모이신 낸시아로 말할 것 같으면 공작 부인과 어디든 동행했지요. 그리하여 두 눈이 쟁반처럼 휘둥그레진 채 돌아온 낸시아 이모할머니는, 이곳 비첸차에서 구애하는 그 누구에게도, 그해 여남은 기간 동안 입도 뻥끗하지 않으셨답니다."

"그곳에서 무슨 일이 있었는지 저는 알지 못합니다. 저희 할머니께서도 끝내 진실을 알아내지 못했지요. 낸시아 이모할머니는 공작 부인에 관해서라면 벙어리가 되곤 하셨으니까요. 그런데 공작은 비첸차로 돌아온 뒤 저택을 꾸미라고 이르셨습니다. 봄이 되자 공작은 부인을 이곳에 데려왔고, 곧 그녀만을 남겨 둔 채 떠나 버렸습니다. 할머니는 공작 부인이 행복해 보였다고 하셨지요. 동정의 대상으로는 보이지 않았다고 하셨습니다. 공작님은 늘 참새 꽁무니를 쫓는 고양이처럼 살금살금 들락거리는 사제들, 식견 있는 분들과 담소를 나누느라 화려하게 치장한 서재에 틀어박혀 계셨지요. 아마도 공작 부인은 이런 비첸차에서 마냥 넋 놓고 갇혀 지내느니 차라리 즐기는 편이 낫다고 판단하셨던 듯싶습니다. 공작은 학자셨습니다. 초상화에서 책을 보셨지요? 읽을 줄 아는 자들은 경이로운 것들을 식별할 수 있다지요. 산을 넘어 이곳저곳 다녀 본 분이시라 집안사람에게, 이 세상에는 저희 같은 사람들이 볼 수 있는 것보다 더 많은 것들이 존재한다고 말씀하셨죠. 공작 부인은 음악에 심취한 분이셨고 연극과 젊은 벗을 가까이 하셨습니다. 반면, 공작은 과묵하셨지요. 고해 성사를 막 마치고 나온 신도같이 발걸음은 신중하셨고 두 눈도 늘 내리뜨고 계셨답니다. 공작 부인의 반려견이 그의 발꿈치에서 재롱을 떨기라도 하면 그는 말벌 떼에 쫓기기라도 하는 듯 야단법석을 떨었지요. 공작 부인이 웃음보를 터트리면 그는 유리창에 다이아몬드 문양의 낙서라도 하다 들킨 아이처럼 움찔하곤 했습니다. 그렇게 공작 부인은 노상 끝도 없이 웃으셨지요.

처음 저택에 도착하셨을 때만 해도 공작 부인은 매우 분주하셨습니다. 정원을 가꾸고 인공 동굴을 만들고 과일나무를 심었지요. 마치 갑작스레 분무기로 물을 흠뻑 흩뿌리듯, 동굴에 숨은 은둔자들과 덤불 사이에 몸을 감춘 원주민들이 화들짝 뛰쳐나올 만큼 파격적인 일들을 끊임없이 계획하셨습니다. 부인은 이와 같은 일에 상당한 감각을 지닌 분이셨습니다. 하지만 머지않아 흥미를 잃으셨지요. 그곳에는 하녀들과 책에 푹 빠져 사는 사제 이외에는 그 어떤 대화 상대도 없었으니까요. 비첸차를 떠도는 배우, 사기꾼, 점쟁이, 떠돌이 의사며 점성술사, 온갖 종류의 반려동물들을 왜 장터에서 데려왔겠습니까? 그럼에도 이 가련한 부인은 벗을 애타게 그리워했지요. 그녀를 사모하는 하녀들은, 공작의 사촌이신 카발리에레[29] 아스카니오가 저택 포도원 맞은편으로 이사 온다는 소식에 기뻐하였답니다. 뽕나무가 심겼고, 붉은 지붕과 제비집이 있는 분홍빛 저택이 보이십니까?

카발리에레 아스카니오는 명망 있는 베네치아 가문의 간부 후보생이었지요. 『황금책』[30]에 언급되는 고귀하고 명망 있는 집안 말입니다. 제가 아는 한 그분은 원래 교회에 들어가서 성직자의 길을 걸어야 했지요. 그런데 말입니다요! 그는 기도

---

29 cavalière. 기사 작위를 받은 사람에게 붙이는 경칭.

30 Libro d'Oro. 베네치아 공화국의 귀족 집안을 정리한 책.

보다 싸움질에 열을 올렸고, 기어이 만토바의 유능한 공작 용
병대장과 한패가 되어 버렸지 뭡니까. 물론 그분 역시 베네치
아에서 입지가 상당했지요. 여하튼 법도를 잘 지키지는 않았
던 것 같습니다. 그저 제가 알기로, 카발리에레는 이윽고 베네
치아로 되돌아갔고, 제가 말씀드린 그 신사분과의 관계 때문
에 평판은 영 좋지 않았답니다. 듣자 하니 카발리에레가 산타
크로체 수녀원의 수녀를 겁탈하려 했었다는군요. 무슨 사연
인지는 저도 잘 모르겠습니다. 하지만 할머니 말씀으로는, 베
네치아에 그분을 원수로 여기는 사람들이 많았답니다. 결국
그분은 어떤 트집을 잡혔거나 '10인 위원회'[31]에 의해 비첸차
로 쫓겨났지요. 비첸차의 공작은 그의 친척이었으니, 싫든 좋
든 얼굴을 내비쳐 환영하는 시늉이라도 해야 했겠지요. 그래
서 저택으로 처음 발을 들이게 된 겁니다."

"그는 세련된 젊은이였지요. 성 세바스티아누스[32]처럼 미
남이었고 루트에 맞춰 노래를 흥얼댈 줄 아는 보기 드문 음악
가여서 그의 노래에 제 할머니의 심장마저 녹아내렸답니다.
그의 곡조가 마치 멀드 와인(mulled wine)처럼 온몸에 퍼져 나
가곤 했다더군요. 그의 말씨는 다정했고, 늘 프랑스식 양장을
빼입었으며, 콩밭처럼 달콤한 내음을 풍겼다지요. 마을 사람
들은 모두 그를 볼 때마다 몹시 반가워했습니다.

공작 부인 역시 반기셨던 것 같습니다. 청춘은 청춘을, 웃

---

31 한때 베네치아 공화국에 존재했던 정치 조직 중 하나로. 사회 안정을 도모했다.

32 Sebastianus. 3세기 무렵, 고대 로마에서 순교한 성인. 강건한 육체, 늠름한 외
     모로 묘사되곤 한다. 군인, 운동선수의 수호성인이다.

음은 웃음을 낳는 법이지요. 그 두 사람은 제단에 놓인 한 쌍의 촛대처럼 잘 맞았습니다. 그런데 공작 부인의 초상화를 직접 보셔서 아시겠지만, 할머니 눈에는 그가 장미에게 들러붙은 잡초 같았답니다. 카발리에레는 시인이셨고 모든 고대 이교도 신을 찬양하는 노래로 부인을 매료시켰지요. 물론 이런 장면은 공작 부인이 흔해 빠진 부인네들을 마주하는 모습보단 보기 좋았더랍니다. 제 할머니가 보시기에, 공작 부인은 다른 부인들을 프랑스제 옷이나 걸치고 그리스도 승천일에 광장에 모습을 드러내는 큼직한 인형 따위로 치부했다더군요. 공작 부인은 어느 모로 보나 요란한 장신구나 치장이 불필요한 분이셨습니다. 어떤 옷을 걸쳐도 새가 깃털을 걸치듯 꼭 들어맞았으니까요. 게다가 머리카락은 또 얼마나 아름다운지! 굳이 정수리부터 염색을 해 대지 않아도 되었지요. 부활절 제의복처럼 자연스레 빛났고 피부는 고운 밀빵처럼 새하얗으니까요. 입술은 잘 익은 무화과처럼 달콤했답니다."

"그러니, 나리, 꿀벌과 라벤더 꽃처럼 한 쌍을 이룬 저 둘은 떼어 낼 수가 있었겠습니까? 없었지요. 두 분은 늘 함께 다니며 노래하고 볼링을 치고 죽방울 놀이를 즐기셨습니다. 정원에서 산책을 즐기고 새장을 방문하거나 반려견과 반려 원숭이를 돌보셨지요. 공작 부인은 어린 망아지처럼 즐거워하셨고 장난을 치거나 깔깔대곤 하셨습니다. 반려동물을 희극 배우처럼 꾸미거나 당신 역시 농부나 수녀처럼 변장을 하곤 하셨지요.(수도원의 수녀처럼 꾸미고서는 예배당을 지나치는 모습을 직접 보셨어야 하는데!) 포도원에 있는 일꾼 무리나 어린 소녀들에게 춤을 가르쳐 주고 함께 마드리갈을 부르기도 하셨답니다.

　카발리에레는 순수한 마음으로 유희를 기획하셨지요. 작별을 고하기에 하루하루는 그저 짧기만 했습니다. 여름이 끝나 갈 무렵, 공작 부인의 말수는 눈에 띄게 줄어들었고, 구슬픈 가락의 노래만을 들으셨다더군요. 두 사람은 정원 끝자락에 놓인 정자에 함께 걸터앉곤 했습니다. 그런데 어느 날, 금빛 마차를 타고 비첸차로 돌아오던 공작이 바로 그곳에서 오붓한 두 사람을 발견한 겁니다. 공작은 고작 일 년에 한두 번 정도, 저택에 돌아올 뿐이었지요. 그러니 제 할머니 의견으로는, 공작 부인이 하필 그날, 베네치아 풍습에 맞춰 어깨를 훤히 드러낸 차림이었던 것은 대단한 불운이었습니다. 공작은 부인의 그런 옷차림에 인상을 찌푸리곤 했으니까요. 게다가 공작 부인은 풍성한 곱슬머리를 풀어헤치고는 금가루까지 바른 상태였습니다. 뭐, 세 사람은 정자에서 초콜릿 음료를 마셨지요. 무슨 일이 일어났었는지는 아무도 모릅니다. 그저 공작이 집을 떠나시면서 자기 사촌을 마차에 함께 태웠다는 것과 그 뒤로 카발리에레의 모습을 두 번 다시 볼 수 없었다는 것 정도만 알 수 있었지요."

　"겨울이 다가오자 가여운 공작 부인은 다시금 홀로 남겨졌습니다. 하녀들의 추측에 따르자면 부인은 더 극심한 우울증에 빠진 게 분명했지요. 그럼에도 부인은 쾌활함과 평정을 잃지 않으셨답니다. 그 까닭에 제 할머니는, 저택 맞은편 댁에서 비탄에 잠겨 있을 가여운 젊은 청년의 존재를 까마득하게 잊어버린 듯 보이는 공작 부인께 적잖이 화가 났다더군요. 금빛 레이스 가운을 더 이상 걸치지 않은 것도 사실입니다. 머리에는 베일을 두르셨지요. 하지만 낸시아 이모할머니는 공작 부인이 간혹 화려한 가운을 두르는 모습을 보았고, 그런 변화가 있을 때면 그녀가 더욱 사랑스러워 보였더랍니다. 그 모습에 공작은 심히 불쾌해했지만요. 공작은 더욱 자주 저택을 찾았고 그때마다 부인은 자수를 놓거나 음악을 즐기거나 젊은 부인들과 어울리는 등 바람직한 취미 활동만을 하고 계셨지요. 하지만 외출할 때면 매서운 눈초리로 부인을 노려보았고 사제에게 귓속말을 하곤 했답니다. 자, 사제에 대해 잠깐 말씀드리지요. 제 할머니께서는 공작 부인이 사제한테 현명하게 대처하지 못한 적이 있었노라고 하셨습니다. 낸시아 이모할머니가 말씀하시길, 사제는 공작 부인을 찾는 경우가 거의 없었고 대부분 치즈에 파묻힌 생쥐처럼 서재에 틀어박혀 있었답니다. 그런데 어느 날, 웬일로 공작 부인 앞에 나타나서는 돈을 요구하더랍니다. 꽤 많은 돈을요. 낸시아 이모할머니 말로는, 어느 외국 행상인이 품에 한가득 커다란 책들을 가져온 터라 그것들을 사야 한다고 했더랍니다. 책에 관해서라면 협상의 여지가 없는 공작 부인이었기에 그녀는 '오, 성모님이시여, 제게 책이 더 필요하단 말씀이신가요? 전 결혼 첫해에 이미 책 더미에 거의 깔려 죽을 판이었다고요.'라며 옛 기억을 떠올리시더니 콧방귀를 뀌고는 칼같이 거절해 버렸지요. 그러자 사제의 얼굴이 모욕감에 붉게 상기되었습니다. 공작 부인은 거기에 대고, '돈을 구할 수 있으면 사제님이 직접 융통해서 사들이시든요. 하지만 전 아직 터키석 목걸이 값도 치르지 못했답니다. 볼링장 회랑 가장자리에 세워 둔 다프네 조각상은 또 어떻고요. 제 흑인 하인 녀석이 지난 성 미카엘 축일에 가져온 인디언 앵무새도 있지요. 보시다시피 전 사소한 일 따위에 쓸 돈이 한 푼도 없다니까요.'라고 했더랍니다.

사제가 어색하게 뒷걸음치자 그녀는 어깨 너머로 고개를 까딱 쳐들었지요.

'공작의 주머니를 열려면 성녀 블란디나[33]에게나 기도를 올리시라고요!'

그러자 사제는 답했습니다.

'훌륭한 제안이십니다. 그런데 저는 이미 공작께서 이 모든 상황을 이해하시길 바라며, 순교자 성녀님께 기도를 올렸습니다.'

(옆에 서 있던) 낸시아 이모할머니 말씀으로는, 그 때문에 공작 부인의 얼굴이 아름답도록 붉게 달아올랐고 손짓으로 그를 내보내더랍니다. 그런 다음 '빨리!'라고 외치며 제 할머니를 부르셨지요.(할머니는 그런 심부름을 몹시 기꺼워하셨습니다.)

'정원사의 아들 안토니오를 텃밭으로 오라고 해요. 정향 카네이션에 대해서 전할 말이 있으니.'"

"나리, 인간이 셈할 수 있는 세월보다 더 오랜 시간 동안 예배당 지하실에 석관이 놓여 있었다는 말씀을, 제가 드렸던 가요? 관 안에는 리옹 출신의 성녀 블란디나의 정강이뼈가 고이 모셔져 있지요. 듣기로는 프랑스의 어느 위대한 공작이 튀르크족과 전쟁을 하던 시절, 동맹 관계였던 저희 공작님 한 분

---

33 Blandina(기원후 ?~177). 프랑스 리옹 출신의 동정 순교자. 177년, 프랑스 리옹에서 벌어진 그리스도교인 대학살 사건 때 모진 고문 끝에 순교하였다. 밀고당한 사람, 고문으로 죽은 사람의 수호성인이다.

께 하사한 헌물이었다고 합니다. 이 유해는 그 뒤로 이 걸출한 가문의 특별한 유산이 되었지요. 공작 부인은 홀로 남겨지자 이 유물에 특히 애정을 쏟으신 듯합니다. 예배당에서 자주 기도를 올리셨고, 심지어 지하실 입구를 가로막고 있던 석관을 드나들기 쉽도록 나무로 교체하기까지 하셨으니까요. 공작 부인은 어느 때는 지하실로 내려가 석관 옆에 무릎을 꿇곤 하셨습니다. 이런 행동은 식솔들 눈에 영성 훈련처럼 보였고, 사제의 눈에는 특히 바람직해 보여야 마땅했지요. 그러나 소인이 잠시 거들자면, 사제는 달콤한 사과를 베어 먹는 데에도 독사 같은 혀를 날름거리는 부류의 사람이었습니다.

상황이 어찌 되었든, 공작 부인은 사제를 내친 다음 텃밭으로 달려가서는 소년 안토니오에게 새로운 정향 카네이션에 대해 열변을 토했다고 합니다. 그러고는 남은 하루 동안 집 안에 머물며 버지널(virginal)[34]을 아름답게 연주했지요. 낸시아 이모할머니는 늘, 여주인이 사제의 청을 거절한 일은 큰 실수였다고 생각했지만 아무 말도 하지 않으셨답니다. 공작 부인에게 맞서 이성적으로 조언하기는, 마른 땅에 비를 내려 주십사 비는 일과 다를 바가 없었다나요."

"그해에는 유독 겨울이 일찍 찾아왔고 만성절 무렵이 되자 언덕마다 눈이 소복이 쌓였지요. 정원은 바람에 헐벗었고, 온실의 레몬나무 역시 불쑥 잘려 나갔지요. 이토록 암울한 절기에 공작 부인은 방 안에 머물며 화로 옆에 앉아 수를 놓거나

---

34 건반이 있는 발현(撥絃) 악기. 특히 16세기부터 17세기 무렵까지 영국에서 유행하였는데, 영국에서는 하프시코드류 악기를 뜻하기도 한다.

신앙 서적을 읽으셨습니다.(전에 없던 일입니다.) 그러고는 종종 예배당에서 기도를 올리셨습니다. 사제에게 그곳은 아침 미사를 집전하는 장소일 뿐 자주 발을 들일 만한 곳이 아니었어요. 공작 부인은 신도석에서 예배를 드렸지요. 관절염을 앓는 몸종들은 대리석 바닥에 앉았답니다. 사제는 추위라면 질색했기 때문에 미사를 마치자마자 마녀가 뒤쫓아 오기라도 하는 듯 신도들 사이를 쏜살같이 빠져나가곤 하셨더랍니다. 그런 뒤에는 온종일 서재에 머무르며 화로를 곁에 두고 끝없이 책에 빠져드셨지요."

"제가 언제쯤 본론으로 들어갈까 궁금해하실지도 모르겠습니다, 나리. 뒷이야기가 두려워서 뜸을 들이고 있었습니다. 그해 겨울은 길고도 혹독했지요. 추위가 닥치자 공작은 비첸차 바깥 지역으로는 출타를 삼가셨습니다. 공작 부인에게는 하녀들과 정원사를 제외하고는 그 어떤 대화 상대도 없었지요. 하지만 할머니가 말씀하시길, 그럼에도 공작 부인이 용기와 활력을 잃지 않은 건 대단한 일이었답니다. 그저 예배당에서 기도하는 시간이 길어졌고, 그녀의 몸을 데워 줄 예배당 화로에 온종일 불이 지펴져 있었다는 점 정도가 눈에 띄었을 따름이지요. 세속적인 즐거움을 누릴 수 없게 되면 젊은이들은 대부분 종교에 귀의하곤 합니다. 그건 저희 할머니의 말씀대로라면 축복이라고 하더군요. 살아 있는 죄인들을 거의 상대할 필요 없이 돌아가신 성녀님의 위로를 오롯이 받을 수 있으니까요.

할머니는 그해 겨울, 공작 부인을 거의 보지 못하셨답니다. 사람들 앞에서는 여전히 씩씩하셨지만 혼자만의 시간이 갈수록 길어졌고, 낸시아 이모할머니하고만 말씀을 나눌 뿐이셨지요. 이모할머니마저 기도하실 때는 예배당 밖으로 내치셨다고 합니다. 신앙심이 워낙 올곧고 고결했기 때문에 그 누구에게도 보이길 원하지 않으셨던 것이지요. 그래서 기도하실 때면 사제가 들어오지 못하게 하라고 하녀에게 단단히 일러두었답니다."

"그해 겨울이 지나고 봄이 성큼 다가온 어느 날 밤, 제 할머니는 화들짝 놀라고 말았답니다. 물론 할머니의 잘못이었음을 부정하진 않겠습니다. 낸시아 이모할머니는 조카더러 다락방에서 바느질을 하라고 일러두었건만, 할머니는 제멋대로 안토니오와 석회석 길을 거닐고 있었으니까요. 낸시아 이모할머니의 창가에서 갑자기 빛이 번뜩이는 것을 보자 제 할머니는 이모의 말씀을 어겼다는 사실에 덜컥 겁이 났답니다. 그래서 월계수나무 사이를 냅다 뛰어서 숙소가 있는 부엌방 쪽으로 갔지요. 그런데 사물을 분간하기엔 달빛이 지나치게 희미했으므로 예배당 근처의 어두컴컴한 길을 더듬으며 살금살금 나아갔답니다. 그러던 중 마치 누군가가 예배당 창문을 통해 뛰어내린 듯 바로 뒤편에서 '쿵!' 하는 소리가 들렸답니다. 할머니는 놀란 토끼 가슴이 되어 잽싸게 달렸지요. 그럼에도 흘끗 뒤를 돌아보았는데 글쎄 한 남자가 종종걸음으로 테라스를 걸어가더랍니다. 그 남성이 집 모퉁이를 큰 동작으로 도는 순간, 할머니는 분명 사제의 옷자락을 봤다고 확신했지요. 정말 이상하더랍니다. 멀쩡한 문을 놔두고 사제는 왜 예배당 창문을 통해 밖으로 나왔을까요? 나리께서도 보셔서 아시겠지만 문을 통하면 지하 예배당으로 쉽게 들어갈 수 있지요.

그 외엔 공작 부인의 신자석을 통하는 방법밖에는 없습니다.

할머니는 이 일을 곱씹은 뒤, 다시 안토니오와 석회석 길에서 만났을 때(당시 너무 놀랐기 때문에 불과 며칠 뒤의 일은 아니었을 겁니다.) 무슨 일이 있었는지 알려 주었지요. 그런데 놀랍게도 안토니오는 그저 웃으며 대꾸하더랍니다.

'당신은 참 순진해! 사제는 창문 밖으로 빠져나온 게 아니었을 거야. 그 안을 들여다보려고 했던 거겠지.'

그리고 그 이상으로는 그 어떤 말도 더 들을 수 없었다지요."

"계절이 흘러 부활절 기간이 되었고, 공작은 종교 행사에 참석하고자 로마로 가셨다는 소식이 들려왔습니다. 공작이 출타하는 일로 저택 분위기가 달라질 건 없었습니다. 저택에는 사제 말고 아무도 없었거니와 공작의 병색 짙은 얼굴은 아펜니노산맥 저편, 머나먼 어딘가에 있는 편이 훨씬 나았거든요.

그러던 5월의 어느 날, 공작 부인은 낸시아 이모할머니와 한참 동안 산책을 하셨지요. 공작 부인은 달콤한 풍경과 돌 화병에 든 카네이션의 향기를 즐겼고, 정오가 되자 자신의 방으로 도로 들어가셨습니다. 식사는 침실에서 하겠다고 하셨더랍니다. 할머니는 접시를 나르며 공작 부인의 고결한 아름다움을 보았지요. 공작 부인은 화창한 날씨에 화답하듯 은빛 가운을 걸쳤고, 맨살이 드러나는 어깨에는 진주를 둘렀지요. 무도회에서 황제와 춤을 추기에 딱 적합해 보이더랍니다. 그런데 평소 식사에는 거의 관심도 기울이지 않던 이 여인이 웬일로 성찬을 분부하지 않았겠습니까. 젤리와 페이스트리, 시럽을 끼얹은 과일, 향신료를 뿌린 케이크와 그리스 와인까지. 공작 부인은 하녀들이 상을 차려 내자 고개를 끄덕이며 손뼉을

치더랍니다. 그러면서 수차례 '난 오늘 잘 먹어야겠어.'라고 말씀하셨지요."

"그러나 공작 부인은 이내 다른 감정에 휩싸이고 말았습니다. 식탁에서 일어나더니 묵주를 찾기 시작하셨지요. 그러고는 낸시아 이모할머니를 불러서 '이 화창한 날씨 탓에 내가 정신이 해이해졌나 보구나. 음식을 들기 전에 교독문을 읊어야겠어.'라고 말씀하시더랍니다.

공작 부인은 하녀들에게 자리를 비워 달라고 이른 뒤, 늘 그러하듯 문을 닫으셨지요. 낸시아 이모할머니와 제 할머니는 일을 하러 아래층 빨래방으로 가셨고요.

빨래방으로 이어진 정원 길을 걷는데, 갑자기 할머니 눈에 기묘한 광경이 들어오더랍니다. 제일 먼저 오솔길 너머로 공작의 마차가 달려왔다지요.(공작님은 로마에 있으리라고 모두들 생각했는데 말입니다.) 뒤따라서는 노새와 소 떼들이 줄지어 오더랍니다. 수레에는 수의에 감싸인, 무릎을 꿇은 듯한 형상이 실려 있었지요. 이 기괴한 장면에 소녀는 말을 잃었고, 눈치껏 주인님이 돌아오셨다고 소리 내어 알리기도 전에 공작의 마차는 벌써 현관에 다다르고 말았더랍니다. 낸시아 이모할머니는 그 광경을 보자마자 얼굴이 하얗게 질려 버렸고 문바깥으로 뛰쳐나갔지요. 할머니는 이모의 표정에 겁을 집어먹고는 뒤따라 나섰고요. 두 사람은 예배당 복도를 쏜살같이 달렸더랍니다. 책에 빠져 있던 사제는 두 사람을 보고 깜짝 놀라서, 왜 달리느냐고 물었고, 두 시녀가 공작의 귀환을 알리자 사제는 당황해서 '음…… 아…….' 하고 더듬더듬 중얼댔지요. 공작이 이미 그들 가까이에 왔음을 알아챈 낸시아 이모할머니는 우선 예배당 문으로 다가가 공작의 귀환을 소리쳐 알렸답니다. 미처 어떤 응답을 듣기도 전에 공작은 벌써 공작 부인의 턱밑에 다가와 있었고, 사제가 그 뒤를 따라오더랍니다."

"이내 문이 열렸고 공작 부인은 한 손에 묵주를 들고, 어깨에는 스카프를 두른 채 서 계셨지요. 그 와중에도 살결은 달빛 속 이슬처럼 찬란하더랍니다. 부인의 얼굴 역시 아름답게 빛났지요.

공작은 그녀의 손을 잡고 고개 숙여 인사를 하였습니다.

'부인.'

그가 말했지요.

'기도하고 있던 당신을 깜짝 놀라게 해 줄 수 있다니, 이보다 더 큰 행복이 어디 있겠소.'

그녀가 답했습니다.

'제 행복이지요. 오신다고 미리 언질을 주셨더라면 더욱 영광이었을 텐데요.'

'부인, 설령 귀가를 미리 알렸더라도 지금 이보다 더 어찌 나를 잘 맞이할 수 있겠소. 당신같이 젊고 아름다운 부인들 중에, 마치 사랑하는 이를 환대하듯 성자를 모시는 이는 드물 것이오.'

그녀가 대꾸했습니다.

'공작님, 말씀하신 것 중 전자에 대해서는 누릴 기회가 없었으니 저는 후자에 의미를 두어야겠군요. 저것은 무엇인가요?'

부인은 뒷걸음치며 겁에 질려 물었습니다. 그때 손에서 묵주가 떨어졌지요.

지하 예배당 반대편 끝자락에서부터 엄청난 소음이 일었고, 어떤 무거운 물체가 회랑을 따라 질질 끌려오고 있더랍니다. 열댓 명이나 되는 일꾼들이 문지방 저편에서, 소달구지에 실린 잘 포장된 물체를 끌어내리고 있었지요. 공작은 일꾼들에게 손을 들어 보였습니다.

그가 말했지요.

'저건 말이지요, 부인. 당신의 유난하고 독실한 신앙심에 대한 내 헌정이오. 이 예배당에 안치된 성스러운 유물에, 당신이 특히나 관심을 쏟는다고 들었소. 한겨울 추위도, 한여름 무더위도 그대의 지극한 정성을 삭힐 수 없다고 하더군. 나는 그런 당신의 모습을 돌에 새기라고 했소. 베르니니의 놀라운 걸작이지. 지하 예배당 제단 앞의 입구에 놓을 생각이오.'

공작 부인의 얼굴은 새하얗게 질렸지만 그럼에도 밝게 미소를 지어 보였지요.

그리고 말했다죠.

'제 신앙심을 기리기 위해서라니요, 공작님의 인사치레 정도로 받아들이겠습니다.'

'인사치레?'

공작이 끼어들었지요. 그는 이제 예배당 문지방까지 다다른 일꾼들에게 신호를 주었습니다. 순식간에 포장지가 벗겨졌고, 기도를 올리고자 무릎을 꿇고 앉아 있는 공작 부인의 모습이 생생히 드러났지요. 주변에서는 일제히 감탄이 터져 나왔어요. 그러나 정작 공작 부인은 대리석보다 더 창백한 돌덩어리가 되어 있더랍니다.

공작이 말했지요.

'곧 알게 될 거요. 이건 인사치레가 아니라오. 베르니니의

견줄 데 없는 끌이 이뤄 낸 승리라오. 이 형상은 성스러운 엘리자베타 시라니[35]가 그린 당신의 작은 초상화를 본뜬 거요. 내가 육 개월 전에 저 위대한 장인에게 초상화를 보냈지. 결과물이 놀랍지 않소.'

'육 개월이요?'

공작 부인은 소리치며 휘청거렸으나 공작이 그녀를 손으로 부축해 주었지요.

그가 말했습니다.

'당신의 격렬한 감정보다 나를 더 기쁘게 하는 건 없소. 고결한 신앙심일수록 겸손한 법이지. 당신의 감사한 마음을 그보다 잘 표현해 주는 게 어디 있겠소.'

그러고는 일꾼들에게 일렀지요.

'자, 이제 조각상을 제자리에 놓거라.'

공작 부인은 이내 정신을 가다듬고 공손히 그에게 답했습니다.

'제가 예상치도 못한 은혜를 입어 그만 압도되어 버렸나 봅니다. 공작님은 이렇듯 치하하시는 게 자연스럽다고 말씀하시지만, 이 같은 영예를 누리는 제 입장에서는 과분한 영광이 아닐 수 없으므로, 그저 제 겸손을 너그러이 양해하시어 조각상이 예배당에서 가장 먼 곳에 위치하게끔 배려해 주세요.'

공작의 표정이 어두워지더랍니다.

'뭐라고? 노련한 끌로 새겨 낸 이 걸작을! 내 굳이 숨기지는 않겠지만 이건 기름진 포도밭을 살 수도 있을 만큼의 금값을 치른 물건이오. 그런데 부인은 이것을 마을 석공의 노역인

---

35 Elisabetta Sirani(1638~1665). 이탈리아 바로크 시대의 화가.

듯 눈 밖으로 떨쳐 버리겠다는 말이오?'

'제 모습이지 않습니까? 그러니 조각가의 작품만은 아니지요. 제 모습을 한 조각상이기에 바라보기가 부끄럽습니다.'

'부인, 이 집안에 걸맞은 사람이라면 신의 뜻에도 걸맞은 사람이라는 뜻이오. 양쪽의 명예에 모두 걸맞은 사람이니 굳이 숨길 필요가 없소. 조각상을 앞으로 내오거라. 게으른 일꾼들 같으니!'

그는 사내들에게 호통쳤습니다.

공작 부인은 움츠러들었지요.

'늘 그러하듯 지당한 말씀이십니다, 공작님. 하지만 적어도 조각상이 제단 왼편에 세워졌으면 합니다. 올려다보면 신도석에서 공작님 좌석을 바라보니까요.'

'좋은 생각입니다, 부인. 그리 생각해 주니 고맙소. 하지만 나는 내 배우자의 조각상을 일단 제단 반대편에 놓을 계획이오. 머지않아 내 조각상도 세울 작정이니까. 알다시피 아내의 자리는 남편의 오른편이라오.'

'옳습니다, 공작님. 하지만 만약 제게 분에 넘치는 영예가 주어져 공작님 곁에 무릎을 꿇고 한 가지 청할 수 있다면, 두 조각상 모두를 제단 앞에 두는 것은 어떠신지요? 저희가 일상적으로 함께 기도하는 곳이지 않습니까?'

'부인, 조각상이 우리의 자리를 차지해 버리면 우리는 어디서 기도를 올린단 말이오?'

공작은 무덤덤하게 말을 이어 갔답니다.

'지하 예배당 입구에 당신의 조각상을 놓는 데에는 나름의 특별한 목적이 있소. 그 안에서 영면하고 계신 성녀에 대한 당신의 깊은 신앙심을 기릴 뿐 아니라, 통로 출입문을 막아 성스러운 순교자의 유해를 영원히 보존하려는 것이라오. 지금까지는 신성 모독 행위에 스스럼없이 노출되지 않았소?'

'무슨 행위를 말씀하시는지요, 공작님?' 부인이 날카롭게 목소리를 높였답니다.

'제 허락 없이 이 예배당에 들어올 수 있는 사람은 아무도 없습니다.'

'알고 있소. 당신의 깊은 신앙심을 보아하니 더욱 그런 것 같소만. 가령 야심한 때에 악당들이 창문을 통해 들어올 수도 있으니 말이오, 부인. 게다가 나는 그런 일을 늘 감시할 수 없지 않소.'

공작 부인이 맞섰습니다.

'저는 깊게 잠들지 않아요.'

공작은 음침한 눈초리로 그녀를 바라보았지요.

'그렇소? 당신 나이에 좋지 않은 징조구려. 불면증을 앓는 것은 아닌지 염려가 되오.'

공작 부인의 눈가가 촉촉해지더랍니다.

'끝끝내 이 성스러운 유물로부터 얻은 위안을 앗아 가시겠다는 말씀인가요?'

'아니, 난 당신이 영원토록 이 유물을 지켜 주길 바랄 뿐이오. 내가 아는 한 당신 만한 사람은 없으니까.'

이 말을 끝으로 조각상은 지하 예배당 입구를 가리는 널빤지 쪽에 더욱 가까이 놓였고, 공작 부인은 절박하게 앞으로 튀어나와 길을 막아서더랍니다.

'공작님. 조각상은 내일 놓아 주세요. 오늘 밤에는 성스러운 유골 옆에서 마지막으로 기도를 올리고 싶습니다.'

공작이 재빨리 그녀 곁으로 다가갔지요.

'좋은 생각이구려, 부인. 당신과 함께 가겠소. 함께 기도합시다.'

'공작님이 오래도록 출타하셔서 저는 혼자 기도를 올리는 데에 익숙해졌습니다. 고백하건대, 그 어떠한 존재라도 제 기도에 방해가 될 뿐입니다.'

'부인, 당신의 비난은 감수하겠소. 그동안 바깥일을 하느라 가정에 머물러야 하는 나의 의무를 너무 소홀히 했소. 앞으로 당신이 머무는 곳이라면 어디든 당신과 함께 하겠소. 이제 같이 지하 예배당으로 내려가겠소?'

'아뇨. 공작님이 학질에 걸리실까 염려됩니다. 공기가 매우 습하거든요.'

'더 이상은 변론하지 마시오. 당신의 지나친 열정을 가라앉히기 위해 이곳 출입을 즉각 금지할 수도 있으니!'

이 말을 들은 공작 부인은 판자 위에 무릎을 꿇은 채 통곡하며 두 손을 하늘로 추켜올렸지요.

그녀가 외치더랍니다.

'오, 공작님, 공작님께서 부부의 의무를 저버리시어 홀로 남게 된 저를 여태 보듬어 준 성스러운 유물이건만, 이처럼 다가가지조차 못하게 하시겠다니요! 잔인하십니다! 만약 열렬한 기도와 명상 탓에 이런 처분을 하셨다면 경고하지요, 공작님. 블란디나 성녀님이 자신의 성스러운 유해를 방치한 죄로 저희를 벌하실 겁니다.'

경건한 신앙을 중시하는 공작은 이내 잠시 머뭇거리더랍니다. 제 할머니는 그가 사제와 눈길을 주고받는 모습을 지켜보았지요. 사제가 소심하게 앞으로 나와서, 바닥을 쳐다보며 이렇게 말하더랍니다. '사실 공작님의 말씀은 현명하십니다만 사모님의 신앙심을 고려해 성녀님이 보다 눈에 띄는 곳에 모셔질 수 있도록, 유물을 지하 예배당에서 제단 아래로 옮기면 어떻겠습니까.'

공작이 말했지요.

'지당하오. 당장 실행하시오.'

하지만 공작 부인은 얼굴을 일그러뜨리며 맞섰지요. 그리고 외쳤습니다.

'아뇨, 신성한 육신인데, 그렇게는 안 됩니다! 공작님은 제가 청한 모든 걸 거부하셨지요. 그러니 다른 간청은 들어주셔야 마땅합니다.'

사제는 얼굴을 붉혔고 공작은 한결 칙칙해졌지요. 잠시나마 그 누구도 말이 없었답니다.

이윽고 공작이 입을 열었지요.

'부인, 말은 그만하면 되었소. 성유물이 지하 예배당에서 아예 다른 곳으로 옮겨지길 바라시오?'

'그저 어떠한 간섭도 원하지 않을 뿐입니다.'

'그렇다면 조각상을 제자리에 놔두시오.'

공작이 격분하여 응수했습니다. 그리고 부인에게 의자를 내어 주었지요.

제 할머니가 그러시는데, 조각상이 질질 끌려 들어오자 공작 부인은 그 자리에 앉아 허리를 화살처럼 꼿꼿이 세우고, 두 손은 포박당한 듯한 자세로 고개를 쳐든 채 공작을 노려보더랍니다. 그리고 자리에서 일어서더니 고개를 홱 돌려 버렸지요. 그러고는 낸시아 이모할머니를 지나치시며 "안토니오를 불러 줘요."라고 소곤대셨지요. 하지만 그 말이 채 새어 나오기도 전에 공작이 둘 사이를 가로막더랍니다.

그는 웃으며 말했지요.

'부인, 나는 당신에게 존경을 표하기 위해, 로마에서 이 조각상을 싣고 곧장 달려왔소. 지난밤에는 몬셀리체에서 묵었지. 그리고 날이 밝는 대로 줄곧 내달린 거요. 이렇듯 지친 내게 저녁을 권하지 않을 셈이오?'

공작 부인이 말씀하셨습니다.

'권하고말고요, 공작님. 한 시간 내로 응접실에 차려 드리지요.'

'당신 침실에서 지금 바로 먹는 건 어떻소, 부인? 당신은 늘 그곳에서 식사하곤 하잖소.'

'제 침실 말인가요?'

공작 부인이 혼란스럽다는 듯이 말씀하셨습니다.

그가 물었지요.

'무슨 문제라도 있는 게요?'

'전혀요, 공작님. 잠깐 준비할 시간만 허락해 주세요.'

'당신의 부실에서 기다리겠소.'

제 할머니 말씀으로는, 주인님이 나가시고 방문이 닫히자 공작 부인은 지옥이 들끓는 듯한 눈초리로 그 뒷모습을 쏘아보더랍니다. 그러고는 낸시아 이모할머니를 불러다가 침실로 이동하셨지요.

그곳에서 무슨 일이 벌어졌는지, 제 할머니는 전혀 알 길이 없었습니다. 여하튼 공작 부인은 허둥지둥 근사한 옷차림으로 갈아입고 머리카락에는 금가루를 뿌린 뒤 얼굴과 가슴에 분을 발랐다지요. 심지어 로레토의 성모처럼 빛나는 보석으로 치장하셨습니다. 이런 준비가 채 끝나기도 전에 공작은 식사를 가져온 하인들을 따라 부실에서 나오시더니 침실로 들어오셨지요.

공작 부인은 낸시아 이모할머니를 밖으로 내보냈고, 그후 제 할머니가 부실에서 대기하며 접시를 날랐던 식료품 저장실 소년에게 전해 들은 바에 따르면, 공작의 하인들만이 침실에 들어갈 수 있었다고 하더군요.

공작 부인을 그토록 가까이에서 보는 것이 처음이었던 이 소년은, 온몸으로 부부가 하는 일을 보고 들었다고 합니다. 그 소년의 말에 따르면 말입니다, 나리. 그 귀족 부부는 유쾌하게 앉아 있었고 공작 부인은 남편의 오랜 부재를 얄궂게 나무라더랍니다. 공작은 부인의 아름다움이 그에게 내려진 가장 가혹한 벌이라고 받아쳤지요. 공작 부인은 짓궂은 농담조로, 공작은 부드러운 어조로 대화를 주거니 받거니 해서, 소년이 보기에 두 사람은 한여름 밤 포도원에서 사랑을 나누는 한 쌍의 연인 같더랍니다. 그리고 소년이 멀드 와인을 대령할 때까지 분위기는 계속 무르익었지요.

그때 공작이 말했답니다.

'이렇게도 좋은 밤이, 당신을 떠나 있었던 어리석은 나날들을 보상해 주는 듯하구려. 내 사촌 아스카니오와 함께 우리가 정자에서 초콜릿 음료를 마시던 지난해 어느 날 오후를 기억하오? 그 뒤로 이토록 즐겁게 웃은 적은 없는 것 같소. 내 사촌은 잘 지내고 있소?'

공작 부인이 말했습니다.

'저는 소식을 들은 바가 없습니다. 공작님, 마므지[36]에 졸

---

36 Malmsey 혹은 Malvasia. 단맛이 나는 독한 포도주로, 이탈리아 북부에서 생산된다.

인 이 무화과를 꼭 맛보셔야 해요.'

'당신이 주는 건 뭐든 먹고 싶구려.'

그녀가 그에게 무화과를 권하자 공작이 덧붙여 말했지요.

'지금도 충분히 즐겁지만, 사촌 아스카니오도 함께 있으면 좋았으련만! 안 그렇소? 만찬을 함께 즐기기에 여간 괜찮은 녀석이 아니잖소. 어떻게 생각하시오, 부인? 그가 아직 마을에 있다 들었소. 사람을 불러서 여기로 오라 하는 건 어떻소?'

공작 부인이 한숨을 내쉬며 기운 없는 얼굴로 말했습니다.

'공작님은 벌써 저한테 질리신 모양이군요.'

'내가요? 부인, 아스카니오는 정말 좋은 녀석이오. 하지만 지금 이 순간 그가 발휘한 가장 큰 미덕은 바로 우리와 함께 있지 않다는 거요. 어쩐지 애틋한 마음이 드는군. 그의 안녕을 기원하며 흔쾌히 술잔을 비우겠소.'

공작은 그렇게 말씀하시며 고블릿[37]을 들어 올리시더니 공작 부인의 잔 역시 채우라고 일렀지요.

그리고 자리에서 일어나시며 외치셨습니다.

'환영받지 못하는 자리에 모습을 드러내지 않는 눈치를 지닌 자, 내 사촌을 위하여! 그와 당신의 장수를 빌며 들이켜리다, 부인!'

안색이 변한 공작 부인은 자리에 앉아서 그를 빤히 바라보다가 천천히 일어나 잔을 들어 입으로 가져갔습니다.

그녀는 거친 목소리로 말했지요.

'그리고 저는 그의 복된 죽음을 기원하며!'

---

37 유리 혹은 금속으로 만든, 긴 목과 굽이 있는 포도주 잔.

말을 마치자마자 부인의 손에서 잔이 떨어져 나갔고 그녀는 앞으로 고꾸라지며 쓰러지고 말았지요.

공작은 아내가 기절하였다고 부인의 하녀들에게 외쳤고, 이내 몸종들이 들어와 그녀를 침대에 눕혔지요. 공작 부인은 그날 밤 심하게 앓으셨답니다. 낸시아 이모할머니의 말에 따르자면, 공작 부인은 화형대에 선 이단자처럼 온몸을 비틀어 대더랍니다. 하지만 그 어떤 말씀도 하지 않으셨지요. 공작은 그녀 곁을 지켰고 날이 밝자 사제를 불렀지요. 하지만 그 무렵에 공작 부인은 이미 의식을 잃으셨고, 입이 꾹 다물린 까닭에 성체조차 모실 수 없었다고 합니다.

이윽고 공작은 친지들에게 아내가 자신의 귀향을 기념하며 준비한 만찬에서 향신료를 넣은 와인과 잉어알 오믈렛을 무리하게 먹고는 목숨을 잃었다고 알렸지요. 그리고 이듬해 공작은 새 아내를 집에 데려왔습니다. 둘째 부인과 슬하에 아들 하나와 딸 다섯을 두었지요."

5

하늘이 철회색으로 변하자 저택은 누렇고도 불가사의한 형상을 띠었다. 바람이 일자 플라타너스나무에서 누런 잎들이 떨어졌다. 저택 건너편 언덕은 천둥 구름처럼 짙었다.

내가 물었다.

"그럼, 그 조각상은?"

"아, 그 조각상 말입니까, 나리. 이게 제 할머니께서 제게 들려주신 이야기랍니다. 바로 저희가 앉아 있는 바로 이 벤치에서 말이지요. 어린 나이에 공작 부인을 사모했던 어린 소녀는 아름답고 친절한 여주인을 공경하게 됩니다. 어느 날 밤, 여주인의 방에 들어가선 안 된다는 명을 받고 끔찍한 밤을 보내게 되지요. 방 안에서 울려 퍼지는 울음소리를 들으면서 말예요. 구석에 쭈그리고 앉아서 상기된 얼굴로 바삐 오가는 여인들을 쳐다보고 있노라니 문가에 있는 공작의 긴 얼굴과 성무일도서에 눈알을 파묻은 채 곁방에 틀어박혀 있는 사제의 모습이 보이더랍니다. 그날 저녁이나 다음 날 아침, 그리고 땅거미가 질 때까지 어느 누구도 소녀를 신경 쓰는 사람은 없었습니다. 그러고는 이제 공작 부인이 세상을 떠났다는 소식을 전해 듣게 되지요. 가엾은 소녀는 돌아가신 여주인을 위해 간절히 기도를 올리고 싶었답니다. 그래서 눈에 띄지 않게 예배당으로 기어들어 갔지요. 그곳은 공허하고도 어두웠습니다. 하지만 앞으로 발걸음을 옮기자 낮은 신음 소리가 조각상의 입술 사이에서 들리더랍니다. 그 조각상의 얼굴은 분명 그저께까지만 해도 상냥한 미소를 띠었건만, 나리도 아시다시피, 울부짖는 형상을 하고 있더랍니다. 할머니는 소름 돋았으나 조각상에서 새어 나오는 신음 때문에 감히 소리치지도, 악을 쓰지도 못했지요. 할머니는 뒤돌아서 그곳을 냅다 뛰쳐나왔고, 회랑에서 기절해 버리셨습니다. 정신을 차렸을 땐 다락방으로 옮겨진 뒤였고, 공작이 예배당 문을 걸어 잠그더니 그 누구의 발길도 닿지 못하게 하라는 엄명을 내렸다는 말이 들리더랍니다.

　공작이 돌아가실 때까지 이곳은 열린 적이 없습니다. 십 년쯤 지나 새로운 상속자와 저택을 찾은 다른 하인이 제 조모께서 가슴에 묻어 둔 공포를 제일 먼저 목도하게 되었지요."

내가 물었다.

"지하 예배당은요? 전혀 열린 적이 없습니까?"

가슴에 십자를 그으며 노인이 외쳤다.

"그건 하늘이 허락하지 않습니다요, 나리. 성유물을 함부로 다뤄서는 안 된다는 게 공작 부인의 염원이지 않으셨습니까?"

움직이는 손가락

1

그랜시 부인의 부고는, 돌이킬 수 없는 운명의 약탈 행위라도 벌어진 듯 엄청난 충격을 안겨 주었다. 마치 잘 굴러가던 바퀴가 덜컥 멈추고, 다시 살아 보겠노라 다짐했던 굳은 의지가 벽에 부딪혀 무너져 내린 것 같았다. 그렇다고 그랜시 부인이 거대한 기계 같은 사회가 돌아가도록 가시적인 동력을 제공했던 것은 아니다. 타고난 개인성을 발휘해 광활한 세상 속에서 자신만의 역할에 완벽하게 충실했을 뿐이니까. 엉터리로 끼워 맞춘 조각처럼, 자신의 틀 속에서도 지나치게 넘치거나 아예 텅 비어 있는 사람이 너무나 많지 않은가. 그랜시 부인의 자리는 바로 남편의 삶 속에 있었다. 누군가가, 남편에게 있어 부인의 존재는 몹시 사소하리라고, 그래서 설령 그녀가 세상을 떠나더라도 공백은 그리 크지 않으리라고 예단한다면, 나로서는 그 공백을 기성의 실리적 기준으로는 절대 측정할 수 없으리라고 응수할 수밖에 없다. 랠프 그랜시의 삶은 한

마디로 요약하자면, 비물질적인 유용함 그 자체였다. 어떠한 뚜렷한 형태로 결정되어 있다기보다, 오히려 눈에 보이지 않는 사고의 흐름과 섬세한 감정이 점차 발전할 수 있도록 매개체 역할을 하는, 사방으로 긍정적인 영향을 미치는 인물이었다. 랠프는 본인이 속한 황폐한 삶 속에서도 그 터전을 충실하게 개선해 나갔고, 그 결실은 본래 정해진 경계를 한참 넘어서 멀리까지 퍼져 나갔다. 가령 랠프 그랜시의 삶이 정성껏 다듬은 정원이었다면, 그의 아내는 정원 한가운데에 심어 놓은 아름다운 꽃이라기보다 그 위에 드리워진 그늘 혹은 휴식을 제공하는 나무와도 같았다. 그리고 가장 높은 가지 위로는 여러 가지 꿈을 실은 바람이 살랑거렸다.

우리 모두는 거창하진 않지만 헌신적인 랠프의 추종자였고, 언젠가 그가 우리를 저버릴지도 모른다고 예상하고는 있었다. 그리하여 우리는 랠프가 고통스러운 지병과 가난, 갖가지 오해, 특히 그중에서도 워낙에 유약한 심성을 타고난 그 친구에게 가장 치명적인 약점일 수밖에 없었던 첫 번째 아내의 은밀한 이기심과 차례대로 맞서며 고전하는 모습을 지켜보아야 했다. 마침내 그가 주먹을 부르쥐고 아내에 대한 납덩이 같은 애정을 꼭 끌어안은 채 물속으로 서서히 가라앉는 모습을 수수방관할 수밖에 없었다. 하지만 주변 사람들이 그 모습에 절망하려는 찰나, 랠프는 언제나 다시 수면 위로 떠오르곤 했다. 앞이 전혀 보이지 않는 상황에서도 가쁜 숨을 몰아쉬며 육지를 향해 힘차게 두 발을 굴렀다. 비로소 첫 아내의 죽음으로 그가 온전한 자유를 얻게 되자, 이젠 그에게 무엇이 남았는지 하는 문제가 모두의 고민거리로 등장했다. 말 그대로 세상에 홀로 남겨진 그는 기생충한테 송두리째 수액을 빼앗긴 나무처럼 메마른 속살을 드러냈다. 하지만 고사해 가던 나무는 차차 하나둘 새로운 잎을 피워 냈고, 그렇게 세월이 흘러 참된 반려자라고 할 만한 새로운 여인을 만난 뒤에야, 지인들이라면 한눈에 알아볼 정도로 완벽하게 만개했다.

결혼하던 당시에, 랠프 그랜시의 두 번째 아내는 갓 서른을 넘긴 나이였지만 한창때의 짜릿한 기쁨 같은 것을 애초에 거둬들인 사람처럼 절망한 젊음을 지니고 있었다. 물론 18세의 반짝이는 청춘은 빛을 잃었지만 내면의 빛은 여전히 찬란했다. 비록 두 뺨을 물들이는 철부지 소녀의 미성숙한 광채는 사라졌을지언정 눈동자에는 반평생 쌓아 온 젊음의 반짝임이 담겨 있었다. 랠프는 동양 어딘가에서 그녀를 처음 만났다고 했는데, 아마도 그쪽에 파견된 영사의 동생이었던 모양이다. 랠프가 처음 그녀를 뉴욕에 데려왔을 때만 해도 우리 입장에서는 그녀가 완전히 생면부지인 상황이었다. 사실 그의 재혼 소식은 엄청난 충격이었다. 일반적인 남자는, 그 정도로 극단적인 고통을 겪고 나면 거듭 그 같은 불구덩이 속으로 들어가기를 꺼리게 마련이다. 하지만 감정에 휩쓸려 또다시 실수를 저질러야만 하는 운명을 타고난 사내도 있는 법이라고 생각하며 납득하려 노력했다. 우리 모두는, 최후의 실수로 맞이하게 된 운명의 상대가 과연 어떤 모습일지, 몹시 궁금해했다. 그러다가 그랜시 부인이 등장했는데, 그제야 모든 것을 이해할 수 있었다. 우리가 품었던 모든 의문점을 단번에 해명해 줄 정도로 흠 잡을 데 없이 아름다운 여인이었기 때문이다. 우리는 처참히 무너진 한때의 예감을, 과하다 싶을 정도의 격한 환영으로 황급히 덮었다. 수년 만에 처음으로 그랜시에 대한 걱정을 거둘 시간이 온 것이다. "이제부터 멋들어지게 살겠군!"

항상 비관적인 태도를 고수하던 지인조차 태도를 바꾸었다. 감상적이기로 유명한 또 다른 지인은 그 표현을 좀 더 다듬어 말했다. "이미 멋지게 해냈어. 저런 부인을 얻었잖아!"

이처럼 과장된 반응을 직접 표현한 이는 바로 초상화가 클레이던이었다. 결국 그는 행복한 남편의 반열에 오른 랠프 그랜시의 요청으로, 초상화에 새 부인의 모든 매력을 오롯이 담아내야 하는 임무를 맡게 되었다. 우리 모두, 심지어 클레이던조차 랠프의 아내가 풍기는 독특한 매력은 어느 정도 환경의 산물임을 인정할 수밖에 없었다. 따라서 그녀의 우아한 매력을, 예컨대 중간 색상의 날개 밑에 숨어 있는 진짜 빛깔을 끌어내기 위해서는 바로 남편의 도움이 절실했다. 비록 그녀의 진정한 매력을 끄집어내는 데에 남편의 중개가 필요하긴 했지만, 실상 그녀가 남편에 미치는 영향력에 비하면 아무것도 아니었다! 화가 클레이던은 전문적인 비유를 들어 그녀를 "완벽한 틀"이라 평했는데, 랠프의 아내는 이 개념을 새롭게 정의했을 뿐만 아니라 확장하기까지 했다. 그녀는 전체를 하나의 관점 속에 배치하고, 더불어 새로운 지평을 열어 주었으며, 궁핍이라는 가혹한 통제 아래 황폐해진 삶의 영역을 신선하게 되살려 냈다. 이러한 공감의 상호 작용은 눈에 띄는 방법을 통해 여실히 드러났다. 랠프 그랜시의 존재, 심지어 그의 이름을 언급하기만 해도 아내의 외모에 명백한 변화가 생겨난다고 주장하는 사람은 클레이던뿐이 아니었다. 갑자기 묵직한 커튼이 걷히고 환한 빛이 드는 것 같다고나 할까. 클레이던의 비유를 빌리자면, 마치 사랑이라 불리는 지칠 줄 모르는 예술가가 초상화의 모델이 된 것 같았다. 이토록 다양한 해석의 빛 속에서 그랜시 부인의 얼굴은, 아직 마지막 페이지까지

다 읽지 못한 책처럼 호기심을 자극하는 독특한 매력을 얻었다. 그녀의 눈동자에는 항상 새로운 빛이 감돌았다. 화가 클레이던이 그녀의 눈동자에서 읽어 낸 것, 아니 그 성스러운 문을 통해 엿본 의식의 몇몇 암시들은 그가 그린 초상화 속에 고스란히 드러났다. 랠프의 새 부인을 그린 초상화가 모두에게 공개되었을 때, 곧 그 작품은 화가 클레이던의 걸작이라고 칭송받았다. 하지만 그랜시 부인을 잘 아는 사람들은 미소를 지으며, 다소 미화된 면이 있다고 평가했다. 화가 스스로가 그랜시 부인 혹은 우리가 아는 그녀를 그리려 하지 않았으니 당연한 일이었다. 이 초상화는 다름 아닌, 랠프의 아내를 묘사한 것이었다. 랠프는 초상화를 보자마자 자신의 아내임을 알아차렸다. 클레이던이 그녀의 모습을 제대로 포착했음을 남편은 알아본 것이다. 그랜시 부인은 완성된 초상화를 처음 본 순간에, 클레이던을 쳐다보며 덤덤한 투로 말했다. "아, 해가 떠오르는 쪽을 바라보는 모습을 그려 주셨군요."

그 초상화는 그랜시 부부가 앞으로 맞이하게 될 운명, 찬란한 인생에 비춰 보자면 부차적인 일화에 불과했다. 그러다 그 그림이 되돌아올 수 없는 생사의 문턱에서 남긴 마지막 말과 같은 의미를 가지게 된 것은 한참 뒤의 일이었다. 결혼식을 올린 지 일 년이 지나고, 그랜시는 시내의 자택을 정리하고 한 시간 거리의 근교, 어느 언덕 위에 자리한 아담한 거처로 행복한 신혼살림을 옮겼다. 그들은 여러 업무와 관심사 때문에 종종 뉴욕을 방문했지만, 한때 시내의 자택이 그와 비슷한 열정을 가진 동지들의 구심점 역할을 했던 시기에 비하면 아무래도 소원해진 편이었다. 그랜시의 막강한 영향력이 사라졌다는 사실은 적잖이 아쉬운 일이었다. 그러나 그는 오랜 세월 묵혀 두어야 했던 행복을 스스로가 원하는 대로 보상받기에 마땅한 사람이었다. 행복한 부부가 뿜어내는 따스한 온기를 느끼러 가기에 한 시간 정도의 거리는 우정으로 충분히 극복할 수 있었다. 결국 가장 이상적인 여가란, 매주 일요일에 그랜시 부부의 서재에서 도란도란 모이는 일이 되기에 이르렀다. 서재의 창문 너머로는 평화로운 전원의 풍경이 펼쳐졌고, 학문적 열정이 가득한 서재의 벽면에서는 그랜시 부인의 초상화가 밝게 빛나고 있었다. 그녀의 초상화는 한적한 전원 속에서한결 아름답게 반짝였다. 우리는 종종 클레이던이 초상화를보기 위해 그랜시 부인을 찾아온다고 놀려 대곤 했다. 그러면클레이던은 초상화가 곧 그랜시 부인이라고 받아치고는 했다. 이따금 그의 응수가 반박의 여지 없이 타당하다고 느껴지기도 했다. 아마도 어느 소설가가 했던 얘기로 기억하는데, 일행 중 하나가 클레이던더러, 그림을 그리는 동안 그랜시 부인에게 매혹되지 않은 까닭은 바로 초상화랑 사랑에 빠졌기 때문이라고 꼬집은 적이 있다. 흥미로운 점은, 지금까지 완성해낸 그림들을 전부 미래의 다른 작품으로 나아가기 위한 한낱껍데기에 불과하다고 여겨 온 클레이던조차 그랜시 부인의초상화만큼은 변함없이 사랑했다는 것이다. 클레이던은 그랜시 부인이 서재에 앉아 있거나, 대화가 오가는 동안 일렁이는강물 위에 비친 하늘처럼 환한 빛을 발산할 때마저 실제의 인물은 외면한 채 초상화 쪽으로 몸을 기울였다. 그로부터 한참이 지난 뒤에도 우리는 그 당시의 상황을 웃으며 이야기하곤했다. 그때만 해도 그의 태도는 단지 어느 특별한 휴일 오후의인상적인 한 부분에 지나지 않았다. 그런 일상적인 오후 시간에, 가장 평범한 삶의 요소가 돌연 마법같이 변화하기도 한다.

누군가의 행복은 사방이 물로 꽉 막힌 호수 같았지만, 그랜시 부부의 행복은 탁 트인 바다 같았다. 그 무한한 바다는 생동감 넘치는 찬란한 수면을 사방으로 펼치며, 우리 모두가 인생이라는 여정을 자유로이 항해할 수 있도록 드넓은 공간을 마련해 주었다. 그리고 언제나 거대한 바다의 붉은 저녁놀 너머에서는, 우리들의 뱃머리가 향하는 행운의 섬이 신기루처럼 어른거리고 있었다.

2

그로부터 삼 년 뒤, 로마에 머물고 있을 때, 그랜시 부인의 부고를 접했다. 그야말로 "갑작스럽게" 세상을 떠났다고 했다. 차라리 다행이다 싶었다. 비열하게 들리겠지만 그 소식을 들은 순간, 나는 그랜시와 멀리 떨어져 있음에 안도감마저 느꼈다. 침묵을 고수한다면 슬픔에 둔감한 사람처럼 보였을 테고, 어떤 위로의 말을 건네든 가식적인 소리로 들렸을 테니까.

이윽고 몇 달 뒤, 여전히 로마에 머물고 있을 때, 랠프가 이곳에 도착했다. 새로이 콘스탄티노플 주재 공사관의 공사 대리로 임명되어 로마를 거쳐 가는 길이었다. 그는 솔직한 심정을 털어놓으며, "도망치고 싶은 마음에" 그 자리를 수락했노라고 말했다. 오스만 제국과 다시금 외교 관계를 수립해야 하는 시점에서 그가 맡게 될 임무는 틀림없이 고될 터였다. 하지만 랠프의 입장에서는 그런 격무가 절실히 필요했다. 인생의 폐허 속에 멍하니 앉아 있을 수만은 없지 않은가? 극도의 도덕적 긴장 상태에 빠진 사람이라면 누구나 그러하듯이, 내가 보기엔 그 또한 재난을 맞닥뜨린 이들의 행동거지를 연기하고 있는 것 같았다. 누구나 슬픔이 닥치면 본능적으로 도전과 굴복 사이에서 타협의 자세를 취하게 마련이고, 자존심은 슬픔이라는 적군 앞에서 더 고귀한 태도를 취해야 할 필요성을 느낀다. 워낙에 사색적이고 과거를 곱씹는 성향의 그랜시는 과감히 행동하는 역할을 선택했다. 행동하는 자는 상대의 공격을 되갚아 주고, 운명의 느닷없는 습격에 두꺼운 갑옷을 입고 맞선다. 그런데 완벽한 갑옷이야말로 오히려 그 내면의 나약함을 증명하는 징표이기도 했다. 우리는 별로 중요하지 않은 이야기만을 주고받았다. 그리고 며칠 뒤, 작별 인사를 나누면서 전통적으로 규정된 우정의 역할이 누군가를 애도하는 데에 얼마나 불충분한지를 절감하고, 다른 한편으로는 안도감을 느꼈다.

그 만남이 있은 지 얼마 뒤에, 나는 업무를 하러 뉴욕으로 복귀했고, 그랜시는 몇 년 동안 유럽에서 머물렀다. 국제 외교라는 임무는 애초에 약속했듯이 방대한 업무를 떠안겼지만, 그랜시는 여러 해에 걸쳐 공사 대리로 활동하는 내내, 온갖 역경 속에서도 눈에 띄는 열정과 신중한 태도를 가지고 갖가지 과업을 완수해 냈다. 그 뒤로, 정세의 변화에 따라 외교 업무가 재배치되면서 그의 임무 역시 마무리되었다. 그랜시는 정부 관료로서 자신의 유능함을 증명했음에도 결국 그 자리에서 물러날 수밖에 없었다. 그리고 이듬해 여름, 그가 언덕 위에 자리한 자기 보금자리로 돌아왔다는 소식이 들려왔다.

나는 귀국한 그에게 편지를 보냈고, 곧장 우편으로 그의 답신을 받았다. 그랜시는 다가오는 일요일에 함께하자면서, 일정이 맞는 옛 친구들을 모두 불러 데려오라고 했다. 편지의 문장 사이로 평소에 듣던 그의 목소리가 들려오는 것 같았다. 그의 이런 반응을 보고 좋은 신호라고 생각했다. 그런데 한편으로는, 솔직히 이게 맞나, 싶었다. 왠지 모르게 실망했다고 해야 할까? 어쩌면 가까운 친구의 슬픔이, 주기적으로 잘라 내야 하는 덩굴, 예컨대 역사적 기념비에 들러붙은 덩굴처럼 오래도록 간직되기를 은근히 기대했는지도 모르겠다.

그날 밤, 시내의 클럽에서 우연히 클레이던을 만났다. 나는 그랜시가 우리를 초대했다는 소식을 전하며 함께 가자고 제안했지만, 그는 선약을 핑계로 거절했다. 평소에 나는 우리 두 사람이 다른 이들보다 더 랠프와 친밀한 사이라고 생각해 왔던 터라, 그의 칼 같은 반응에 무척 서운한 마음이 들었다. 만약 일요일 모임이 다시금 재개된다면, 특히나 첫 번째 자리 만큼은 우리 둘이 그의 곁을 지켜 줘야 했다. 나는 이런 속마음을 털어놓으며 그의 일정에 최대한 맞추겠노라고 회유해 보았지만, 클레이던은 거듭 의례적인 말로 초대를 거절했다.

"나는 랠프의 집에 가고 싶지 않네." 그가 퉁명스럽게 말했다.

나는 뒷말이 이어지기를 기다렸지만 클레이던은 그 이상 덧붙이지 않았다.

"랠프가 고향에 돌아온 뒤로 만난 적이 있나?" 나는 고심 끝에 되물었다.

클레이던이 고개를 끄덕였다.

"그 친구, 아주 엉망이던가?"

"엉망이라고? 아니, 너무 멀쩡하던데."

"멀쩡해? 사람이 180도 바뀌지 않고서야 어떻게 멀쩡할 수 있겠나?"

"아, 겉모습은 똑같아." 클레이턴이 어딘가 묘한 어조로 대꾸했다.

클레이턴의 모호한 태도가 나를 서서히 안달 나게 했고, 마땅히 내가 알아야 할 내용이 있음에도 불구하고 그가 어떤 진실을 은폐하고 있다는 인상을 받았다.

"랠프의 집에 벌써 다녀왔다는 뜻이지?"

"그럼, 다녀왔지."

"그러니까 너희 둘 사이가 이제 끝났다는 말이야?"

"끝나다니? 차라리 그랬으면 좋겠군!"

그는 버럭 화를 내며 자리에서 일어나더니, 아까부터 들고 있던 잡지를 한쪽 구석으로 훅 하고 집어 던졌다. "이것 봐," 그가 내 앞에 버티고 서서 말했다. "랠프는 최고의 친구야. 맹세하건대, 그 친구를 위해서라면 못 할 짓이 없다네. 단지 그 집에 가는 일만큼은 절대 사양하겠어." 클레이턴은 그 말만을 남긴 채 휑하니 사라져 버렸다.

클레이턴은 항상 위낙에 예측할 수 없는 성격이라, 그가 내뱉은 말 속에서 열두 가지도 넘는 다양한 의미를 유추해 볼 수 있었다. 그중 어떤 의미를 가져다 붙여 봐도 답답한 마음은 쉬이 풀리지 않았다. 결국 나는 더 이상 다른 동행을 찾지 않기로 마음먹었고, 일요일이 되자, 홀로 그랜시를 만나러 나섰다. 기차역으로 마중 나온 그의 모습을 보자, 나는 단번에 그가 지난번 만났을 때와는 달라졌음을 감지할 수 있었다. 여전히 언제든 전투할 준비가 되어 있었지만, 어쩐지 이젠 슬픔에 완전히 익숙해져서 더는 그 감정을 적대시하지 않는 듯 보였다. 신체적으로도 사뭇 달라져 있었는데, 그저 불안하게 보일 뿐이었다. 비록 정신적으로는 승리했을지 모르지만, 육체에 남은 상처는 고스란히 드러나 보였다. 이제 막 마흔다섯에 접어들었는데 머리는 벌써 희끗했고, 허리는 구부정해졌으며, 터벅터벅 발을 옮기는 지친 걸음걸이를 보노라면 마치 노인 같았다. 하지만 그의 평온한 태도는 나이 든 사람의 체념과는 무척 달랐다. 나는 그가 이대로 '경기'에서 결코 물러설 뜻이 없음을 깨달았다. 나를 만나자마자 곧바로 우리의 옛 관심사들을 끄집어내기 시작했는데, 지난번 로마에서 만났을 때처럼 억지로 대화를 이어 가려는 투가 아니라, 인생이 다시 정상 궤도에 오른 사람의 평범한 어조였다. 그제야 랠프의 회복력을 불신했던 스스로가 부끄럽게 느껴졌다. 그러나 그의 내면에 잠재된 회복력이란, 결국 그가 그동안 누려 온 엄청난 행복을 마지막 한 푼까지 다 치른 끝에 얻어 낸 대가인지도 몰랐다. 그런 생각을 하니 마냥 감탄할 수만은 없었다. 이런 기분은 그의 집에 가까워질수록 점점 커졌고, 새삼 그랜시의 집과 그의 아내가 서로 얼마나 깊숙이 얽혀 있는지를 자각할 수 있었다. 그 한적한 시골집은 이미 세상을 떠난 한 여인의 생생한 존재감으로 속속들이 물들어 있었다.

집 안은 예전 그대로 변한 게 없었는데, 랠프의 아내가 환영하며 악수를 청했더라도 전혀 놀라지 않고 손을 선뜻 내밀 정도였다. 때마침 점심 무렵이라, 랠프는 곧장 나를 주방으로 안내했다. 주방에 있는 벽과 가구, 심지어 그릇과 도자기마저 방금 전까지 그녀의 모습을 비추던 거울처럼 느껴졌다. 랠프가 저 평온한 미소 아래에, 내가 느끼는 바와 마찬가지로, 가까이 맴도는 아내의 존재를 숨기고 있지는 않은지, 문득 궁금해졌다. 혹시 지금 이 순간에도 현실과 자신 사이에서 생생히 빛나지만 결코 품을 수 없는 아내를 바라보고 있을까? 그는 이야기하던 도중에 아주 자연스럽게 두어 번 정도 아내의 이름을 언급했는데, 그 이름은 대화를 마친 뒤에도 공기 중에 남아, 마치 끊임없이 울려 퍼지는 화음처럼 그 자리에 머물러 있었다. 만약 랠프가 아내의 존재를 느끼고 있다면, 분명 자신을 둘러싼 어떠한 매개체, 마치 공기처럼 그를 감싸고 있는 도덕적 분위기로 받아들였을 터다. 세상을 떠난 뒤에도 망자의 존재가 이토록 완벽하게 살아 있을 수 있다는 사실을 이전까지는 전혀 알지 못했다.

점심 식사를 마친 뒤, 우리는 가을의 들판과 숲길을 따라 오랜 시간 산책을 했고, 해가 뉘엿뉘엿 저물 무렵에야 집으로 돌아왔다. 랠프는 나를 서재로 안내했다. 예전엔 그의 아내가 따뜻하게 장작불을 피우고, 차를 준비해서 우리를 맞이하던 곳이었다. 서재는 서쪽으로 창이 나 있어서, 집 안의 다른 장소가 어두워진 뒤에도 여전히 환한 빛이 남아 있는 곳이었다. 나는 그 서늘한 금빛 햇살 아래서 앳된 얼굴을 드러낸, 랠프의 아내를 또렷이 기억할 수 있었다. 밝은 빛은 그녀의 눈동자와 머리카락을 비추었고, 창가를 지날 때면 소녀처럼 가냘픈 실루엣을 만들어 내곤 했다. 그녀의 색채는 집 안의 어느 곳보다 바로 이 서재에 가장 짙게 물들어 있었다. 여기에서라면 그녀의 존재가 눈에 띄는 형체로 나타날 수 있을 만큼 말이다. 하지만 랠프가 서재 문을 벌컥 열어젖힌 순간, 그 같은 아련함은 한순간에 사라져 버렸고, 왠지 모를 저항감이 나를 강하게 압도했다. 나는 주위를 둘러보았다. 뭔가 달라진 것일까? 어떤 무례한 손길이 그녀의 흔적을 지워 버린 건 아닐까? 아니, 서재 내부는 예전 그대로였다. 발을 내딛을 때마다 푹푹 파묻히는 두꺼운 다게스탄 양탄자, 책장에 한 줄로 놓인 화려하고 정교하게 제본된 책들은 여전히 밝은 빛을 받아 반짝이고 있었다. 평소 랠프의 아내가 앉아 있던 안락의자도 티 테이블 옆에 그대로 자리해 있었고, 맞은편 벽에 걸린 그녀의 초상화도 변함없이 나를 바라보고 있었다.

그녀의 얼굴, 저 얼굴이었나? 나는 더 가까이 다가가서 초상화를 가만히 올려다보았다. 랠프 그랜시의 시선이 나의 시선을 따라왔고, 어느새 그는 내 옆에 다가서 있었다.

"뭔가 달라진 게 느껴지나?" 그가 말했다.

"무슨 소리야?" 내가 물었다.

"내 말은…… 벌써 오 년이나 지났잖아."

"그렇다고 그림이?"

"그림이면 어때? 내 꼴을 봐!" 그는 희끗해진 머리카락과 주름진 관자놀이를 가리켰다. "아내가 저토록 앳된 모습을 유지할 수 있었던 까닭은 무엇일까? 바로 행복이었어! 하지만 이제……." 그는 눈동자 속에 무한한 애정을 담아 그림을 지그시 올려다보았다. "나는 지금이 더 좋다네. 아내도 그러기를 바랐을 거고."

"무슨 뜻이야?"

"나와 함께 나이 들기를 바랐겠지. 혼자만 젊은 모습으로 남고 싶었겠나?"

나는 할 말을 잃은 채로 슬픔에 지친 그의 얼굴을 바라보다가 가만히 초상화 속의 얼굴로 시선을 옮겼다. 그림 속 얼굴에는 랠프의 얼굴에 드리운 깊은 주름 따윈 보이지 않았지만, 어딘가 모르게 세월의 장막이 내려앉은 듯 느껴졌다. 반짝이던 머리카락은 탄력을 잃었고, 발그레하던 두 뺨에선 생기가 사라져 버렸다. 광채를 뿜어내던 이마의 윤기도 시들고, 전반적으로 희미하게 빛바랜 느낌이었다.

랠프가 내 팔을 가만히 붙잡으며 말했다. "마음에 안 드는 모양이지?" 그가 구슬픈 어조로 물었다.

"마음에 안 드냐고? 예전 모습이 완전히 사라졌다고!" 나도 모르게 그 말이 터져 나왔다.

"하지만 나는 아내를 되찾았어." 그가 대답했다.

"저 초상화에서 말인가?" 나는 비아냥거리는 몸짓을 하며 큰 소리로 대꾸했다.

"그래, 저 초상화에서." 그는 당장이라도 덤벼들 태세로 나를 향해 돌아서며 말했다. "예전 모습이 오히려 가짜고 거짓이었지! 만약 그녀가 살아 있었더라면 지금의 저 모습이었을 거야. 아니, 분명히 그랬을 테지. 클레이던이라면 그 점을 진즉에 알아야 했어, 안 그런가?"

나는 순간적으로 몸을 돌렸다. "클레이던이 이렇게 한 건가?"

그랜시가 고개를 끄덕였다.

"자네가 돌아온 뒤에 그랬다고?"

"그래. 귀국하고 일주일쯤 지난 뒤에 그 친구를 불렀어."

랠프는 몸을 돌리더니 불이 타오르는 난로 속으로 장작더미를 밀어 넣었다. 나 역시 이렇게 초상화를 등지고 떠날 수 있음에 안도하며 그의 뒤를 따랐다. 랠프는 난로 옆의 의자에 털썩 주저앉았다. 예민하고 종잡을 수 없는 그의 얼굴 위로 은은한 빛이 어른거렸다. 그는 고개를 뒤로 젖히고, 손으로 두 눈을 가린 채 이야기를 시작했다.

3

"자네들은 내가 그동안 어떻게 살아왔는지 누구보다 잘 알 테지. 그러니 내게 재혼이 무슨 의미였는지 짐작할 수 있을 걸세. 군이 짐작할 수 있다고 말하는 건, 어느 누구도 내 심경을 완벽히 이해할 수는 없기 때문이야. 내게는 말일세, 여성스러운 면이 있었던 것 같아. 그래서인지 모르겠지만 나와 함께 세상을 바라보고, 또 함께 심장을 나눌 수 있는 누군가가 필요했다네. 인생이란 정말 위대하고 실로 장엄한 풍경이 아니겠는가? 나는 홀로 인생을 바라보는 일에 완전히 지쳐 있었어. 그럼에도 불구하고 살아간다는 건 언제나 행복한 일이었고, 그 행복을 충분히 누리기도 했지…… 그것도 최고로 고양된 행복을 말일세. 하지만 그때까지만 해도 나는, 마치 공기를 들이마시듯 자연스럽게 스며드는 행복을 결코 느껴 본 적이 없었어……

그러던 중에 새 아내를 만난 거야. 그것은 마치 내가 살아가야 할, 운명 같은 기후를 만난 기분이었다고 할까. 자네도 그녀가 어떤 사람인지 잘 알잖나. 삶과의 접점을 무한히 확장해 주고, 어두운 동굴에 빛을 비추어 주며, 저 깊은 심연 사이에 다리를 놓아 주는 그런 여자 말일세. 물론 이 모든 것을 마음속에 품고 있었을 따름이지만, 맹세하건대 내가 하루 일과를 마치고 집으로 돌아오는 길에 머릿속에 그리던 것은, 문을 열고 들어왔을 때, 바로 저 자리에 앉아 있는 아내의 모습이었어. 램프의 환한 불빛이 목덜미까지 내려오는 그녀의 곱슬머리를 비추는 그 광경 말일세. 클레이던은 아내의 초상화를 작업하면서 내 마음속에 새겨진 바로 그 얼굴을 정확히 그려 냈지. 이따금 우리 둘만 있을 때 내가 보았던 아내의 모습을 어떻게 그토록 완벽하게 포착해 냈는지 궁금할 정도였어. 처음 초상화를 보고 얼마나 기뻤던지! 나는 입버릇처럼 말했다네. '당신은 나의 포로가 됐고, 절대로 당신을 잃지 않겠어. 만약 나한테 질려서 내 곁을 떠나가더라도 당신의 진짜 모습은 저 벽에 남아 있을 거야!' 나한테 질려서 떠날지도 모른다는 말은, 우리 둘이 농담처럼 주고받던 이야기였다네.

꼬박 삼 년을 그렇게 지냈는데, 갑자기 아내가 내 곁을 떠나 버렸어. 너무나 급작스러워서 어떤 변화나 그녀의 빈자리조차 느끼지 못할 정도였다네. 마치 벽에 걸린 초상화처럼 꼼짝 못 하는 상태로 고정되어 버린 것 같았지. 가장 행복한 순간에 시간이 멈춰 버린 거야. 언젠가 클레이딩이 '이보다 더 잘 그릴 순 없어!'라고 외치며 붓을 내던지던 때처럼 말일세.

결국 나는 떠나기로 했지. 자네도 알겠지만, 그리고 오 년 동안 묵묵히 일만 했어. 소처럼 매일 일에 몰두하다 보니까, 몇 달 정도 칠흑 같은 어둠의 세월이 흐른 뒤, 다시 조금씩 빛이 스며들기 시작했어. 처음엔 만약 아내가 살아 있었더라면 지금 내 일에 흥미를 가졌을 것 같다는 생각이 들더군. 그러다 보니 정말 그녀가 내 일에 흥미를 느끼는 것 같았고, 점점 내 곁에서 모든 걸 지켜보고 있는 듯했어. 그렇다고 혼령이니 뭐니 하는, 심령 이야기나 하자는 소리는 아닐세. 단지 내 기분이 어땠는지를 표현하려는 것뿐이야. 아내는 워낙에 내게 커다란 영향을 끼쳤고, 그만큼 중요한 존재라, 그런 기운이 봄비처럼 쉽게 그치지 않으리라는 느낌이 들더군. 우리는 서로의 마음과 정신에 깊숙이 연결되어 있었어. 마치 거울처럼 아내의 생각과 기분이 내 마음속에 그대로 비쳤으니까. 아내는 내

의식 속으로, 처음엔 주저하듯이 조심스럽고 간헐적으로 찾아왔어. 그러다 서서히 오랫동안 머물렀고, 마침내 내가 호흡하는 공기 그 자체가 되었지…… 물론 견디기 괴로운 순간도 있었다네. 진정한 반려를 잃었다는 현실 자체가, 마치 나를 조롱하는 듯했거든. 하지만 점차 환상과 현실 사이의 경계가 흐려졌고, 아내를 떠올리기만 해도 내 피와 살에 따스한 온기가 감돌기 시작했지.

그러던 와중에 집으로 돌아오게 되었어. 아침에 도착하자마자 곧장 집으로 달려왔다네. 아내의 초상화를 봐야 한다는 일념에 완전히 사로잡혀 있었거든. 그래서 서재 문을 여는 그 순간까지, 내 심장은 마치 사랑에 빠진 사내처럼 몹시 두근거렸지. 정오가 지난 시각이라, 서재 안은 환한 빛으로 가득했어. 오후 햇살이 초상화 위로 비쳤는데, 바로 그 아래로 광채를 발산하는 앳된 얼굴의 여자가 보이는 거야. 아내는 나와 거리를 유지한 채, 차가운 미소를 짓고 있었지. 왠지 모르게 나를 못 알아보는 것 같았어. 그 순간, 나는, 저기 거울 속에 비친 내 모습을 보게 되었지. 그런데 그 거울 속엔, 내 아내가 단 한 번도 본 적 없는, 머리가 희끗하게 세어 버린, 늙고 초라한 사내가 서 있는 게 아니겠는가!

그 뒤로 꼬박 일주일 동안, 그 낯선 남녀는 한집에서 지내야 했다네. 밤이면 밤마다 아내의 웃는 얼굴을 바라보며 말을 걸어도 대답 한번 않더군. 하긴 난생처음 보는 늙은이한테 무슨 대꾸를 하겠나? 우리가 떨어져 지낸 오 년이라는 세월은 절대 돌이킬 수 없으니 말이야. 그래서 이따금 서재에 앉아 있을 때마다, 차츰 초상화 속 아내를 원망하는 마음이 쌓여 갔지. 저 그림이, 끔찍한 세월 내내 나와 함께 울고, 나이 들어 가고, 고군분투했던 그 상냥한 영혼을, 내 곁에 있던 진짜 아내를 빼앗아 간 것만 같아서……. 내 일생을 통틀어 가장 외로운 시간이었다네. 그런데 어느 날부터인가, 초상화 속 아내의 눈동자가 슬픔에 물들어 간다는 사실을 깨닫게 되었지. 마치 이렇게 말하는 것 같았어. '나도 당신처럼 외롭다는 걸 모르겠어요?' 그 순간, 아내만 홀로 지난날에 머물러 있었으니 얼마나 힘들었을까, 하는 생각이 들더군. 언젠가 아내는, 인생이란 무거운 책과 같아서 두 사람이 함께 페이지를 넘겨야만 쉽게 읽을 수 있다고 말한 적이 있는데, 그 얘기가 번뜩 떠오르는 거야. 우리 둘 사이를 갈라놓은 페이지를 얼른 넘기고 싶어서 얼마나 조급해했을까! 이어서 '바로 저 초상화가 우리 둘 사이를 가로막고 있어. 그래, 저 초상화 속의 아내가 죽었을 뿐, 내 진짜 아내가 죽은 건 아니야. 이렇게 서재에 멀뚱히 앉아 있는 건 시체 곁을 지키는 짓이나 다름없어.' 이런 데에까지 생각이 미치자, 벽에 걸린 초상화가 마치 아내를 생매장한 아름다운 묘지처럼 보이는 거야. 그때부터 그림 속의 아내가 벽을 두드리며 가냘프게, 도와 달라고, 간청하는 목소리가 들리는 것 같았어…….

그러던 어느 날, 마침내 나는 더 이상 참지 못하고 클레이던에게 연락을 했다네. 난 그 친구에게 그동안 내가 겪은 일련의 상황을 설명하고, 내가 바라는 바를 낱낱이 이야기했어. 처음에는 초상화에 다시 손댈 수 없다고 완강히 버티더군. 그다음 날, 내가 평소보다 오랫동안 산책을 하고 집에 돌아와 보니, 그 친구가 서재에 혼자 앉아 있더군. 잠시 나를 쏘아보고는 이렇게 말하는 거야. '생각이 바뀌었어, 한번 시도해 보겠네.' 그래서 북쪽으로 창이 난 방에 작업실을 마련해 주었고,

클레이던은 온종일 방에 틀어박힌 채 작업에 몰두했지. 그러고는 나를 부르는 거야. 그제야, 자네가 지금 보고 있는 저 초상화가 문턱까지 마중 나와서 나를 다정히 품에 안아 주는 것 같았어! 클레이던에게 고마움을 전하고, 저 초상화가 내게 어떤 의미인지를 이야기하려는 찰나, 그 친구가 내 말을 자르더군.

'5시에 시내로 가는 열차가 있지?' 그 친구가 말했어. '저녁 식사 약속이 있거든. 아마 서둘러 가면 간신히 출발 시간에 맞출 수 있을 거야. 내 짐은 차차 자네가 보내 주게.' 그렇게 떠난 뒤로는 그를 한 번도 못 봤다네……

물론 본인이 남긴 걸작에 다시 손대는 것이 화가 입장에서는 얼마나 힘든 일인지, 충분히 짐작하고도 남아. 그 친구는 작품 하나를 잃은 것에 불과하지만, 나로서는 아내를 되찾은 셈이 아니겠는가!"

4

그 뒤로 십 년이 훌쩍 넘는 세월을 보내는 동안, 나는 꿈이라는 탄탄한 밑거름 위에서 희망차고 생산적인 삶이 지속되는 기이한 광경을 목도할 수 있었다. 지금까지 랠프를 지켜본 사람이라면 그의 힘과 용기가 바로 '세상을 떠난 아내와 함께한다는 의식'에서 비롯하고 있음을, 결코 의심하지 않을 것이다. 몇 달이 지나고 다시 랠프의 집을 방문했을 때, 아내의 초상화가 기존의 서재에서 위층의 작은 서재로 옮겨졌다는 사실을 깨달았다. 그는 아래층 서재의 책상과 책 몇 권을 이 작은 서재에 가져다 놓고, 혼자 있을 때면 언제나 그곳에 앉아 있다고 한다. 아래층 서재는 일요일마다 그의 집을 찾아오는 손님들을 위한 공간으로 남겨 두었다. 초상화의 소식을 궁금해하는 지인들조차 그 그림에 대해선 입도 뻥긋하지 않았다. 그저 몇몇 사람들만이 은밀히 그 비밀을 공유했다. 시간이 흐르면서 옛 지인들이 다시 그곳에 모여들었고, 일요일 오후 모임도 얼마큼 과거의 모습을 되찾았다. 하지만 클레이던은 끝내 얼굴을 보이지 않았다.

이제 와서 돌이켜 보니, 랠프 그랜시는 고향으로 돌아온 그 무렵부터 벌써 건강이 쇠약해지고 있었던 것 같다. 불굴의 의지로 스러져 가는 육체의 징후를 숨기려 애썼을 테지만, 가만 생각해 보니 언뜻 죽음의 기미가 보였던 듯하다. 그는 마치 무한한 생명력을 가진 사내 같았다. 심지어 지인들 중 일부는 그의 넘치는 활력에 의존하려는 모습을 보이기도 했다.

그럼에도 불구하고, 어느 여름에, 유럽에서 휴가를 보내고 돌아온 나는, 그사이 랠프가 죽음의 문턱을 오갔다는 소식을 듣게 되었다. 그제야, 주변 사람들에게 걱정을 끼치지 않으려 했던 그의 의도에 따라, 우리가 안일하게 그랜시의 건강을 굳게 믿고 있었음을 깨닫게 되었다.

나는 서둘러 그의 집으로 향했고, 더디게나마 회복하려고 노력하는 그를 만날 수 있었다. 한눈에 보아도 상태가 매우 좋지 않은데, 랠프도 대번에 그런 내 생각을 읽은 모양이었다.

"아," 그가 말했다. "이제 완전히 늙은이가 되어 버렸어. 이번에 회복하고 나면 우리 둘 다 늙는 속도를 늦추기 위해 애써야 할 거야. 아직 죽음에 끌려갈 걱정은 하지 않아도 되겠지!"

랠프가 던진 '우리'라는 단어에 나는 화들짝 놀라서, 나도 모르게 그랜시 부인의 초상화를 올려다보았다. 붓질 하나 하나에 내가 느낀 공포가 그대로 담겨 있는 것 같았다. 초상화 속의 여자는 틀림없이 지금 남편이 죽어 간다는 사실을 아는 눈치였다.

그리고 클레이던이 다시 그림에 손을 댔다는 생각에, 가슴이 철렁 내려앉았다.

그랜시가 나의 시선을 따라가면서 입을 열었다. "그래, 새로 손을 봤어." 그가 나지막한 목소리로 말했다. "자네도 알다시피 몇 달 동안 상황이 꽤 안 좋았거든. 우리는 아주 긴 싸움을 했고, 아마 나보다 아내에게 더 힘겨운 시간이었을 거야." 그는 잠시 말을 멈추었다가 이어 갔다. "클레이던이 애를 많이 썼어. 요즘엔 너무 바빠서 얼굴을 보기가 힘들지만, 며칠 전에 연락을 했더니 곧바로 찾아오더군."

나는 입을 다물었고, 더는 랠프의 건강에 대해 이야기하지 않았다. 하지만 막상 그를 홀로 남겨 두고 떠나려니, 마치 사망 선고를 받은 친구를 외면하는 것 같은 기분이었다.

그 뒤에 다시 그를 만나러 갔을 때는 전보다 훨씬 호전된 듯 보였다. 마침 일요일이라 지인을 아래층 서재에서 맞이한 까닭에, 그랜시 부인의 초상화는 보지 못했다. 그의 병색은 서서히 나아지기 시작했고, 이윽고 봄에 이르자, 그 자신의 말처럼 이젠 '끌려갈 걱정 없이' 앞으로 더 먼 길을 나아갈 수 있으리라는 생각이 들었다.

그러던 어느 날 밤, 랠프가 건강을 되찾았다고 확신하며 일요일 모임에서 돌아오는 길에, 나는 클럽에서 혼자 식사하고 있던 클레이던을 마주쳤다. 그는 동석하자고 권했고, 나는 커피를 마시면서 그동안의 작업에 대해 이야기를 나누었다.

"요즘 많이 바쁘지 않으면," 나는 어렵사리 입을 열었다. "랠프를 한번 찾아가 보지 그래."

그가 홱 하고 고개를 들며 물었다. "왜?"

"그야 상태가 많이 좋아졌으니 그렇지," 나는 다소 차가운 투로 받아쳤다. "결국 그랜시 부인의 예상은 빗나간 셈이야."

클레이던은 잠시 나를 빤히 쳐다보았다. "아니, 예상은 틀리지 않을 거야." 그의 미소를 보자 간담이 서늘해졌다.

"그럼 그 초상화를 그대로 놔둘 작정인가?" 나는 끈질기게 물었다.

클레이던은 어깨를 으쓱했다. "랠프한테 연락이 안 왔잖아!" 웨이터가 시가를 들고 나타나자, 클레이던은 곧바로 자리에서 일어나더니 다른 사람들과 합류했다.

그 일이 있고 이 주 뒤, 랠프의 저택에서 일하는 가정부가 전보를 보내왔다. 기차역으로 마중을 나온 그녀는 랠프의 상태가 '상당히 위독하다'면서, 지금 의사들이 살피는 중이라고 전했다.

나는 꽤 오랫동안 서재에서 홀로 기다렸다. 한참이 지나고 나서야 의료진이 나타났다. 고귀한 존재에게 의사의 역할을 위임한 사람처럼 침울한 표정이었다. 나는 랠프가 얼마간 고통에서 놓여났으며, 마지막으로 친구를 만나도 해가 되지 않으리라는 의료진의 이야기를 듣고 당장 자리에서 일어섰다.

랠프는 2층에 위치한 아담한 서재의 의자에 앉아 있었다. 그는 희미한 미소를 보이며 한 손을 내밀었다.

"결국 그녀의 예감이 맞았어." 그가 말했다.

"그녀라니?" 나는 순간 혼란스러움을 느끼며 되물었다.

"내 아내 말이야." 그는 초상화를 가리켰다. "처음부터 희망이 없다는 눈빛을 보냈거든. 그러니까……." 그가 목소리를 낮추며 말을 이었다. "클레이던이 다녀간 뒤로 확실히 알게 됐지. 물론, 처음엔 믿고 싶지 않았어!"

나는 그의 손을 꼭 쥐었다. "부디 지금부터라도 그런 생각은 하지 말게!" 나는 간청하듯 외쳤다.

그는 찬찬히 고개를 저었다. "너무 늦었어." 그가 대답했다. "진작 아내의 예감을 믿었어야 했는데."

"하지만 랠프, 내 말을 좀 들어 보게." 나는 무슨 말인가를 하려다가 멈추었다. 도대체 어떤 말로 이 친구를 설득할 수 있겠는가! 아무리 입이 아프게 떠들어 대도 그를 설득할 만한 적당한 논리를 찾아낼 수 없으리라. 어쩌면 아내가 자신의 죽음을 예감했다고 믿어야, 그로서는 더 편하게 눈을 감을 수 있을지도 몰랐다. 이상하게도 나는 그제야 클레이던의 의도가 빗나갔다는 사실을 깨닫게 되었다…….

5

그랜시는 유언 집행자 중 한 사람으로 나를 지정했고, 나머지 지인들은 저마다 바쁘다는 이유로 이 일을 대신 맡아 달라고 부탁했다. 결국 그랜시 부인의 초상화가 클레이던에게 유증되었다는 사실을 당사자에게 알리는 일조차 도맡게 되었다. 클레이던은 초상화의 유증에 대해 즉각 답신을 보내왔고, 곧장 초상화를 가져가겠노라고 했다. 그랜시 부인의 초상화가 새 주인을 맞이하는 동안, 나는 텅 빈 저택에 머물러 있었다. 그 초상화가 문밖으로 나가는 순간, 랠프 그랜시라는 존재마저 영영 사라지는 것 같았다. 이제 그가 그녀를 따라갈 차례인가? 이토록 하나의 영혼이 다른 영혼을 따라다닐 수도 있다는 말인가?

그 뒤로 한두 해 가까이, 초상화에 대한 소식은 전혀 듣지 못했다. 때때로 클레이던을 만나기는 했지만 딱히 이야기할 게 없었다. 그 친구에게 불만이 있는 것도 아니었다. 자신의 걸작을 친구 한 사람을 위해 기꺼이 희생했으니 참으로 훌륭한 일을 했다고도 생각해 보았다. 하지만 형언할 수 없는 불만이, 비이성적인 집착임을 알고 있음에도, 끈질기게 나를 따라다녔다.

그러던 어느 날, 어떤 여인이 내게, 클레이던이 막 자신의 초상화를 완성했다며 함께 그 그림을 보러 가자고 청했다. 차마 거절하기가 곤란한 제안이었던 데다, 초상화를 구경하는 자리에 초대받은 사람도 여럿이었기에, 난 크게 망설이지 않고 그녀를 따라갔다. 클레이던의 작업실에 도착하니, 이미 많은 사람들이 그의 이젤 주위에 모여 있었다. 나 역시 그림에 찬사를 보낸 뒤, 무리에서 벗어나 작업실을 어슬렁거리기 시작했다. 클레이던은 다소 수집가적 기질을 가진 친구였기에, 그의 소장품을 구경하는 재미가 쏠쏠했다. 다채로운 색실로 직조한 태피스트리가 걸린 작업실의 한쪽 모서리 끝에, 커튼을 드리운 아치형 입구가 보였다. 뒤로 걷힌 커튼 너머로 책과 꽃 그리고 몇 개의 우아한 청동 장식품과 도자기로 장식해 놓은 조그마한 공간이 보였다. 그 내부에 티 테이블이 마련돼 있기에, 손님들도 편히 드나들 수 있는 공간이라 생각하며 나는 무심코 그쪽으로 발길을 옮겼다. 처음엔 푸른 화병에 눈길이 갔고, 뒤이어 청동으로 만든 가냘픈 가니메데가 시선을 사로잡았다. 그래서 이끌리는 대로 발걸음을 돌리려는데, 바로 그 자리에서 그랜시 부인의 초상화를 마주하게 되었다. 나는 멍하니 그림을 올려다보았고, 다시금 생생한 젊음을 되찾은 그랜시 부인이 찬란한 얼굴로 미소 짓고 있었다. 화가는 여러 차례 덧바른 붓질의 흔적을 완전히 지우고, 예전 모습 그대로 그림을 완벽히 복원해 냈다. 패널을 두른 벽 한가운데에 당당한 자태로 걸린 그랜시 부인의 초상화는 누가 보더라도 꽤나 신경 써서 전시해 둔 듯 보였다. 일단, 주변의 다른 수집품들보다 월등히 우대받고 있음은 분명했다. 그제야 이 조그마한 공간 전체가, 오직 그랜시 부인의 초상화를 위해 꾸며진 장소라는 사실을 깨닫게 되었다. 클레이던은 자신이 사랑하는 여인에게 온갖 보물을 바치는 의미에서, 초상화의 발치에 이 모든 것들을 쌓아 놓은 것이었다. 그렇다. 그가 사랑한 것은 저 초상화가 아니라 바로 그랜시 부인이었다. 그동안 내가 품었던 본능적인 반감은, 다름 아닌 거기서 비롯된 것이었다.

갑자기 누군가가 내 어깨 위에 손을 얹었다.

"어떻게 이럴 수가 있나?" 나는 그를 돌아보며 버럭 소리 쳤다.

"어떻게 이럴 수가 있느냐고?" 그는 반박하듯이 말했다. "어떻게 가만있을 수 있겠나? 이제 저 여자는 내 소유가 되었는데."

나는 불안한 기색을 보이며 몸을 움직였다.

"잠깐만." 그가 기다리라고 손짓하며 말했다. "다른 손님들은 벌써 떠났네. 자네에게 따로 들려줄 얘기가 있어. 오, 자네가 나를 어떻게 생각하는지 짐작이 가는군! 혹시 내가 랠프를 죽였다고 생각하는 건가?"

돌연 공격적으로 나오는 그의 태도에 나 역시 깜짝 놀랐다. "자네가 끔찍한 짓을 꾸민 건 분명하잖아." 나는 차분히 응수했다.

"아, 인생을 너무 얕게 보는군!" 그가 중얼거렸다. "잠깐 여기 앉아 봐. 여기서는 그림을 똑똑히 볼 수 있으니까. 자, 이제 내 얘기 잘 듣게."

그는 자신 옆에 놓인, 마치 천을 덧댄 상자처럼 보이는 의자에 털썩 주저앉더니 양손을 무릎에 올린 채 초상화를 우러러보았다.

"피그말리온이 자신의 조각상을 살아 있는 여자로 만들었다면," 그가 천천히 입을 열었다. "나는 살아 있는 여자를 그림으로 만들었어. 보잘것없는 보상이라고 생각하겠지. 하지만 자네는 모를 거야! 한 여자를 그려 낸 화가가 그녀의 얼마나 많은 부분을 소유하게 되는지를 말일세. 어쨌든 나는 최선을 다해서 그녀를 초상화 속에 담았네. 다시는 그렇게 그릴 수 없을 정도로 최선을 다했다고. 그리고 그녀는 자신의 존재만으로, 스스로 내게 내줄 수 있는 것을 돌려주었지. 요컨대, 다시는 그려 낼 수 없을 정도로 훌륭한 걸작을 완성하게 해 주었으니, 보상은 충분한 셈이야. 비록 그녀가 지닌 여러 모습 중에 그저 한 부분, 찬란한 아름다움 그 하나뿐이라 할지라도 그건 오로지 나의 몫이라는 말일세. 아무도 이해할 수 없을 거야. 심지어 랠프조차 저 초상화를 보고도 그 비밀을 눈치채지 못했으니까. 그저 생각을 표현하는 도구인 언어를 대하듯이, 이 그림도 단순히 그녀의 존재를 표현하는 도구라고 여겼을 테지. 그러고는 아내를 오롯이 자신이 소유했노라 확신했을 거고! 현관 앞 웅덩이에 달이 비치면 그 달조차 자기 소유물이라고 믿는 사람처럼.

　어느 날, 집으로 돌아온 랠프가 내게 초상화를 손봐 달라고 부탁했을 때, 나로서는 살인을 청탁받은 기분이었다네. 그 친구는 아내를 자기처럼 늙어 빠진 모습으로 바꾸고 싶어 했어. 그토록 신성하고 영원한 젊음을 가진 부인을 말이야! 진정으로 사랑한다면, 이 세상의 어떤 남자가 사랑하는 여자의 젊음과 아름다움을 희생시키려고 하겠나? 처음에는 못 하겠다고 버텼어. 하지만 랠프가 자리를 떠나고 저 그림과 단둘이 남겨졌을 때, 뭔가 이상한 일이 벌어졌다네. 아마도 내가 랠프를 몹시 좋아했기 때문에 그 간곡한 부탁을 거절하기가 힘들었기 때문일 테지. 아무튼 초상화를 멍하니 바라보는데, 그림 속의 그녀가 이렇게 말하는 것 같더군. '저는 당신의 것이 아니라 그이의 것이랍니다. 그 사람이 원하는 모습으로 바꿔 주세요.' 그래서 그림에 손을 댄 거야. 수정 작업을 마친 순간, 나는 내 손을 당장 잘라 버리고 싶었어. 그날 이후로 두 번 다시 랠프의 집을 찾지 않았다는 이야기는 이미 들었겠지. 아마 일 때문에 너무 바빠서 그런 줄 알았겠지만, 그 친구는 절대로 이해하지 못했어…….

　그리고 작년에 다시 연락이 왔지, 자네도 기억할 걸세. 한참 앓고 난 뒤였는데, 자기 말로는 이십 년쯤 더 늙어 버렸다고 하더군. 그래서 부인도 그만큼 나이 든 모습으로 고쳐 달라는 거야. 그녀 홀로 뒤처지게 놔둘 수가 없다나. 당시만 해도 의사들은 그 친구가 곧 회복되리라고 생각했지. 나 역시 그 친구를 직접 만나 보니 그런 생각이 들더군. 그런데 그 그림을 보는 순간, 맹세하건대 그녀의 얼굴은 마치 랠프에게 사망 선고를 내리고 있는 듯했어. 정말이지 그 친구에게 그 사실을 알리고 싶어 했다니까! 랠프에게 자신의 목소리를 들려주려 했다고. 나를 통해 죽음을 알리고 싶었던 거야."

클레이던은 불쑥 자리에서 일어나더니 초상화 쪽으로 걸어갔다. 그러고는 다시 내 옆자리에 앉았다.

"끔찍하다고? 그래, 처음엔 나도 그렇게 생각했어. 그때는 내 신념 때문이 아니라 랠프의 건강을 위해 수정하지 않겠다고 버텼지. 하지만 초상화 속 그녀의 눈동자가 연신 나를 붙잡았고, 점차 그 눈빛의 의미를 이해하게 되었어. '만약 내가 살아 있었다면, 랠프가 죽어 가고 있다는 사실을 가장 먼저 알아챌 사람은 바로 나였겠죠?' 그렇게 말하는 것 같았다니까. 그런데 문득 이런 생각이 들더군. 부인의 말대로라면 랠프도 자신의 죽음을 아내의 얼굴에서 가장 먼저 읽어 내지 않았을까? 남의 눈빛 속에서 자신의 죽음을 예견하게 된다면 그거야말로 끔찍한 일이 아닐까? 그랬시 부인이 원하는 건 바로 그거였어. 그래서 나는 다시 그림을 수정했지. 두 사람이 마지막 순간까지 함께할 수 있도록 말이야!" 그는 다시 초상화를 올려다보며 말을 이었다. "하지만 이제 그녀는 나의 것이야." 그는 그 말을 반복했다.

무덤의 천사

1

앤슨하우스는 느릅나무가 드리운 마을 거리에서 몇 걸음 물러난 데에 자리 잡고 있었다. 절반쯤 대중에게 노출된 이곳은, 구시대적 가정의 배타적 전통을 거부하는 민주적 항거의 기념비적 장소로 받아들여지곤 한다. 그런데 대중의 눈에 쉽게 노출되기를 은근히 즐기는 이 같은 태도는, 실상 뉴잉글랜드 사람들의 마음속에 공존하는 두 가지 모순된 본성의 산물이기도 하다. 뉴잉글랜드 사람은 직접적인 사회적 접촉을 꺼리면서도 다른 한편으로는 덧문을 내린 창문 너머나 이웃집의 빨랫줄을 관찰하며 은밀하게 교류하기를 즐기는 사교적 본능을 가지고 있기 때문이다.

하지만 앤슨하우스는 대중을 마주하는 방식부터 여느 집들과는 완전히 달랐다. 대문자로 큼직하게 적어 놓은 명패처럼, 지난 육십 년 동안 스스로를 자랑스럽게 드러내는 동시에, 거리낌 없이 국가적 관심을 받아 왔으니 말이다. 우주를 향해 활짝 열린 이 저택은, 행여 이웃 사람들이 집요하고 친밀하게 간섭해 오더라도 전혀 아랑곳하지 않았다. 런던이나 빈에서 방문한 손님들이 언제 초인종을 눌러도 전혀 놀라지 않는 이곳의 여주인은, 혹시 이웃이 '잠시 마실 하러' 찾아오더라도 다른 이들이 그러하듯 호들갑을 떨면서 위층으로 뛰어 올라가지 않았다.

앤슨하우스의 고독한 거주자가 이토록 독특한 사회적 특성을 가지게 된 까닭은, 그녀의 생애에서 가장 주목할 만한 사건 덕분이었다. 바로 위대한 오레스테스 앤슨의 유일한 손녀라는 사실 말이다. 그녀는 마치 박물관에서 태어나, 유리 진열장 속의 이름표 붙은 유물처럼 성장했다. 그런고로 할아버지가 오랫동안 쌓아 올린, 굳건한 바위 같은 명성 위에서 의식을 형성할 수밖에 없었다. 할아버지가 쓴 산문의 일부가 삽입된 교과서를 통해 문학적 소양의 기틀을 마련한 소녀의 입장에서 보자면, 필연적으로 조부는 인생의 영웅으로 자리매김할 수밖에 없다. 말 그대로 전국 도서관에 비치되어 있고 누구나 쉽게 접근할 수 있는 독보적 매체, 즉 인쇄물을 통해 과거와 소통하고, 전 세계 위인들의 후손들과 어깨를 나란히 한다는 사실은, 그녀로 하여금 그 밖의 사소한 인간관계를 대수롭지 않게 여기게끔 했다. 어린 시절에 폴리나 앤슨이 내려다보던 마을의 거리는 유럽의 모든 수도로 뻗어 있었고, 비록 눈에 보이지는 않았지만, 바로 그 길을 통해 할아버지를 향한 경의가 느릅나무 그늘이 드리운 앤슨하우스로 되돌아오곤 했다.

운명은 마치 폴리나가 이처럼 유구한 역사가 깃든 앤슨하우스의 관리자로서 살아가도록 직접적인 영향을 발휘한 것 같았다. 전 세계적 존경을 받는 위인에게 아들이 없고, 심지어 딸들마저 '지적'이지 않다는 사실은, 이들 가족에게 오랫동안 은밀한 '시련'으로 여겨져 왔다. 가문의 여성들은 태생적으로 부족한 자신의 재능을 한탄했고, 자기에게 주어진 기회를 충분히 활용할 수 있을 만큼의 '지성'을 타고나지 못했음을 인정할 수밖에 없었다. 아버지에 대한 깊은 경외심과, 오레스테스의 사상을 향한 굳건한 신념조차 그의 학문적 성취를 이해하지 못하는 선천적 한계를 없애 주지는 못했다. 자신의 운명에 여러 차례, 말없이 반항했던 로라는 아버지가 만약 철학자가 아니라 시인이었다면 어땠을까, 하는 아쉬움에 종종 사로잡히곤 했다. 그녀는 풍부한 감정을 담아, 드레이크의 『죄인 요정』[38]이나 헤먼스[39]의 시를 암송할 수 있었으니 말이다. 한편, 상상력보다 기억력이 뛰어난 피비는 온갖 『문학 선집』을 소장하고 있지 않은가. 하지만 폴리나 앤슨의 조부는 위대한 철학자였고, 높은 산마루에 자욱한 구름처럼 형이상학적 은유으로 넘쳐 나는 학문의 고지에서 제대로 숨을 쉬기란 여간 어려운 일이 아니었다. 살아생전 철학자 아버지의 명성이 언제든 논란에 휩싸이곤 하는 공적 영역에서 벗어나, 두말할 나위 없이 확고한 권위의 영역으로 나아가지 않았더라면 로라와 피비의 학창 시절은 더욱 힘겨웠을 것이다. 사실 앤슨 박사의 업적은, 아직 감정으로 문학적 평가를 내리던 시기에 발표되었음에도, 예상보다 빠르게 불멸의 명성을 얻게 되었다. 이를테면 당시는, 단지 소박한 음식을 즐기고, 영국을 경멸하기

---

38 조지프 로드먼 드레이크(Joseph Rodman Drake, 1795~1820). 19세기 초에 활약한 미국 시인. 대표작으로는 『죄인 요정(The Culprit Fay)』이 있다.

39 펠리시아 헤먼스(Felicia Dorothea Hemans, 1793~1835). 19세기 초, 미국과 영국에서 큰 인기를 누린 시인.

만 해도 지적 우월성을 인정받는 시대였던 것이다. 그래서일까? 두 딸은 아버지의 성취를 기리며 존경심을 표해야 할 때, 그저 우아한 자세로 부친의 동상이 놓인 단상을 가리키기만 해도 충분했다. 그를 숭배하기 위해 가만히 서 있는 일이 척추에 큰 무리가 되는 것도 아니었다. 그 무렵, 위대한 오레스테스의 업적은 이미 전설이 되었다. 이제 대중은 그의 철학적 유산을 거론하기보다는 무슨 브랜드의 차를 마셨는지, 현관에서 신발을 벗고 들어갔는지 같은, 사소하기 짝이 없는 내용에만 관심을 보였다. 위인의 저서가 더는 읽히지 않고, 오히려 아침 식사로 무엇을 먹었는지가 더 흥미로워질 때면, 대중은 훨씬 친근감을 느끼게 마련이다.

앤슨 자매는 아버지의 일상을 빠짐없이 기록하는 데 있어선 아무도 범접할 수 없는 능력자였다. 마치 경건한 자세로 고물을 수집하는 사람처럼, 아버지가 쓰레기통에 내던진 종잇조각 하나까지 소중히 간직했다. 그리고 위인의 문학을 애호하는 순례자들에게 언제든 흥미로운 일화를 들려줄 준비 또한 되어 있었다. 그 덕분에, 오랜 세월이 흐르고 앤슨 박사에 대한 대중의 관심이 차차 사그라드는 와중에도, 위인을 망각으로부터 지켜 낼 수 있었다. 그런 까닭에, 열정적인 문학 애호가들은 앤슨 박사가 기거했던 성소의 베일을 슬쩍 스치기만 해도 충분한 만족감을 얻었다. 그런데 오레스테스의 아내이자 남편보다 몇 해 늦게 세상을 떠난 앤슨 부인은, 피비와 로라가 그 같은 책무를 수행하기엔 역부족이라고 생각했다. 특히나 앤슨 부인은 셋째 딸을, 위대한 철학자의 딸이라 상상할 수 없을 만큼 아주 형편없다고 여겼다. 굳이 먼 사촌뻘의 남자와 혼인하여, 오레스테스 앤슨의 업적이 제대로 알려지지도 않은, 미개한 서부의 외딴 마을로 떠나 버렸기 때문이다. 그런 이유로, 집에서는 셋째 딸에 관해 이야기하지 않았고, 암묵적으로 이 가문의 명예로운 유산에서 완전히 배제된 사람인 양 취급했다. 그런데 오랜 세월이 지나고, 위대한 철학자의 피붙이로서 상속받은 아주 작은 유산이 전혀 예기치 못한 이자를 가져다주었다. 셋째 딸이 세상을 떠난 뒤, 그 뜻밖의 이자가 앤슨하우스로 돌아온 것이다. 그것은 바로 손녀 폴리나였고, 그래서 앤슨 부인은 손녀를 이름 대신에 '보상금'이라고 불렀다. 그리하여 앤슨 부인은 자연의 신비한 조화조차 남편의 위대한 업적이라는 구심력에 의해 작용한다고 굳건히 믿게 되었다. 요컨대, 부인의 입장에서 보자면, 손녀 폴리나의 타고난 지성은 오직 앤슨 가문의 성소를 수호할 목적으로 설계되었다고밖에는 생각할 수 없었다.

폴리나가 앤슨하우스에서 지낼 무렵부터, 이미 그곳은 공적인 숭배의 공간이었다. 다만 낭만적인 향기가 물씬 풍기는 성소라기보다, 냉철하고 단정하며 공허한 윤리적 열정이 깃든 신전이었다. 오레스테스의 딸들은 성소에서 한 걸음 물러나, 그곳의 분위기를 최대한 방해하지 않고자 조그마한 독방에서 기거하고 있었다. 가구 하나를 배치하는 데도 의식적으로 의미를 부여했고, 간간이 배치된 장식품들 역시 전부 위인에게 헌정된 지성인들의 공물이었다. 라파엘로 모르겐[40]이 새긴 강철 판화는 고대 로마의 성스러운 길(Via Sacra)을 따라 세워진 이정표처럼 걸려 있었고, 판테온을 본뜬 청동 잉크병이

---

40 Raffaello Morghen(1758~1833). 18세기에서 19세기 사이에 활동한 이탈리아의 조각가이자 판화가.

놓인 검정 호두나무 책상은 음산한 사상의 성전에 자리한 제단이었다.

뜨거운 열정으로 충만한 어린아이이자, 태어날 때부터 서부 개척지의 낯설고 척박한 사회적 토양에서 열망을 키워 나가는 데 익숙했던 폴리나에게, 장대한 세월을 품은 앤슨하우스는 그야말로 자양분 덩어리였다. 식견이 부족한 어린아이의 눈에, 오레스테스 앤슨의 저택은 마치 무너져 내린 온갖 문명의 유적지처럼 보였고, 새하얀 현관은 전설 속으로 이어진 아득한 통로처럼 그녀를 매혹했다. 처음 눈을 뜬 순간부터, 서부의 초라하고 황량한 마을에 들어선 조립식 이동 주택을 마주해야 했던 어린 소녀의 눈에는, 이 저택의 모든 것들이 감동적이었다. 드높은 천장과 패널로 장식된 벽면, 광택이 번쩍이는 마호가니 가구, 유구한 역사를 간직한 선조들의 초상화, 크레용으로 그린 곱슬머리 여성의 그림까지, 이곳의 모든 것들은 유서 깊은 과거를 풍부히 상상할 수 있도록 역사적 무대를 제공해 주었다. 다른 사람의 시선으로 보자면, 신선한 공기와 따스한 햇살마저 먼지를 만들어 내고 가구를 변색하게 하는 원흉으로 치부하는, 감정이 메마른 독신 여성의 정신 상태를 연상케 하는 저택 내부는, 그저 차갑고 먼지 한 톨 없이 깔끔하며 살림살이조차 거의 없는 휑한 모습으로 비칠 터였다. 하지만 모든 사물에 색채를 부여하는 것은 전적으로 보는 사람의 시선이므로, 폴리나의 눈에 비친 앤슨하우스는 그 어느 곳보다 풍요로운 색깔로 가득 차 있었다.

물론, 앤슨하우스가 곧장 그녀를 장악한 것은 아니었다. 폴리나는 아직 다양한 감각을 탐험하고자 했고, 더불어 태양계의 질서와도 같은 규범을 막연히 느끼고 있었다. 하지만 습관의 이끌림과 본보기의 꾸준한 압력으로 인해, 이리저리 떠돌던 충성심은 서서히 자리를 잡아 갔고, 마침내 그녀는 고개를 숙이고 가문이라는 멍에를 기꺼이 받아들였다. 폴리나가 이 같은 역할에 복종하게 된 데에는 허영심도 한몫했다. 그녀는 남은 가족 중에서 할아버지의 철학서를 읽고 이해할 수 있는 유일한 후손으로 일찍이 인정받았다. 아무리 얼마간 형이상학적인 재능을 타고났다고 하더라도, 어린 나이에 복잡한 철학서를 읽으며 즐거움을 느낀다는 사실은 할머니나 이모들로 하여금 그녀가 운명적으로 가문의 유산을 물려받아 마땅한 '예정된 상속자'라는 확신을 가지게 했다. 이제 폴리나는 신탁을 해석하고, 평범한 이들의 머릿속을 어지럽히는 추상적인 철학의 연무(煙霧) 속에서 통찰력을 발휘해야 하는 운명이었다. 이처럼 이론에 바탕을 둔 그녀의 감정만큼 진정한 것은 없었다. 실제로 폴리나는 몹시 기쁜 마음으로 할아버지의 저작물을 탐독했다. 오레스테스 앤슨이 남긴 장중한 문구와 신비로운 어휘, 추상적인 영역으로 비상하는 철학적 표현은 고정된 정의를 뛰어넘어 자유로운 상상력을 자극하며 짜릿한 전율을 선사해 주었다. 이 같은 순수한 언어적 희열은, 그 뒤로 수사학적 표현에서 비롯한 의미의 파편을 하나둘 수집하는 과정을 통해 보완되었다. 이처럼 거대한 우주론의 조각들로 소녀의 세계관을 창조해 나가는 것보다 더 자극적인 일이 또 어디에 있겠는가? 그렇다 보니 폴리나의 자아는 자기 주관이 성숙하기도 전에 이미 예정된 틀 속에 자리 잡게 되었다.

성소의 사제인 폴리나는, 오레스테스 앤슨 박사가 세상을 떠나고 신격화가 이루어진 뒤에 이러한 임무를 맡게 되었으므로, 할아버지를 위해 헌신하는 일이 훨씬 수월하고 감격스럽기까지 했다. 위대한 철학자가 생전에 소금을 어떤 식으로 사용했는지, 대화를 시작하기에 앞서 굳이 저음의 목소리를 내려고 했는지 등, 사소하고 개인적인 특성을 전혀 알지 못했기 때문에 폴리나는 오히려 앤슨 박사를 향한 존경심을 거두거나 완벽한 신격화에 의심을 품을 우려가 없었다. 오직 크레용으로 그린 초상화와, 인간의 자유 의지와 직관에 관한 수십 권의 빛바랜 저서를 통해 할아버지를 접한 덕분에, 자칫 과도한 친밀감에 젖어 이상적인 권위를 해칠 위험 또한 없었다.

그리하여 폴리나는 할아버지의 위대함을 전제로 하여 새로이 조율된 세상 속에서 성장하게 되었다. 생명체가 자라나면서 주위 환경으로부터 가장 필요한 양분을 끌어당기듯이, 폴리나도 다소 무미건조한 철학적 개념 속에서 온기와 빛 그리고 다양성을 흠뻑 흡수했다. 폴리나는 머릿속의 사고를 감각으로 전환하고, 마치 아이를 품듯이 하나의 이론을 가슴속에 길러 낼 수 있는 사람이었다.

그렇게 시간이 흐르는 사이, 앤슨 부인마저 '세상을 떠났다.' 오레스테스 가문의 사람이라면 누구든 '죽었다'는 어휘를 사용하지 않았으므로, '세상을 떠났다'고 표현해야 마땅할 것이다. 그 후, 폴리나는 오레스테스 앤슨의 업적을 기리는 단체의 주요 인사로 등장하게 되었다. 로라와 피비는 아버지가 남긴 영광을 자기들보다 훨씬 재능 있는 조카에게 모두 맡기고 묵묵히 바느질을 하거나 독서에 몰두하였다. 오래지 않아 폴리나는 역사적으로 위대한 인물, 오레스테스 앤슨 박사의 '최고 권위자'로서 우뚝 서게 되었다. 앤슨 박사가 활동하던 시대를 '연구하는' 역사가들은 저마다 폴리나를 찾아와서 조언을 구하고, 갖가지 자료를 대여해 가기도 했다. 감히 형언할 수 없는 철학적 갈망을 가진 여성들 역시 폴리나를 방문해서, 명백히 영향을 받았으나 여전히 완벽하게 이해하지 못하는 문구를 해석해 달라고 요청하기도 했다. 비평가들도 난해한 인용구를 확인하거나 연대기적 측면에서 논란이 되는 문제를 해결하기 위해 그녀에게 도움을 청했다. 마침내 사상과 철학이라는 거대한 파도가 폴리나의 삶이라는 해변으로 끊임없이 밀려들며 잔잔한 웅얼거림을 만들어 내기 시작했다.

어느 날, 완전히 낯선 분위기의 탐험자가 젊은 청년의 모습으로 앤슨하우스에 등장했다. 그의 눈에 폴리나라는 존재는, 먼저 입을 맞추고 싶을 만큼 사랑스러운 여자였고, 그다음으로는 할아버지의 유산을 짊어진 사람이었다. 휴렛 윈슬로는 다양한 관심사를 가진 인물로, 오직 오레스테스 앤슨 박사만을 연구하기란 애초에 불가능했다. 젊은 청년은 무덤가를 뛰어다니는 어린아이처럼 천진난만하게 불경함을 드러냈고, 자기가 뉴욕 출신이라 어쩔 수 없다는 게 그의 변명이었다. 폴리나에게 뉴욕은, 앤슨 박사가 생전에 한두 차례 강연하러 방문했던 지역이라는 사실 말고는 아무것도 알지 못하는, 암흑같이 텅 빈 공간에 불과했다. 그런데 흥미로운 점은, 폴리나가 그 청년의 자유분방한 행동을 어떻게든 감싸려고 했다는 것이다. 이러한 태도는 마을 사람들 눈에 유난히 도두보이게 마련이다. 사람들도 처음엔 놀랐지만, 폴리나 앤슨 같은 아가씨가 결혼을 생각하는 건 당연한 일이라고 입을 모았다. 젊은 청년이 앤슨하우스를 서성이는 모습은 확실히 어색한 풍경이었다. 어쨌든 윈슬로는 앤슨 박사의 저서를 함부로 건드리면 안 된다는 점과, 담배를 피우려면 과수원 쪽으로 내려가야 한다는 점을 충분히 숙지하고 있었다. 하지만 마을 사람들이 이 기묘한 '생활 방식(modus vivendi)'을 겨우 이해하게 되었을 즈음, 윈슬로가 돌연 무슨 조건이 따라붙든 앤슨하우스에서 계속 살지는 않으리라고 공언하는 바람에, 마을은 또다시 커다란 충격에 휩싸이고 말았다. 담배를 피울 때마다 과수원 아래쪽까지 내려가야 한다니! 윈슬로는 결혼을 한다면, 아내를 데리고 뉴욕으로 돌아갈 작정이었다. 그러자 마을 전체가 조용히 숨을 죽인 채 앞으로의 상황을 지켜보았다.

그리스 신화 속 페르세포네가 따뜻한 엔나 들판에서 하데스에게 납치되어 갈라진 땅 밑으로 끌려갈 때, 저 어둡고 차가운 지하 세계를 얼마간 망설이면서 쳐다보았을까? 분명히 폴리나 앤슨도 자신을 향해 유혹의 손길을 뻗치는 시커먼 심연 위에서 잠시 주저하는 듯 보였다. 어쩌면 할아버지의 상속자라는 특권을 일부러 무시하는 상대를 견디는 일이란 별로 어렵지 않을지도 몰랐다. 한창나이의 젊고 패기 넘치는 윈슬로가, 폴리나를 그림자처럼 따라다니는 가문의 특별한 의무를 완벽히 이해하지 못한다는 사실은, 마치 묘비 위로 떨어지는 낙엽만큼이나 자연스러운 일이었다. 그럼에도 불구하고 끊임없이 새로 확인받기를 바라는 윈슬로의 사랑은, 어느 섬세한 영혼에겐 쇠락보다 더 가혹한 것이었다.

폴리나 같은 기질의 사람에겐, 암묵적인 요구와 빼앗긴 욕망 속을 떠도는, 결코 달랠 수 없는 유령 같은 죽은 의무에 대한 독실함이, 가시적인 유대감보다 더 강한 구속력을 가지게 마련이다. 마을 사람들은 그녀가 이모들의 성화 때문에 윈슬로를 포기했다고 떠들어 댔다. 하지만 정말로 폴리나를 붙잡은 것은 바로 겹겹이 벽돌로 쌓은 벽, 텅 빈 책상, 빛바랜 초상화 그리고 그녀 말고는 아무도 꺼내 보지 않는, 서가 위에 놓인 열두 권의 누런 철학서였다.

2

그 사건이 있은 뒤로, 앤슨하우스는 폴리나를 완벽히 손에 넣었다. 마치 승리를 의식하기라도 하는 듯 정복자로서 권리를 당당히 주장하기 시작했다. 언젠가 손녀로서 할아버지의 전기를 편찬해야 하지 않겠느냐고 제안받은 적이 있는데, 처음에는 혈육의 특권이라 생각했지만 어쩌면 과도한 책임을 짊어지는 게 아닐까 해서 주저했다. 하지만 이제는 그 작업 자체가 스스로의 선택을 정당화하는 수단이 되었다. 폴리나는 조부에 대한 존경심으로 충만한 범신론적 열정을 가지고, 과거의 방대한 의식 속에 최대한 몰입하려고 애썼다. 자신이 일생을 바쳐 지켜 온 조부의 위대한 사상과 그 영속성에 대한 맹목적 믿음이야말로 회의적 태도에서 벗어날 수 있는 유일한 피난처였기 때문이다. 폴리나는 강력한 자기 보호 본능에 따라, 자기가 처한 상황을 더 견고히 유지하려고 노력했다.

그리하여 할아버지의 『전기』를 준비하는 과정에서, 그녀는 과거의 내로라하는 전기 작가들조차 미처 탐구하지 않았던 샛길에까지 접어들게 되었다. 예기치 못한 위협을 전혀 의식하지 못한 채, 맹목적이고 본능적인 인내심을 발휘해 가며 차곡차곡 자료를 축적해 나갔다. 그녀의 눈앞에 펼쳐진 위인의 방대한 세월은, 마치 그녀의 고된 노력으로 완성되기를 기다리는 거대한 빈 페이지 같았다. 폴리나는 할아버지의 전기 작업을 마무리하기 전까지 절대로 죽지 않으리라는 신비로운 확신마저 느꼈다.

폴리나처럼 고귀한 목표를 세우지 못한 두 이모는, 그사이 앤슨 가문의 묘지로 하나둘 물러나게 되었고, 결국 손녀만이 원대한 과업과 단둘이 남게 되었다. 마침내 폴리나의 나이가 마흔이 되던 해에, 오레스테스 앤슨 박사의 전기가 완성되었다. 그녀는 한평생 여행을 해 본 적이 없었고, 급기야 단 하루라도 집을 비워 두기란 거의 불가능한 일이 되었다. 그러나 오랫동안 정성 들여 쓴 원고를 남의 손에 맡기기는 꺼림칙했으므로, 그녀는 직접 출판사를 찾아가기로 결심했다. 그렇게 보스턴으로 향하는 도중에 이제 원고와 이별하게 되리라는 사실을 떠올렸고, 그 뒤에 남아 있을 엄청난 고독이 갑작스럽게 그녀를 덮쳐 왔다. 폴리나의 모든 젊음과 모든 꿈, 모든 희생이 지금 무릎 위에 놓인 말끔한 원고 다발 속에 고스란히 담겨 있었다. 사실 그 원고는 할아버지 앤슨 박사의 인생이라기보다 그녀 자신의 인생이었다. 언젠가 그 원고가 잘 편집된 인쇄물로 금의환향하리라는 확신은, 당장 자식을 군대에 보내야 하는 어머니에게 아들의 장교 진급을 장담하는 것처럼 전혀 위로가 되지 않았다.

폴리나는 별다른 고민 없이, 한때 할아버지의 저작을 여러 차례 출간했던 출판사를 찾아가기로 했다. 게다가 그 출판사의 창립자는, 철학자 앤슨 박사의 가까운 친구였다. '올림피언 지식인 협회'의 일원인 데다, 팔순의 나이까지 장수하며 폴리나가 진행하는 경건한 전기 작업에 찬사를 보내기도 했다. 그런데 얼마 지나지 않아 그는 세상을 떠났고, 이제 출판사를 물려받은 손자와 마주해야 했다. 창립자의 손자이자 출판사의 새로운 대표는, 워낙에 상업적 감각이 뛰어난 사업가라서,

이곳 출판사에 '새로운 활기'를 불어넣었다는 평가를 받고 있었다.

그 신사는 귀를 쫑긋 세운 채, 마치 손끝의 감각으로 작품의 가치를 판가름할 수 있는 사람처럼 한참이나 원고를 만지작거렸다. 그러고는 자신감 넘치는 기세로 회전의자를 빙그르르 돌리더니 최종 평결을 내렸다.

"이 원고는 십 년 전에 출간됐어야 했습니다."

폴리나는 그 말을, 앤슨 박사의 애독자들이 오랫동안 이 책을 염원해 왔다는 뜻으로 받아들였다.

"대중이 오랜 세월을 기다리기는 했지요." 그녀는 엄숙한 동조의 투로 대답했다.

출판사 대표는 미소를 지었다. "기다리지는 않았습니다." 그가 말했다.

그녀가 어리둥절한 표정으로 그를 향해 되물었다. "기다리지 않았다니요?"

"네, 이걸 기다리는 대신에 벌써 다른 기차에 올라탔어요. 출판이란, 아시다시피 거대한 기차역과 같은 거니까요. 매분 다른 기차가 출발합니다. 승객들은 대합실에서 마냥 기다리고만 있지 않지요. 기차를 타고 원하는 목적지에 갈 수 없다면, 그냥 다른 기차를 타고 새로운 목적지에 가면 그만인 겁니다."

폴리나는 출판사 대표의 비유를 이해하기까지 몇 분간 고통스러운 침묵을 이어 갔다. 한참 뒤에야 그녀가 입을 열었다. "그러니까 독자들이 더 이상 할아버지에게…… 관심이 없다는 뜻인가요?" 이런 가정을 입에 올린다는 것만으로도 입술이 사라져 버릴 듯 처참한 심정이었다.

"글쎄요. 이렇게 설명해 보죠. 여전히 오레스테스 앤슨 박사님의 명성은 건재합니다. 누구도 그분에 대해 무지하다는 인상을 남기고 싶지는 않겠죠. 하지만 그렇다고 그분의 일대기를 읽기 위해 이 달러라는 돈을 지불하려고 들지는 않을 겁니다. 그 대강의 정보는 사전을 찾아보기만 해도 쉽게 알 수 있으니까요."

그 순간 폴리나의 세계가 요동치기 시작했다. 뭔가 신비로운 힘에 이끌려 표류하듯 공중에 붕 떠 있는 느낌이 들자, 이 같은 지진을 막기 위해 논쟁을 벌여야겠다는 생각조차 떠오르지 않았다. 그녀는 상처 입은 동물처럼, 무력하게 원고를 들고 집으로 돌아갔다. 그렇게 허망하게 집으로 향하는 길에, 몇 달 동안 숨겨 두었던 하나의 진실에 한 걸음씩 다가가고 있음을 깨달았다. 바야흐로 진실은 바로 문 앞에서 기다리고 있는 것 같았다. 다름 아니라, 앤슨하우스를 찾아오는 방문객의 수가 눈에 띄게 줄어들었다는 사실이었다. 지난 사오 년 사이에 손님이 꾸준히 감소하고 있음을 도저히 부정할 수 없었다. 솔직히 말하자면, 할아버지의 전기를 정리하는 작업에 지나치게 몰입한 나머지 그 변화를 절감하지 못했을 뿐 아니라, 오히려 방해받지 않게 되어서 내심 반가워했다. 한때는 연휴 기간이면 초인종에 불이 붙을 지경이었고, 저택을 지키는 여주인들은 온종일 '가장 좋은 비단옷'을 입고 방문객을 맞이할 기대감에 가득 차 있었다. 만약 그런 상황이 지속되었다면, 한동안 원고를 마무리하는 일 자체가 불가능했을 것이다. 이제야 그녀는 전기를 집필하는 동안 자신을 둘러쌌던 고요한 침묵이, 바로 죽음의 침묵이었음을 깨닫게 되었다.

앤슨 박사의 죽음이라니! 앤슨하우스의 벽조차 폴리나의

마음에 떠오른 불길한 암시를 반박하듯이 이렇게 외쳤다. 그것은 세상의 열정과 신념과 충직함의 죽음이었다. 썩어 빠진 세대가 황금빛 뱀을 숭배하기 위해 참된 가치에 냉정히 등을 돌리고 말았다. 그리하여 폴리나의 마음은 광야에서 길을 잃고 방황하는 어린 양을 향한 예언적 열정으로 불타올랐던 것이다. 하지만 아무리 위대한 영광조차 저마다 암흑기를 겪게 마련이다. 적절한 때가 도래하면 할아버지 역시 암흑 속에서 완벽한 광채를 내뿜으며, 다시금 보름달처럼 찬란하게 빛나리라고 굳게 믿었다.

폴리나의 도시 모험담을 접한 주변의 몇몇 친구들은 함께 분노하며, 돈에 휘둘리지 않는 출판사들이 분명 있으리라고 조언해 주었다. 지금까지 할아버지를 위해 온갖 용기 있는 시도를 감행했음에도 불구하고, 이번만큼은 그같이 힘겨운 시련을 다시 감당할 엄두가 나지 않았다. 솔직히 지금 당장은 아무런 노력도 하고 싶지 않았다. 폴리나는 추측이 난무하는 미로 속에 갇힌 것이나 다름없었고, 사실 미로에서 벗어나게 될 순간을 가장 두려워하고 있었다.

결국 그녀는 원고를 잘 보관해 둔 채 기다려 보기로 했다. 만약 그 순간에 학문을 애호하는 순례자가 앤슨하우스를 찾아왔더라면, 여사제는 당장 달려가서 그의 목에 매달렸을 것이다. 하지만 폴리나는 여전히 홀로 의식을 거행하고 있었다. 그야말로 이중의 고독이었다. 폴리나는 자신을 만나러 오는 지인보다 앤슨하우스를 찾는 사람들에게 훨씬 더 신경을 썼다. 그녀는 이웃들이 앤슨하우스로 향하는 도로를 주시하고 있으리라는 상상에 빠져 있었다. 그래서 때때로 낯선 사람들이 현관 앞을 지나 산책하는 모습을 바라보면서, 온 마을의 뜨거운 동정심이 자신에게 집중되고 있다는 느낌마저 받았다. 한동안 여행을 떠나 볼까도 고민했다. 유럽, 하다못해 보스턴 정도는 다녀올 만했다. 그러나 지금 저택을 떠나는 것은 자신의 의무를 등지고 떠나는 듯 여겨졌다. 사방에 흩어져 있던 힘들이 서서히 한곳으로 모이고, 눈앞에 어떤 일이 벌어졌는지를 이해하기 위한 단호한 결심 속에 응집되기 시작했다. 폴리나는 지도에도 없는 나라에서 오래 체류하거나, 하나의 현상을 사적으로 해석하고 결론을 내리는 부류와는 거리가 멀었다. 마치 낯선 지역을 여행하는 사람처럼, 미래의 지침을 정하기 위해 아주 사소한 자연적 징후까지도 빠짐없이 기록하기 시작했다. 폴리나는 불굴의 기세로, 세월의 흐름에 따라 할아버지에 대한 무관심의 징후가 어떻게 나타났는지를 분석했다. 같은 시대의 이름난 현자들과 함께 거론되던 드높은 위치에서부터 '에머슨의 친구'나 '호손과 서신을 나누던 인물', 혹은 그보다 한참 뒤에 여러 서신에서 그저 '앤슨 박사'라고 언급되기에 이르는 일련의 과정을 말이다. 이러한 변화는 자연이 유전(流轉)하는 이치처럼, 서서히 그리고 은밀하게 이루어졌다. 어떤 가혹한 손아귀가 나무에 매달린 잎사귀를 뜯어냈다고 항변할 수는 없었다. 단지 한 무리의 상록수처럼 위풍당당한 과거의 영광들 사이에서 할아버지의 위업이 이제 낙엽같이 시들었다는 사실이 드러났을 뿐이었다.

폴리나는 여전히 왜 이런 일이 벌어졌는지를 자문하지 않을 수 없었다. 만약 지난 영광의 쇠퇴가 자연스러운 이치라면, 반대로 그것은 훗날의 재생에 대한 약속이 아닐까? 그 같은 논리를 찾아내기란 어렵지 않은 일임에도, 그 사실을 납득하기가 쉽지 않았다. 그녀는 다시금 유사한 비유를 통해 불안을 가라앉히고자 애썼지만, 결국 그런 강박 자체가 차츰 비대해지는 의구심을 드러낼 뿐이었다. 할아버지에 대한 굳은 믿음을 증명하는 최선의 방법은, 바로 비평가들을 두려워하지 않는 것이었다. 그녀는 반박하려는 이들의 그림자가 어디에 웅크리고 있는지조차 알지 못했다. 감히 위인의 이론을 대놓고 논박하며 나섰다는 말은 이제껏 단 한 번도 들은 적이 없었다. 하지만 간접적인 공격은 틀림없이 존재했을 것이다. 그 누구도 거인과 정면으로 맞설 만큼 용감하지는 않았을 테고, 파르티아의 화살 공격법[41]처럼 뒤통수에 대고 비난의 화살을 쏘는 이들은 있었으리라. 폴리나는 그런 비겁한 반대자들과 대면할 수 있기를 갈망했다. 다만 문제는 그 같은 상대를 찾아내는 일이었다. 그녀는 할아버지가 남긴 저작물을 다시 탐독했고, 이어서 같은 학파에 속한 다른 철학자들의 글로 눈길을 돌렸다. 책을 살펴보니 그들의 수사학적 문장은 후대에도 여전히 살아남은 듯했지만, 할아버지의 글은 벌써 오래전에 사라져 버린 모양이었다. 저 멀리 울리는 철학의 열광적인 울림 속에서도 논쟁의 기운은 전혀 감지할 수 없었다. 올림피언학파라는 소규모 집단은, 초기 기독교 신도들이 무분별하게 교리를 해석했듯, 다양성을 바탕으로 자유롭게 의견을 나누었다. 그들은 서로의 주장에 끊임없이 찬사를 보냈고, 대중은 마치 합창을 하듯 그 순진무구한 찬양에 목소리를 더했다. 아무리 들여다봐도, 그들 사이에서는 변절자를 찾을 수 없었다.

41　파르티아는 기원전 247년부터 기원후 226년까지 서아시아 일대를 지배한 왕조로서, 말을 타고 달리면서 후방을 향해 화살을 쏘는 전술이 특히 유명했다고 한다. 여기서 유래한 '파르티아 화살 공격법(Parthian Shot)'이라는 비유는, 흔히 '자리를 떠나면서 퍼붓는 비수 같은 말'을 가리킨다.

그렇다면 무슨 일이 벌어진 것일까? 단순히 사상의 주류(主流)가 새로운 방향으로 이동한 것일까? 그렇다면 왜 다른 학자들은 살아남았을까? 그리고 왜 그들은 여전히 철학적 흐름의 지류로서 언급되고 있을까? 이 같은 질문들이 점점 더 폴리나를 압박해 왔다. 그녀는 자칫 굳게 믿어 온 유산의 가치를 의심하는 듯 보일까 봐, 더욱 열정적으로 옹호하는 자세를 취했다. 마침내 서서히 그리고 필연적으로, 어떤 명료한 해답이 폴리나의 눈앞에서 형태를 갖추었다. 할아버지가 모호한 수사학으로 포장했던 철학적 이론은 바야흐로 사상적 죽음을 맞이했다. 그의 사상은 산산이 흩어져 이리저리 흡수되었고, 스핑크스의 침묵한 입술 주위에 흩날리는 먼지 속에 작은 부스러기를 더할 뿐이었다. 그와 같은 시대를 살았던 다른 위인들은, 자신들의 가르침이 아니라 존재 가치를 통해 스스로 살아남았다. 하지만 할아버지는 여러 위인들의 가르침을 전달하는 한낱 가면이자, 다양한 선율을 연주하기 위한 도구에 불과했다. 그리하여 오레스테스 앤슨은 이미 오래전에 사장된 사고의 도구들 사이에 파묻혀 버린 것이었다.

깨달음은 갑작스럽게 그녀를 찾아왔다. 어느 날 저녁, 책을 읽다가 무심코 고개를 든 순간, 마치 유령처럼 눈앞에 서 있었다. 아무도 눈치채지 못할 정도로 조심스럽게 걸어와서 그녀의 삶 속으로 파고든 것이다. 폴리나는 그동안 정성스럽게 관리해 온 여러 저서들과 초상화들이 있는 서재에 우두커니 앉아 있었다. 그래서일까? 세상에서 사라진 온갖 사상과, 선조의 형상으로 장식된 무덤 속에 생매장당한 기분이었다. 그녀는 숱한 이들이 부대끼고, 사랑하고, 생생한 공감을 나누며 서로 손을 맞잡고 살아가는 바깥세상을 향해 도망치고 싶은 충동을 느꼈다. 헛되이 낭비된 수고로움이 불러일으킨 허탈감이 그녀를 짓눌렀다. 세대를 거듭해 정성을 기울이고, 단하나의 세포를 형성하기 위해 희생된 두 생명. 할아버지의 헛된 노력과 아무런 결실도 맺지 못한 그녀의 희생 사이에 우울한 평행선이 드리워져 있었다. 오레스테스 앤슨과 폴리나 앤슨은 차례대로 그 무덤 곁을 지킨 것이었다.

3

초인종이 울렸고, 폴리나가 회상하기에 그 소리는 유난히 요란하고 짜릿했다. 한때 '방문객의 초인종'이라고 불렸던 바로 그 소리였다. 평소에 이웃이 냄비를 빌리거나, 자질구레한 마을 일을 논의하러 저택을 찾아왔을 때 울리던 딸랑거리는 종소리가 아니었다. 완벽한 외부 세계로부터 들려오는 단호한 호출이었다.

폴리나는 손에 든 뜨갯감을 내리고 귀를 기울였다. 지금은 위층에 앉아 있었고, 관절염을 핑계 삼아 애써 1층 공간을 멀리하던 참이었다. 그녀의 주된 관심사는 어느덧 주변 이웃들의 일과에 맞게 조율되어 있었으므로, 종소리가 저택에 울려 퍼졌을 때, 혹시 헤밍웨이 부인의 출산 소식을 전하러 왔나, 하고 짐작했다. 이런 예감이 확신으로 굳어지기까지 얼마간의 시간이 흐른 뒤에야, 폴리나는 외투와 모자가 걸린 옷장을 향해 절뚝거리며 걸음을 옮겼다. 그때 저택 일을 돕는 하녀가 허둥거리며 나타나더니 이렇게 말했다. "어떤 신사분께서 앤슨하우스를 구경하러 오셨다고 하는데요."

"구경하러 왔다고?"

"네. 저는 무슨 뜻인지 잘 모르겠지만 말예요." 하녀가 말 끝을 흐렸다. 그녀의 기억 속에는 하루가 멀다 하고 방문객들 이 바삐 드나들던 시기가 전혀 존재하지 않았기 때문이다.

폴리나 앤슨은 명함을 흘끗 살폈다. 명함에는 '조지 콜비' 라는 낯선 이름이 적혀 있었다. 그 순간, 무기력한 얼굴 위로 붉은 혈색이 퍼졌다. "레이스 모자를 가져오렴, 케이티." 폴리 나는 다소 떨리는 목소리로 부탁한 뒤에, 지팡이를 한쪽으로 내려놓았다. 그녀는 거울 앞에 서서 서둘러 모자를 고쳐 썼다. "서재의 블라인드는 걷어 두었겠지?" 숨을 몰아쉬며 폴리나 가 물었다.

폴리나는 지금의 자신과 과거의 환영 사이에 평범한 일상 이라는 벽을 차곡차곡 쌓아 왔지만, 돌연 지난날의 충실함으 로부터 호출을 받자 그 유약한 장벽은 순식간에 무너져 내리 고 말았다.

폴리나는 황급히 계단을 내려갔고, 그녀의 지팡이가 바닥 에 닿는 소리는 소녀의 사뿐거리는 발소리처럼 울렸다. 막상 복도에 도착하니, 케이티가 벽난로에 불을 지폈을지 걱정이 되었다. 가을이라 날이 쌀쌀한데, 행여 방문객이 불 꺼진 벽난 로 앞에서 추위에 떨고 있지는 않을까. 이러한 장면을 상상하 니 자책감이 밀려들었다. 그녀는 본능적으로 이 낯선 신사가, 한때 혈기 넘치는 학자로서 이곳을 방문했던 이들 중 살아남 은 사람일지도 모른다고 생각했다.

벽난로의 불은 꺼져 있었고, 차갑고 음산한 냉기가 가득 했다. 그런데 폴리나의 예상과 달리, 서재 안에서 책장을 물끄 러미 살피는 방문객은 생기 넘치는 눈동자를 반짝이는 젊은 청년이었다. 아무래도 실내의 온도 따위는 개의치 않는 사람 같았다. 폴리나는 잠시 제자리에 멈춰 서서, 스스로가 과거의 상념에 사로잡혀 이토록 비현실적인 광경을 보고 있는 것은 아닐까, 하고 생각했다. 하지만 그 청년은 주저하지 않고, 따뜻하고 자신감 넘치는 태도로 그녀에게 다가왔다. 그 모습은 그에게 현실감을 불어넣었고, 더불어 어딘가 익숙하게 느껴졌다.

"이건 정말이지," 그가 흥분한 목소리로 말했다. "정말 대박(immense)입니다!"

폴리나의 귀에는 익숙하지 않은 단어라서 미처 속어라고 인식하지 못했다. 이토록 학구적인 침묵 사이로 기이한 친밀감이 감돌며 메아리쳤다.

"이 서재 말입니다," 그가 서재 전체를 가리키며 말을 이었다. "저 멋진 초상화들도 그렇고, 책들은 물론이고요, 그리고 저기, 벽난로 위에 걸린 초상화 속의 나이 든 신사분이 바로 그 위대한 철학자이시겠죠? 게다가 저택 바깥에 있는 느릅나무들까지 모두 다 완벽합니다. 저는 이렇게 모든 배경이 조화로운 걸 좋아하거든요. 같은 생각이시죠?"

집주인은 침묵했다. 자신의 할아버지를 '나이 든 신사'로 칭했던 사람은 휴렛 윈슬로, 단 한 사람밖에 없었다.

"기대했던 것보다 백배는 더 멋진 곳이에요." 방문객은 집주인의 침묵 따위엔 아랑곳없이 들뜬 목소리로 이야기를 이어 갔다. "이 적막함, 한적함, 철학적인 분위기까지. 이런 취향을 간직한 곳은 이제 찾아보기가 힘들거든요! 저런 위대한 신사분이 식료품 가게의 다락방 같은 곳에서 살았다고 생각하면 정말 끔찍해요. 솔직히 저 신사분의 댁을 알아내느라 꽤 힘들었답니다." 그는 다시 한 번 행복한 눈빛으로 서재를 둘러보며 말했다. "마침내 브룩 팜[42]에 관한 고서를 통해 단서를 잡았죠. 기사를 쓰기에 앞서 정확하게 그 배경을 이해하고 싶었거든요."

그제야 폴리나도 정신을 다잡았고, 마침내 방문객에게 앉을 의자를 권할 수 있을 정도로 평정심을 되찾았다.

"그러니까," 그녀는 서재 안을 훑어보는 청년의 눈길을 따라가며 차분한 목소리로 물었다. "할아버지에 관한 기사를 쓰시겠다는 말씀이가요?"

"그게 바로 제가 여기에 온 이유입니다." 콜비 씨는 명랑한 투로 대답했다. "물론, 앤슨 양의 도움이 반드시 필요하겠지만요. 앤슨 양 없이는 불가능한 일이니까요." 그는 자신만만한 미소를 지으며 덧붙였다.

다시 침묵이 이어졌다. 그러는 사이에 폴리나는 빛바랜 가죽을 덧댄 책상 위에 먼지가 살짝 덮였고, 라파엘로 모르겐의 「파르나서스(Parnassus)」 판화 액자 우측 상단 모서리에 못 보던 얼룩이 생겼음을 알아차렸다.

"그렇다면 제 할아버지를 믿고 계신 거군요?" 그녀는 고개를 들어 물었다. 왜 그런 말이 불쑥 튀어나왔는지는 스스로도 알지 못했다. 난데없이 저절로 나온 말이었다.

"믿느냐고요?" 콜비가 벌떡 일어나며 외쳤다. "오레스테스 앤슨 박사님을 믿느냐고요? 먼저 앤슨 박사님은 그저 위대한 철학자가 아닙니다. 그야말로 경이롭고 압도적이며 한 세

---

42   Brook Farm. 미국 매사추세츠주에 위치한 국가 사적지. 미국 초월주의를 대표
      하는 공동체이자 유토피아적 실험의 현장으로 유명하다.

대를 대표할 만한 인물이시지요!"

폴리나의 볼 위로 발그레하게 홍조가 돌았다. 가슴은 열정으로 두방망이질했다. 마치 고개를 돌리면 곧장 사라지기라도 할 것처럼 그녀의 시선은 젊은 청년의 얼굴에 고정되어 있었다.

"그러니까, 지금 그 이야기를 기사로 전하겠다는 말씀인가요?" 그녀가 물었다.

"전한다고요? 예, 진실이 모두 말해 줄 겁니다." 그가 즐거움에 가득 차서 말을 이어 갔다. "간단히 사실을 전하기만 해도 모든 진실이 오롯이 드러날 거예요. 그분처럼 위대한 인물에게는 굳이 화려한 장식을 더할 필요가 없으니까요!"

폴리나가 깊은 숨을 내쉬었다. "제가 어릴 적에는 그런 말을 자주 들었어요." 그녀는 중얼거리듯 말을 이었다. "하지만 요즘은……."

방문객이 놀란 눈으로 그녀를 쳐다보았다. "어릴 적이라고요? 그럼, 꽤 오래전일 텐데, 그걸 어찌 아셨나요? 모든 게 확실하지 않았을 때인데 말예요. 초판 전부가 그분에게 되돌아왔잖아요!"

"초판? 무슨 초판 말씀인가요?" 이젠 폴리나 앤슨이 놀란 눈으로 쳐다볼 차례였다.

"그러니까, 그 소논문 말입니다. 소논문, 유일하게 보존된 저작! 앤슨 박사님을 지금의 위치로 이끌어 준 바로 그 소논문이요! 맙소사!" 그는 비장한 투로 말을 이었다. "하나도 남아 있지 않다고는 제발 말씀하지 마세요!"

폴리나의 온몸이 파르르 떨렸다. "도대체 무슨 말씀인지 잘 이해가 가지 않네요." 그녀가 힘겹게 말을 이었다. 가장 당혹스러운 점은, 그의 격렬한 태도라기보다 이제껏 자기 영역이라 굳게 믿어 온 곳에 미처 탐험하지 못한, 몽롱한 상태로 발을 내딛어야 하는 미개척지가 있다는 사실이었다.

"그러니까, 창고기(amphioxus)에 관한 연구 말이에요! 설마 가족들조차 이에 대해 모르셨던 건 아니겠지요? 혹시 전혀 모르고 계셨나요? 아, 저도 정말 우연히 알게 되었답니다. 1830년에, 그분이 한 과학연구단체를 상대로 일종의 해명을 하려고 보낸 서신 속에서 발견했지요. 아무래도 그 서신보다 앞선 연구 논문이 있었으리라는 생각이 들더군요. 틀림없이 1820년대 초반, 어느 시점에 그 연구를 언급했을 테죠. 아니, 심지어 야렐[43]의 연구보다 십 년, 아니 최소한 십이 년은 앞서 발표된 논문이라 해야겠지요. 앤슨 박사님은 모든 걸 꿰뚫어 보고 계셨어요. 척추동물의 진화에 관한 연구가 어디까지 이어질지 확실히 예견했으니까요. 그러니까, 앤슨 박사님은 그 논문을 통해 생틸레르[44]의 보편적 구성 이론을 실제로 예측했고, 암피옥서스, 그러니까 창고기의 척삭을 '연골로 된 척추'라 해석하며 그 가설을 뒷받침하려 했지요. 물론, 당시 과학자들은 앤슨 박사님의 주장을 듣고 비웃었을 겁니다. 마치 괴테의 식물 변형론을 처음엔 비웃었던 것처럼요. 제가 알아본 바로는, 해부학자든 동물학자든 모두 다, 앤슨 박사님의 주장에 반대했어요. 그래서 그 소논문을 출판하기로 약속했던

---

43 William Yarrell(1784∼1856). 영국의 동물학자. 특히 물고기에 관한 연구로 유명하다.

44 Étienne Geoffroy Saint-Hilaire(1772∼1844). 프랑스의 박물학자. 모든 동물은 기본적으로 단일하고 일관된 구조를 가진다는 '구성의 통일성'을 주장했으며, 비교 해부학에 큰 영향을 끼쳤다.

출판사가 비겁하게도 계약을 철회해 버린 겁니다. 하지만 당시에 앤슨 박사님이 작성한 초판은 분명 어딘가에 남아 있을 거예요. 그런 일을 겪고 좌절한 나머지, 초판을 모두 파쇄했다고 밝히기는 했지만요. 최소한 한 부 정도는 남겨 두었으리라고 생각합니다!"

속사포처럼 쏟아지는 과학 용어는, 아까 들었던 속어처럼 그녀를 당황하게 했다. 심지어 그가 설명했던 이야기 속의 일부 단어는 과학 용어인지 속어인지 제대로 구분할 수조차 없었다. 하지만 그녀를 바라보는 그의 긴장된 눈빛이 사방으로 흩어진 집중력을 되찾도록 도와주었다.

"암피옥서스라고요?" 그녀는 중얼거리면서 몸을 반쯤 일으켰다. "그러니까 동물에 관한 얘기로군요, 맞죠? 혹시 어류인가요? 그래, 기억이 나는 것도 같아요." 그녀는 다시 몸을 의자에 기대고, 오래전에 잊어버린 기억의 연결 고리를 되짚어가는 사람처럼 골똘히 생각에 잠겼다.

눈앞에 서서히 빛이 스며들며 소소한 부분에까지 생기가 돌기 시작했다. 할아버지의 전기를 준비하던 시절을 떠올리며, 그녀는 하나의 주제에 연결된 잔가지들을 차분히 따라갔다. 그중 잡초가 무성한 길에 들어서게 되었고, 그녀는 지난날 끝맺지 못했던 영역으로 빠져들었다. 사실 위대한 오레스테스 박사에 붙은 '박사'라는 호칭은, 단순히 국가적 예우 차원에서 부여받은 상징적인 단어가 아니었다. 실제로 오레스테스 앤슨 박사는 젊은 시절에 의학에 매진했었다. 손녀인 폴리나가 기억하는 바에 따르면, 앤슨 박사의 일기를 보건대, 그는 철학적 영역에 속한 초감각적 주제로 관심을 옮기기 전에, 잠시 해부학 분야에 열정을 쏟은 적이 있었다. 특히 초년의 일기를 읽는 동안, 왠지 후기 저술에서는 찾아볼 수 없는 자발적 열정과 신선한 감정이 배어 있음을 느낄 수 있었다. 가령 다른 것들은 매우 간접적으로 그를 자극할 뿐이었지만, 그 신선한 감정만큼은 몹시 직접적으로 그를 사로잡았다. 폴리나는 할아버지에 대한 과도한 열정에 불타, 그가 일기장에서 비통하게 언급한 논문 한 편을 읽어 보려고 여러 차례 애쓴 바 있다. 하지만 주제나 용어 자체가 너무 난해해서, 그녀가 생각하기에, 위대한 할아버지의 천재성과는 아무런 관련이 없는 내용이라고 판단해 버렸다. 그래서 그 논문을 서둘러 읽어 내려간 뒤에, 실패의 계시를 외면하려는 사람처럼, 그것에 관한 모든 기억을 지워 버린 것이었다. 마침내 폴리나가 주춤거리며 자리에서 일어나더니, 책상 위에 몸을 기댔다. 뭔가 주저하는 눈빛으로 서재 안을 쭉 둘러본 다음, 구석 지갑 속에 든 열쇠 하나를 꺼내서 책장 아래 서랍의 자물쇠를 풀었다. 청년 콜비는 숨을 죽인 채 그 광경을 지켜보았다. 그녀는 떨리는 손으로 서랍 속에 가득한 먼지 쌓인 서류들을 뒤적거렸다. "혹시 이건가요?" 그녀는 얇고 빛바랜 종이 뭉치 하나를 내밀며 물었다.

그는 숨을 헐떡였다. "오, 맙소사!" 곧바로 종이 뭉치를 낚아채더니 그 옆에 놓인 의자에 털썩 주저앉았다.

폴리나는 곰팡이 냄새가 풍기는 종이 뭉치를 열심히 읽는 그의 모습을 묘한 표정으로 바라보았다.

"이게 유일한 사본인가요?" 그는 갈증으로 급히 목을 축이던 사람이 잠시 물컵 위로 고개를 내밀듯이 그녀를 올려다보며 이렇게 물었다.

"아마도 그럴 거예요. 아주 오래전에, 그러니까 할머니가 돌아가신 뒤에 이모들이 낡은 문서를 한번 불태운 적이 있거든요. 바로 그때 발견한 거예요. 이모들은 전부 쓸모없다면서, 안 그래도 할아버지가 생전에 전부 없애려던 거니까 그분의 뜻대로 모조리 없애야 한다고 했지요. 하지만 뭐가 됐든 할아버지가 직접 쓴 글이니까, 아무래도 그걸 태워 버리면 그분의 목소리마저 차단해 버리는 것 같았어요. 한때는 꼭 들려주고 싶었던 이야기인데, 아무도 귀를 기울이지 않아서 잊혀 버린 무언가에 관한 내용일 테니까요. 할아버지께서도 내가 여기에 있다는 걸 느끼길 바랐어요, 언제나 그분의 이야기에 귀 기울일 준비가 되어 있다고, 심지어 다른 사람들이 무가치하다고 외면할 때조차 말이에요. 그래서 그 사본도 태우지 않고 그대로 간직했지요. 언젠가 내가 죽음을 맞닥뜨리면, 그때 할아버지의 유지(遺旨)대로 불태울 생각이었어요."

방문객은 회한으로 가득 찬 고통스러운 신음을 내뱉었다. "제가 찾아오지 않았더라면, 꼭 오늘이 아닐지라도 결국 불태웠을 테죠?"

"그게 내 의무라고 생각했으니까요."

"아, 이런…… 이런 일이," 그는 감히 형언할 수 없는 강렬한 감정에 압도당한 사람처럼 같은 말을 반복했다.

폴리나는 여전히 침묵 속에서 그를 지켜보고 있었다. 비로소 그가 의자에서 벌떡 일어나더니, 충동적으로 그녀의 두 손을 꽉 붙잡았다.

"그분은 더욱더 위대해질 거예요!" 거의 고함치는 듯한 목소리였다. "이 분야의 선구자라고요! 저를 도와서 끝까지 파헤치셔야 해요, 아셨죠? 모든 자료를 전부 살펴봐야 한다고요. 편지와 원고, 메모까지 남김없이요! 분명히 다른 기록도 남아 있을 거예요. 어떻게 이러한 연구 결과를 얻게 되었는지,

아주 작은 단서라도 남아 있을 거라고요. 하나도 놓치면 안 돼요, 정말로요." 그는 확신에 찬 미소를 지으면서 그녀를 올려다보았다. "얼마나 위대한 분의 후손이신지, 혹시 알고 계신가요?"

폴리나의 얼굴은 수줍은 소녀처럼 상기되었다. "정말 그렇게 생각해요?" 그녀는 혹시나 이 같은 믿음이 배신당할지도 모른다고 생각하는 듯 조심스럽게 방어하는 투였다.

"물론이죠! 물론이에요! 그렇다면⋯⋯." 그는 의기양양한 눈빛으로 그녀를 다시 한 번 응시하며 물었다. "할아버지께서 얼마나 위대하신지 확신이 없으신가요?"

폴리나는 혼란스러운 표정으로 한 걸음 물러서며 중얼거렸다. "지금까지는⋯⋯ 믿었죠." 여전히 그 청년에게 손을 맡긴 상태였다. 그의 강인한 악력이 그녀의 심장에 따스한 온기를 전해 주는 것 같았다. "그런데 그 덕분에 내 인생은 망가졌어요!" 그녀는 돌연한 격정에 휩싸여 이렇게 외쳤다. 콜비는 그녀의 모습을 당혹스러운 표정으로 바라보았다.

"난 모든 걸 포기했어요." 그녀가 격렬한 어조로 말했다. "모두가 할아버지를 기억하게 하려고요. 나 자신을 희생했고, 다른 사람들도 희생하게 했죠. 그분의 영광스러운 업적을 가슴에 품고 살아왔건만, 죽어 버렸어요. 나만 남겨 두고요, 나만 홀로 남겨 두고요!" 그녀는 가쁜 숨을 몰아쉬며 남아 있는 기운을 쥐어 짜냈다. "나 같은 실수는 하지 말아요!" 그녀가 경고하듯 말했다.

그는 여태 미소를 지으며 고개를 가로저었다. "그럴 걱정은 없습니다! 이제 당신은 혼자가 아니에요, 앤슨 양. 그분이 지금 이곳에 함께 계실 테니까요. 오늘, 다시 돌아오신 겁니다. 아직 어떻게 된 상황인지 모르시겠어요? 당신의 애정이 앤슨 박사님을 오늘날까지 살아 있게 한 겁니다! 만약 잠시라도 그 소명을 소홀히 하고, 모든 일을 남의 손에 맡겼더라면, 그러니까 그 경이로운 애정으로 끊임없이 경계하지 않았더라면, 이 귀중한 자료는 영영 사라져 버렸겠지요." 그는 종이 위에 손을 얹으며 말했다. "그랬다면 앤슨 박사님은 완전히 죽고 말았을 거예요."

"아," 그녀는 말했다. "너무 갑작스러운 일이라서!" 그녀는 몸을 돌려 의자에 맥없이 주저앉았다.

젊은이는 침묵한 채, 경외심에 찬 표정으로 그녀를 가만히 쳐다보았다. 폴리나는 오랫동안 얼굴을 보이지 않고 조용히 앉아 있었다. 콜비는 그녀가 눈물을 흘리고 있으리라 생각했다.

이윽고 그가 매우 조심스러운 투로 물었다. "그럼, 제가 다시 찾아와도 괜찮을까요? 끝까지 저를 도와주실 거죠?"

폴리나는 차분하게 자리에서 일어나더니 손을 내밀었다. "도와드려야죠." 단호한 말투였다.

"그러면 내일 다시 찾아뵙겠습니다. 조금 일찍 일을 시작해도 될까요?"

"편한 시간에 오세요."

"그럼, 아침 8시에 시작하죠." 그가 활기찬 목소리로 대답했다. "나머지 문서들도 준비해 주시겠어요?"

"전부 찾아 놓을게요." 그녀는 반쯤 장난스러운 투로 망설이며 덧붙였다. "그리고 당신을 위해 벽난로에 불도 피워 둘게요."

그는 환한 미소를 지은 채 고개를 끄덕이고는 문을 나섰다. 폴리나는 창가로 걸어가서, 느릅나무의 그림자가 드리운 거리를 향해 힘차게 발걸음을 내딛는 청년의 뒷모습을 지켜보았다. 다시 텅 빈 서재로 돌아온 그녀의 얼굴은, 마치 젊음과 입맞춤을 나눈 듯 생기가 넘쳤다.

미스 메리 파스크

1

나는 다음 해 봄이 되고 나서야 비로소 용기를 내어, 그날 밤 모르가(Morgat)에서 내게 벌어진 사건을 브리지워스 부인에게 털어놓을 수 있었다.

무엇보다 브리지워스 부인은 미국에 있었고, '운명의 밤' 이후로 나는 몇 달 동안 해외를 떠돌아다녔다. 한가하게 여행이나 즐기려던 생각은 아니었다. 신은 아시겠지만, 오로지 신경 쇠약 탓이었다. 사람들은 나더러, 이집트에서 열병에 걸린 지 얼마 지나지 않아, 지나치게 빨리 업무에 복귀한 탓이라고 떠들어 댔다. 아무리 그레이스 브리지워스 부인과 문 하나를 사이에 둔 이웃이라 할지라도, 그녀는 물론이고 어느 누구에게든 그날 밤의 사건을 감히 이야기할 수는 없었을 것이다. 결국, 나는 스위스의 아름다운 산속에 자리한 요양원에서 몇 달 내내 칩거한 뒤에야 비로소 그 기억의 거미줄을 걷어 내고, 조금씩 정신을 추스를 수 있었다. 당장에 목숨이 걸린 문제라 하더라도, 그때는 부인에게 편지 한 장을 쓸 기력조차 없는 상태였다. 그날 밤의 기억이 시간이라는 덮개에 켜켜이 쌓여 완전히 망각 속으로 묻히기 전까지, 결코 되새길 엄두가 나지 않았다.

시작은 바보 같을 정도로 단순했다. 그저 뉴잉글랜드인의 도덕적 책임감과, 쇠약해진 몸이 빚어낸 즉흥적 행동이었다. 그 당시 나는 프랑스 브르타뉴의 아름답지만 변덕스러운 가을날을 만끽하며 평온히 그림을 그리고 있었다. 종잡을 수 없는 가을 날씨답게, 어느 날엔 하늘이 온통 푸른 은빛으로 물들었다가도, 다음 날이면 거센 폭풍과 자욱한 안개가 몰려들곤 했다. 나는 퐁트 뒤 라[45]에 위치한 아담한 숙소에 머물고 있었다. 여름 휴가철에는 관광객들로 북적이지만, 가을이면 마치 파도가 휩쓸고 지나간 듯 황량함이 감도는 곳이었다. 거친 파도를 화폭에 담아 볼 요량으로 그곳에서 지내는데, 누군가가 이렇게 말하는 것이었다. "모르가를 넘어서 곶 쪽으로 한번 가 보지 그래요?"

결국 나는 누군가가 알려 준 대로 길을 나섰고, 그 덕분에 푸른 은빛으로 충만한 하루를 보냈다. 그리고 숙소로 돌아오는 길에 '모르가'라는 이름과 함께, 불현듯이 머릿속에서 뜻밖의 기억이 떠올랐다. 모르가, 그레이스 브리지워스 부인, 그레이스의 자매, 메리 파스크. "제 언니 메리가 모르가 근처에 사는데, 혹시 브르타뉴에 가면 언니 집에 한번 들러 주세요. 언니가 너무 외롭게 지내는 터라…… 그 생각만 하면 가슴이 미어진답니다."

45 Pointe du Raz. 프랑스 브르타뉴 서쪽, 대서양을 향해 뻗어 있는 곳.

그렇게 사건이 시작되었다. 브리지워스 부인과는 오랫동안 알고 지냈지만, 그녀의 아직 미혼인 언니, 메리 파스크 양에 대해선 그저 흐릿한 기억만이 남아 있을 따름이었다. 브리지워스 부인과 언니 메리가 서로 강한 애착을 가지고 있음은 익히 알고 있었다. 그런고로 부인은 나의 오랜 벗인 호레이스 브리지워스와 결혼하여 뉴욕으로 건너올 때, 엄청난 슬픔을 감내해야만 했다. 두 자매는 태어나서 단 한 번도 떨어져 지낸 적이 없었기 때문이다. 아무튼 메리는 어머니가 돌아가신 뒤로, 한때 자매가 함께 여행했던 유럽 각지를 떠돌며 말 그대로 유랑 생활을 했다. 나로서는 그레이스 브리지워스 부인이 언니에게 미국행을 제안했을 때, 왜 메리 양이 한사코 거절했는지 좀체 이해할 수 없었다. 부인은 '언니가 워낙에 예술적 기질이 특출한 사람'이라서 그렇다고 변호했으나, 내가 알기로 메리 양은 지극히 초보적인 예술 취향을 가진 여성일 뿐이었다. 그래서 여동생의 남편, 호레이스 브리지워스에 대한 반감 때문에 거절하지는 않았을까, 추측해 보기도 했다. 만약 그것도 아니라면 세 번째 가설은, 특히 호레이스를 아는 사람들에게 더 설득력이 있을 법한 이유인데, 오히려 제부인 호레이스를 너무 좋아했기 때문은 아닐까, 하는 것이었다. 잠시나마 그런 의심을 했다손 치더라도, 메리 파스크 양을 잘 아는 사람이라면 그 역시 그다지 설득력 없는 주장이라고 여길 것이다. 상기된 둥근 얼굴에 순진무구하게 불거진 눈동자, 자질구레한 물건들로 애써 치장한 노처녀 티가 나는 외모, 어딘가 눈에 띄지 않는 소심한 자선 활동가 같은 분위기를 가진 여자, 메리 파스크는 그런 사람이었다. 그런 여자가 과연 호레이스를 흠모했을까!

아무튼 나로서는 당최 정확한 까닭을 알 수 없었지만, 이러한 의구심을 지워 내려 할수록 되레 더 흥미가 동하는 것이었다. 물론, 이러나저러나 말도 안 되는 억측이었다. 메리 파스크 양은 주변에서 흔히 찾아볼 수 있는, 수백 명의 초라한 노처녀들과 전혀 다를 바가 없었다. 삶의 헤아릴 수 없이 많고 소소한 대체물 속에서도 신기하리만치 만족하며 살아가는 사람이었으니까. 솔직히 그레이스 브리지워스 역시 내 입장에서는 딱히 흥미로운 인물이 아니었다. 만약 내 오랜 벗과 결혼하지 않았거나, 남편의 친구들에게 친절을 베풀지 않았더라면 별로 관심을 두지 않았을 것이다. 그레이스는 매력적이고 성실하지만 다소 지루한 구석이 있었다. 오로지 남편과 아이들만을 신경 쓰는 데다가, 상상력이라고는 찾아볼 수 없는 여자였다. 게다가 언니를 향한 그레이스의 강한 애착과 여동생을 숭배하는 메리 양의 감정 사이에는, '애정을 쏟을 만한 대상이 없는 사람'과 '충분히 사랑받는 사람' 사이에 불가피하게 존재할 수밖에 없는 커다란 간극이 가로놓여 있었다. 물론, 그레이스가 결혼하기 전까지만 해도 자매 사이의 두터운 유대감은 별 탈 없이 유지되었을 것이다. 하지만 여동생의 결혼과 함께 모든 것이 달라졌다. 그레이스는 다정한 마음씨를 타고났으므로, 각자 행복하게 살아가느라 오랫동안 못 본 사람에게조차 애정 넘치는 표현을 사용하곤 했다. 그래서 그녀는 "혹시 그거 아세요? 언니랑 못 만난 지 벌써 몇 년이나 흘렀는지 몰라요. 귀여운 몰리가 태어나기 전에 마지막으로 봤으니까……. 벌써 몰리가 여섯 살인데, 사랑하는 이모를 아직 한 번도 못 봤다는 게 믿기시나요?"라고 말하기도 했다. 그러고는 이렇게 덧붙였다. "혹시 브르타뉴에 가면 언니 집에 한번 들러 주세요." 그리하여 나는 되돌아 나올 수 없는 길에 들어서서, 스스로 불필요한 의무를 떠맡은 꼴이 되어 버렸다.

나는 푸른빛과 은빛이 어우러진 오후에, '모르가, 메리 파스크 양, 그레이스 부인의 부탁'이라는 생각에 사로잡혀, 내 마음속을 짓누르던 의무감의 문을 느닷없이 열어젖혔다. 좋아! 우선 가방에 몇 가지 물건을 챙기기 시작했다. 먼저 그림을 그리고, 해가 질 무렵에 메리 파스크 양의 집을 방문한 뒤, 모르가 근처의 여관에서 하룻밤을 지낼 참이었다. 그러려면 먼저, 그림 작업이 끝날 즈음에 외바퀴 마차와 마부를 미리 대기시켜 두었다가 해 질 녘에 그 마차를 타고 메리 파스크 양의 집으로 이동하면 되는 것이었다.

마치 누군가가 양 손바닥으로 눈을 가리듯이, 갑자기 짙은 해무가 마차를 덮쳤다. 불과 일 분 전까지만 해도 우리 마차는 드넓고 황량한 고원을 달리고 있었다. 등 뒤로 석양이 이글이글 타오르며 도로 위를 붉게 물들이고 있었는데, 이젠 칠흑같이 짙은 어둠만이 우리를 휘감고 있었다. 어느 누구도 메리 파스크 양의 집을 정확히 알려 주지 않았다. 하지만 근처 어촌에 가면 대략적인 위치를 찾을 수 있으리라 생각했고, 내 예상은 틀리지 않았다……. 어둠이 내린 문간에서 한 노인이 나오더니 이렇게 말했다. "그래요, 다음 언덕을 넘어가면 왼편으로 내려가는 도로가 있을 거요. 그 길을 따라가면 바다가 나올 겁니다. 그 바닷가 근처에서 늘 새하얀 드레스를 입고 다니는 미국 여자를 찾을 수 있을 거요." 아, 노인은 알고 있었다. "베 데 트레파세(Baie des Trépassés), 죽은 자들의 만(灣)으로 가 봐요."

"네, 알겠습니다. 그런데 이토록 어둑한데 어떻게 거기까지 찾아가죠? 저는 이곳 지리를 전혀 모른답니다." 마부 소년이 심통이 난 듯 볼멘소리를 했다.

"아마 근처에 가면 알 수 있을 거란다." 나는 대답했다.

"예, 말이 진창에 된통 빠지고 나면 그제야 알게 되겠죠! 그렇게 위험한 곳엔 갈 수 없어요, 선생님. 그랬다가는 주인님한테 혼쭐이 날 테니까요."

오랜 설득 끝에 마부 소년의 마음을 돌릴 수 있었다. 결국 마차에서 내린 마부 소년은 휘청거리는 말의 고삐를 쥐고 목적지를 향해 천천히 움직이기 시작했다. 그렇게 한참이나 단 하나뿐인 희미한 등불에 의지한 채, 짙고 축축한 암흑 속을 헤치며 기어가듯 이동했다. 이따금 뿌연 밤안개가 걷히며 겹겹이 쌓인 속내를 드러내곤 했다. 마침내 어두운 밤의 장막이 완전히 흩어지더니 희미한 등불 아래로 일상의 익숙한 풍경이 나타났다. 하얀 대문과 멍한 눈동자로 우리를 쳐다보는 소의 얼굴, 도로 주변에 수북이 쌓인 돌무더기. 이 같은 일상의 단편들은 마치 다른 세상 속에 존재하는 양 불쑥 튀어나왔다가 우리를 빤히 응시한 뒤에 다시 짙고 축축한 밤의 장막 너머로 사라져 버렸다. 뿌연 안개가 한 겹씩 걷힐 때마다, 외려 시커먼 어둠은 세 배씩 더 깊고 음습해졌다. 그때까지만 해도 완만한 내리막길을 이동하는 느낌이었는데, 어느새 낭떠러지 같은 급경사 길에 접어들고 있었다. 나는 화들짝 놀라, 마차에서 황급히 뛰어내려, 말의 고삐를 끌고 앞서 걸어가는 마부 소년의 곁으로 가까이 다가섰다.

"더는 못 가겠어요, 아니, 가기 싫습니다, 선생님!" 소년이 울먹이며 외쳤다.

"저기 불빛이 보이잖아, 바로 저기 말이야!"

그 순간 연무가 한쪽으로 걷히면서, 나직한 데에 자리 잡은 저택, 그 정면의 네모난 창문 두 개가 뿌옇게 빛나는 모습이 보였다.

"저 집까지만 데려다줘, 그런 뒤엔 먼저 돌아가도 돼."

다시금 장막이 닫혔다. 그럼에도 불구하고 소년은 분명히 불빛을 보았으므로, 그제야 용기를 얻었다. 틀림없이 저 앞에 집이 있었다. 이토록 황량한 벌판 위에 집이 두 채나 있을 리 만무하니, 틀림없이 저곳은 미스 파스크 양의 집일 터였다. 게다가 아까 만난 노인도 '바닷가 근처에 있다'고 얘기하지 않았던가. 브르타뉴의 끝자락에 가까워질수록 익숙하게 들려오는 영원한 파도의 울림, 해안가에서는 눈의 시야보다 바닷소리로 더 정확히 거리를 측정할 수 있는 법이다. 파도 소리로 미루어 보건대, 곧 해변에 도착하게 되리라. 마부 소년은 아무런 대답 없이 고삐를 쥔 채, 그저 앞서 걸어갈 뿐이었다. 밤안개는 그사이에 훨씬 짙어졌고, 이젠 뿌연 등불마저 축축하게 젖은 말의 둥근 갈기만을 겨우 비출 따름이었다.

돌연 소년이 말을 멈춰 세웠다. "집이 없는데요? 이대로 쭉 가면 바다로 내려가는 길뿐이라고요."

"하지만 너도 분명히 불빛을 봤잖아, 안 그래?"

"그런 줄 알았는데, 지금은 그 집이 안 보이잖아요? 안개가 서서히 걷히는데도 말이에요. 보세요, 저 앞에 나무들이 보이시죠? 하지만 불빛은 아무 데도 없다고요."

"사람들이 일찌감치 잠자리에 든 모양이지," 나는 농담조로 중얼거렸다.

"그렇다면 더더욱 돌아가는 편이 낫지 않을까요, 선생님?"

"뭐라고? 집이 코앞에 있는데?"

마부 소년은 대답이 없었다. 틀림없이 바로 목전에 대문이 있었다. 만약 여기가 아니라면, 저 앞의 나무들 너머에 집 비슷한 건물이라도 있을 터였다. 설마 정말로 황량한 들판과 바다만이 있다는 말인가……. 발아래에서 뭔가를 집요하게 요구하는 굶주린 짐승처럼 울부짖는 바다의 목소리가 들려왔다. 이러하니 '죽은 자들의 만'이라고 불릴 만했다. 발그레한 홍조를 띤 채 푸근하게 미소 짓던 메리 파스크 양은 왜 하필 이런 곳에 스스로 틀어박혔을까? 물론, 마부 소년은 나를 기다려 주지 않을 것이다……. 그래, 나는 알고 있었다……. 죽은 자들의 만, 정말 이름 그대로였다! 마치 공물을 내놓으라고 재촉하듯 아우성치는 바다, 아무래도 분노한 여신들과 바다의 간수들이 이들에게 줘야 할 먹이를 잊은 모양이었다…….

바로 그때 입구가 나타났다! 손끝이 문에 닿은 것이다. 나는 더듬거리며 걸쇠를 푼 뒤에, 축축하게 젖은 덤불을 헤치고 현관 쪽으로 나아갔다. 그러나 촛불 하나 보이지 않았다. 만약 여기가 메리 파스크 양의 집이 맞다면, 정말 이른 시간에 잠자리에 든 듯했다…….

2

이제 밤은 안개와 하나가 되었고, 두꺼운 담요처럼 시커먼 어둠이 세상 전체를 덮어 버렸다. 나는 허공을 더듬대며 필사적으로 초인종을 찾았다. 마침내 손끝에 문고리가 닿은 듯했으므로, 곧장 붙잡았다. 쾅 소리와 함께, 철컥거리는 금속성 소리가 긴 메아리를 남기며 칠흑 같은 어둠 속으로 퍼져 나갔다. 그러나 몇 분이 지나도록 아무런 응답이 없었다.

"선생님, 집엔 아무도 없다니까요!" 마부 소년이 문 앞에서 조바심을 내며 외쳤다.

분명히 누군가가 있을 텐데. 그 순간, 인기척 하나 들리지 않던 집 안에서 난데없이 철제 빗장이 덜컥 움직이더니, 레이스 머리쓰개를 두른 노파 한 사람이 고개를 쑥 내밀었다. 등 뒤의 탁자 위에 촛불을 내려놓은 터라, 날개 같은 레이스에 감싸인 노파의 얼굴이 흐릿하게 보였다. 무딘 움직임과 잔뜩 움츠러든 어깨로 보건대, 꽤 나이 든 노파라는 사실을 감지할 수 있었다. 촛불은 오로지 내 얼굴만을 환히 비추었고, 그림자에 파묻힌 노파는 가만히 나를 쳐다보았다.

"여기가 메리 파스크 양의 댁이 맞습니까?"

"맞아요." 연로한 티가 역력한 그녀의 목소리엔 왠지 모를 다정함이 담겨 있었다. 심지어 뜬금없는 방문에도 전혀 놀라는 기색 없이 나를 반기는 투였다.

"손님이 오셨다고 전하죠." 노파는 바로 자리를 떠났다.

"저기, 저를 만나 주실까요?" 나는 황급히 노파의 등에 대고 물었다.

"오, 만나지 않을 이유가 있을까요? 왜 그런 걱정을!" 노파는 키득거리듯 대꾸했다. 문 뒤로 사라지는 노파의 모습을 가만 살펴보니, 그제야 그녀가 어깨에 두꺼운 숄을 두르고 팔엔 면으로 된 우산을 걸고 있음을 깨달았다. 외출하려던 참이었거나 이제 막 집에 돌아온 모양이었다. 한편, 메리 파스크 양이 정말 이곳에서 혼자 살고 있는지 의문이 생겼다.

노파가 촛불을 들고 총총히 사라지자, 나는 완벽한 어둠 속에 홀로 남겨졌다. 잠시 시간이 흐르고, 집 뒤편에서 문 닫히는 소리가 들리더니 낡은 나막신의 둔탁한 소리가 천천히 멀어져 갔다. 아무래도 노파가 주방에서 나막신으로 갈아 신고, 집 바깥으로 나간 모양이었다. 문득 그녀가 이곳을 떠나기 전에 메리 파스크 양에게 내가 찾아왔다는 소식을 전했을지, 아니면 기괴한 장난질이라도 치듯이 나만 남겨 둔 채 그냥 떠나 버렸을지 궁금해졌다. 마침내 또각거리는 발소리가 사라지고, 희뿌연 안개 같은 정적이 또다시 밀려들었다.

"그렇지만……." 나는 혼잣말을 중얼거리다가, 그 순간 흐릿해진 의식을 가로질러 질식 직전의 기억이 몸부림을 치며 되살아났다.

"메리 파스크는 죽었잖아. 이미 죽은 사람이라고!"

나는 깜짝 놀란 나머지, 하마터면 비명을 지를 뻔했다. 스스로도 그 사실을 믿기 어려울 지경이었다. 열병에 걸린 뒤로, 기억이라는 녀석이 이런 식으로 나를 농락해 왔다는 말인가! 메리 파스크 양이 세상을 떠났다는 소식을 들은 지는 벌써 일 년이나 지났다. 그녀는 지난가을에, 갑작스럽게 사망했다. 그 동안 이틀, 아니 사흘 가까이 메리 파스크 양에 대해 내내 생각하고 있었는데, 그녀가 죽었다는 사실을 까맣게 잊고 있었다. 그러다가 돌연 의식의 수면 위로 터져 나온 것이었다.

죽었잖아! 이집트로 떠나기 전에 작별 인사를 하려고 그레이스 브리지워스 부인을 찾아갔던 날, 틀림없이 검정 리본을 달고 눈물을 흘리던 부인의 모습을 보지 않았던가? 내 눈 앞에서 부고를 알리는 전보를 펼쳐 보였고, 내가 그 내용을 읽는 동안 부인은 눈물을 뚝뚝 흘렸다. '그레이스의 언니, 메리 파스크 씨가 오늘 아침, 갑작스레 사망하여, 서신을 통해 자택 정원에 매장을 요청함.' 전보엔 프랑스 브르타뉴 브레스트에 주재하는 미국 영사의 서명이 적혀 있었는데, 아마도 브리지워스 부인의 친구였던 듯하다. 그 당시, 전보에 적혀 있던 단어 하나하나가 지금 내 눈앞에 드리워진 시커먼 어둠 속에서 선명하게 나타났다.

그곳에 서 있는 동안, 암흑같이 어둑한 집에 나 홀로 남겨졌다는 사실보다, 내 기억 속에 생긴 커다란 공백이 나를 더욱 불안하게 했다. 물론 그 집이 텅 비어 있는지, 아니면 낯선 자들의 소굴이 되었는지는 알 수 없었다. 얼마 전에도 이와 비슷하게, 기이한 기억의 단절을 경험한 적이 있었다. 그런데 벌써 두 번이나 같은 일이 반복되고 있었다. 의사들의 진단대로, 아직 열병의 후유증을 완전히 떨쳐 내지 못했음이 분명하다……. 그렇다, 당장 모르가로 돌아가서 하루이틀 정도는 무위도식하며 푹 쉬어야 할 것 같다.

완벽히 혼란에 사로잡힌 나는 방향 감각을 상실했고, 그 때부터는 문이 어느 쪽인지조차 기억나지 않았다. 무심코 주머니를 뒤적이며 성냥을 찾는데, 그 순간 의사의 강권으로 금연하고 있다는 사실이 떠올랐다. 담배를 끊었는데, 어째서 성냥을 찾으려 했는지 도무지 이해할 수 없었다. 성냥을 찾던 시도가 좌절된 순간부터 나의 무력감은 더욱 고조되었다. 어둠에 잠겨 보이지 않는 가구의 모서리를 더듬거리며, 복도를 찾아 헤매기 시작했다. 바로 그때, 계단의 거칠한 벽면을 따라 비스듬히 빛이 스며들었다. 나는 본능적으로 빛이 뿜어져 나오는 방향을 향해 시선을 돌렸다. 계단 위편, 난간 너머에서 새하얀 옷을 입은 형체가 한 손에 촛불을 들고 이쪽을 내려다보고 있었다. 그 순간, 등줄기를 타고 싸늘한 전율이 흘렀다. 왜냐하면 어둠 속의 형체가, 예전에 내가 알고 지내던 메리 파스크 양과 기묘할 정도로 닮아 있었기 때문이다.

"아, 당신이군요!" 여자가 외쳤다. 날카롭게 갈라지는 그것의 목소리는 한순간 나이 든 노파의 흐느낌 같았는데, 곧 소년의 미성처럼 높게 울렸다. 그 형체는 자기 몸보다 훨씬 큰 새하얀 드레스를 걸친 채, 몸을 좌우로 들썩이며 주춤거리듯 계단을 내려왔다. 불현듯이 계단 위로 내딛는 발소리가 전혀 들리지 않음을 깨달았다. 하긴, 죽은 사람이니까 발소리가 없는 건 당연한 일이었다!

나는 말없이 그대로 서서, 계단 위의 기이한 형상을 가만히 응시한 채, 혼잣말을 중얼거렸다. "저기엔 아무것도 없어, 아무것도 아니야. 분명 소화 기관에 문제가 생겼거나, 눈에 이상이 있는 거야. 그런 게 아니라면 내 몸 어딘가가 망가져 버린 탓이겠지……."

그러나 틀림없이 계단 위로 촛불이 불타올랐고, 그 불꽃은 차츰 가까워지며 주위를 환하게 비추었다. 나는 몸을 홱 돌려서 문고리를 움켜쥐었다. 검정 리본을 달고 언니를 애도하던 그레이스 브리지워스 부인의 모습을 내 눈으로 똑똑히 보았잖아……

"아니, 왜 가시려고 그러세요? 전혀 방해되지 않았는걸요!" 새하얀 형체가 지저귀듯 말했다. 그러고는 희미한 웃음과 함께 이렇게 덧붙였다. "요즘엔 방문객도 별로 찾아오지 않아서요……."

마침내 새하얀 드레스를 입은 형체가 복도로 내려와서 내 눈앞에 섰다. 그것은 떨리는 손으로 촛불을 들어 올리며 내 얼굴을 빤히 들여다보았다. "예상했던 것만큼 많이 변하진 않으셨군요. 하지만 저는 많이 변했지요?" 그녀는 다시금 미소를 지었고, 갑자기 내 팔 위에 손을 얹었다. 나는 그 손을 뚫어지게 내려다보며 속으로 생각했다. '이런다고 해서 내가 속을 줄 알고.'

　나는 유독 남의 손을 유심히 살펴보는 편이었다. 다른 이들은 타인의 성격을 예측할 때, 상대방의 눈빛이나 입술, 혹은 두개골의 형태를 살피지만, 나는 손톱의 곡선과 손끝의 모양, 손바닥의 혈색(장밋빛인지 창백한지)이나 감촉(매끄러운지 주름졌는지)을 통해 그 특성을 파악하곤 했다. 나는 메리 파스크 양의 손 모양을 또렷이 기억하고 있었다. 그녀의 존재를 그대로 반영하듯 다소 우스꽝스러웠기 때문이다. 통통하게 살집이 있고 분홍빛을 띠지만, 이상하리만치 늙고 손재주가 없어 보이는 둔탁한 손. 그리고 의심의 여지 없이, 바로 그 메리 양의 손이 내 옷소매 위에 놓여 있었다. 하지만 예전과 달리 말라비틀어지고, 검은 반점이 가득한 희멀건 버섯같이 보였는데, 손끝으로 살짝 건드리기만 해도 곧장 먼지가 되어 사라져 버릴 것 같았다…… 먼지? 당연히 그럴 테지…….

　나는 그 부드럽고 주름진 손가락을 바라보았다. 한때는 순진무구하고 자연스러운 분홍빛을 띠었을, 어리석게 보일 정도로 둥글고 아담한 손끝. 그러나 지금 그 손은 검푸르게 물들어 창백한 데다 손톱마저 누렇게 시들어 있었다. 그 순간, 공포가 엄습하면서 온몸에 소름이 오싹 돋았다.

　"들어오세요, 얼른요." 그녀는 헝클어진 흰머리를 한쪽으로 기울이더니, 불룩 튀어나온 푸른 눈동자를 굴리며 날카로운 목소리로 말했다. 그런데 가장 끔찍한 점은, 그녀가 예전과 똑같은 태도를 보인다는 사실이었다. 마치 어린아이처럼 어설프고 우스꽝스럽게 교태를 부리면서 말이다. 그녀의 손이 나의 소매를 잡아당기는 기운이 느껴졌고, 뿌리칠 겨를 없이 강철 밧줄처럼 나를 힘껏 끌어당겼다.

그녀를 따라 들어간 방은, 아마도 '변함없다'는 표현이 딱 들어맞는다 싶을 정도로 그대로였다. 보통 사람이 죽으면, 그 사람이 사용하던 물건을 정리하게 마련이다. 가구는 팔아 버리고, 기념이 될 만한 소지품은 가족들에게 보낸다. 아무래도 여동생의 부탁 때문이겠지만, 이 방은 마치 기이한 집착이 작용한 듯, 메리 파스크 양이 살아생전에 생활하던 모습을 고스란히 간직하고 있었다. 지금은 세세한 부분까지 살펴보고 싶지 않았지만, 희미하게 일렁이는 촛불 아래로 방 안의 풍경을 얼핏 훑어볼 수 있었다. 힘없이 널브러진 쿠션들, 곳곳에 나뒹구는 구리 냄비들, 뒤늦게 꽃을 피운 시든 나뭇가지가 꽂힌 화병까지. 이것들이야말로 전형적인 메리 파스크 양의 취향이었다!

새하얀 형체는 미끄러지듯 벽난로 쪽으로 다가가더니, 촛불 두 개를 더 밝히고, 세 번째 촛불을 탁자 위에 내려놓았다. 나는 광적으로 미신을 믿는 편은 아니지만, 하필 죽음을 불러오는 세 개의 촛불[46]이라니! 나는 본능적으로 허둥지둥 촛불 곁으로 다가가서 그중 하나를 훅 하고 불어 꺼 버렸다. 그러자 등 뒤에서 깔깔대는 웃음소리가 들렸다.

"촛불 세 개! 아직도 그런 미신을 신경 쓰나 보죠? 나는 그

---

46 영미권에선 세 개의 촛불을 밝히면 불길한 일이 생긴다는 미신이 있으며, 특히 죽음의 전조로 여긴다.

런 건 이미 다 초월했답니다." 그녀가 쿨럭거리면서 말을 이었다. "이제는 정말 평온해졌고…… 완전한 자유를 느끼게 되었어요……." 그때 또다시 온몸을 휘감은 전율을 압도하는 싸늘한 기운이 덮쳐 왔다.

"이리 와서 내 옆에 앉으세요." 그녀는 소파에 몸을 파묻으며 간곡한 투로 말했다. "살아 있는 사람을 본 게 정말 오랜만이라서!"

그녀가 사용하는 단어 하나하나가 너무나 기이하게 느껴졌다. 두 팔을 늘어뜨린 채 푹신하고 새하얀 소파에 기대앉은 그녀가 나를 바라보며 한 손으로 손짓을 했다. 그 광경을 보자, 나는 당장이라도 도망치고 싶은 충동에 사로잡혔다. 하지만 희뿌연 촛불 아래로 비치는 그녀의 나이 든 얼굴, 반질반질한 사과처럼 비현실적으로 붉게 화장한 두 볼, 모호한 친절함이 담긴 푸른 눈동자는 겁먹은 나를 바로 알아챘다. 그녀의 시선은 마치, 메리 파스크라는 여자가 죽었든 살았든 파리 한 마리조차 해치지 않을 사람이라고 절절히 설득하는 것만 같았다.

"제발 앉아요!" 그녀가 거듭 권하기에, 나는 소파의 반대쪽 끝부분에 앉았다.

"정말 고마워요. 그레이스의 부탁을 받고 오신 거죠?" 그녀는 또다시 웃어 보였고, 연이은 웃음 때문에 이따금 대화가 끊기곤 했다. "이건 정말 엄청난 사건이에요! 죽은 뒤로는 방문객이 거의 없었거든요."

다시금 얼음물 한 바가지를 머리 위에 뒤집어쓴 듯 짜릿한 기분이 엄습했다. 그러나 마음을 굳게 먹고, 다시 그녀를 응시했다. 그런데 그녀의 순진무구한 얼굴을 보자, 무장이 해

제되는 기분이었다.

나는 목을 가다듬고서, 무거운 묘비를 힘겹게 들어 올리는 사람처럼 엄청난 노력 끝에, 겨우 입을 열었다. "여기 혼자 사세요?"

"아, 당신 목소리를 들으니 기분이 좋네요. 요즘 별로 들을 일은 없지만, 사람들 목소리를 아직 기억하고 있거든요." 나이 지긋한 여자는 마치 꿈을 꾸듯이 몽롱한 투로 말했다. "네, 혼자 살아요. 아까 본 노파는 밤이 되면 떠나지요. 어두워지면 여기에서 머물 수가 없다나…… 정말 우습지 않아요? 하지만 괜찮아요. 나는 어둠을 좋아하니까." 그녀는 내 쪽으로 몸을 기울이며, 다시금 뜻밖의 환한 미소를 지어 보였다. "죽은 사람은 자연스럽게 어둠에 익숙해지거든요."

나는 한 차례 더 목을 가다듬었지만 당최 아무 말도 할 수 없었다.

그녀는 여전히 내게 다정한 눈짓을 보내고 있었다. "그런데 그레이스는요? 사랑스러운 동생의 이야기를 들려주세요. 단 한 번만이라도 다시 볼 수 있으면 좋으련만……" 기괴한 웃음이 다시 터져 나왔다. "내 부고를 듣던 날…… 혹시 당신도 함께 있었나요? 그레이스가 무척 슬퍼하던가요?"

나는 아무 말이나 중얼거리며, 비틀거리듯 자리에서 일어섰다. 도저히 대답할 수도, 아예 그녀를 바라볼 수조차 없었다.

"아, 이해해요…… 너무나 고통스러운 이야기지요." 그녀는 수긍하듯이 대답했고, 곧장 눈가에 눈물이 그렁그렁 맺혔다. 그러고는 떨리는 얼굴을 천천히 돌렸다.

"그렇지만…… 그레이스가 슬퍼했다고 하니 저로서는 기쁘네요. 별로 기대하지는 않았지만, 그 말을 꼭 듣고 싶었거든요. 그레이스는 나를 까맣게 잊었겠지만……." 그녀는 자리에서 일어나더니, 방 안을 미끄러지듯 가로질러 문 쪽으로 점점 가까이 다가갔다.

'오, 신이시여. 드디어 가는군요.' 나는 속으로 생각했다.

"혹시 낮에 이 집을 본 적이 있나요?" 그녀가 느닷없이 물었다.

나는 말없이 고개를 가로저었다.

"정말 아름다운 곳이랍니다. 물론 낮이었다면 나를 볼 수 없었겠지만요. 나와 아름다운 풍경 중에 하나를 선택해야 했을 거예요. 나는 햇빛이 싫어요, 머리가 아파지거든요. 그래서 낮엔 온종일 잠을 자요. 당신이 왔을 때, 막 깨어나려던 참이었어요." 그녀는 아까보다 자신감 있는 표정으로 미소를 지었다. "보통 어디서 잠을 자는지 아세요? 저 아래, 정원에서요!" 또다시 날카로운 웃음이 터졌다. "저 아래, 햇빛이 전혀 들지 않는 그늘진 구석이 있거든요. 거기서는 햇볕에 방해받지 않고 편히 쉴 수 있어요. 가끔은 별이 떠오를 때까지 자기도 해요."

'정원'이라는 단어를 듣자, 영사가 보낸 전보에 적혀 있던 내용이 떠올랐고, 그제야 이런 생각이 들었다. '어쩌면 메리 양은 지금이 더 행복한지도 몰라. 살아 있을 때보다 오히려 지금이 더 편한 건 아닐까?'

정말 그럴 수도 있었다. 하지만 그녀와 함께 있는 나로서는 정반대의 심정이었다. 특히나 문 쪽으로 서서히 다가가는 그녀의 모습을 보자, 그녀보다 먼저 문밖으로 나가야 한다는 강렬한 충동이 일었다. 나는 겁에 질린 채, 그녀를 앞질러 성큼성큼 걸어갔다. 그런데 나보다 앞서 수의처럼 새하얀 드레스를 걸친 형체가 걸쇠를 움켜쥔 채, 온몸으로 문을 막아서는 게 아니겠는가. 그녀는 한쪽으로 고개를 숙이고, 속눈썹 하나 없는 눈꺼풀 사이로 나를 바라보며 말했다.

"이렇게 가시려고요?" 어쩐지 채근하는 말투였다.

나는 목구멍 너머로 뭐라 대답할 말을 찾아내려고 애를 썼으나 결국 아무 대꾸도 못 한 채, 그저 그렇다는 의사만을 겨우 전달했다.

"정말 가신다고요? 완전히요?" 그녀의 눈동자는 여전히 나를 응시하고 있었다. 그제야 양쪽 눈가에 맺힌 눈물이 붉게 반짝이는 두 뺨을 타고 흘러내리는 모습이 눈에 들어왔다. "오, 이렇게 가시면 안 되는데." 부드러운 목소리였다. "너무 외롭단 말이에요……."

나는 중얼중얼 더듬거릴 뿐이었고, 그러는 와중에도 내 시선은 문의 걸쇠를 붙잡고 있는 그녀의 푸른 손톱에 고정되어 있었다. 갑자기 돌풍이 몰아치더니, 등 뒤의 창문이 요란한 소리를 내며 벌컥 열렸다. 곧이어 벽난로 모퉁이에 놓여 있던 촛불 하나가 순식간에 꺼지면서 주위는 시커먼 어둠에 휩싸였다. 나는 마지막 촛불마저 꺼질지 모른다는 걱정으로, 그 최후의 촛불을 불안한 눈으로 지켜보았다.

"바람 소리를 좋아하지 않나 보죠? 난 좋아해요. 내가 이야기를 나눌 수 있는 유일한 대상이거든요……. 내가 죽은 뒤로 사람들은 나를 그리 좋아하지 않아요. 정말 이상하죠? 시골 사람들은 미신을 지나치게 믿는다니까요. 가끔 정말로 외로워요……." 마지막 웃음이 터지기 직전에 그녀의 목소리가 갈라졌다. 한 손으로는 여전히 걸쇠를 붙잡은 채, 내 쪽으로 비틀거리며 몸을 기울였다.

"외로워요, 외롭답고요! 얼마나 외로운지 아세요? 외롭지 않다고 말한 건 전부 거짓말이었어요! 그런데 당신이 찾아왔죠, 이렇게 친절한 얼굴을 하고서 말이에요…… 아, 이센 나를 두고 떠나겠다니! 안 돼요, 안 돼, 그럴 순 없어요! 이렇게 떠날 거면 대체 왜 찾아온 거죠? 정말 잔인하군요…… 예전엔 외로움이 뭔지 안다고 생각했어요…… 그레이스가 결혼했을 때 말예요. 언제나 나를 생각한다고 말했지만 사실은 아니었죠. 나를 '내 사랑'이라 부르면서도 머릿속에는 남편과 아이들뿐이었어요. '네가 죽었대도 이보다 외롭진 않을 거야,' 마음속으로 생각했죠. 하지만 이제야 알겠어요. 지난 일 년 동안, 정말 이보다 더 외로울 순 없겠구나, 싶었거든요…… 정말이에요! 이따금 여기 앉아서 생각하곤 해요. '이러다가 갑자기 어떤 남자가 나타나서 내게 사랑을 고백하면 어떨까?'라고 말이에요." 다시 낄낄거리는 웃음이 터져 나왔다. "가끔 그런 일이 벌어지기도 하잖아요. 한창때의 젊음이 사라진 뒤에…… 물론, 그 남자도 역경을 겪은 사람일 테고…… 하지만 어제까진 아무도 내 앞에 나타나지 않았어요…… 그리고 오늘 밤에 당신이 찾아왔지요. 그런데 이렇게 가 버리겠다고요?" 난데없이 그녀가 나를 향해 온몸을 던졌다. "오, 제발 나와 함께 있어요…… 오늘 밤만이라도…… 이곳은 정말 조용하고 평온하답니다…… 아무도 신경 쓸 필요가 없어요…… 누구도 우리를 방해하지 않을 거예요."

처음 돌풍이 불었을 때, 바로 창문을 닫았어야 했다. 뒤이어 더욱 거센 돌풍이 불어올 것을 예감해야 했는데. 두 번째 바람이 불어닥치자, 헐겁게 매달려 있던 창문이 요란한 소리를 내며 뒤로 날아가 버렸다. 거친 바다의 포효와 축축한 안개의 소용돌이가 방 안을 가득 채웠다. 드디어 마지막 촛불마저 바닥으로 내팽개쳐졌다. 마침내 모든 빛이 사라졌고 나는, 아니, 우리는 그 소용돌이치는 암흑 속에서 서로를 놓치고 말았다. 그 순간, 심장이 완전히 멎은 듯했다. 나는 온몸이 식은땀에 젖은 채 헐떡거리면서 어떻게든 호흡을 유지하려고 애썼다. 문, 출입구, 분명히 촛불이 꺼지는 그 순간까지 문을 향해서 있었는데. 새하얀 형체는 마치 눈이 녹아내리듯 칠흑 같은 밤 속으로 흩어졌고, 나는 원을 그리며 그녀가 서 있던 자리를 피해 더듬더듬 문고리를 손에 쥐었다. 그때 발이 뭔가에 걸렸는데, 아마 스카프나 옷소매 같은 것이 눈에 띄지 않게 바닥에 늘어져 있었던 모양이다. 나는 힘껏 발을 버둥거리며, 가까스로 마지막 걸림돌에서 놓여났다. 비로소 방문이 열렸다. 복도를 향해 허겁지겁 걸어 나가려는데, 어둠 속에서 희미하게 흐느끼는 소리가 들려왔다. 나는 그대로 방문을 활짝 열어젖히고, 문밖에 도사린 밤 속으로 도망쳤다. 나직하게 울리는 애처로운 흐느낌을 뒤로한 채, 문을 쾅 닫아 버렸다. 마침내 뿌연 안개와 바닷바람이 나를 치유하듯 포근히 감싸안았다.

3

그날의 일을 다시 떠올릴 수 있을 만큼 몸이 회복되었나 싶다가도, 여전히 잠시나마 그 순간을 생각하면 열이 펄펄 끓고, 심장이 목구멍으로 튀어나올 것 같았다. 도저히 견딜 수 없을 정도로…… 도저히…… 검정 리본을 달고 전보를 움켜쥔 채 흐느끼던 그레이스 브리지워스를 두 눈으로 똑똑히 목격하고도, 부고의 주인공인 그녀의 언니와 함께 소파에 앉아 이야기를 나누었다니, 심지어 벌써 일 년 전에 죽은 사람하고!

결국 끝없는 악순환에 빠져들며, 도무지 그 기억에서 벗어날 수 없었다. 그다음 날 아침, 나는 열병으로 쓰러졌고, 이 사실로 말미암아 그 당시의 괴이한 경험을 해명할 수 있을지도 모른다. 그럼에도 불구하고 파스크 양의 환영은 나를 붙잡은 채 놓아주지 않았다. 만약 그때의 기억이 열병으로 인한 섬망이 아니라면? 진짜 유령을 만난 게 맞다면? 어쩌면 메리 파스크의 일부가 여전히 이승에 남아, 살아생전에 결코 털어놓을 수 없었던 자신의 끝없는 고독, 언제나 죽은 듯 조용히 숨어 지내야 했던 외로운 나날을 나를 통해 알리려 했던 것은 아닐까. 나는 이토록 기묘한 생각에 사로잡혀, 쇠약해진 몸 상태로 그녀의 고독을 생각하며 한없이 눈물을 흘려야 했다. 그런 여자들은 이 세상에 수없이 많을 터다. 그래서 죽은 뒤에도 일말의 기회가 주어지면 어떻게든 붙잡으려 하겠지……. 머릿속에서 옛날이야기와 전설이 둥둥 떠다녔다. 괴테가 쓴 「코린트의 신부(Die Braut von Korinth)」에 등장하는, 죽어서도 사랑을 찾아 헤매는 중세의 흡혈귀……. 그러나 가련한 메리 파스크에겐 그런 비장한 모습마저 어울리지 않았다!

나의 나약한 정신은 온갖 환영과 추측 사이에서 방황했다. 그렇게 제법 시간이 흐른 뒤에야, 나는 그날 밤에 이야기를 나눈 존재가 틀림없이 '메리 파스크 양'이었던 뭔가라고 확신하게 되었다……. 어느 정도 몸과 마음이 회복되면 다시 그곳을 찾아가리라, 이번엔 대낮에 말이다. 그리고 그녀의 정원에 자리한 '햇빛이 전혀 들지 않는 그늘진 구석'에 가서 가

없은 유령을 위해 꽃다발을 바치고 넋을 달래 주리라. 하지만 의사들의 판단은 내 생각과 달랐다. 지금의 쇠약한 정신 상태가 허황한 환영을 불러왔으리라고 확신하는 모양이었다. 어쨌든 나는 의사의 권고를 순순히 따랐다. 등 떠밀리듯 호텔을 떠나 파리행 기차에 올랐고, 나는 짐짝처럼 미리 준비된 스위스의 요양원으로 옮겨졌다. 물론, 몸이 회복되면 다시 돌아갈 생각이었다……. 이윽고 만년설이 내려앉은 알프스에서 벗어난 뒤, 나는 더욱 애틋하게, 파도가 울부짖던 '죽은 자들의 만'에서의 가을밤을 떠올렸다. 그리고 생전보다 더욱 강렬하게 내게 전하고자 했던, 죽은 메리 파스크 양의 계시를 생각했다.

4

그렇다면 이번 일을 그레이스 브리지워스에게 말해 줘야 할까? 브리지워스 부인의 삶과는 전혀 상관없는 여러 가지 사정을 우연히 알게 됐을 뿐인데. 만약 그 계시가 오직 내게 주어진 것이라면 이대로 묻어 두는 편이 옳지 않을까? 형언할 수도, 그렇다고 잊을 수도 없는 것들이 깊이 잠들어 있는 심연 속에 말이다. 게다가 유령 따윈 이해하거나 믿지 않을 브리지워스 부인 같은 사람에게 이런 이야기를 들려줘 봤자 관심조차 가지지 않으리라. 그저 나를 '별난 사람'이라 낙인찍을 테지, 사실 지금도 나를 괴짜라고 치부하는 이들이 한가득이다. 일단, 뉴욕으로 돌아가자마자 모든 사람들에게, 내가 정신적으로나 육체적으로 완전히 회복되었다는 사실을 확실히 증명해 보이는 것이 급선무였다. 그 계획을 제대로 실행하려면 메리 파스크 양의 이야기는 입도 뻥긋하지 말아야 했다. 결국 나는 이러저러한 고심 끝에 이 사건을 비밀에 부치기로 결심했다.

그러나 점차 시간이 지나면서, 그곳 정원에 마련된 무덤에 대한 생각으로 괴로워졌다. 브리지워스 부인이 언니의 무덤에 제대로 된 묘비라도 세워 주었을지 문득 궁금해졌다. 그 황량하게 내버려진 저택의 기괴한 모습을 생각하면, 아무런 조치를 취하지 않았더라도 그리 놀랍지 않을 터였다. 어쩌면 언니라는 존재를 모조리 정리해 버렸거나, 언젠가 유럽을 여행할 기회가 생기면 그때 처리하려고 미뤄 두었을지도 몰랐다. '그레이스는 까맣게 잊었겠지만,' 그 가엾은 유령이 떨리는 목소리로 이렇게 말하지 않았던가⋯⋯. 아니다, 전략적으로 접근하자. 언니의 무덤을 어떻게 관리하는지, 무심코 질문하더라도 큰 결례는 아닐 것이다. 게다가 나는 파스크 양의 무덤을 두 눈으로 확인하지 못했다는 사실에 스스로를 책망하고 있으니 말이다⋯⋯.

그레이스와 호레이스는 평소처럼 나를 따뜻하게 맞이해 주었고, 나는 브리지워스 부인만이 집에 홀로 남아 있을 법한 날을 골라, 식사 시간에 맞춰 방문하기로 했다. 하지만 그런 기회는 좀체 찾아오지 않았고, 그렇게 몇 주의 시간을 허송하게 흘려보내야 했다. 마침내 어느 날 저녁, 호레이스가 외출한 사이에, 그레이스와 단둘이서 식사하는 자리를 겨우 마련할 수 있었다. 그날따라 그녀의 언니, 메리 파스크 양의 사진이 나의 시선을 사로잡았다. 오래되고 빛바랜 사진 속의 그녀가 나를 나무라듯이 바라보고 있었다.

"그런데 말이에요." 나는 불쑥 말을 꺼냈다. "이 이야기는 처음 하는 것 같은데, 병을 심하게 앓기 바로 전날에 말예요……. 메리 양이 살던 집을 찾아갔답니다."

그 순간, 그레이스의 얼굴이 어떤 감정에 휩싸이며 밝게 빛났다. "그 이야기는 처음 들어요. 정말 친절하시네요!" 그녀의 두 눈에 눈물이 그렁그렁 맺혔다. "이토록 신경을 써 주시다니." 그러고는 목소리를 낮춰 조심스럽게 물었다. "혹시 우리 언니는 보셨나요?"

부인의 질문을 듣자, 온몸에 전율이 퍼지며 부르르 떨렸다. 나는 경악한 채 브리지워스 부인의 통통한 얼굴을 바라보았고, 그녀는 고통이라곤 전혀 없는 눈물의 장막 너머에서 내게 미소 짓고 있었다. "언니를 생각하면, 세월이 흐를수록 미안한 마음뿐이에요." 그녀는 떨리는 목소리로 덧붙였다. "제발 전부 다 이야기해 주세요."

걷잡을 수 없이 턱 하고 목구멍이 막혔다. 메리 파스크를 대면했을 때만큼이나 불편한 심경이었다. 여태껏 단 한 번도 브리지워스 부인에게서 섬뜩한 기운을 느껴 본 적이 없었기 때문이다. 나는 억지로 목소리를 끌어 올려 간신히 입을 열었다.

"전부요? 아, 그럴 순 없⋯⋯." 나는 미소를 쥐어 짜냈다.

"언니를 보기는 한 거죠?"

나는 여전히 미소를 지은 채 가까스로 고개를 끄덕였다.

돌연 부인의 얼굴이 초췌해졌다. 그렇다, 초췌해진 것이다!

"혹시 너무 끔찍하게 변해서 도저히 입에 올릴 수 없을 정도인가요? 정말 그런 거예요?"

나는 고개를 저었다. 솔직히 말하자면, 오히려 반대였다. 변화는커녕, 죽은 뒤의 모습이 살아 있을 때와 거의 비슷하다는 사실에 되레 충격을 받았으니까. 다만, 설명하기 힘든 신비한 현실감이 더 늘었다는 점을 제외하곤 말이다. 하지만 그레이스의 눈동자는 끝끝내 대답을 얻어 내고야 말겠다고 마음먹은 사람처럼 몹시 집요했다. "제발, 이야기해 주세요." 그녀는 안달이 나서 잠자코 있는 나를 다그쳤다. "벌써 한참 전에 만나러 갔어야 하는데."

"네, 그랬으면 좋았을 겁니다." 나는 머뭇거렸다. "최소한 무덤 정도는 찾아갔어야……."

그녀는 아무 말 없이 내 얼굴을 가만히 쳐다보았다. 이젠 눈물도 멎은 상태였다. 이윽고 그녀의 근심 어린 표정이 차츰 공포에 질린 눈빛으로 변해 갔다. 부인은 한참을 망설이고 주저하다가, 손을 뻗어 내 손에 잠시 포갰다. "그러니까 당신이……." 그녀가 입을 열었다.

"불행하게도," 나는 말허리를 잘랐다. "날이 밝은 뒤엔 무덤을 확인할 수 없었어요……. 그다음 날에 지독한 열병이 걸려서……."

"그래요, 네, 물론 잘 알지요." 그녀가 잠시 말을 멈췄다. "정말로 언니 집에 갔던 거예요?" 난데없는 질문이었다.

"정말이냐고요? 오, 맙소사……." 이번엔 내가 그녀를 뚫어져라 쳐다볼 차례였다. "설마 내가 아직도 제정신이 아니라고 의심하는 건가요?" 나는 불안하게 웃으며 되물었다.

"아니, 아니에요……. 그럴 리가 없잖아요……. 하지만 도무지 이해가 안 되어서요."

"뭐가 이해가 안 된다는 거죠? 나는 분명 그 집에 들어갔고…… 전부 다 봤어요. 딱 하나, 정원에 마련된 무덤만을 빼고요……."

"무덤이라고요?" 그레이스 부인은 펄쩍 뛰듯이 자리에서 일어났다. 그러고는 양손을 가슴에 모은 채로, 마치 내게서 달아나듯이 뒤로 멀찍이 물러섰다. 한동안 방 건너편에서 멍하니 나를 바라보다가 천천히 내 쪽으로 다가왔다.

"그러니까 결국 당신은⋯⋯." 그녀는 두려움과 안도감이 뒤섞인 눈빛으로 나를 응시하며 말을 이어 갔다. "혹시 아무 소식도 듣지 못한 거예요?"

"무슨 소식 말인가요?"

"하지만 신문에 기사까지 났는걸요! 아직 모르셨어요? 그러니까 그 소식을 알리려고⋯⋯ 일단 편지에 적기는 했는데⋯⋯ 이제 신문에 기사가 났으니 따로 편지를 보낼 필요는 없겠다고 생각해서 그만두었거든요⋯⋯. 제가 편지 쓰는 데는 좀 느린 편이잖아요⋯⋯."

"그러니까 신문에 무슨 기사가 났다는 말이죠?"

"그게, 메리 언니는 죽지 않았어요⋯⋯. 아직 살아 있다고요! 그러니 정원에 무덤 같은 게 있을 리 없죠! 그냥 강직성 혼수상태에 빠졌던 거래요⋯⋯. 아주 특이한 케이스였다고, 의사들이 이야기해 주더군요⋯⋯. 하지만 언니를 직접 만나셨다면, 분명 그 일에 대해 말했을 텐데요?" 그녀는 신경질적인 웃음을 터뜨렸다. "자기는 죽지 않았다고, 직접 말하지 않던가요?"

"그래요." 나는 천천히 대답했다. "아무 말도 않더군요."

그때부터 우리는 오랫동안 그 사건에 관해 이야기를 나누었다. 자정이 넘어, 호레이스가 신사들의 만찬 모임을 마치고 돌아올 때까지 말이다. 그레이스는 이번 일에 대해 계속 같은 이야기를 되풀이하면서 더욱 자세하게 파고들려고 했다. 그 특별한 케이스 덕분에, 가엾은 메리 언니는 태어나서 처음으로 신문의 주인공이 됐다고도 했다. 그러나 인내심을 가지고 그 자리에 앉아 똑같은 소리를 연거푸 듣던 와중에도, 나는 그녀의 이야기에 전혀 관심이 가지 않았다. 그날 이후로, 나는 메리 파스크 양은 물론이고 그녀와 관련한 어떤 것에도 절대 관심을 두지 않으리라고 굳게 다짐했다.

밤의 승리

1

웨이모어에서 출발한 썰매 마차는 아직 도착하지 않았음이 분명했다.

벌벌 떠는, 보스턴에서 온 젊은 여행객은 노스리지 교차로 기차역에 내릴 때만 해도 곧장 마차를 잡아탈 수 있으리라 확신했다. 이내 확 트인 역사에 홀로 우두커니 서서 어스름한 땅거미와 동장군이 퍼붓는 능욕에 속수무책으로 당할 뿐이었지만.

그를 휘갈긴 눈바람은 뉴햄프셔의 눈밭과 서리가 긴 숲에서 몰려온 것이었다. 눈바람은 얼어붙은 침묵의 순례길을 한없이 횡단한 것 같았고, 살을 에는 포효로 가득 차 있었으며, 매서운 칼날로 흑백의 황량한 경관(景觀)을 거칠게 깎아 내는 것 같았다. 시꺼멓고 염탐하는 듯하며 날카로운 광풍은 틈만 나면 먹잇감의 입을 틀어막고 괴롭혔다. 마치 투우사가 망토를 휘두르며 드디어 표적을 향해 창을 던질 준비를 하는 것처럼. 청년에게 이러한 비유는, 현재 자신이 망토를 두르지 않았다는 사실만을 절감하게 할 따름이었다. 상대적으로 기후가 온화한 보스턴에서 걸쳤던 외투는 노스리지처럼 살을 에는 추위로 잔뜩 성이 난 고원 지역에서는 종잇장을 걸친 것만도 못한 수준이었다. 조지 팩슨은 이 지역의 이름47이 기막히게 알맞다고 생각했다. 이곳은 그를 실어 나른 기차역 계곡 너머로 툭 튀어나온 바위에 매달린 지형이었고, 강철 같은 이빨을 으르렁대는 바람이 기차역의 목조 벽체를 긁어 대는 소리까지 들리는 듯했다. 다른 건물이라곤 하나도 없었다. 마을은 길을 따라 한참을 내려가야 있었다. 그리고 그 방향, 즉 웨이모어에서 마차가 오지 않으면, 팩슨은 수 피트나 쌓인 저 눈밭을 터벅터벅 걸어가는 수밖에 없었다.

어찌 된 일인지는 알고도 남았다. 여주인은 그가 온다는 사실을 잊었을 터였다. 팩슨과 같은 젊은이에게 이런 안타까운 촉이 생긴 건 오랜 경험의 결과였다. 게다가 대부분의 고객이, 마차를 빌릴 만한 여유가 없는 방문객에 대해서는 거의 항시 마중 나오는 일을 잊곤 한다는 사실까지도 말이다. 그럼에도 불구하고 콜름 부인이 그에 대해 잊었다는 점은 도무지 경우가 아니었기에, 어쩌면 부인이 여종을 시켜 집사더러 마부에게 연락하라 명하고, 마부는 또 말단 마부(이미 다른 누군가에게 부려지고 있지 않다면)에게 노스리지로 가서 새 비서를 모셔 오라고 일렀을지도 모른다고 생각했다. 그러나 오늘같이 매서운 밤에 자신의 권리를 중히 여기는 말단 마부라면 그러한

----

47 노스리지(Northridge)는 북쪽(North)이라는 단어와 산등성이처럼 길쭉하게 솟은 부분(ridge)이라는 단어의 합성어다.

지시를 깜빡 잊지 않을 리가 없었다.

결국 팩슨은 마을을 향해 힘겹게 배회하는 수밖에 없었고, 그러다 보면 그를 웨이모어로 데려다줄 썰매 마차를 마주칠지도 모른다고 생각했다. 그런데 만약 콜름 부인 댁에 도착하였을 때, 어느 누구도 그가 어떤 혹독한 대가를 치르고 자기 몫을 다하려 했는지를 헤아려 주고 물어봐 주지 않는다면? 이러한 만일의 사태에도 대비해야 한다는 사실을 이미 비싼 값을 치르고 배운 적이 있는 그였다. 경험을 통해 얻은 지혜로 미뤄 보건대, 노스리지 여인숙에서 하룻밤 묵는 편이 더 경제적일 수 있고, 자신의 행방은 전화를 통해 콜름 부인에게 알리면 된다. 그는 마음을 굳히고는 어슴푸레한 등불을 든 사내에게 짐을 맡길 작정이었다. 그 순간 썰매 마차의 방울 소리가 울리자 그는 다시 희망에 부풀었다.

정말로 썰매 마차 두 대가 기차역을 향해 막 돌진해 오고 있었다. 맨 앞 마차의 좌석에서 모피로 몸을 감싼 젊은이가 뛰어나왔다.

"웨이모어요? 아니요. 이건 웨이모어행 마차가 아닙니다."

마차 밖으로 뛰어내린 젊은이의 말투에서 정감을 느꼈던지라 거절임에도 불구하고 팩슨은 위안을 얻었다. 그 시각, 정처 없이 흔들리는 기차역 등불이 말하는 이를 희미하게 비추자 그의 목소리와 무척이나 잘 어울리는 외모가 드러났다. 그는 매우 점잖고 스무 살도 채 되지 않은 듯한 젊은이였다. 팩슨은 그의 얼굴이 동틀 녘 같은 싱그러움으로 가득함에도 지나치게 초췌하고 주름졌다고 생각했다. 마치 그의 몸속에 내재한 기운찬 영혼이 연약한 육체와 맞서 싸우고 있는 듯했다. 팩슨은 기질적으로 신경이 예민한 편이라 이와 같은 미묘한 균형을 금세 짚어 낼 수 있었다. 그럼에도 자신의 기질이 정상적인 감각의 범위를 벗어나지는 않으리라고 확신했다.

"웨이모어에서 올 마차를 기다리고 계신 건가요?"

낯선 이는 마치 앙상한 털 기둥처럼 팩슨 옆에 다가서서 말을 이어 갔다.

콜름 부인의 비서는 자신의 고충을 털어놨고, 상대방은 "오, 콜름 부인이라!" 하며 인상을 쓰고 손사래를 쳤기에 두 사람 사이에는 서로 깊이 통하는 무언가가 생겨났다.

"그렇다면, 신사분께서는……."

젊은이는 의미심장한 미소를 지으며 화제를 돌렸다.

"새 비서이냐고요? 맞습니다. 하지만 오늘 밤에는 필사해야 할 전갈이 없을 것 같습니다."

팩슨이 웃음보를 터트리자 두 사람 사이에 즉흥적으로 만들어진 연대감은 더욱 공고해졌다.

그의 해쓱한 친구 역시 웃으며 설명했다.

"콜름 부인은 오늘 제 삼촌 댁에서 점심 식사를 하셨습니다. 그리고 당신이 오늘 저녁에 온다는 말씀을 하셨지요. 하지만 일곱 시간은, 콜름 부인이 뭔가를 기억하시기에는 너무 긴 시간입니다."

팩슨은 달관한 듯 답했다.

"흠. 그것이 곧 부인께서 비서를 필요로 하시는 이유가 아닌가 싶습니다. 뭐, 저는 노스리지의 여인숙에 곧잘 묵곤 했으니까……."

그는 스스로 결론을 내렸다.

"하지만 이젠 안 됩니다. 지난주에 불타 버렸으니까요."

"아니, 어찌 그런 일이!"

팩슨이 탄식했다.

그러나 곤경을 가늠하기도 전에 우선 어이가 없었다. 지난 수년 동안 그의 인생은 대개 체념적 순응의 연속이었다. 난처한 상황에 실질적으로 대처하기보다는 그 안에서 소소한 즐거움을 이끌어 내는 법을 배운 것이다.

"그렇더라도 저를 재워 주실 만한 분이 분명 하나쯤은 있겠지요."

"아뇨. 전혀 없습니다. 게다가 노스리지는 이곳에서 삼 마일 거리입니다. 제 집은 반대 방향이긴 하지만 여기서 더 가깝지요."

팩슨은 어둠 속에서 어렴풋이 그 친구가 자신을 소개하려 한다는 점을 알아차렸다.

"저는 프랭크 라이너입니다. 오버다일에 계신 삼촌 댁에 머무르고 있지요. 몇 분 내로 뉴욕에서 도착하실 삼촌의 친구 두 분을 마중 나왔습니다. 만약 그분들이 오실 때까지 기다려도 괜찮으시다면 노스리지보다 오버다일 쪽이 신사분께 더 나을 것 같은데요. 저도 시내에 있다가 이곳에 며칠 묵으러 온 것이지만 이곳 저택은 많은 사람들이 묵어도 될 만큼 늘 잘 갖춰져 있습니다."

"하지만 당신 삼촌분이⋯⋯?"

팩슨은 깜짝 놀라서 우선 거절할 수밖에 없었으나 이 당혹감이 희끄무레하게 비치는 그 친구의 이어지는 말 한마디에 마법처럼 사라지리라는 묘한 기분에 휩싸였다.

"아, 제 삼촌은, 보면 놀라실 겁니다. 제가 장담할 수 있지요. 존 래빙턴이라고 혹시 들어 보셨습니까?"

존 래빙턴! 존 래빙턴에 대해 들어 본 적이 있느냐는 질문 자체가 아이러니 아닌가. 콜름 부인의 비서직이라는 보잘것 없는 위치에 있더라도 존 래빙턴의 재력과 그의 미술 수집품, 정치 활동과 자선 사업, 인품 등에 관한 소문은 고독한 산자락에 울려 퍼지는 폭포수의 굉음처럼 피하기 어려운 것이었다. 지금 두 사람을 둘러싼 이토록 처량한 상황에서 듣게 되리라고는 감히 예상하지도 못했던 이름이었다. 심지어 이처럼 황량하도록 야심한 시각에 말이다. 하지만 도처에 퍼져 있는 래빙턴 씨의 영향력을 생각하면 그리 이상한 일도 아니었다.

"네, 삼촌분에 대해서 들어 본 적 있습니다."

"그러면 오시는 거지요, 그렇지요? 오 분만 더 기다리면 됩니다."

젊은 라이너 씨는 불안감을 사라지게 하는, 마음속의 모든 거리낌을 떨쳐 버리게 하는 말투로 부추겼다. 팩슨은 쉬이 받은 제안만큼이나 흔쾌히 그의 초대에 응했다.

뉴욕발 기차가 지연되자 오 분이었던 대기 시간은 십오 분으로 늘어났다. 빙판이 된 역사를 걸으며 팩슨은 새 지인의 제안에 응하는 것이 왜 세상에서 가장 자연스러운 일인지 깨닫게 되었다. 프랭크 라이너는 특권층으로서의 자신감과 유머 감각을 발휘해 인간관계를 손쉽게 만드는 부류였다. 그가 이 같은 매력을 발휘한 까닭은 재능이 아닌 젊음으로, 기교가 아닌 진솔함으로 행동했기 때문이리라고 팩슨은 생각했다. 대자연이 전례 없는 솜씨로 애써 조화를 부렸다고 여겨질 만큼 그의 외모와 내면은 완벽히 상응하였고, 그의 다정한 미소가 이를 증명했다.

팩슨은 그 젊은이가 학식이 풍부하다는 점과 존 래빙턴의 유일한 조카며, 존의 누이인 그의 친어머니가 돌아가신 뒤로 그와 함께 살아왔다는 사실을 알게 되었다. 라이너 씨가 말하길 래빙턴 씨는 그에게 "든든한 후견인"이 되어 주었으나 "그 후엔 아시다시피 모든 이들의 후견인이 되어 주었다." 젊은이가 처한 여건은 그의 인품과 완벽하게 조화를 이루었다. 팩슨이 이미 눈치챘듯, 그에게 드리운 유일한 그림자가 있다면 바로 그의 유약한 신체였다. 젊은 라이너 씨는 결핵을 앓았고, 따라서 병이 급격히 전이되어 전문가들의 조언대로 불가피하게 애리조나나 뉴멕시코로 요양하러 갈 수밖에 없었다고 한다.

"하지만 다행스럽게도 제 삼촌은 절 멀리 보내 버리지 않으셨죠. 보통은 그렇게 했을 텐데 말입니다. 다른 이의 의견을 듣지 않으셨어요. 하지만 한 명만은…… 아, 그럼 그게 누구냐고요? 엄청 똑똑한 젊은 의사 녀석이지요. 신선한 아이디어로 번뜩이는 녀석입니다. 그는 제가 요양하러 가야 한다고 하니 그저 웃으며 너무 자주 외식하지 말고, 이따금씩 노스리지에서 신선한 공기를 마셔만 준다면 뉴욕에서도 끄떡없으리라고 했어요. 어쨌든 제가 쫓겨나지 않은 건 순전히 제 삼촌의 결정 덕분이지요. 그 친구가 제게 걱정할 필요 없다고 말해 준 뒤로전 더없이 좋아졌습니다."

젊은 라이너 씨는 외식과 무도회, 그와 유사한 유흥거리를 즐긴다고 고백하였다. 그리고 그의 이야기를 들은 팩슨은, 그를 이 같은 쾌락으로부터 전면적으로 격리시키지 않은 내과 의사가 어쩌면 그의 선배들보다 더 훌륭한 정신과 전문의일지도 모른다고 생각했다.

"그럼에도 조심하는 게 좋을 거예요." 큰형이나 할 법한 염려의 말이 팩슨의 입에서 튀어나왔고, 그는 프랭크 라이너의 팔을 붙들었다.

프랭크 라이너는 힘주어 팔을 맞대며 답했다.

"아, 물론입니다. 끔찍이도 그렇지요. 게다가 삼촌이 어찌나 감시를 하시는지."

"그런데 삼촌분께서 그렇게 감시를 하시는데, 이처럼 시베리아 벌판 같은 데에서 벌벌 떨고 있으면 뭐라고 안 하실까요?"

라이너 씨는 별로 신경 쓰지 않는다는 듯 털 달린 옷깃을 세우며 말했다.

"추위가 안 좋다기보다는…… 차라리 찬 기운이 제게 좋답니다."

"그럼 파티나 무도회가 해로운 모양입니다. 아니면, 다른 무언가가……."

팩슨은 재미있다는 듯 물고 늘어졌고 그의 친구는 웃으며 대꾸했다.

"제 삼촌은 제가 심심해서 그런 거라더군요. 그리고 제가 보기에도 맞는 말씀 같고요."

줄기침과 호흡 곤란이 일자 그의 웃음도 사라졌다. 여전히 그의 팔을 붙들고 있던 팩슨은 아무런 불도 때지 않은 휴게실 안으로 황급히 그를 데리고 들어갔다.

젊은 라이너 씨는 벽면에 위치한 벤치에 주저앉았고 한 손에서 털장갑을 벗겨 낸 뒤 손수건을 더듬어 찾았다. 그는 모자를 옆으로 밀쳤고 이마에 손수건을 가져다 대었다. 얼굴에는 그나마 혈색이 돌았으나 그의 이마는 유독 창백했고 땀이

송글송글 맺혀 있었다. 하지만 팩슨의 시선은 장갑을 끼지 않은 손에 쏠려 있었다. 가느다랗고 혈색이 없는 그의 앙상한 손은 그가 쓸어 넘긴 이마보다 나이 들어 보였다.

"기이하군요. 얼굴은 건강해 보이는데 손은 시들거리니."

비서는 젊은 라이너가 장갑을 끼는 편이 더 좋으리라고 생각했다.

기차가 경적을 울리자 젊은이들은 발걸음을 옮겼고 얼마 지나지 않아 묵직한 털을 두른 신사들이 역사로 내려왔다. 그들은 심야의 혹독한 폭력을 마주하고 있었다. 프랭크 라이너는 그리스번 씨와 볼치 씨 그리고 팩슨 씨라고 서로를 서로에게 소개했다. 짐이 두 번째 마차에 실리는 동안, 희미한 등불을 통해 살펴본 두 신사는 머리가 센 어르신들로 평범하고 부유한 사업가 같았다.

그들은 집주인 조카에게 다정하고도 친절하게 인사를 건넸고 두 손님 중 주로 말을 하는 편인 그리스번 씨가 말끝마다 "사랑스러운 청년!"이라고 다정하게 덧붙이곤 했으므로 팩슨으로선 그들이 일종의 기념일에 맞춰 방문한 듯 느껴졌다. 그러나 팩슨은 더 많은 걸 알아내지는 못했다. 그에게 배정된 좌석은 조수석이었고 프랭크 라이너와 삼촌의 손님들은 마차 안쪽에 앉았기 때문이다.

짐승들(존 래빙턴이라면 소유하고 있을 법한 말들)은 발 빠른 속도로 거대한 대문, 불빛이 새어 나오는 관리인의 처소, 보드라운 대리석처럼 눈이 소복이 쌓인 회랑에 도착했다. 그 회랑 끝에는 기다란 집이 불쑥 솟아나 있었다. 중심부에 위치한 처마는 어두웠으나 한쪽 부속 건물에서는 환영의 빛이 반짝이고 있었다. 그다음으로 팩슨의 눈길을 강렬하게 사로잡은 것은, 온실에서 자라나는 식물들이 뿜어내는 온기와 광채, 바삐 움직이는 하인들, 거대하고 휘황찬란하며 마치 연극 무대와도 같은 떡갈나무 강당이었다. 비현실적인 공간 중앙에는 위대한 존 래빙턴의 다소 현란한 이미지와는 전혀 다른, 수수한 복장과 경직된 자세를 취한 작은 남성이 서 있었다.

이 놀라운 대비는 그가 호화로운 침실로 안내받아 서둘러 들어가는 동안에도 그의 뇌리를 떠나지 않았다.

"도대체 그분 어디에서 저런 면모가 나오는 거지."

이런 생각만 들 뿐이었다. 래빙턴 씨의 초라한 모습은 중후하고 활기찬 대중적 이미지와는 조금도 어울리지 않았다. 젊은 라이너로부터 팩슨의 딱한 사정을 전해 들은 래빙턴 씨는 지극히 무미건조하고 형식적인 격식으로 맞이해 주었다. 집주인의 이런 접대가 그의 살점 없는 얼굴, 뻣뻣한 손, 저녁 손수건에서 훅 하고 풍기는 냄새와 정확하게 맞아떨어진다고 생각했다.

그는 수차례 "제 집처럼 편히 지내시오."라고 말했지만 정작 본인은 편안해 보이지 않았다. "프랭크의 친구라면 누구든 환영이오. 제 집처럼 편하게 지내시오." 그의 목소리에는 친절하려는 기색조차 없었다.

2

팩슨이 묵기로 한 침실의 아늑한 기운과 다채로운 편의성에도 불구하고 집주인의 청을 따르기란 결코 쉽지 않았다. 오버다일의 호화로운 저택에서 하룻밤 묵을 수 있는 건 분명 멋진 행운이었고 육체적으로는 온전히 만족스러웠다. 그러나 최상의 안락함을 전적으로 제공받고 있음에도 기묘한 서늘함과 음산한 기운이 느껴졌다. 무엇 때문인지는 불분명했지만 아마도 래빙턴 씨의 강렬한 이미지, 즉 매우 부정적인 의미로 강렬한 이미지가 이 저택 곳곳에 불가사의한 방식으로 스며 있으리라고 여길 뿐이었다. 어쩌면 팩슨 자신이 그저 지치고 굶주리고 생각보다 훨씬 가혹한 추위에 시달린 탓에, 낯선 저택의 계단을 끝없이 밟아 올라가야 한다는 사실에 질려 버려서 더 으스스하다고 느꼈는지도 모른다.

"배를 곯고 계신 건 아니시죠?"

라이너의 호리호리한 몸매가 문가에서 서성였다.

"제 삼촌은 그리스번 씨와 사업상 논의하실 게 있다고 합니다. 식사 시간까지는 삼십 분가량 남았지요. 제가 데리러 올까요? 아니면 아래층으로 직접 내려오시겠습니까? 식당으로 바로 내려오시지요. 긴 회랑의 왼편 두 번째 문으로 들어오시면 됩니다."

그는 한 줄기 온기를 남긴 채 사라졌다. 다소 마음이 놓인 팩슨은 담배에 불을 붙인 뒤 화롯가에 앉았다.

서두를 것 없이 주변을 둘러보니 한때 놓쳤던 세밀한 부분들이 눈에 들어왔다. 방 안은 꽃으로 가득 차 있었다. 단지 대저택의 한쪽 날갯죽지를 차지하는, 뉴햄프셔의 살기 돋는 동절기에, 그것도 불과 며칠 동안만 개방되는 독신 남성의 방일 뿐이건만!

꽃은 사방에 있었는데 마구잡이로 흩어져 있는 것이 아니라 복도에서 본 꽃핀 관목처럼 무리 진 형태로, 제법 감각적으로 배치되어 있었다. 아룸[48]이 담긴 꽃병은 책상 위에 놓였고 그의 팔꿈치 부근 스탠드 위로는 낯선 색감의 카네이션 다발이 자리했다. 유리병과 프리지어 꽃다발이 담긴 자기에서는 꽃향기가 났다. 이것들로 미루어, 원한다면 유리온실의 크기를 가늠해 볼 수 있었지만 그건 아주 사소한 흥밋거리에 불과했다. 꽃 자체와 품질, 품종과 꽃꽂이 방식은 어떤 아름다움에 대한, 다른 누구도 아닌 존 래빙턴 씨의 세심하고도 섬세한 열정을 보여 주고 있었다. 그리고 이 점은 팩슨 앞에 나타났던 그 집주인을 더욱 이해하기 어렵게 할 뿐이었다.

삼십 분이 지나고 팩슨은 음식을 고대하며 설레는 마음으로 식당으로 내려갔다. 그는 자신의 방으로 안내받는 동안 방향을 기억해 두지 않아서 방문을 나서자 길을 잃고 말았다. 똑같이 무게감 있어 보이는 두 계단을 맞닥뜨리자 그는 당황했다. 그는 오른편 계단을 선택했고 다 내려가니 라이너 씨가 묘사했던 긴 회랑이 나왔다. 회랑은 텅 비었고 사이사이에 놓인 문들은 굳게 닫혀 있었다. 하지만 라이너 씨가 "왼쪽에서 두 번째"라고 팩슨에게 일러 주었으므로, 잠시 뭐라도 단서를 찾아볼까 궁리해 보았으나 별 승산이 없으리라 여겨져 왼쪽 두 번째 문고리에 손을 가져다 댔다.

그가 들어선 방은 직사각형이었고 먼지 쌓인 그림이 벽면을 장식했다. 중앙에는 테이블이 놓였고 램프에서는 은은한 빛이 새어 나왔다. 그는 래빙턴 씨와 그의 손님들이 이미 식사 테이블에 착석했으리라고 생각했지만, 보아하니 테이블은 진수성찬이 아닌 문서 더미로 가득했다. 팩슨은 집주인의 서재

---

48 arum. 연령초 혹은 천남성 식물을 가리킨다.

에서 어찌할 바를 모른 채 머뭇거렸다. 그때 프랭크 라이너가 고개를 들며,

"오, 팩슨씨. 그에 세 공중을 서 달라고 물어볼까요……?"

래빙턴 씨는 테이블 끝자락에 앉아 조카의 미소를 사심 없이 자애롭게 바라보았다.

"좋은 생각이구나. 어서 오시오. 팩슨 씨. 혹시 실례가 아니라면 말이오."

주인 맞은편에 앉은 그리스번 씨는 문 쪽으로 고개를 돌렸다.

"팩슨 씨는 물론 미국 시민이지요?"

그 순간 프랭크 라이너가 웃었다.

"당연하죠. ……존 삼촌, 이거, 볼펜 말고는 없나요. 깃펜은 어디 없지요?"

천천히, 마지못해 말한다는 듯 입을 연 볼치 씨는 손을 들며 아주 희미한 목소리로 말했다.

"잠시만, 이걸 알아보시겠습니까?"

"제 최신 유언장 말입니까?"

라이너 씨의 웃음소리가 한층 배가되었다.

"'최종' 유언장이라고는 장담 못 하지만, 어쨌든 처음 쓴 유언장이긴 하죠."

"이건 형식적인 절차이지요." 볼치 씨가 설명했다.

"자, 이제 하겠습니다." 라이너 씨는 삼촌 쪽에서 밀어 보낸 잉크통에 깃펜을 적신 뒤 절도 있게 문서에 서명하기 시작했다.

이내 다가올 일을 예감한 팩슨은, 이 젊은 청년이 이제 성년이 되어 유언장에 서명하고 있으리라 추측하며, 그리스번 씨 다음으로 곧 자기가 공중 서명을 해야 할 차례임을 알아차

렸다. 서명을 마친 라이너 씨는 그 문서를 맞은편에 있는 볼치 씨에게 건넸다. 그는 다시금 손을 들며 슬프고도 옥죈 목소리로 말했다.

"인장 봉인은?"

"인장 봉인도 해야 하나요?"

팩슨은 그리스번 씨 너머로 존 래빙턴 씨의 무표정한 눈동자와 그 사이를 메운 창백하고도 찌푸려진 미간을 보았다.

"기본이지, 프랭크."

팩슨은 그가 조카의 경솔함에 다소 짜증이 난 것 같다고 느꼈다.

"인장을 가진 분, 누구 없나요?"

프랭크 라이너가 테이블을 바라보며 말을 이어 갔다.

"이곳에는 없는 듯하군요."

그리스번 씨가 끼어들었다.

"밀랍 봉인도 될 거요, 래빙턴 선생. 밀랍 봉인은 있소?"

래빙턴 씨는 평정을 되찾았다.

"서랍을 열어 보면 어딘가에 있을 거요. 하지만 내 비서가 그런 물건들을 정확히 어디에 보관하는지는 잘 모르겠구려. 밀랍 봉인이 문서와 함께 발송되었으니 분명 있기는 있을 거요."

"아, 성가시군요."

프랭크 라이너가 문서를 옆으로 밀쳤다.

"이건 운명의 장난이에요. 전 지금 늑대처럼 굶주려 있다고요. 우선 식사부터 하죠. 존 삼촌."

그때 팩슨이 말했다.

"제게 인장이 있는 것 같습니다만."

래빙턴 씨가 희미한 미소를 지어 보이며 말했다.

"수고스럽게 해서 미안하오."

"지금 가지러 가시진 마시지요. 저녁 식사를 한 뒤에 마무리합시다."

래빙턴 씨는 손님에게 미소 지어 보였으나 팩슨은 그 창백한 미소가 보내는 강압에 압도당하기라도 한 듯이 곧장 자리를 박차고 나와 위층으로 달려갔다. 그는 필기함에서 인장을 챙긴 뒤에 다시 서재의 문을 열어젖혔다. 그가 돌아왔을 때에는 그 누구도 말하는 이가 없었다. 분명 굶주림에 말을 잃고, 그가 돌아오기만을 초조하게 기다리고 있었을 터였다. 그는 라이너의 손이 닿을 만한 곳에 인장을 내려놓고는 그리스번 씨가 성냥불을 피워 잉크병 옆에 놓인 양초에 가져다 대는 모습을 지켜보았다. 촛농이 종이 위에서 녹아내릴 즈음, 팩슨은 인장을 쥔 라이너의 손에서 다시금 묘하게 생기 없고 비정상적일 정도로 허약한 기운을 감지했다. 팩슨은 래빙턴 씨가 과연 조카의 손을 제대로 주목한 적이 있기나 할지, 지금 이 순간 그 허약한 손을 가엾게 여길지 문득 궁금했다.

이런 생각을 하던 중에 팩슨은 눈을 들어 래빙턴 씨를 바라보았다. 위대한 신사는 프랭크 라이너를 한결같이 애정 어린 눈으로 응시하고 있었다. 바로 그 순간 팩슨은 방 안에서 다른 누군가의 인기척을 느꼈다. 그가 인장을 가지러 위층에 가 있는 동안 새로 합류한 사람일 터였다. 새 손님은 래빙턴 씨의 연배였고 풍채도 엇비슷했으며, 바로 그의 의자 뒤편에서 있었다. 팩슨이 새 손님을 처음 눈치챈 순간, 그는 젊은 라이너를 호기심 어린 눈으로 관찰하고 있었다. 두 신사가 닮아보이는 까닭은, 아마도 테이블 위에 놓인 갓을 씌운 램프가 의자 뒤에 있는 사내를 어스레한 그림자처럼 비추었기 때문이리라. 그런데 두 사람의 시선이 이루는 극적인 대비에 팩슨은 경악했다. 래빙턴 씨는 조카가 어설픈 손놀림으로 촛농을 떨어트려 인장을 찍는 동안 연신 재미난 듯 다정한 시선을 보냈고, 의자 뒤에 선, 래빙턴 씨와 기묘하게 닮은 사나이는 핏기 없고 적대심 가득한 얼굴로 젊은이를 바라보았다.

그 표정이란 너무나도 당혹스러운 것이어서 팩슨은 주변에서 무슨 일이 벌어지고 있는지 깡그리 잊고 말았다. 그저 어렴풋하게나마, 젊은 라이너 씨가 "그리스번 씨 차례이십니다!"라고 외치자 그리스번 씨가 손사래를 치며 "아니오, 팩슨 씨 먼저 하시오."라고 얘기했던 장면만이 기억날 뿐이었다.

팩슨의 손에 느닷없이 펜이 쥐어졌다. 그는 도무지 몸을 움직일 수 없었다. 단지 자신에게 기대되는 바가 무엇인지 알 수 없는, 매우 치명적인 감각을 느끼면서 펜을 건네받았다. 어쩌면 그리스번 씨가 마치 아버지처럼 서명해야 할 정확한 곳을 짚어 줄 때까지 상황을 파악하던 중이었는지도 모른다. 정신을 차리고 손을 가다듬느라 서명하는 데 오랜 시간이 걸렸다. 마침내 그가 일어섰을 때 좀체 가늠할 수 없는 피로감이 사지로 몰려왔다. 래빙턴 씨의 의자 뒤에 있던 인물은 이미 사라지고 없었다.

팩슨은 순간 안도했다. 그 새 손님이 그토록 빠르게, 아무 소리도 없이 빠져나간 점은 물론 의문이었다. 래빙턴 씨 뒤로 난 문은 태피스트리로 가려져 있었고, 팩슨은 미지의 구경꾼이 그 뒤로 퇴장했으리라고 결론을 내릴 수밖에 없었다. 어쨌든 그는 떠났고 그의 퇴장과 함께 묘한 부담감이 한층 줄어든 듯했다. 젊은 라이너 씨는 담배에 불을 붙이고 있었다. 볼치 씨는 문서 끝자락에 자신의 이름을 새겨 넣었다. 래빙턴 씨는 조카를 바라보던 눈을 돌려 팔꿈치에 놓인 꽃병 속 하얗고 기이하게 생긴 난초를 관찰하고 있었다. 모든 것이 갑작스럽게 다시금 자연스럽고 간결해진 듯싶었다. 집주인이 "자, 팩슨 씨, 이제 식사를 하지요."라고 상냥한 태도를 취하자 팩슨은 이에 웃으며 동조할 수밖에 없었다.

3

"제가 어쩌다가 방금 엉뚱한 방에 들어갔는지 모르겠습니다. 왼편 두 번째 문이라고 말씀하신 줄 알았거든요."

나이 든 두 신사를 따라 회랑을 걸으며 팩슨이 프랭크 라이너에게 말했다.

"그랬지요. 그런데 아마 제가 침실에서 나오신 뒤 어느 계단을 이용하셔야 하는지 말씀드리지 않은 듯합니다. 머무시는 곳 기준으로, 오른편 네 번째 문이라고 말씀드렸어야 하는데 말이지요. 정말 미로 같은 집입니다. 제 삼촌이 해마다 방을 새로 만드시거든요. 이 방은 현대 회화를 두고자 지난여름에 만드신 겁니다."

다른 문을 열려고 잠시 멈칫한 젊은 라이너 씨가 전기 버튼을 누르자 프랑스 인상파 화가들의 그림으로 긴 벽면을 장식한 방에 불이 들어왔다.

팩슨은 눈에 아른거리는 모네 그림에 매료되어 그 방 안으로 들어가려 했으나 라이너가 그의 팔을 붙들었다.

"지난주에 구매하신 겁니다. 하지만 따라오시지요. 저녁 식사 후에 모두 보여 드리겠습니다. 삼촌이 직접 보여 줄 수도 있겠군요. 정말 좋아하시니까요."

"정말 자신의 수집품들을 좋아하십니까?"

라이너는 질문이 의아하다는 듯 나를 바라보았다.

"꽤 그렇지요. 꽃과 그림은 특히 그렇습니다. 혹시 꽃을 못 보셨나요? 삼촌이 차가운 분이라고 느끼시는가 봅니다. 처음에는 그렇게 생각하실 수 있지요. 하지만 모든 것에 끔찍이도 사려 깊으신 분이십니다."

팩슨이 재빨리 말하는 이를 쳐다보았다.

"삼촌분께 남자 형제가 있으신가요?"

"남자 형제요? 아니요. 전혀 없습니다. 삼촌과 제 어머니뿐이지요."

"아니면 래빙턴 씨와 닮은 사람이 있다거나 그분으로 오해를 살 만한 사람은요?"

"금시초문입니다. 제 삼촌이 누구와 닮았나 보죠?"

"네."

"신기하군요. 도플갱어가 있는지 물어봅시다. 가시죠."

그런데 또 다른 그림이 팩슨의 두 눈을 사로잡았고, 결국 그와 라이너 씨가 응접실에 다다르는 데까지는 몇 분이나 걸렸다. 그곳은 큰 방이었고 멋진 가구와 섬세하게 장식된 꽃들로 꾸며져 있었다. 팩슨의 시선을 가장 먼저 끈 것은 응접실 테이블에 초라하게 앉아 있는 세 남자였다. 래빙턴 씨의 의자 뒤에 서 있던 사내는 보이지 않았고 그를 위한 좌석도 마련되어 있지 않았다.

청년들이 들어서자 그리스번 씨가 입을 열었고 문 쪽을 바라보던 주인장은 자리에 앉아 아직 손대지 않은 수프 접시를 내려다보며 본인의 작고 메마른 손으로 수저를 만지작거리고 있었다.

"소문이라고 하기에는 늦은 감이 있지. 오늘 아침 도시를 떠날 때만 해도 사악하리만큼 사실 같았으니까."

그리스번 씨가 난데없이 신랄한 어조로 말문을 열었다.

래빙턴 씨는 수저를 내려놓고 하나하나 파헤치려는 듯 웃으며 말했다.

"사실? 어떤 사실을 말하는 거요? 어느 순간에 무슨 일이라도 일어났나 보군······."

그리스번 씨가 물고 늘어졌다.

"시내에서 아무 소식도 못 들은 거요?"

"단 한 마디도······ 그러니 볼치 선생, 프티 마르미트[49]를 좀 더 주게나. 팩슨 씨, 프랭크와 그리스번 선생 사이에 앉게."

저녁 식사 동안 복잡한 코스 요리가 연달아 나왔다. 주교 같이 위엄 있는 집사와 키가 큰 세 명의 하인들이 정중하게 음식을 날랐다. 래빙턴 씨는 분명 이렇듯 격식 있는 연회를 꽤 즐기는 듯했다. 팩슨은 래빙턴 씨의 그런 성향, 즉 화려한 연출과 사치스러운 꽃들이 그의 약점이라고 생각했다. 그는 젊은 청년들이 들어오자 어색하지 않게, 그러면서도 단호하게 화제를 전환했다. 하지만 팩슨은 나이 든 두 손님들에게 더 해야 할 이야기가 남아 있으리라고 생각했다. 볼치 씨가 붕괴한 갱도의 마지막 생존자 같은 목소리로 말했다.

"만약 그런 일이 정말 닥친다면, 1893년 이래[50]로 가장 큰

---

49 petite marmite. 진한 콩소메와 닭고기 육수를 섞은 데에 채소, 쇠고기와 닭고기를 넣고 끓인 수프.

50 1893년 미국에서 발생한 경제 공황. 당시로서는 최악의 경제 불황이었고, 그 결과 은행이 줄줄이 파산하였다.

재앙이 될 것이오."

래빙턴 씨는 지루한 듯했으나 예의를 갖춰 말했다.

"재앙이 닥치더라도 월가는 그 당시보다 더 잘 견딜 수 있을 거요. 강한 체질을 가졌으니까요."

"그렇지요, 하지만."

"체질 이야기가 나와서 말인데……."

그리스번 씨가 끼어들었다.

"프랭크, 자네 몸은 좀 괜찮은가?"

젊은 라이너의 볼이 붉게 상기되었다.

"어휴, 그럼요! 그러니 제가 여기 있는 게 아니겠습니까!"

"자네는 한 달에 사흘 정도만 이곳에 머물지 않나? 그리고 나머지 날에는 시내의 붐비는 레스토랑이나 화끈한 무도회장을 찾겠지. 난 자네가 뉴멕시코로 요양 간 줄 알았는데?"

"아, 그게 가당찮은 소리라고 말해 주는 녀석을 새로 알게 되어서요."

"흠, 네 꼴을 보면 새 친구 녀석의 말이 옳은 것 같지 않구나."

그리스번 씨가 직설적으로 말했다.

팩슨은 라이너 씨의 안색이 창백해지고, 명랑한 눈동자에 그림자가 깊게 드리우는 모습을 보았다. 그때 그의 삼촌이 다시금 강한 방패막이 되어 주었다. 래빙턴 씨의 눈에는 배려심이 충만했고, 제 조카를 그리스번의 투박한 탐문으로부터 지켜 주려는 듯싶었다.

그가 말했다.

"우리 생각에 프랭크는 많이 좋아졌어. 그리고 이번 새 의사는……."

그 순간 집사가 들어오더니, 몸을 숙여 래빙턴 씨의 귀에 대고 뭔가를 속삭였다. 그러자 래빙턴 씨의 말투가 갑작스레 달라졌다. 그의 안색은 본디 무채색인지라 워낙에도 창백하고 희미했건만, 이제는 거의 존재 자체가 사라져 버릴 것만 같았다. 그는 반쯤 일어서더니 다시 앉고서는 테이블을 향해 굳은 미소를 지어 보였다.

"잠시 실례해도 되겠소? 전화가 왔소이다. 피터, 식사는 계속 진행하시오."

그는 작고도 정확한 발걸음으로 하인이 열어젖힌 문 바깥으로 걸어 나갔다.

좌중 사이에는 일시적인 침묵이 흘렀다. 그러자 그리스번 씨가 다시금 라이너를 타일렀다.

"이보게, 자네는 이곳을 떠났어야 했어. 그랬어야 했다고."

젊은이의 눈에는 또다시 불안이 깃들었다.

"제 삼촌은 그렇게 생각하지 않으십니다. 정말입니다."

"자네는 삼촌의 의견을 늘 따라야 하는 어린아이가 아닐세. 자네도 이젠 나이가 있지 않은가? 삼촌이 자네 버릇을 잘못 들인 게야. 그게 문제라는 말이지."

그 말이 정곡을 제대로 찌른 듯했다. 라이너가 약간 인정하는 듯 웃음을 띤 채 고개를 숙였기 때문이다.

"하지만 의사께서는……."

"상식적으로 생각해 보게, 프랭크. 자네는 듣고 싶은 말을 해 줄 사람 하나를 찾겠다고 의사를 스무 명이나 만났잖나."

라이너의 쾌활한 표정이 깊은 수심에 압도당해 버렸다.

"아, 제 말은…… 그럼 선생님이라면 어찌하시겠습니까?"

그가 말을 더듬었다.

"짐을 싸서 첫 기차에 오르겠네."

그리스번 씨는 몸을 앞으로 기대더니 한 손을 젊은이의 팔에 다정히 얹었다.

"이보게. 내 조카 짐 그리스번이 남부에서 큰 목장을 하고 있어. 그가 자네를 받아 줄 걸세. 자네가 가면 좋아할 게야. 자네의 새 의사는 요양 따윈 소용없다고 말했을 테지. 그렇다고 요양이 해가 된다는 소리는 아닐 거야. 그렇지 않은가? 그러니 한번 시도해 보게. 무더운 공연장과 야심한 외식 자리보다야 낫지 않겠나. 어쨌든…… 그리고 나머지는…… 음…… 볼치?"

"가게나."

볼치 씨는 움푹 꺼진 목소리로 말했다.

"즉시 가게."

그가 거듭 충고했다. 마치 젊은이의 얼굴을 가까이 들여다보고서 동료의 말에 동조해야 할 필요성을 더 간절히 느끼기라도 한 듯이.

젊은 라이너의 안색은 더욱 어둡고 창백해졌다. 그는 입술에 힘을 주어 애써 미소 지으려 했다.

"제 상태가 그렇게 안 좋아 보입니까?"

그리스번 씨는 이제 테라핀[51]을 먹고 있었다.

그가 말했다.

"지진이 일어난 바로 다음 날 같다네."

문이 열리고 집주인이 다시 식탁에 돌아올 때까지 래빙턴 씨의 세 손님(팩슨이 보기에 라이너 씨는 음식에 전혀 손을 대지 않

---

51 terrapin. 북아메리카의 강이나 호수에서 서식하는 작은 거북이로 만든 요리.

았다.)은 마지못해 테라핀을 먹고 있었다. 래빙턴 씨는 평정을 회복한 듯 자리에 앉아 냅킨을 집어 들고는 금빛 모노그램 메뉴판을 살펴보았다.

"아니, 필레는 다시 가져오지 말고. 테라핀 조금. 그렇게 하지."

그는 온화하게 테이블을 바라보았다.

"자리를 비워서 송구하오. 강풍으로 전깃줄이 꼬이는 바람에 좋은 신호음을 잡는 데까지 시간이 좀 걸렸지 뭐요. 눈보라 때문에 끊긴 게 분명해."

젊은 라이너가 끼어들었다.

"존 삼촌, 그리스번 선생님이 어찌나 잔소리를 하시는지."

래빙턴 씨는 태연하게 테라핀을 먹고 있었다.

"아, 뭐에 대해서?"

"제가 뉴멕시코에 갔어야 한다고 생각하시나 봐요."

"나는 프랭크가 당장 내 조카 짐이 있는 산타페로 가서 다음 생일 때까지 그곳에 머물면 좋겠다고 생각한다네."

래빙턴 씨는 그리스번 씨에게 테라핀을 더 주라고 집사에게 눈짓을 했다. 그리스번 씨는 두 번째 그릇을 비우면서 다시 라이너에게 말했다.

"짐이 지금 뉴욕에 있다네. 내일모레, 올리펀트 씨의 개인 열차로 산타페로 돌아가지. 자네가 마음만 먹으면, 올리펀트 씨에게 자네도 같이 갈 수 있는지 물어보겠네. 그곳에서 한두 주 보내 보게. 하루 종일 말안장에 앉아 있거나 밤에 아홉 시간씩 잠을 자면, 뉴욕에서 처방전을 써 준 의사의 말 따위 딱히 개의치 않게 될 걸세."

팩슨이 입은 열었다. 어떤 연유에서였는지는 알 수 없었지만.

"저도 그곳에 가 본 적 있습니다. 황홀한 삶이지요. 몸이 정말 안 좋은 녀석이 있었는데 거기서 지내는 동안 금세 건강해졌지 뭡니까."

"솔깃하군요."

라이너 씨가 웃으며 돌연 기운찬 목소리로 말했다.

그의 삼촌이 다정하게 그를 바라보았다.

"그리스번 선생의 말이 옳을지도 모르지. 이건 기회인 게야."

그 순간, 팩슨은 깜짝 놀라서 힐끗 올려다보았다. 아까 서재에서 흐릿하게 보였던 그 형상이 이제 더욱 선명하고 확고하게 래빙턴 씨의 의자 뒤에 서 있었다.

"옳지, 프랭크. 자네의 삼촌도 허락하지 않았는가. 게다가 올리펀트 가문과의 여행은 절대 놓칠 수 없는 기회지. 그러니 두어 주 정도 저녁 약속은 취소하고 내일모레 5시에 그랜드 센트럴로 가게나."

그리스번 씨의 흐뭇한 잿빛 눈망울은 집주인의 동의를 구하였고, 팩슨은 서늘한 긴장이 감도는 고뇌 속에서 래빙턴 씨를 지켜보았다. 그러는 동안 그리스번 씨의 시선은 계속 래빙턴 씨에게 고정되어 있었으므로 집주인 배후에 있는 형상을 알아보지 못할 리가 없었다. 머지않아 그리스번 씨에게 일어날 표정의 변화가 팩슨에게 이 상황에 대한 분명한 단서를 제공해 줄 터였다.

그러나 그리스번 씨의 표정에는 아무 변화가 없었다. 그의 눈빛은 태연히 집주인에게 머물러 있었고 전혀 동요하지 않았다. 결국 팩슨이 얻은 실마리는, 그의 눈엔 '다른 형상 따원 보이지 않는다.'라는 놀라운 사실뿐이었다.

팩슨의 첫 반응은 고개를 돌린 채 다른 어딘가를 바라보며, 대기하던 집사가 이미 가득 채워 준 샴페인 잔에 의지하는 것이었다. 하지만 그의 육체가 거부하는 어떤 치명적인 이끌림이 그로 하여금 두려움에 떨게 하는 지점을 응시하게 했다.

그 형상은 여전히 서 있었다. 방금보다 더 선명하고, 더욱 래빙턴 씨와 닮은 모습으로 그의 등 뒤에 서 있었다. 래빙턴 씨가 애정 어린 눈길로 조카를 계속 바라보는 동안에도, 그의 분신은 변함없이 경멸에 찬 눈초리로 젊은 라이너를 노려보고 있었다.

팩슨은 억지로 근육을 놀려 힘겹게 눈을 뜨고는 테이블에 합석한 다른 이들을 찬찬히 살펴보았다. 하지만 어느 누구도 그가 목도하고 있는 미지의 존재를 알아채지 못한 듯했다. 극도의 고립감이 몰려왔다.

"고려해 볼 가치가 있지. 물론이야."

래빙턴 씨의 목소리가 계속 들려왔다. 라이너 씨의 얼굴이 밝아지자 의자 뒤의 형상은 그간 묵혀 둔 끝없는 증오와 격한 피로감으로 달아올랐다. 몇 분이 흐르자 팩슨은 더욱 분명하게 알아차릴 수 있었다. 의자 뒤에 있는 염탐꾼은 단지 악의에 찬 수준이 아니었다. 그는 갑자기 형용할 수 없을 정도로 지쳐 보였다. 그의 증오심은 결실 없는 노력과 좌절된 희망의 심연에서 용솟음친 것이었고, 이 점이 그를 더욱 비루하면서도 끔찍한 존재로 만들었다.

팩슨의 시선은 이제 래빙턴 씨 쪽으로 향했다. 마치 걸맞은 변화로 그를 놀라게 하려는 듯이, 처음에는 아무런 낌새도 없었다. 그의 희끄무레한 미소는 회반죽을 바른 벽면의 가스

등처럼 그의 공허한 얼굴에 붙박여 있었다. 그의 미소는 불길하리만큼 경직되어 있었다. 팩슨은 래빙턴 씨가 미소를 떠나보내길 두려워하고 있음을 깨달았다. 래빙턴 씨도 분명 말로 표현할 수 없을 만큼 지쳐 보였다. 그런데 이 같은 사실이 팩슨의 혈관 속으로 차디찬 전류를 흘려보내는 듯했다. 그는 손대지 않은 그릇을 내려다보면서 반짝반짝 시선을 사로잡는 샴페인 잔을 집어 들었다. 하지만 근사한 와인을 보아도 속이 메스꺼울 뿐이었다.

"흠, 그럼 상세하게 논의해 보도록 하지."

래빙턴 씨의 목소리가 들렸다. 여전히 조카의 앞날에 관한 얘기였다.

"우선 담배부터 태웁시다. 아니, 여기서 말고. 피터!"

그는 팩슨에게 미소를 지어 보였다.

"커피를 마시며 그림을 보여 주고 싶구려."

"아, 그런데 잭 삼촌,[52] 팩슨 씨께서 삼촌과 닮은 분이 있는지 궁금하시대요?"

"닮은 사람?" 래빙턴 씨는 여전히 미소 띤 얼굴로 손님을 바라보며 말했다.

"내가 아는 바로는 없다네. 자네, 혹시 누군가를 보았는가? 팩슨 씨?"

그는 생각했다.

'세상에! 지금 내가 고개를 들면 똑같이 생긴 두 사람이 동시에 나를 쳐다보고 있을 테지!'

눈을 들어 올리지 않으려고 그는 입에 잔을 가져다 대는

---

52 Jack. 존(John)의 애칭.

시늉을 했다. 하지만 그의 손은 맥없이 흐트러졌고, 그만 시선을 위로 들어 올리고 말았다. 래빙턴 씨는 정중하게 그를 굽어보았다. 그렇게 마음속 중압감이 누그러들사 그는 의사 뒤의 형상이 여전히 라이너를 노려보고 있음을 느낄 수 있었다.

"나를 닮은 이를 보았소? 팩슨 씨?"

그렇다고 답하면 또 다른 얼굴이 고개를 돌릴까? 팩슨은 목구멍이 타들어 가는 듯했다.

"아닙니다." 그가 답했다.

"그래요? 가능하긴 하지. 열댓 명은 될 거요. 워낙 흔한 생김새라……"

래빙턴 씨는 사교적으로 너스레를 부렸지만, 그의 분신은 여전히 라이너를 경계하고 있었다.

"그게…… 착오가 있었나 봅니다. 기억에 혼란이……"

팩슨은 말을 더듬었다.

래빙턴 씨가 의자를 뒤로 물리자 그리스번 씨도 갑작스레 몸을 앞으로 기울였다.

"래빙턴! 무슨 생각을 하는 거요? 아직 프랭크의 건강을 염원하는 건배를 하지 않았잖소!"

래빙턴 씨가 다시금 자리에 앉았다.

"이런, 세상에. 피터! 포도주를 한 병 더 내오게."

그는 조카를 바라보며 말했다.

"중대사를 깜박한 죄를 저지른 내가 건배를 제의하는 건 상도에 어긋날지도 모르지! 프랭크는 이해해 줄 걸세, 그러니, 그리스번!"

젊은이는 삼촌 말을 못 들은 척했다.

"아뇨, 잭 삼촌. 그리스번 선생님은 신경 쓰지 않으실 거예요. 그 누구도요. 삼촌만 오늘 그러신 거라고요."

집사는 잔을 채웠다. 그는 래빙턴 씨의 잔을 가장 마지막에 채웠고, 래빙턴 씨는 잔을 들어 올리려 본인의 작은 손을 뻗었다. 건배가 이뤄지는 내내 팩슨은 고개를 돌려 버렸다.

"자, 그러면, 지난 수년 동안 내가 기원한 모든 축복들을…… 이 기도에 전부 담았다네. 자네들 앞날에 건강과 행복이 넘치고 또 넘치길 기원하네! 특히 사랑스러운 나의 조카."

팩슨은 잔으로 향하는 손들을 보았다. 그 역시 자동적으로 자신의 잔을 집어 들었다. 눈은 여전히 테이블 위에 고정한 채 덜덜 떨며 다짐하고 또 다짐했다.

'올려다보지 않으리라. 결단코…… 결단코…….'

손가락에 에워싸인 술잔을 입술 높이로 들어 올렸다. 다른 손들도 같은 동작을 취하였다. 그리스번 씨의 다정한 목소리도 들렸다.

"옳소! 옳소!"

볼치 씨의 공허한 외침도.

그는 잔의 가장자리를 입가에 대며 속으로 생각했다.

'올려다보지 않으리라. 결단코 그러지 않으리라.' 그러고는 보고야 말았다.

술이 가득 찬 잔을 테이블 위로 안전하게 내려놓을 때까지, 그는 음료가 아슬아슬 찰랑대는 끔찍한 순간을 버티기 위해 세심한 주의를 기울여야 했다. 다행스럽게도 이 강박적인 집중의 순간 ── 술잔 ── 이 그를 구원했고, 그 덕분에 비명을 지르거나 술잔을 놓치거나 정신이 끝없는 나락으로 빠져드는 상황에서 겨우 벗어날 수 있었다. 술잔과 씨름하는 동안, 그는 자리를 지키고, 근육을 통제하며, 눈에 띄지 않게 이들 무리와 어울릴 수 있을 것 같았다. 하지만 잔이 테이블에 닿자 그를 지탱해 주던 실낱같은 동아줄이 끊어지고 말았다. 그는 자리에서 벌떡 일어나 식당을 박차고 나가 버렸다.

4

회랑에서는 자기 보호 본능에 따라 라이너에게 제발 쫓아오지 말아 달라고 일러둘 수 있었다. 팩슨은 어지럽다고 둘러대며 라이너 씨에게 손님들이 있는 곳으로 되돌아가라고 당부했다. 라이너 씨는 안타깝다는 듯 고개를 끄덕였고 다시 식당 안으로 들어갔다.

계단 끝자락에서 하인과 마주쳤다.

"웨이모어로 전화 한 통을 걸고 싶소."

그는 바싹 마른입으로 청했다.

"죄송합니다, 나리. 모든 전기가 끊겼습니다. 래빙턴 나리도 아까 전화하실 때, 다시 뉴욕으로 연결하고자 한참 시도해 보셨습니다만……."

팩슨은 총알같이 자신의 방으로 달려 들어가서는 문을 꼼꼼히 잠갔다. 램프 불빛이 가구, 꽃, 서적들을 비추었고, 벽난로 속 장작은 여전히 반짝이고 있었다. 그는 소파에 주저앉아 머리를 파묻었다. 방은 적막했다. 아니, 집 안 전체가 고요했다. 어둡고 막막한 방 안에 있자니, 쏜살같이 빠져나온 식당에서 도대체 무슨 일이 벌어지고 있는지 그 어떤 실마리도 건질 수 없었다. 두 눈을 감자, 망각과 안도감이 엄습했다. 하지만 찰나일 뿐이었다. 눈꺼풀은 이내 열렸고, 다시금 기괴한 광경이 시야에 어른거리기 시작했다. 그의 동공을 짓밟는 무언가, 그의 일부를 영원히 짓이길 그 무언가가 말이다. 그의 몸과 머리에 각인된 결코 지울 수 없는 공포. 하지만 왜 하필 그에게 이런 일이 일어났을까? 왜 그에게만 보이는 걸까? 왜 그만이 지금 이 기이한 상황의 목격자로 선택되었는가? 신이시여, 정녕 무슨 상관이기에? 만약에라도 다른 누군가가 함께 그 형상을 알아차렸다면 동일한 공포를 나누며, 같이 그것을 물리쳤으리라. 하지만 맞설 힘도 막아설 방편도 없는 구경꾼일 뿐인 그로서는, 저러한 사실을 주변에 알린들 그 누구의 신뢰도, 공감도 얻어 내지 못할 터였다. 이 끔찍한 상황 속에서 저 홀로 배제된 팩슨은 그저 희생양이 될 운명이었다.

돌연 그는 자리에서 일어나 귀를 기울였다. 계단을 오르는 소리. 누군가가 분명 그의 안위를 확인하러 오고 있었다. 몸이 좀 나았는지 확인한 뒤에, 같이 내려가서 담배 태우는 이들과 합석하자고 제안할 테지. 조심스럽게 그는 문을 열었다. 그래, 젊은 라이너였다. 팩슨은 복도를 내려다보며 반대편 계단을 떠올렸고 번개처럼 그곳으로 달려갔다. 오로지 그 집에서 벗어나고 싶을 따름이었다. 더는 한순간도 이 끔찍한 저택의 공기를 들이마실 자신이 없었다. 신이시여, 이게 도대체 저랑 무슨 상관이라는 말입니까.

그는 아래층 회랑의 맞은편 끝자락에 다다랐다. 저 너머로 자기가 들어온 복도가 시야에 들어왔다. 텅 빈 공간, 긴 테이블 위에는 팩슨의 외투와 모자가 놓여 있었다. 외투를 걸치고 문빗장을 열어젖힌 뒤 숨통 트이는 심야 속으로 돌진해 나아갔다.

어둠은 깊었고 추위는 너무도 매서워서 금세 숨이 턱 막

했다. 하지만 눈이 가냘프게 흩날릴 뿐이라는 사실을 깨닫고, 그는 결연히 발걸음을 옮겼다. 늘어선 가로수가 짓밟힌 눈길 위로 길을 인도해 주었고, 그는 성큼성큼 서둘러 걸어갔다. 걷다 보니 그의 머리를 짓누르던 심란함이 점차 잠잠해졌다. 아예 훨훨 날아가고 싶다는 충동에 사로잡혀 거침없이 나아갔으나 그저 자신이 만들어 낸 공포로부터 도망치려 할 뿐임을 곧 자각했다. 이렇듯 다급하게 도피해 나온 결정적인 이유란, 결국 타인의 눈길로부터 자신의 괴상야릇한 상태를 숨기고 안정을 되찾고자 하는 바람이었다.

그는 오랫동안, 기차 안에서부터 지금까지 이어진 절망적인 상황들을 덧없이 되돌아보며 시간을 보냈다. 그리고 웨이모어로 가는 마차가 당도하지 않았다는 사실을 알아차렸을 때의 씁쓸함은 이제 분노로 변했다. 물론 불합리한 일이었다. 라이너 씨와 콜름 부인의 건망증에 대해 농담을 주고받긴 했지만, 여하튼 이토록 쓰라린 대가를 치러야 했다는 점도. 현재의 시궁창 같은 상황은 그의 뿌리 없는 삶이 만들어 낸 결과였다. 여태 든든한 버팀목 없이 살아오다 보니 그의 이성은 사소한 일에도 쉽게 좌지우지되었다. 그리고 추위와 피로, 희망의 부재, 뇌리를 떠도는 재능 부족에 대한 자각, 벌써 한두 차례 공포에 시달리게 했던 이 모든 것들이 그를 또다시 위태로운 벼랑 끝으로 내몰았다.

그렇지 않고서야, 예상 가능한 논리적 관점, 아니 이성이든 마성의 조화든, 이방인인 그가 왜 이러한 일을 당하게끔 선택받을 수밖에 없었겠는가? 이것이 의미하는 바는 무엇인가? 그와 무슨 상관인가? 그에게 미치는 영향은 무엇인가? 만약그가 이방인이었기 때문에, 어디서나 흔하디흔한 이방인 중

하나였기 때문에, 개인적인 삶도, 스스로를 보호할 만한 주체적 자아라는 따뜻한 보호막도 없었기 때문에 이토록 타인의 우여곡절에 불가사의할 만큼 예민하게 반응하게 되었을까. 아니다! 그런 운명은 너무도 끔찍하다. 팩슨 내면의 모든 건강하고도 견고한 의지들이 이 같은 자기혐오를 단호히 거부했다. 그러한 경고의 희생자라고 예단하기보다 스스로를 미혹되고 산만한 망상가라고 치부하는 편이 천 배는 더 나았다!

저택 대문에 다다르자 어두컴컴한 경비실 앞에서 잠시 발걸음을 멈췄다. 거세진 바람이 매서운 눈발을 날리며 그를 재촉했다. 그는 추위에 다시금 정신을 차렸지만 여전히 망설이고 있었다. 내가 제정신인지 시험하러 다시 돌아갈까? 그는 몸을 돌려 저택으로 이어진 어둑한 도로를 내려다보았다. 나무들 사이로 새어 나온 한 줄기 빛이 치명적인 방 안의 잔상, 꽃, 얼굴 들을 떠오르게 했다. 그는 몸을 돌려 나아가던 길로 뛰어들었다.

그는 오버다일까지 일 마일쯤 남았을 무렵, 마부가 손을 뻗어 노스리지로 향하는 길을 짚어 보였던 일을 기억해 냈다. 팩슨은 그 방향을 향해 걷기 시작했다. 길에 들어서자 바람이 얼굴을 때렸고 그의 콧수염과 눈썹에 내려앉은 눈은 차차 얼어붙었다. 서리 조각은 그의 목구멍과 폐까지 기어 들어가 수백만 번 난도질을 해 댔으나 자신을 기다리고 있을 따뜻한 방을 떠올리며 그는 계속 앞으로 나아갔다.

길에 쌓인 눈은 깊고도 울퉁불퉁했다. 그는 우연히 바큇자국에 걸려 눈 속에 파묻히기도 했다. 바람은 화강암 절벽처럼 그에게 몰아쳤다. 그는 이따금 멈춰 서서, 어떤 보이지 않는 손이 그의 몸에 강철 띠를 조이는 듯 숨을 헐떡였다. 그러고는 다시금 나아갔다, 동장군이 밀어붙이는 은밀한 공격에 결연히 맞서면서. 눈은 불가사의한 어둠의 장막 아래에서 쏟아져 내렸다. 그는 한두 번씩 걸음을 멈추고, 행여나 노스리지로 가는 길을 놓치지는 않았는지 걱정했다. 하지만 되돌아갈 표식 또한 보이지 않았으므로 그는 다시금 힘겹게 발걸음을 옮겼다.

결국 족히 일 마일 이상은 걸었다고 확신했을 무렵, 그는 멈춰 서서 뒤를 돌아보았다. 그러고 있으니 즉시 마음이 놓였다. 우선은 바람을 등지고 설 수 있었기 때문이고, 길 저 아래로 희미한 등불 역시 보였기 때문이다. 마차 한 대가 다가오고 있었다. 그를 마을로 데려다줄지도 모를 마차였다. 그는 기대감에 부풀어서 빛을 향해 나아가기 시작했다. 마차는 매우 느리게, 갈지자를 그리며 움직였다. 불과 몇 야드 거리임에도 마차 종소리가 들리지 않았다. 혹시 마차가 추위에 지쳐 발걸음을 멈춘 행인을 태우려고 길가에 선 것일까? 어쩌면 마차가 아닌 걸까? 이런 생각이 들자 팩슨은 조급해졌다. 이윽고 그는 움직임 없이 눈 더미 주위에 옹송그리고 있는 형상 위로 허리를 구부려 살펴보았다. 등불이 그의 손에서 떨어졌다. 팩슨은 공포에 떨며 다시 등불을 주워 들고는 상대의 얼굴을 비추었다.

"라이너 씨! 대체 여기서 뭐하는 거요?"

젊은이는 창백한 낯빛으로 웃어 보였다.

"그러는 당신은요? 나도 알고 싶소만?"

그가 대꾸했다. 그러고는 팩슨의 팔을 움켜쥔 채 허둥지둥 일어섰다. 그는 기쁘게 이어 말했다.

"당신을 쫓아왔습니다."

팩슨은 어리둥절한 채 서 있었다. 젊은이의 안색이 몹시 어두웠으므로, 그의 심장은 철렁 내려앉았다.

"대체 왜……."

그가 입을 열었다.

"그러게 말입니다. 도대체 왜 그러신 겁니까?"

"제가요? 무슨? 제가 왜……. 저는 그저 산책을 하고 있었을 뿐입니다. 저는 종종 밤에 산책을 하거든요."

프랭크 라이너가 웃음보를 터트렸다.

"이런 밤에 말인가요? 그렇다면 달아나신 건 아니지요?"

"달아나다니요?"

"제가 뭔가 기분 상하게 했는지 걱정했습니다. 제 삼촌은 그렇게 생각하고 계세요."

팩슨이 팔짱을 꼈다.

"삼촌분이 당신더러 나를 쫓아가라고 하신 거요?"

"흠, 당신 몸이 안 좋다고 했을 때 내가 올라가 보지 않았다고 어찌나 호통을 치시던지. 그래서 당신이 떠났다는 걸 알고 다들 적잖이 당황했지요. 삼촌이 언성을 높이셔서, 제가 당신을 뒤따라가겠다고 한 겁니다. 편찮으신 건 아니지요?"

"아프긴요. 아닙니다. 전혀요."

팩슨은 등불을 고쳐 잡았다.

"자, 돌아갑시다. 식당이 어찌나 후끈하던지."

"네, 그저 그러기만을 바랍니다."

그들은 몇 분 동안 침묵 속에서 걸었다. 그리고는 팩슨이 물었다.

"너무 지치신 건 아니지요?"

"아닙니다. 바람이 저희 뒤편에서 부니 훨씬 낫습니다."

"다행이네요. 그럼 더는 말하지 않는 것으로."

그들은 앞으로 밀고 나아갔다. 등불이 그들의 길잡이가 되어 주었음에도 팩슨이 강풍 속에서 홀로 걸을 때보다 속도가 더뎠다. 그의 벗이 눈보라 속에서 휘청대었기에 "나의 팔을 붙드시오."라고 말할 구실이 생겼다. 라이너는 순순히 따랐다. 그가 팩슨을 붙들며 말했다. "바람에 날아갈 것 같군요."

"저도 그렇습니다. 왜 아니겠소?"

"당신 덕에 이게 무슨 야단법석입니까! 하인 한 명이 당신을 우연히 보지 않았더라면……."

"그래, 알겠소. 자, 그럼 이제, 제발 그 입 좀 다물어 주겠소?"

라이너는 웃으며 그의 팔을 붙들었다.

"저는 추위를 잘 타지 않습니다……."

라이너가 그를 앞서가기 시작한 첫 몇 분 동안은 이 젊은이의 건강에 대한 우려가 팩슨의 유일한 고민거리였다. 하지만 힘겨운 발걸음이 차차 저택에 가까워질수록 그를 도망치게끔 충동질한 이유가 더욱 선명하고 위협적으로 다가왔다. 아니다. 그는 미치거나 현혹된 게 아니었다. 그는 위험을 경고하고 누군가를 구원할 목적으로 선택받은 것이었다. 그런데 지금 불가항력적인 힘에 의해 운명의 먹잇감이 된 저 가련한 청년을 바닥 없는 구렁텅이 속으로 다시 처넣고 있었다.

이러한 확신이 너무도 강렬해서 그는 라이너의 발걸음을 멈춰 세울 뻔했다. 하지만 그가 무엇을 할 수 있겠으며 무슨 말을 하겠는가? 그는 무슨 수를 써서라도 라이너 씨를 추위로부터 벗어나게 해야 했고, 따뜻한 집 안으로 데려가서 그의 침대에 눕혀야 했다. 그런 다음에 행동에 옮기리라.

눈보라가 거세졌다. 도로가 직선으로 이어지는 공터에 다다르자 바람이 비스듬히 불어닥치며 그들의 얼굴을 가시 채찍처럼 후려쳤다. 라이너 씨가 호흡을 가다듬으려 멈춰 서자 팩슨의 팔에 무게감이 실렸다.

"경비실에 도착하면 마차 한 대를 보내 달라고 마구간에 전화를 하는 게 어떻겠소?"

"경비원들이 모두 잠든 게 아니라면요."

"내가 처리하리다. 그러니 아무 말도 하지 마시오."

팩슨이 말을 가로막았고, 그들은 묵묵히 나아갔다.

저 멀리 숲길을 따라 난 어두운 길가 위로 움푹 팬 바큇자국이 등불에 비쳤다.

팩슨이 정신을 차렸다.

"저곳에 대문이 있소. 오 분이면 도착할 거요."

그는 말을 하면서 경계를 이루는 울타리 너머, 칠흑 같은 길가 끝자락에서 비치는 빛줄기를 발견했다. 그의 머릿속에 담긴 모든 세세한 장면들을 비추던, 바로 그 빛이었다. 그리고 다시금 압도적인 현실에 정신이 아득해졌다. 안 된다. 이 청년을 저기로 돌려보내서는 안 된다!

마침내 그들은 경비실에 도착했다. 팩슨이 문을 두드렸다. 그리고 스스로에게 말했다. '그를 먼저 안으로 들여야겠어. 그리고 일꾼더러 따뜻한 차를 한 잔 내오라고 해야지. 그 다음…… 명분을 찾아보는 거야.'

문을 두드렸지만 아무런 응답도 없었다. 얼마 후, 라이너 씨가 말했다.

"이보시오. 그냥 가는 게 좋겠소."

"안 돼요."

"나는 할 수 있소. 전혀 문제없단 말이오."

"당신은 저택에 돌아가면 안 돼요. 내 말 들으시오!"

팩슨이 더욱 세게 문을 두드리자, 마침내 계단에서 소리가 들렸다. 라이너는 문설주에 몸을 기댔다. 문이 열리자 실내로부터 새어 나온 불빛이 그의 창백한 얼굴과 동공이 풀린 두 눈을 비췄다. 팩슨은 그의 팔을 붙잡고 안으로 들어갔다.

그가 한숨을 내쉬었다.

"밖이 추웠어요."

그런 다음 보이지 않는 단 한 차례의 타격에 온몸의 근육이 아스러지기라도 한 듯, 라이너 씨는 방향을 틀며 팩슨의 품으로 고꾸라지더니 발아래 아무것도 없는 듯 끝없는 나락으로 빠져들었다.

관리인과 팩슨은 몸을 굽혀 젊은 라이너를 부축해 부엌으로 옮기고는 화로 옆 소파에 눕혔다.

관리인은 말을 더듬으며 "제가 안채에 연락해 보겠습니다."라며 방 밖으로 뛰쳐나갔다. 하지만 팩슨은 아무런 주의도 기울이지 않고 다만 들을 뿐이었다. 이 불행의 징조는 더 이상 중요하지 않았다. 불행은 이미 실현되었으니까. 그는 라이너 씨의 목에 둘러진 털 옷깃을 풀어 주려고 무릎을 꿇었다. 손을 놀리는데 무언가 촉촉한 온기가 느껴졌다. 손을 들어 올려다보았다. 붉은빛이었다.

5

야자나무는 노란 강물을 따라 끊임없이 한 줄로 꿴 듯 늘어서 있었다. 작은 증기선이 부두에 다다랐고 조지 팩슨은 목조 호텔 베란다에 앉아 일꾼들이 판자 다리 너머로 화물을 나르는 모습을 멍하니 바라보았다.

두 달째 보는 장면이다. 노스리지 기차역에 내려 웨이모어행 썰매 마차를 찾아 헤매던 시점으로부터 거의 오 개월이나 지났다. 웨이모어. 그는 결국 그곳에 당도하지 못했다. 그 지난날의 일부, 특히 처음의 일부분만큼은 여전히 희미한 잿빛으로 기억 속에 남아 있다. 아직까지도 자신이 어떻게 보스턴으로 되돌아왔는지 정확하게 알지 못한다. 사촌의 집에 도착한 일도, 그리고 헐벗은 나무들 아래로 눈이 소복이 쌓인 경관이 내려다보이는 조용한 방으로 옮겨진 것도. 그는 오랫동안 같은 장면을 보고 또 보았다. 마침내 어느 날, 하버드에서 알게 된 어떤 사내가 팩슨더러 말레이반도로 같이 출장을 가자고 제안했다.

"자네는 굉장히 힘든 일을 겪었으니 한동안 모든 것에서 놓여나면 도움이 될 거야."

다음 날 의사가 찾아왔고, 그는 이 계획을 미리 알고 허락한 터였다.

"일 년 동안은 요양해야 할 거요. 그저 어슬렁거리며 경치나 보러 다니는 거지."

그가 조언했다.

그 순간, 팩슨은 처음으로 희미한 호기심을 느꼈다.

"제가 대체 왜 이러는 겁니까?"

"글쎄요. 과로인 듯합니다. 지난 12월 뉴햄프셔로 떠나시기 전에 극심한 신경 쇠약증을 억지로 참고 있었던 게 분명합니다. 그리고 가엾은 젊은이의 죽음도 한몫을 했겠지요."

아, 그렇군. 젊은 라이너가 죽었다. 기억이 났다.

그는 동양으로 향했다. 삶이 미세하게나마 그의 유약한 뼈와 공허한 두뇌에서 꿈틀거렸다. 그의 벗은 인내심 있고 사려 깊었다. 그들은 천천히 여행했고 말을 아꼈다. 처음에 팩슨은 익숙한 그 무언가를 보기만 해도 크게 움츠러들고는 했다. 그는 신문을 거의 보지 않았으며 마음이 동하지 않는 한 편지도 결코 뜯어보지 않았다. 공포를 느낄 만한 특별한 원인이 있었던 건 아니었다. 하지만 단지 어둠의 거대한 흔적이 곳곳에 묻어 있을 따름이었다. 그는 너무 깊은 나락을 목도한 것이다. 그러나 차츰 건강과 활력을 회복했고 호기심도 되살아났다. 그는 세상이 어떻게 돌아가는지 궁금해지기 시작했고, 호텔 관리인이 증기선 편으로 그에게 배달된 편지가 없다고 전했을 때는 무척이나 섭섭해했다. 그의 친구는 정글로 긴 여행을 떠났다. 그는 다시 홀로 남겨졌고 빈둥댔으며 심심했다. 그는 일어나서 읽을거리가 있는 방으로 걸어갔다.

그곳에는 도미노 게임, 훼손된 그림 퍼즐, 《시온 헤럴드》 잡지, 뉴욕 신문과 런던 신문 더미가 쌓여 있었다. 그는 신문들을 살펴보았고 그가 기대하던 것보다 훨씬 오래된 신문이라 실망했다. 분명 최신호는 운 좋은 여행객들이 먼저 가져간 듯했다. 그는 계속해서 이것저것 펼쳐 보았고 가장 먼저 미국 신문을 집어 들었다. 어쩌다 보니 가장 오래전에 발행된 신문이었고, 12월과 1월의 사건들을 다루고 있었다. 그러나 팩슨에게는 신선한 정보들이었다. 왜냐하면 그 무렵이야말로 사실상 그가 존재하지 않은 것이나 다름없는 시기였기 때문이다. 그는 자신의 공백기 동안 세상에서 무슨 일이 일어났는지, 여태껏 궁금해한 적이 없었다. 하지만 지금은 갑작스럽게도 알고 싶다는 욕망에 휩싸였다.

즐거움을 오래도록 누려 볼 요량으로 그는 신문을 연대순으로 정리하기 시작했다. 그리하여 가장 이른 호수를 찾아 신문을 펼쳐 보니, 페이지 가장 위쪽에 적힌 날짜가 마치 문고리를 따는 열쇠처럼 그의 의식을 일깨웠다. 12월 17일이었다. 그가 노스리지에 도착한 다음 날이다. 그는 첫 장을 펼쳐 들고 이글대는 문구를 읽어 내려갔다. "단백석 시멘트 기업의 종말. 래빙턴의 이름이 거론되다. 거대한 부정부패 발각. 월가의 근간을 흔들다!"

그는 하나하나 샅샅이 살폈고 첫 장을 다 읽자 그는 다음 장으로 넘어갔다. 사흘 동안의 시간차가 있었지만 단백석 시멘트 기업에 대한 "조사"는 여전히 헤드라인을 차지하고 있었다. 복잡하게 얽히고설킨 탐욕과 파멸의 이야기를 읽다 보니 부고 하나가 눈에 띄었다. 그는 또 읽어 내려갔다. "라이너, 뉴햄프셔 노스리지에서 갑작스럽게…… 고인 프랜시스 존은…… 유일한 자손으로……."

그의 눈이 어두워졌다. 그는 신문을 떨어트렸고 한참 동안 두 손에 얼굴을 파묻었다. 다시 눈을 들었을 때, 팩슨은 벌써 자신이 다른 신문들을 밀쳐 테이블 아래, 발치에 흩뿌렸다는 사실을 알아차렸다. 그의 눈은 가장 위에 놓인 신문을 힘겹게 탐색하고 있었다. "존 래빙턴은 기업 구조 조정을 기획 중이었다. 1천만 달러를 자가 비용으로 충당할 계획이었고, 이 제안은 지방 검찰에서 심의 중이었다."

1천만 달러…… 1천만 달러를 직접 조달하겠다니! 그런데 만약 존 래빙턴이 벌써 파산한 상태라면? 팩슨은 결국 비명을 지르며 일어섰다. 그랬구나. 경고의 의미가 바로 이것이었구나. 만약 그때 내가 계시로부터 도망치지만 않았더라면, 그날 광기에 휩싸여 어둠 속으로 뛰쳐나가지만 않았더라면 결국 악마의 주술을 끊어 냈을지도 모른다. 어둠의 권세가 광명을 점령하지 못했으리라! 그는 신문지 더미를 부여잡고 헤드라인을 차례로 읽기 시작했다. "유언이 검인을 통과하다."

마침내 그는 다른 무엇보다도 찾고 있던 문구를 발견했다. 그 문장이 라이너 씨의 죽어 가는 눈동자처럼 그를 향하고 있었다.

바로 그것이 내가 한 일이었다. 연민의 힘이 자신을 선택하여 경고하고 구원하라고 하였으나 그는 그 부름에 귀를 닫아 버렸고 손을 떼었으며 급기야 도망쳐 버렸다. 명확한 경고였는데도 불구하고 손을 씻은 것이었다![53] 급기야 손을 씻었다는 그 말이 다시금 경비실에서의 끔찍한 순간을 떠오르게 했다. 라이너 씨를 곁에 밀쳐 두고 자리에서 일어섰을 때 그는 자신의 손을 보았었다. 붉게 물든 손을……

---

53 wash your hands of something. 책임을 회피하거나 어떤 관계를 부인한다는 뜻의 관용구다.

하플던의 신사

1

신생국 특유의 새로움이라는 외투는, 아직 새 옷을 입지 않은 소수의 고풍스러운 유물을 더욱 돋보이게 한다. 특히 식민지에서 벗어나 공화국으로 발돋움하기 전부터, 이곳 미국 땅에 뿌리를 내린 건물이라면 고풍스러운 유물이라 표현해도 무방하리라.

동부 지역 곳곳에는 이러한 건물들이 군집해 있는데, 오래전부터 형성된 소규모 정착지들은 새 시대의 바람에도 훼손되지 않은 채 여전히 남아 있다. 자신만의 정착지를 찾아내 거기에서 살아가는 사람들은, 대개 그런 곳에 거주한다는 사실에 대해 과도할 만큼 자부심을 느끼게 마련이다. 이십 년 전만 해도, 뉴잉글랜드 해안가의 하플던54이 바로 그런 도시였는데, 세일럼과 뉴버리포트 사이 어디쯤에 위치해 있었다. 하

---

54 Harpledon. 이디스 워튼이 지어낸 가상의 도시.

플던에 산다는 것 자체가 우리 모두에게 얼마나 큰 자랑거리 였던가! 우리는 현대식 개조 공사를 완강히 거부했고, 한창 유행하던 '여름 휴양지'의 우스꽝스러운 풍경을 비웃었으며, 전차 노선과 가공선 그리고 전화선에 맞서 싸웠다. 유서 깊은 문화를 파괴하려는 시 당국의 행태를 규탄하고자 신문에 글을 기고하거나 부동산 투기꾼이 오래된 집을 집어삼키려 위협할 때마다 경제적으로 여유 있는 사람들이 발 벗고 나서서 묵직한 박공지붕을 얹은 작은 주택을 하나씩 사들이기도 했다! 물론, 이 모든 것은 아주 은밀하게 진행되었다. 하플던은, 당시는 물론이고 지금도 여전히 뉴잉글랜드에서 가장 아담한 마을에 속하는데, 산업화의 침범을 받지 않은 평온한 정취를 간직하고 있을 뿐 아니라, 주말이면 자동차를 몰고 나들이에 나서는 '관광객'에게조차 다소 외딴곳이었다. 이러한 시민적 자부심은, 미국인들에게 소박한 유산을 보존하고 아름답게 가꾸는 방법을 일깨워 주었다. 그 덕분에 마을 광장의 느릅나무를 정성스럽게 돌보고 그 주변의 잔디를 깎아 말끔하게 유지할 수 있었던 것이다. 차츰 하플던이라는 마을은 예술가나 작가가 처음 발견했을 때보다 훨씬 매력적인 곳으로 거듭났고, 그 낭만적 명성에 걸맞은 장소가 되었다. 그럼에도 불구하고, 가능하다면 두 번 다시 하플던을 보고 싶지 않았다…….

2

여름 관광객 중에서 나이 지긋한 이들은 하나같이 자기가 최초로 하플던을 발견했다고 떠들어 댄다. 그러나 내가 아는 딱 한 사람만큼은 그런 허풍을 떨지 않았는데, 바로 왈도 크랜치다. 그는 우리 중 어느 누구보다도 하플던에 온 지 오래된 사람이었다.

이 마을에서, 왈도 크랜치가 처음 하플던에 나타나던 순간을, 그리고 그가 유구한 역사의 크랜치 저택을 개축하고 수리하던 일을 기억하는 사람은 단 한 명뿐이다. 그의 가문은 하플던이 해상 무역으로 한창 번성하던 시기에 인도 교역으로 큰돈을 벌었는데, 그런 왈도 크랜치보다 더 오래전의 과거사를 기억하는 유일무이한 인물은, 다름 아닌 나의 숙모, 루실라 셀윅이다. 숙모님은 인도 무역업으로 재미를 보던 시절에 건축된, 우리 가문의 든든한 유산이라 할 수 있는 셀윅 저택에서 살았다. 숙모님은 내가 아는 것보다 훨씬 오래전부터, 무려 일흔 해가 넘도록 똑같은 창가에 앉아 하플던의 대로를 내려다보았다. 그러나 불행히도, 워낙에 방대한 숙모의 기억은 핵심에서 벗어나기 일쑤였다. 그야말로 과거의 수많은 사건들을 기억하고 있었지만, 어느 것 하나 정확하지는 않았다. 예컨대, 이런 식이었다. "가엾은 폴리 에버릿! 어느 날 아침, 비명을 지르며 해변에서 뛰어오던 모습이 아직도 선하구나. 눈앞에서 남편이 물에 빠져 죽는 광경을 목격했다고 하니 말이야." 하지만 폴리 에버릿의 남편이 지구 반대편에서 익사하던 날, 정작 그녀는 나들이를 즐기고 있었다. 이러한 사실을 모르는 마을 사람이 없을 정도였다. 에버릿 부인은 남편의 죽음을 예감하지조차 못했다. 왈도 크랜치가 처음 하플던에 이사해 온 날에 대해서도 마찬가지였다. "아이고, 처음 왈도를 봤던 날이 아직도 눈에 선하구나. 비 오는 날 오후였지, 그가 데니 브라인의 낡은 마차에 짐 가방이랑 보따리를 한가득 싣고 왔단다.

그런데 그 이삿짐 위에 진짜 갈기를 단 검고 흰 목마가 하나 놓여 있었지. 내가 본 중에서 가장 멋진 목마였단다." 아무리 기억이 틀렸다고 설득해 봐도, 왈도 크랜치와 그 멋진 목마를 숙모의 머릿속에서 분리해 내기란 불가능했다. 아닌 게 아니라, 왈도 크랜치는 하플던에서 가장 완고한 독신주의자인 데다, 심지어 가장 친한 친구의 아이들조차 전혀 신경 쓰지 않는 사람이었다. 그런 그가 장난감 목마라니! 그런데 왈도 크랜치에 대한 숙모의 기억은, 오히려 성공적인 편이었다. 아마 듀란 부인이리라 예상되는데, 아무튼 누군가가 그 이야기를 왈도 크랜치에게 전했고, 그 말을 듣던 그는 그저 호탕하게 웃을 뿐이었다. 그 웃음소리가 여태 귓전에 생생할 정도다.

"도대체 무엇을 보고 그렇게 말했을까요?" 듀란 부인이 묻자, 왈도 크랜치 씨는 쾌활하게 대답했다. "그냥 제 다양한 취향을 상징하는 물건 중 하나가 아니었을까요?" 그 말은 꽤 고상하고 설득력 있게 들렸다. 실제로 왈도 크랜치 씨는 미술과 원예, 음악은 물론이고 심지어 작곡까지 다방면에 능통했기 때문이다. 여하튼 그 뒤로 오랫동안, 왈도 크랜치의 집은 마을 사람들 사이에서 '목마 저택'이라는 별명으로 불리게 되었다.

이처럼 루실라 숙모의 기억은 이따금 잠깐의 심심풀이를 안겨 줄 뿐, 정확하거나 유익한 것과는 거리가 멀었다. 그렇다 보니 당연스럽게 숙모의 말은 심각하게 받아들이는 사람은 아무도 없었다. 결국 우리들 모두는 왈도 크랜치 씨를 여전히 강건하고 활기차며 사교적인 인물이자, 하플던이 처음 생길 때부터 이미 존재하고 있었던 '유적지' 같은 존재로서 여기는 데에 만족해야 했다. 물론, 크랜치 가문의 역사에 대해서는 모두들 잘 알고 있었다. 크랜치 가문은 지난 삼백 년 동안 번영을 누린 상인 가문으로, 줄곧 비슷한 수준의 가문들과 혼인을 맺으며 친밀하고도 폐쇄적인 관계를 유지해 왔다. 식민지 시절, 크랜치 가문의 한 젊은이가 말라가에서 일을 배우던 중에 느닷없이 스페인 여성과 결혼하겠다고 선언해, 하플던 사람들이 소스라치게 놀랐다는 이야기는 벌써 익숙하다. 왈도 크랜치 역시 젊은 시절에는 유럽을 떠돌며 학문을 닦았다고 한다. 스페인 태생의 증조할머니를 그린 초상화가 크랜치 저택에 여전히 걸려 있는데, 가문 사람들은 오래전부터 이런 농담을 하곤 했다. 증조부는 말라가에서 얼마든지 훨씬 아름다운 스페인 여자를 신부로 들일 수 있었을 텐데, 왜 하필 저토록 근엄하고 엄격한 인상의 여성을 골랐느냐는 말이었다. 실제로 초상화 속의 여인은 제법 위압적인 분위기를 풍겼다. 작고 다부진 체격에, 시커먼 곱슬머리 가발을 쓰고, 날카로운 긴 콧날을 가진 스페인 여자는 한쪽 어깨가 눈에 띌 정도로 치솟아 있었다. 하지만 루실라 숙모는 까무잡잡한 피부의 스페인 여장부에 대해 이야기할 때마다 마치 애도하듯이 이렇게 말하곤 했다. "아, 가엾어라…… 한평생 말라가의 따스한 햇살과 오렌지꽃을 그리워하다가 일찌감치 세상을 떠났다지. 그 별종 아들, 캘버트가 아직 갓난아이였을 때 말이야. 캘버트, 그 양반도 정말 독특한 사람이었지. 우즈홀에서 최고의 미녀라고 소문난 유피미아와 결혼해서 아들을 둘이나 낳았지. 아이 하나는 엄마를 빼닮고, 다른 녀석은 아버지랑 판박이였단다. 사람들 말로는 그 아들 중 하나가 거울 속의 자기 얼굴을 보기 두려워해서 결국 스페인으로 돌아갔고, 결국 수도사로서 생을 마감했다고 하더구나, 뭐 믿거나 말거나이지만." 숙모는 언제나 청교도 특유의 몸서리치는 동작을 하며 이야기를 마무리했다.

여기까지가 우리가 아는 왈도 크랜치의 과거사였다. 그는 오랫동안 하플던의 일부였고, 그의 인생에 대한 세간의 호기심은 대부분 그가 마을에 정착한 시점을 넘어서지 못했다. 그러니까 왈도 크랜치는 마을 사람들에게 일종의 '토착 조상'과 같은 존재였다. 그럼에도 그는 사교성이 뛰어난 데다 예의범절을 타고난 덕분에 자신의 선구자적 지위를 결코 과시하는 법이 없었다. 가령 새로운 등대가 들어서기 전에 얼마나 운치 있었는지, 혹은 이젠 사라져 버린 물레방아가 어찌나 그림처럼 아름다웠는지, 하는 고루한 이야기로 우리를 고달프게 한 적이 단 한 번도 없었다. 오히려 하플던이라는 마을 자체를 있는 그대로 당연하게 받아들이면서 스스로의 입지를 높이는 사람이었다. 마치 대서양 연안을 따라 하플던 같은 마을이 줄지어 늘어서 있기라도 한 듯이, 그저 무심하게 마을을 관망했다.

하지만 크랜치 가문의 저택은 누구에게나 자랑할 만한 장소였다. 하플던의 소박한 풍광이 삽화가들의 먹잇감이 되기 훨씬 전부터, 건축가들과 사진가들은 이미 그곳을 문턱이 닳도록 드나들곤 했다. 크랜치 저택은 '예스러움'과 거리가 먼 곳으로, 시간이 흐르면서 증축되고 더해진 독특한 외관 때문에, 굳이 화려한 장식의 도움을 받을 필요가 없었다. 그 자체로 튼튼하고 완벽한 사각형 모양의 저택은, 벽돌이나 나무로 지어진 하플던의 다른 고택과 달리, 어두운색의 산악 화강암으로 건축되었다. 마을 광장의 끝자락, 느릅나무가 가장 빽빽하게 들어선 곳에 자리 잡은 저택은, 그 너머의 참나무 숲과

블루베리밭 사이에 난 기나긴 마을 길이 내려다보이는 위치에 서 있었다.

크랜치 저택의 현관은, 18세기 무렵에 유일하게 추가된 장식품이자 고풍스러운 외양의 새하얀 기둥이 받치고 있었다. 묵직한 슬레이트 지붕과 나지막한 창문, 절제미가 담긴 처마 장식, 소박한 실내 패널이 전부 원형 그대로 남아 있었다. 심지어 뒷마당엔 네모난 구조의 오래된 정원과 파고다 지붕을 얹은 여름 별채도 있었는데, 본채만큼 유서 깊은 것들이었다. 크랜치 저택은 후대에 그리 많이 증축된 편은 아니라고 앞서 말한 바 있는데, 일부 사람들이 얘기하길, 정원 쪽의 별채는 비교적 최근에 지어졌다고 한다. 설령 그렇더라도 본채의 규모와 세부 양식을 면밀히 고려해 설계했을 터였다. 본채보다 한 층을 낮추고, 지붕의 기울기를 더 완만하게 했을 따름이었다. 학자들은, 본래 그 별채의 부엌에 부속 건물이 딸려 있었고, 아마 노예용 숙소까지 마련돼 있었으리라고 추측했다. 그 근거로, 정원을 향한 벽면에 따로 창문이 없고, 그저 앞이 막힌 장식용 아치만이 있는 점을 지적했다. 그런 의견에 대해서도 왈도 크랜치는 오직 모른다고, 무심하게 답할 따름이었다. 이를테면, 처음 저택을 봤을 때부터 이곳의 구조는 지금과 동일했고, 마침 비어 있던 1층의 큰방을 창고로 사용했을 뿐이며, 위층엔 천장이 낮은 침실 몇 개만이 있었다고 말이다. 저택이 워낙에 넓어서 실내의 모든 방을 굳이 사용할 필요가 없으므로, 이러저런 공간에 대해서도 달리 신경을 쓰지 않는다고 했다. 내가 기억하기로, 한번은 보스턴의 어느 유명한 건축가가 듀란 부인을 졸라, 크랜치 저택을 구경하러 왔었다. 그때, 기어이 별채 반대편에 자리한, 거의 눈에 띄지도 않는 건물 하나를 자세히 살펴보고 싶다며 고집을 피웠다고 한다.

"물론 보여 드릴 수 있지요." 왈도 크랜치가 흔쾌히 허락했다. "하지만 보시다시피, 그쪽 창문은 부엌 마당과 빨래 건조장 쪽으로 나 있답니다. 우리 집에서 일하는 충직한 가정부들과 하인들이 보통 오후 시간에, 특히 날이 더울 때면 그곳에서 잠시 휴식을 취하고는 하지요. 우리 집에서 워낙 오랫동안 일해 온 분들이라, 그분들의 일과를 존중하는 게 마땅하지 않을까요? 그러니 혹시 다음번에 오시면…… 아, 내일 보스턴으로 돌아가신다고요? 이런, 정말 아쉽군요! 그럼요, 물론이죠. 정면 쪽은 얼마든지 촬영하셔도 됩니다. 그 정도는 익숙한 일이라서." 그는 그렇게 듀란 부인과 멀리서 찾아온 손님을 정중히 배웅했다.

손님을 보낸 뒤, 실내로 돌아온 왈도 크랜치의 잘생긴 이마 위에는 여전히 잔뜩 찌푸린 흔적이 그대로 남아 있었다. "이 낡은 저택을 칭송하러 찾아오는 손님들마저 이젠 지겨울 정도군. 처음 이 집에 돌아왔을 때만 해도 누구 하나, 나나 이곳에 관심을 두지 않았는데 말이야." 그러나 그는 곧 평소처럼 온화한 목소리로 덧붙였다. "어쨌든 관심을 보인다는 사실에 감사해야겠지만!"

왈도 크랜치의 불편한 심기를 달래거나, 심지어 그의 비이성적인 면을 끄집어낼 수 있는 사람이 만약 존재한다면, 그건 바로 듀란 부인이었다. 그가 바닥난 인내심을 드러내 보인 상대가 다름 아닌 듀란 부인이었다는 사실에 우리들 모두 놀라고 말았다. 그때 처음으로, 하플던에서 유일하게 왈도 크랜치를 두려워하지 않는 사람은 듀란 부인뿐이라는 점을 깨닫게 되었다. 그렇다, 우리들 모두는 그를 두려워했다. 언제나 그는 사람들을 친근하게 대했지만, 이 사소한 사건으로 인해 그에게 느끼던 거리감이 다시금 공고해진 것이다. 물론, 마을 사람에겐 아니지만 보스턴에서 온 그 건축가에게 왈도 크랜치가 보인 태도, 아마 어느 누구라도 싸늘한 기운을 느꼈을 터다. 돌이켜 생각해 보니, 애초에 듀란 부인이 아니었다면 아마 그 누구도 감히, 낯선 방문객을 데리고 그 저택에 갈 엄두조차 못 냈을 것이다.

듀란 부인은 당시만 해도 그리 주목받지 못하던, 새하얀 머리카락과 젊은 여성의 이목구비가 잘 어우러진, 나름대로 우아하고 매력적인 과부였다. 하플던이 관광지로 막 떠오르던 시기에, 하고많은 여행객 중 한 사람으로서 마을에 입성해, 왈도 크랜치와 오래도록 친분을 쌓았다. 처음에 마을 사람들 모두는, 언젠가 두 사람이 결혼하리라고 예측했다. 그러나 세월이 흐르면서 결국 두 사람이 결혼하지 않으리라는 추측은 확신으로 바뀌었고, 마을 사람들은 여전히 그 둘이 왜 결혼하지 않았는지 의아해하고 있었다. 마을 사람들의 이러한 생각을 두 사람 역시 전혀 모르는 건 아니었다. 그럼에도 불구하고, 두 사람이 우정을 유지하는 데에는 아무런 영향도 끼치지 않았다. 두 사람은 변함없이 친하게 지냈고, 듀란 부인은 여태껏 마을 사람들이 직접 요청하거나 질문하기 어려워하는 일을 왈도 크랜치에게 전달해 주는 '다리' 역할을 맡고 있었다. 나조차 "부인의 부탁이라면 왈도 크랜치 씨도 쉽게 거절하지 않으실 테니까요."라고 말한 적이 있을 정도였다. 내 말을 듣자, 듀란 부인은 슬며시 미소 지으며 시커먼 눈썹을 반쯤 치켜떴다. 그 모습을 보노라니, 혹시 부인도 한 번쯤은 거절당한 적이 있지 않을까, 하는 생각이 머릿속을 스쳤다. 아무리 그렇더라도 듀란 부인은 자신의 실패를 우아하게 수긍했을 테고, 왈도 크랜치 역시 그녀와 친구로서 교류하는 시간을 여전히 즐기고 있는 것 같았다. 아닌 게 아니라, 세월이 흐를수록 두 사람의 우정은 더욱 깊어졌고, 얼핏 왈도 크랜치 씨가 그녀에게 무척 의지하고 있는 듯 보일 지경이었다. 물론, 그가 다른 사람에게 의지하는 상황을 상상하기란 어려운 일이었다. 하지만 왈도 크랜치 씨를 떠올릴 때마다, 어쩔 수 없이 그의 본질적 고립감을 생각하지 않을 수 없었다.

"크랜치 씨야말로 우리 같은 이들의 도움이 전혀 필요 없는 사람이지." 나는 내심 이렇게 생각하면서, 혹시 이 같은 거리감을 향수병에 시달린 스페인 태생의 증조모로부터 물려받은 건 아닐까, 하고 추측해 보았다. 그럼에도 불구하고, 왈도 크랜치 씨보다 사교성이 뛰어난 사람을 나는 여태 본 적이 없었다. 어쩌면 다방면에 재능이 있는 사람이라, 어느 것 하나 특출나게 두각을 드러내지 못했을지도 몰랐다. 설령 그렇다고 한들, 그는 자신의 그 같은 재능을 사람들과의 연결 고리로 삼았으면 삼았지, 타인의 천재성을 질투하며 은둔할 만한 사람은 아니었다. 그는 언제나 자기가 스케치한 그림들을 남들에게 보여 주고 싶어 했고, 작은 문예지에 기고한 자신의 글을 즐겨 낭독했으며, 무엇보다 음악 애호가인 사람들에게 스스로 작곡한 음악을 열성적으로 들려주었다. 아니, '열성적'이라는 표현은 어울리지 않는다. 왈도 크랜치 씨는 언제나 침착하고 균형 잡힌 태도를 유지하는 사람이었으니까. 아니, 자신의 재능을 남들에게 선보이는 데에 있어서 항상 친절하고 최선을 다하는 태도를 보였다고 표현해야 정확할 것이다. 어쩌면 재능을 선보이는 일 자체를 사교적 의무라고 여겼을지도 모른다. 애당초 내 눈에 왈도 크랜치 씨는 어떤 행동을 하든 스스로 정한 복잡하고 엄격한 규칙을 완벽히 따르려 하는 사람처럼 보였기 때문이다. 가령 모자를 벗는 간단한 동작 하나도 여느 사람들이 무심코 보이는 행동과는 사뭇 달랐다. 다른 이들보다 더 고심한 듯, 화려한 몸짓 따윈 없었지만 나름대로 매우 중요한 의식을 행하듯이 정성을 들였기 때문이다.

3

하플던에서 첫 '바자회'가 열리던 해에 비로소, 그동안 단편적으로 떠돌던 왈도 크랜치에 대한 궁금증과 관찰의 결과가 하나둘 연결되기 시작했다.

그해, 하플던 사람들은 마을에 병원과 무료 진료소를 세우기로 했고, 왈도 크랜치가 가장 먼저 기부를 약속하며 '병원 설립 추진 위원회'에 참여하기로 했다. 그 뒤로 마을 회의가 듀란 부인의 집에서 열렸고, 기나긴 논의 끝에 마을 축제와 더불어 바자회를 개최해, 병원 설립을 위한 기금을 마련하기로 결정했다. 문제는 누구의 집 마당에서 바자회를 여는가, 하는 것이었다. 모두 마음속으로는 왈도 크랜치가 저택의 정원을 내주길 바랐지만, 아무도 그 말을 입 밖으로 꺼낼 용기는 없다. 왈도 크랜치가 자리에 도착하기 전까지, 우리는 서로를 떠보며 눈치만을 살폈다. 역시나 다들 부담스러운지 옆 사람에게 떠넘기려는 분위기였다. 그러던 중, 가장 명석한 두뇌의 소유자이자 마을 최고의 유명인인 화가 호머 데이비즈가 냉정한 어조로 말했다. "오, 말해 봤자 크랜치 씨는 허락하지 않을 거예요."

"그걸 어떻게 확신하죠?" 누군가가 되물었다.

"다들 잘 알잖아요. 아니면, 왜 다들 부탁하기를 꺼려 하겠소?"

뒤란 부인이 잠시 망설이다가, "내 생각에는……." 하고 말을 꺼냈다.

"좋아요, 그럼 부인이 물어보는 걸로 합시다!" 호머 데이비즈가 유쾌하게 받아쳤다.

"그런 역할을 나만 계속 떠맡을 수는 없어요."

뒤란 부인이 난처해하는 기색을 보이자, 나는 용기를 내서 말했다. "우리 집 정원이라도 괜찮으시다면 거기를 쓰셔도……."

그 순간 모두의 얼굴이 안도감으로 환해지는 광경을 보니, 왈도 크랜치에게 부탁하는 일을 다들 얼마나 피하고 싶어 했는지를 실감할 수 있었다. 그는 왜 그토록 자기 정원을 자랑스러워하면서도 정작 개방하기를 꺼리는 것일까?

"남자들이란 귀찮은 일이라면 질색하는 법이죠." 어떤 부인이 말했다. 그 말과 함께, 배려 있는 나의 태도를 칭찬하는 소리가 들려왔다. 일각에서는 낯선 사람들이 잔뜩 몰려와서 소란을 피우고 잡다한 일거리마저 늘어나면, 크랜치 저택에서 오랫동안 일해 온 하인들로서는 여간 성가신 일이 아닐 거라는 의견도 나왔다. "맞아요, 캐서린이라는 하녀가 특히 그래요. 그 저택을 용처럼 지키고 있으니까." 어떤 부인이 거들었다. 그런데 바로 그 순간, 왈도 크랜치가 나타났다. 지금까지 결정된 바를 그에게 전하자, 마을 사람들과 더불어 나에게 칭찬을 건넸다. 곧이어 사람들은 바자회의 세부 계획을 세우기 시작했다.

남자들은 바자회에 대한 개념이 없었고, 나 역시 그랬으므로 주최 측에서 자세하게 설명해 줘야 했다. "아, 그냥 집에 있는 해묵은 잡동사니를 내놓으시면 돼요."

우리 모두는 창고에 쌓인 잡동사니를 정리할 수 있는 새로운 방법이라며 환영했다. 딱 한 사람, 왈도 크랜치만을 제외하면 말이다. 그는 잠시 생각에 잠긴 듯하더니 눈썹을 살짝 찌푸리면서 익살스러운 표정으로 말했다. "하지만 우리 집에는 잡동사니가 없는걸요."

"아, 그럼 오래된 아이들 장난감 같은 거라도 괜찮아요." 새로 이사해 온 주민이 별 뜻 없이 대꾸했다.

그러자 왈도 크랜치의 얼굴에 격식을 차린 미소가 퍼졌다. 마치 '장난감? 우리 집에? 누구의 장난감 말이죠?'라고 이야기하듯이, 그는 특유의 몸짓으로 대답을 대신했다.

나는 이에 웃음을 터뜨렸고, 부인 한 사람이 옛날 농담을 떠올린 듯 이렇게 외쳤다. "아, 그 목마가 있잖아요!"

그러자 왈도 크랜치의 얼굴 위로 돌연 잘 단련된 무표정이 어둡게 드리웠다. 그리고 얼마간 감정을 억누른 끝에, 그는 인내심이 가득 담긴 목소리로 되물었다. "목마라니요?"

"어머, 기억 안 나요?" 듀란 부인이 그제야 나섰다. "여러 차례 농담했었잖아요. 미스 루실라가 얘기했던 그 검고 흰 목마 말이에요. 처음 당신이 하플던에 도착했을 때, 마차 위에 놓인 목마를 봤다고, 미스 루실라가 얘기했던 거 기억 안 나요? 진짜 갈기도 달려 있었다고 그랬잖아요." 설명을 늘어놓는 듀란 부인의 얼굴에 살짝 홍조가 감돌았다.

잠시 정적이 흘렀고, 왈도 크랜치는 여전히 어리둥절한

표정이었다. 그러다 이내 얼굴이 서서히 밝아지더니 마침내 미소가 번졌다. "아, 물론이죠! 까맣게 잊고 있었네요. 삼십 년 전에는 그런 장난감을 가지고 놀 만큼 젊은 나이였다고 말할 수도 있겠군요. 물론, 당시에 저는 그렇게 생각하지 않았지만요. 지금 그 목마가 어디에 있는지 알아내려면, 미스 루실라에게 직접 여쭤봐야겠군요." 그는 한마디를 덧붙이며 주머니에 손을 넣었다. "그건 그렇고, 액수는 많지 않지만 기부금을 낼 테니, 바자회에서 판매할 새 장난감을 마련하는 데에 보태시죠."

그가 쾌척한 기부금은 결코 적은 액수가 아니었다. 왈도 크랜치는 늘 아낌없이 기부하면서도 자선 자체엔 매우 무관심했다. 누구든 완벽할 순 없는 법이니까, 차라리 감사한 일이었다. 후하게 기부하는 사람 중엔 평소 인색하기로 소문난 사람도 적잖았다. 바자회를 준비하던 마을 사람들은 그의 기부금에 크게 기뻐했다⋯⋯.

"이상하군요." 그 뒤에 나는 듀란 부인에게 말했다. "왈도 크랜치 씨는 왜 '목마 농담'을 듣고 불쾌해했을까요?"

부인이 미소를 지었다. "워낙에 오래된 농담이라 그랬겠죠. 하플던에선 한 번 시작된 농담이 꽤 오래가곤 한답니다."

그렇다, 아마 그럴 수도 있으리라. 그 점에 대해선 단 한 번도 깊게 생각해 본 적이 없었다.

"그런데 궁금한 게 있어요." 나는 말을 이었다. "저는 크랜치 씨가 어떤 지점에서 불쾌해할지 전혀 예측할 수 없더라고요."

듀란 부인이 곰곰이 생각에 잠겼다. "그럼 내가 알려 줄게요." 뭔가 결심한 듯이 말을 이어 갔다. "아마 이번 바자회에,

자기가 그린 수채화를 기부해 달라고 요청하는 사람이 아무도 없어서 언짢았을 거예요."

"우리가 그랬던가요?"

"네. 호머 데이비즈에겐 작품을 기부해 달라고 했거든요. 그런데 크랜치 씨에겐 아무 말도 안 했어요……. 그래서 더 티가 났을 거예요……."

"아, 그렇군요! 우리 모두가 까맣게 잊고 있었네요."

부인이 고개를 돌렸다. "아무리 크랜치 씨라도 모두에게 잊히는 걸 좋아하지는 않겠죠."

"크랜치 씨의 업적 말인가요?"

"업적이라는 표현은 조금 거창하지 않나요? 그저 '재능' 정도로 표현하는 게 더 적절할 것 같군요." 듀란 부인은 다소 날이 선 말투로 단어를 바로잡았다. 이토록 날카롭게 반응하는 경우가 드물기에, 자기 말투에 놀란 내 모습을 눈치챈 모양이었다. 듀란 부인은 곧장 부드럽게 가다듬은 목소리로 덧붙였다. "어쨌거나 크랜치 씨가 우리 중에서 가장 지적인 사람인 건 사실이니까요, 안 그래요?" 부인은 나의 반응을 의식한 듯 살짝 미소를 지으며, 어색한 분위기를 전환하려고 했다.

"물론이죠." 나는 맞장구를 쳤다. "그렇기 때문에 더더욱, 그토록 지적인 분이 이런 사소한 실수에 언짢아하도록 내버려둘 순 없죠! 당장 편지를 써서……."

"아, 그러지 마세요!" 듀란 부인이 애원하듯이 나를 만류했다.

듀란 부인의 말은 곧 법이었다. 왈도 크랜치 씨는 끝내 수채화를 기부해 달라는 요청을 받지 못했다. 군이 덧붙이자면, 호머 데이비즈의 작품은 2000달러에 팔렸고, 그 덕분에 병원의 난방 시설을 설치할 수 있었다. 보스턴의 한 백만장자가 그의 작품을 매입하기 위해 일부러 찾아오기까지 했다. 그날은 하플던 사람들에게 결코 잊을 수 없는 역사적인 날이었다.

4

바자회가 끝난 지 일주일 뒤에, 듀란 부인을 찾아가니 때마침 왈도 크랜치 씨가 막 바깥으로 나오고 있었다. 그는 나를 힐끗 쳐다보더니 서둘러 떠나 버렸다. 짧고 퉁명스러운 인사가 전부였다. 잘생긴 얼굴인데 몹시 창백해서, 처음엔 크랜치 씨인지조차 못 알아볼 정도였다. 나를 향한 적개심은 아닐 터였다. 우리는 언제나 좋은 관계를 유지해 왔고, 하플던에선 듀란 부인 다음으로 가장 가까운 이웃이라 할 수 있을 테니 말이다. 물론, 왈도 크랜치 씨에게 '가까운 지인'이라는 개념이 있을지는 의문이지만! 그가 떠나고 나서도 나는 활짝 열린 듀란 부인의 현관 앞에 머뭇거리며 서 있었다. 한창 정이 넘치던 시절에, 하플던 사람들은 자연스레 현관문을 열어 두곤 했다. 아, 왈도 크랜치 씨의 저택만은 예외였지만! 그 저택은 캐서린이라는 이름의 문지기가 빗장을 단단히 걸어 잠그고 있었다. 아무튼 방금 왈도 크랜치 씨가 드러낸 적대감이 나와 무관한 게 확실하다면, 아마 듀란 부인 사이에서 무슨 일이 생긴 듯했다. 그래서 바로 발길을 돌리려는데, 누군가가 급히 달려오는 발소리가 들렸다. 그리고 뒤이어 듀란 부인의 목소리가 내 귀에 박혔다. "왈도!" 그녀가 외쳤다.

예전부터 서로 편하게 호칭했으리라고 짐작은 했지만, 막상 다정하게 '왈도'라고 이름을 부르는 소리를 듣자, 순간적으로 놀라지 않을 수 없었다. 그래서 나는 그 자리에 있는 상황이 더욱 어색하게 느껴졌다. 마을 사람들 중에 어느 누구도 크랜치 씨를 이름으로 부르지는 않았으니까.

듀란 부인은 지금 현관 앞에 서 있는 사람이 왈도 크랜치가 아니라는 사실을 알아차리고 걸음을 멈추었다. "오, 들어오세요." 그녀는 태연한 척했지만 말을 더듬거렸다.

아담한 거실에 들어선 뒤, 나는 고개를 돌려 그녀를 바라보았다. 듀란 부인 역시 눈에 띌 정도로 크게 흥분한 모습이었다. 하지만 창백한 얼굴과 붉어진 눈가를 보니, 왈도 크랜치의 분노가 그녀에게 깊은 상처를 남겼음을 짐작할 수 있었다. 그렇다면 아까 보았던 그의 분노는 듀란 부인을 향한 것이었을까? 이런 내 생각을 간파했는지, 아니면 현재의 어수선한 상황을 설명해야 한다고 느꼈는지, 부인이 황급히 덧붙였다. "크랜치 씨가 방금 떠났는데, 혹시 무슨 이야기를 하던가요?"

"아니요. 아주 급히 가시던데요."

"네……. 가지 말라고 붙잡으려던 참이었어요……. 어떻게든 진정을 시키고 싶어서……."

듀란 부인은 혼란스러워하는 내 표정을 읽었는지, 소파 위에 내팽개쳐 둔 삽화 잡지 한 권을 집어 들었다. "바로 이것 때문이에요." 그녀가 말했다.

잡지를 펼치자 '식민지 시대의 하플던'이라는 제목의 기사가 나왔다. 지면은 듀란 부인이 크랜치 저택에 데려갔던 보스턴 출신의 건축가가 그린 멋들어진 스케치들로 가득했다.

전부 예닐곱 개 남짓한 삽화 중에 저택을 스케치한 건 네 개 정도였다. 첫 번째 그림은 저택의 정면과 기둥이 늘어선 현관, 두 번째 그림은 정원 부근과 창문 없는 별채 건물의 측면, 세 번째 그림은 동양풍의 여름 정자가 자리한 네모난 정원의 한구석, 그리고 마지막 그림은 지면 전체를 차지한 커다란 삽화였는데, '노예 숙소와 부속 건물의 뒷면: 독특한 형태의 창문 배치'라는 제목이 붙어 있었다.

잡지는 정확히 마지막 삽화가 나온 부분에서 펼쳐져 있었는데, 그것이 집주인과 손님 사이에 논란을 불러일으켰음이 분명했다.

"이것 보세요……." 그녀가 울먹이며 말했다.

"이 삽화 말인가요? 이게 어때서요? 별채 뒷면, 마을 사람들이 한 번도 본 적 없는 곳이군요."

"네, 그게 문제예요. 그는 엄청나게 충격받았답니다……."

"충격이라니요? 그분이 직접 건축가에게, 다른 날에 와서 구경해도 좋다고 말했잖아요. 하인들이 마당을 사용하지 않을 때 말예요. 혹시 진심이 아니었나요?"

듀란 부인은 비통한 표정으로 고개를 저었다. "네, 그건 진심이 아니었어요. 목소리만 들어도 감이 오지 않나요?"

마치 비극적인 사건이라도 벌어진 듯, 현재의 상황을 과장하는 부인의 태도가 점점 거슬리기 시작했다. "제가 그분 목소리까지 일일이 신경 쓰지는 않아서요."

그녀는 얼굴을 붉히더니, 목구멍 너머로 울음을 삼키려 애썼다. "나는 그를 잘 알아요. 자제력을 잃은 모습을 볼 때마다 안쓰럽기도 하고요. 이번 일에 대해서는 내게 모든 책임이 있다고 생각하는 것 같아요."

"부인이요?"

"애당초 그곳에 건축가를 데려간 사람이 나잖아요. 그런 스케치를 하다니, 당연히 큰 실례가 맞아요. 그는 다른 때에 다시 와도 좋다고 허락한 적이 없어요. 오히려 그 건축가가 찾아오면 절대 집 안에 들이지 말라고, 캐서린과 다른 하인들에게 신신당부를 했죠."

"그런데요?"

"아, 하인 중 한 사람이 그 말을 어긴 모양이에요. 그는 건축가가 하인에게 뇌물을 줬다고 생각하나 봐요. 한동안 보스턴에서 머물다가, 오늘 아침, 하플던으로 돌아오는 길에 기차역 서점에서 이 잡지를 본 거예요. 너무 충격을 받은 나머지, 곧장 이리로 잡지를 가져왔고요. 자기 집에도 들르지 않고, 바로 여기로 왔대요. 정확히 무슨 일이 어떻게 벌어졌는지조차 모르는 상태인 셈이죠."

"그분에게 충격을 주는 건 정말 별일도 아니네요." 나는 피식 터져 나오는 웃음을 참지 못한 채 대꾸했다. "그 스케치 하나가 이토록 큰 피해를 준 건가요?"

"피해요?" 듀란 부인은 나의 빈곤한 통찰력에 다소 놀란 듯한 표정을 지었다. "실제적인 피해야 없겠지만, 너무 무례한 행동이잖아요. 그는 방종한 자유를 몹시 싫어하거든요, 엄격한 원칙주의자라서."

"글쎄요, 미국인들은 그렇게까지 엄격하지 않잖아요. 크랜치 씨도 미국인이니, 이 정도 일은 그냥 받아들여야 하지 않을까요?"

듀란 부인은 다시금 생각에 잠겼다. "아무래도 스페인 혈통을 타고나서 그럴 거예요……. 자존심이 몹시 세거든요." 그리고 큰 불운이라도 닥친 듯 덧붙였다. "그가 너무 안쓰러워요."

"그러게요, 이런 사소한 일로 저렇게 흥분을 하다니, 참 안쓰럽네요."

듀란 부인의 표정이 살짝 누그러졌다. "아, 저도 그렇게 말했어요. 아주 사소한 일에 불과하다고요. 이제야 고백하지만, '지금껏 너무 순탄하고 운 좋은 삶을 살아서 예민하게 구는 거예요!'라고도 말했답니다. 그래서 마음이 쉽게 동요하는 거라고 말예요."

"그랬더니 뭐라고 하던가요?"

"오히려 더 화를 내더군요. '당신한테 그런 말을 듣게 될 줄이야!'라고 말하고는, 아시다시피 그대로 뛰쳐나가 버렸어요." 부인이 결국 눈물을 참지 못하고 울기 시작했다. 몹시 당황스러워하는 그녀의 모습을 지켜보면서, 나는 최대한 짜증을 억누른 채 몇 마디 위로의 말을 건넸다. 그러고는 그 자리를 떠났다.

그 순간, 하플던이라는 마을이 비좁은 우물처럼 느껴졌다. 고작 이따위 시시한 일 때문에 다 큰 사내가 자제력을 잃다니! 또 여자는 이런 일로 벌벌 떨면서 눈물까지 흘리다니! 정상적인 성인이라면 이런 어리석은 상황에선 당연히 화를 내야 마땅했다. 여기까지 생각이 미치자, 본능적으로 짜증이 밀려왔다. 하지만 나 역시, 집 앞에 도착하기 전부터, 듀란 부인만큼이나 기묘한 불안감에 사로잡혀 있었다.

솔직히 말하자면, 왈도 크랜치 씨는 이런 사소한 문제로 평정심을 잃을 만한 사람이 아니었다. 일단 겉모습이 전혀 감정적인 인물로는 보이지 않았기 때문이다. 언제나 예의 바르고 침착했으며, 사물의 중요성을 적절히 구분할 줄 아는 이성적인 사람 같았다. 그렇다면 도대체 무엇이, 그토록 크랜치 씨를 자극하고 동요하게 했을까?

집 앞에 당도한 나는 걸음을 멈춰 선 채, 아까 서로를 스쳐 지나갈 때 보았던 크랜치 씨의 얼굴을 다시 떠올렸다. '뭔가 잘못됐어, 뭔가 잘못된 거야!' 나는 마음속으로 생각했다. 그런데 뭐가 잘못된 거지? 혹시 듀란 부인과 보스턴에서 온 건축가의 관계를 질투해서? 그러나 듀란 부인의 얼굴을 생각하니, 말도 안 되는 억측이라는 결론에 이르렀다.

"아, 어쩌면 그 사람의 터무니없는 자존심 때문인지도 몰라." 나는 이렇게 중얼거리며, 스스로 납득해 보려고 노력했다. 그러나 여전히 이번 일에 대한 수수께끼는 풀리지 않았다.

다음 날에는 온종일 비가 퍼부었고, 나는 하루 내내 서재에 틀어박힌 채 시간을 보냈다. 그러다 저녁 10시가 넘었을 무렵, 느닷없이 울리는 초인종 소리에 깜짝 놀랐다. 하인들은 이미 잠자리에 들었으므로, 내가 직접 나가서 문을 열어야 했다. 그리고 바로 그곳에, 듀란 부인이 서 있었다. 이렇게 늦은 시간에 찾아오리라고는 전혀 예상하지 못했던 터라, 깜짝 놀란 얼굴로, 일단 폭우 속에 서 있는 그녀를 집 안으로 들였다. 실내용 드레스 위에 급히 망토만 걸쳐서, 스카프의 레이스가 비에 흠뻑 젖어 있었다. 부인의 집과 우리 집 사이의 거리는 불과 몇 백 미터에 불과했지만, 폭우가 쏟아지는 저녁에 우산조차 없이, 심지어 외출용 구두도 아닌 가벼운 슬리퍼만을 신고 나타난 것이었다.

나는 젖은 망토와 스카프를 받아서 걸어 둔 뒤에, 그녀를 서재로 안내했다. 듀란 부인은 추위에 떨면서, 마치 대리석같이 창백하게 군은 얼굴로 나를 쳐다보았다. 입술이 워낙에 꽉 다물린 탓에 한마디 말조차 나오지 않는 듯했다. 그러더니 우리 앞에 놓인 탁자 위에 메모지 한 장을 내려놓았다. 왈도 크랜치의 유려한 필체로 쓰인 짧은 메모였다. "친애하는 나의 친구에게, 나는 이제 여행을 떠나려고 합니다. 나중에 연락하지요." 그 아래에는 이름의 머리글자만이 적혀 있었다. 그게 전부였다. 날짜마저 적지 않은 것이다.

나는 이 메모에 대한 설명을 기다리며 그녀를 바라보았다. 아무 말도 없었다. 그러다 갑자기 다음과 같은 말을 내뱉었다. "나랑 같이 가 주세요, 지금 당장요."

"같이 가다니, 어디로요?"

"그 사람의 집으로요, 정말 떠나기 전에 가야 해요. 방금 편지를 받았어요, 그런데 혼자 가기는 겁이 나서……."

"크랜치 씨의 집으로요? 하지만…… 이렇게 늦은 시간에…… 그나저나 도대체 뭐가 두려운 거죠?" 나는 순간적으로 그녀를 똑바로 쳐다보며 물었다.

듀란 부인도 내 시선을 피하지 않았는데, 그동안 딱딱하게 굳어 있던 그녀의 표정이 무너져 내렸다. "모르겠어요. 당신처럼 나도 모르니까, 그래서 더 겁이 나는 거예요."

"하지만 저는 아무것도 몰라요. 어제 우리가 만난 뒤로 무슨 일이 더 있었나요?"

"아무 일도 없었어요, 이 편지를 받기 전까지는요."

"그와 만나지도 않았고요?"

"어제 그렇게 우리 집에서 뛰쳐나간 뒤로 만나지 못했어요."

"다른 연락이나 소식을 들은 것도 없고요?"

"아무것도 없었어요. 그저 기다리면서 그 얼굴만을 떠올리고 있었지요."

나는 더욱 혼란스러웠다. "혹시 이번 일이…… 특별히 더 심각하다고 생각하는 다른 이유라도 있나요?" 결국 나는 캐물었다.

듀란 부인은 힘없이 고개를 저었다. "특별한 이유는 없어요. 오, 제발 같이 가 줘요!"

"크랜치 씨가 어떤 심각한 문제 때문에 이런 메모를 남겼다고 생각하세요?"

"아주 끔찍한 문제 때문이겠죠."

"그 이유는 정확히 모르고요?"

"당신처럼 나도 전혀 몰라요!" 듀란 부인이 쏘아붙였다.

나는 그녀의 간절한 눈빛을 피해, 겨우 깊은 생각에 잠겼다. "하지만 이토록 야심한 밤에, 부인, 한번 생각해 보세요! 나는 크랜치 씨와 그렇게 깊이 알고 지내는 사이도 아니고, 따라서 어떤 반응을 보일지 모르잖아요? 그 건축가 때문에 생긴 사소한 문제로도, 어제 그렇게 화를 내고 집에 가 버렸는데 하물며……."

"바로 그게 문제예요. 갑자기 여행을 떠난다는 말이 어제 그 일과 연관돼 있는 것 같거든요."

"그 일 때문에 이런다면 진짜 정신이 나간 거죠!" 나는 외쳤다.

"아니요, 정신이 나간 게 아니에요. 그저 그 사람은…… 절박할 뿐이죠."

나는 망설이고 있었다. 신경이 극도로 예민해진 듀란 부인을 어떻게든 도와야 했지만, 당최 무엇이 이들 두 사람을 이런 지경에까지 몰아넣었는지 짐작조차 되지 않았고, 혹시나 내게 밝힌 것 외에 본질적인 부분을 숨기고 있지는 않은지, 의심스러웠다. 아무리 궁리해도 이상하리만큼 뾰족한 이유가 떠오르지 않았다. 심지어 듀란 부인마저 현재의 상황을, 나만큼이나 전혀 이해하지 못하고 있다는 인상을 받았다. 그렇다 보니, 나의 딜레마는 더욱더 깊은 혼란 속으로 빠져들 수밖에 없었다.

"그럼, 도대체 왜 그 집에 찾아가겠다고 하는 건가요?" 나는 마침내 질문을 던졌다.

"몰라요, 모른다고요……. 그냥 같이 가 줘요!"

"만약 크랜치 씨가 집에 있다면, 우리를 그냥 쫓아낼지도 몰라요. 물론, 부인은 아니더라도 저는 쫓겨날 테죠."

듀란 부인은 아무런 대답도 하지 않았다. 아무 말도 할 수 없을 정도로 몹시 긴장한 듯 보였다.

"코트를 챙길 테니, 잠깐만 기다리세요." 내가 말했다.

기어이 부인은 내 팔을 부여잡고 서로 어깨를 맞댄 채로, 빗속을 뚫고 마을을 가로질러, 크랜치 저택으로 향했다. 셀웍 저택을 지날 때, 나는 불을 밝힌 루실라 숙모의 침실 창문을 보았다. 그 순간, 나도 모르게 '루실라 숙모한테 들러서 한번 상의해 보면 어떨까요? 우리 중에 누구보다도 왈도 크랜치 씨에 대해 잘 아는 분이잖아요!'라고 말할 뻔했다.

느닷없이, 바자회 행사를 논의하던 날, 왈도 크랜치 씨가 그 전설적인 '목마 농담'을 듣고 잠깐 드러내 보인 기묘한 표정이 떠오르면서, 서늘한 전율이 등줄기를 타고 흘렀다. '어제 내 옆을 지나갈 때도 그날과 똑같은 표정이었는데.' 나는 생각했다. 그리고 우리 가문의 선조, 루실라 숙모가 침대에 기대앉아 창밖 너머로 조용히 잠든 마을을 응시하는 모습이 머릿속에 그려졌다. 설마 루실라 숙모는 지금 이 순간에도 창가 앞을 지나가는 우리 모습을 지켜보고 있지 않을까? 심지어 숙모는, 우리 둘이 목적지에 도착했을 때, 무엇이 우리를 기다리고 있는지마저 모조리 알고 있는 것은 아닐까?

5

듀란 부인은 얇은 슬리퍼를 신은 채 진흙탕을 헤치며, 내 옆에 바짝 붙어 따라왔다.

"아!" 그녀가 갑자기 숨을 들이쉬며 제자리에 멈춰 섰다. "저 빛을 봐요!"

잔디가 깔린 마을 광장을 가로질러, 울창한 느릅나무 숲의 그림자 아래를 지나던 우리 앞에 크랜치 저택이 나타났다. 모든 창문마다 환하게 불을 밝힌 광경이 눈에 들어왔다. 폭우가 내린 까닭에, 셸윅 저택을 제외한 마을 전체가 덧문까지 꼭꼭 걸어 잠근 상태였다.

"흠, 아직 집에 있는 모양이네요. 파티라도 열었나 봐요." 나는 냉소적인 투로 말했다.

동행인은 아무 말도 없었다. 그저 내 팔을 더 거세게 앞으로 끌어당겼고, 결국 그 바람에 높다란 대문을 밀치며 무작정 들어갈 수밖에 없었다. 벽돌이 깔린 진입로에서 나는 잠시 머뭇거렸다. "지금이라도 돌아갈 마음은 없으신 거죠?" 나는 물었다.

"당장 들어가고 싶어요!" 듀란 부인은 내 팔을 더 꽉 붙잡았다. 그리하여 나는 그녀와 나란히 현관까지 걸어가서 초인종을 눌렀다.

초인종 소리가 고요하고 어둑한 밤공기를 가르며 길게 울렸다. 하지만 아무도 나타나지 않았다. 오랜 침묵 끝에, 결국 참지 못한 듀란 부인이 문을 두드리려고 현관문에 손을 가져다 댔다. "오, 문이 열려 있어요!"

왈도 크랜치 씨가 이 저택으로 돌아온 뒤, 아마 처음으로 그의 허락 없이 집 안에 손님이 들어서는 순간은 아닐까, 생각했다. 우리는 놀라서 서로 눈빛을 주고받았고, 그렇게 부인을 따라 불을 밝힌 복도로 발걸음을 옮겼다. 저택 안은 텅 비어 있었다.

우리는 귀를 쫑긋 세우고, 혹시 무슨 소리라도 들리지 않을까 기대했지만, 변함없이 고요할 따름이었다. 서재와 응접실 문이 활짝 열려 있었고, 두 곳 모두 램프를 환하게 밝혀 두었다.

"정말 이상하네요. 집 안에 불은 모두 켜져 있는데, 아무도 안 보이다니." 나는 말했다.

듀란 부인은 충동을 이기지 못하고 거실로 달려가서 눈에 익숙한 가구들을 천천히 둘러보았다. 패널을 붙인 벽 위로 램프의 불빛이 흔들리고 있었다. 그리고 그 불빛 그림자 너머로 크랜치 가문의 선조이자 스페인 태생의 나이 지긋한 여자가 흐릿한 어둠 속에서 우리를 내려다보고 있었다. 부인은 순간 걸음을 멈추었다. 복도 저편에서 초조하고 흥분한 사람들의 웅성대는 목소리가 들려왔고, 그 중엔 낯선 남자의 목소리도 섞여 있었다. 우리는 조용히 발걸음을 돌려, 식당 문을 열고 그 안으로 들어갔다. 하지만 그곳 역시 텅 비어 있었다. 아마 이 수런대는 목소리는 더 먼 곳에서 들려오는 듯했다. 그제야 우리는, 아직 들어가 본 적 없는 별채 쪽에서 들리는 소리임을 깨달았다. 우리 두 사람은 망설이며 서로를 바라보았다. 그때 "갑시다!" 하고, 듀란 부인이 단호하게 외쳤고, 나는 그녀를 따라갔다.

부인을 따라 거대한 식료품 창고에 들어섰다. 모든 물건이 잘 정돈되어 있었고, 통풍이 잘되는 공간 안엔 유리잔과 도자기가 가득 쌓여 있었다. 그런데 그곳 역시 텅 비어 있었다. 창고 내부엔 다시 문 두 개가 설치돼 있었는데, 듀란 부인은 그중 오른쪽 문을 열었다. 부엌이라 예상했건만, 가구 하나 없이 텅 빈 전실(前室)이 드러났다. 그때, 요란하게 말다툼을 하던 목소리들이 순식간에 사라져 버렸다. 또다시 우리 둘만이 텅 빈 공간에 덜렁 남겨진 느낌이었다. 난데없이 굳게 닫힌 문 뒤에서 날카로운 웃음소리가 울려 퍼졌다. 듀란 부인은 아직 열어 보지 않은 문 쪽으로 달려가서 벌컥 그 문을 열었다. 천장이 높고 널찍한 방에 들어선 우리는 잠시 멈춰 서서 주위를 둘러보았다. 평소 왈도 크랜치 씨가 잡동사니 창고라고 설명했던 바로 그 공간, 별채의 1층이었다. 하지만 그곳엔 잡동사니라 할 만한 물건이 아무것도 없었다. 오히려 말끔히 정리되어 있었고, 차라리 탁 트인 아이 방이라 해도 무방할 정도로 아기자기하게 꾸며져 있었다. 그리고 그곳 한가운데에 놓인 낡고 네모난 깔개 위에는, 검은색과 흰색이 뒤섞인 거대한 형체 하나가 불룩 솟아 있었다. 그것은 바로…… 루실라 숙모가 입버릇처럼 얘기했던 목마였다.

그 순간, 턱 하고 숨이 멎는 듯했다. 하지만 방 저편에 이토록 기이한 광경보다 더 기이한 뭔가가 자리해 있어서, 내 시선은 목마에 오래 머물지 못했다. 뜻밖에도, 큼직한 유아용 가림판을 세워 둔 벽난로 앞에 어린 소년 두 명이 있었던 것이다. 아이들은 구식 외투와 무릎까지 내려오는 헐렁한 바지를 입고, 바닥에 무릎을 꿇어앉은 채 블록으로 집을 쌓고 있었다. 듀란 부인도 때마침 소년들을 발견한 모양이었다. 그녀는 당장이라도 쓰러질 듯 내 팔을 붙잡은 채, 나지막한 비명을 내질렀다.

듀란 부인의 낮은 비명 소리가 아이들 귀엔 꽤 충격적으로 들린 모양이었다. 두 소년은 손에 들고 있던 블록을 떨어뜨렸다. 그러고는 우리 쪽으로 뛰어올 듯 몸을 틀었다가, 돌연 동작을 멈추고 서로의 손을 맞잡은 채, 마치 유령을 보듯이 우리를 응시하며 바들바들 떨기 시작했다.

마찬가지로, 방 반대편에 서 있던 우리 두 사람도 겨우 숨을 삼키며, 두 아이를 마주한 채 벌벌 떨고 있었다. 사실 우리 눈에는 오히려 그 아이들이 유령처럼 보였기 때문이다. 아마 듀란 부인이 먼저 입을 열었던 것 같다.

"어머나……. 불쌍해라……." 그녀는 목멘 소리로 말했다.

두 아이는 무너져 내린 블록 집 가운데에 꼼짝 않고 서 있었다. 차차 눈이 어둠에 익숙해지고, 거대한 방을 비추는 희미한 램프 불빛에 어느 정도 적응한 뒤에야, 우리는 눈앞에 보이는 비현실적 광경이 현실임을 받아들였다. 그리고 마침내, 나는 듀란 부인이 내뱉은 탄식의 진짜 의미를 깨닫게 되었다.

우리 눈앞에 서 있는 소년들은 어린아이가 아니었다. 어린아이같이 곱실거리는 머리카락이 이마 위에 드리워져 있었지만, 그 이마엔 벌써 깊은 주름이 파여 있었다. 어깨는 무겁게 처지고 깡마른, 거의 중년 정도의 왜소한 몸을 가진 남자들이었다. 그 광경은, 말 그대로 끔찍함 그 자체였다. 마치 쌍둥이처럼 비슷한 체격의 두 남자가, 구식 아동복을 똑같이 입고 있으니 더욱 소름이 끼쳤다. 나는 주춤거리며 물러섰지만, 듀란 부인은 내 팔을 놓은 뒤 조용히 그쪽으로 다가가기 시작했다. 부인은 두 팔을 뻗은 채, 그 기묘한 두 생명체를 향해 서서히 다가갔다. "불쌍해라, 너무 불쌍해……." 그녀의 얼굴 위로 뜨거운 눈물이 흘러내렸다.

그 다정한 목소리를 들으면 저 기괴한 두 생명체도 자연스레 다가오리라 생각했지만, 두 남자는 꼼짝 않고 가만있을 뿐이었다. 오히려 갑자기 날카로운 비명을 지르면서, 둘 다 거의 동시에 몸을 돌려 문 쪽으로 미친 듯이 달아나기 시작했다. 문 앞에 다가선 순간, 나이 지긋한 하녀 캐서린이 나타나더니 두 남자를 향해 두 팔을 활짝 벌렸다.

"오, 맙소사! 부인, 어떻게 이런 짓을 하셨나요? 감히 우리 어린 도련님들께 말이에요!" 그녀가 외쳤다.

그러자 두 남자는 그 작고 흉측한 얼굴을 캐서린의 치마폭에 파묻었다. 그러자 캐서린은 무릎을 꿇고 그 둘을 품에 끌어안았다. 그러고는 천천히 고개를 들어서 우리를 바라보았다.

나는 하플던의 다른 사람들처럼 캐서린 역시 그저 뚱하고 고지식한 영국의 할머니 같은 여자라고만 생각했다. 예의는 갖추었지만 언제나 차가웠고, 위압적인 분위기를 풍겼기 때문이다. 하지만 지금 내 눈앞에 보이는 그녀의 모습, 거칠게 주름진 갈색의 얼굴과 잿빛으로 세어 버린 머리카락 사이로 보이는 그녀의 얼굴 위에는 지금껏 내가 본 중에서 가장 처절하고 깊은 슬픔이 어려 있었다.

"듀란 부인, 어떻게 이러실 수가 있어요? 오, 왜 그러셨나요? 이 정도 견딘 걸로 충분하지 않나요?" 캐서린은 가슴팍에 머리를 묻은 두 남자를 품은 채 중얼거리듯 말했다. 그녀의 눈길은 여전히 듀란 부인을 향해 있었다.

듀란 부인은 새하얗게 질린 얼굴로 벌벌 떨면서 그녀의 눈길을 오롯이 받아 냈다. "충분히 견뎠다고요? 더 힘든 일이라도 남았다는 말인가요?"

"힘든 일이야 너무 많지요." 나이 든 캐서린이 자리에서 일어나더니, 양손으로 두 남자의 머리를 감쌌다. 그녀는 손가락을 입술에 댄 채, 두 난쟁이에게 몸을 숙이고 이렇게 말했다. "왈도 나리, 도널도 나리, 이제 캐서린과 함께 가는 거예요. 아무도 주인님들을 해치지 않을 거예요. 그냥 위층에 가서, 제이니 샘슨이 잠자리를 준비할 때까지 기다렸다가 편히 쉬면 돼요. 시간이 너무 늦었으니까요. 제가 나중에 올라가서 매일 올리는 저녁 기도를 들어줄 테니까, 조금만 기다리세요." 캐서린이 문 쪽으로 이끌었지만 두 난쟁이 중에 하나가 뒤로 물러서며 버텼다. 그는 잔뜩 인상을 쓰며, 무시무시한 공포에 사로잡힌 눈동자로 듀란 부인을 쳐다보았다.

"도빈은!" 그가 찢어지는 목소리로 칭얼거렸다.

"아니, 괜찮아요. 저 부인은 도빈을 건드리지 않을 거예요." 캐서린이 달랬다. "도빈은, 우리 어린 도련님들이 가장 아끼는 장난감이에요." 그녀는 마룻바닥에 놓인 검고 흰 목마 쪽으로 눈길을 던졌다. 그러고는 두 난쟁이를 데리고 방을 나섰다가, 이윽고 다시 돌아왔다. 시커먼 그녀의 피부는 어느새 창백하게 질려 있었고, 마치 운명의 심판관처럼 우리 두 사람을 빤히 응시했다.

"이제 두 분도," 그녀가 입을 열었다. "이만 돌아가시는 게 좋겠어요."

"돌아가라고요?" 듀란 부인은 오히려 캐서린 곁으로 가까이 다가서며 되물었다. "어떻게 돌아가겠어요? 왈도 씨가 이런 편지를 보냈는데?" 부인은 내게 보여 줬던 왈도 크랜치의 서신을 내밀었다.

캐서린은 냉정한 눈길로 편지를 흘끗 쳐다보더니, 다시 부인에게 돌려주었다.

"여행을 떠난다고 하셨군요. 하지만 이미 다녀오셨습니다, 부인." 그녀가 말했다.

"돌아왔다고요? 벌써? 그럼, 지금 댁에 있다는 말인가요? 오, 제발 부탁인데……." 듀란 부인은 캐서린의 차가운 시선을 느끼고 그대로 한 걸음 물러섰다.

"지금 위층에 누워 계세요, 돌아가셨거든요. 바닷가에 계신 걸 방금 모시고 왔습니다. 그렇지 않고서야, 두 분이 이 저택에서 어린 도련님들을 마주칠 일이 과연 있었을까요? 우리 가엾은 도련님들을 남들 눈에 보이느니, 차라리 도망치듯 뛰쳐나가서 죽음을 선택하신 거지요. 왈도 주인님이 바로 우리 두 도련님의 아버지니까요, 부인. 그런 와중에 부인과 이 신사분이 이렇듯 멋대로 집에 쳐들어오셔서……."

나는 듀란 부인이 충격을 받고 휘청거리리라 예상했지만, 되레 냉정을 유지한 채 가만히 서 있었다. 아마도 엄청난 충격이 기묘한 힘을 발휘해서, 오히려 그녀를 더욱 강하게 한 모양이었다.

"돌아가셨다고요? 스스로 목숨을 끊은 건가요?" 듀란 부인은 그 비극적이고 아기자기한 방 안을 천천히 둘러보았다. "아, 이제 이해가 되네요." 듀란 부인이 말했다.

캐서린은 여전히 입을 굳게 다문 채 그녀를 바라보았다.

"조금 더 일찍 이해하셨더라면 좋았을 텐데요. 부인이나 다른 마을 사람들, 그게 누가 됐든, 이곳 저택의 일을 들쑤시고 참견하지 않았더라면 그 딱한 계집애가 집 안에 경찰까지 끌어들이진 않았을 테니까요."

"경찰이라니요?"

"경찰이 찾아왔었어요, 부인. 이 크랜치 저택에 말예요, 불과 한 시간도 지나지 않았지요. 그래서 우리 도련님들이 잔뜩 겁에 질린 거예요. 경찰들은 주인님이 바닷가에서 발견되었다는 소식을 듣고 시신을 수습하러 해변으로 내려갔지요. 그러고는 힝엄 검시소에 사망 신고를 하러 떠났답니다. 그런데 아직 경찰 한 사람이 부엌에 남아서 보초를 서고 있더군요. 도대체 무슨 이유로 보초를 서는 거죠? 우리 도련님들이 도망치기라도 할까 봐서요? 여기, 이 저택 말고 신이 그 두 분에게 자비를 베풀 곳이 또 어디에 있겠어요? 두 도련님이 이곳을 떠나야 한다면 저 역시 따라갈 거예요. 절대 저 두 분만을 남겨 두지 않겠어요……. 우리는 이 집에서 지난 삼십 년 동안 평온하게 살아왔는데, 당신이 그 건축가라는 작자를 데려오는 바람에 모든 게 엉망이 됐어요……."

그제야 꼿꼿이 서 있던 듀란 부인의 몸이 무너져 내리면서 기우뚱했다. 그녀는 문가에 겨우 기대섰다. 그렇게 듀란 부인과 캐서린, 이 두 명의 상처 입은 노파는 서로를 마주 보며 서 있었다. 마침내 듀란 부인이 비통하게 소리치며 그녀에게 말했다. "제발 부탁이에요, 나 때문이라고는 하지 말아요!"

하지만 캐서린은 일말의 동정심조차 내비치지 않았다. 여전히 두 도련님을 지키려는 듯 두 팔을 뻗어 길을 가로막은 채 우리를 바라보며 말했다. "부인, 그럼 제가 뭐라고 말해야 할까요? 그 작자를 여기 데려와서 이 저택을 스케치하게 하셨잖아요, 안 그래요? 그 사람은 그악스럽게 별채 반대편을 보고 싶어 했고, 우리 불쌍한 주인님께선 그 짓을 끝까지 막아 내려고 애쓰셨지요." 그녀는 처음으로 나를 쳐다보았다. "나리가 들어도 명확한 사실 아닌가요? 당시에 저는 찻잔을 나르면서도 뭐가 문제인지 똑똑히 알겠더군요. 부인과 그 건축가가 이곳을 떠나자마자 주인님께선 제게 지시를 내리셨답니다. '저 사람, 이 집 안엔 절대 발도 못 들이게 해!'라고 말이지요. 그래서 저는 곧장 다른 하인들에게 이 같은 분부를 단단히 일렀답니다. 요리사와 제이니 그리고 잡일을 하는 해나 오스트에게 말이에요. 솔직히 말씀드리자면, 요리사나 제이니는 저만큼이나 믿을 수 있는 사람이지요. 하지만 해나는 이 집에 들어온 지 일 년밖에 안 된 신참 하녀였답니다. 이 집에 들이기 전에, 꼼꼼히 사전 조사를 해서 어느 정도 신뢰할 만한 아이라는 걸 벌써 확인했지요. 아, 그 애가 이 저택의…… 불행한 일을…… 그 비밀을 지켜 주리라 믿었어요. 하지만 다른 하인들만큼 확신이 들지는 않더군요. 애초에 성품부터 의심스럽기도 했고요. 그래서 주인님께 귀에 못이 박힐 정도로 말씀드렸지요. '주인님, 해나라는 아이의 성미를 건드리시지는 마세요, 아셨죠? 질투심도 많고, 화도 많은 아이 같으니까요.' 그때까지만 해도 해나는, 우리 어린 도련님들을 아직 못 본 상태였답니다. 아이들이 집 안에 있는 건 알았지만, 직접 만나 본 적은 없었거든요. 주인님의 분부대로, 도련님들은 저와 제이니 샘슨만이 직접 돌볼 수 있었으니까요.

그런데 바로 어제, 그 벼락 맞을 건축가의 스케치를 들고 주인님이 돌아오신 거예요. 도대체 이 건축가라는 작자가 어떻게 저택 안에 들어온 거야? 해나라는 아이는 지금 어디에 있지? 이렇게 분노하셨지요. 틀림없이 해나의 짓이라면서…… 온갖 욕설과 저주를 퍼부었답니다……. 저는 울며 주인님께 간청했지요……. '오, 하나님, 제발 그만하세요……. 제발…… 부디 일을 크게 만들지 마세요……. 제가 따로 이야기해 볼 테니, 제발.' ……그러고 나서 도련님들의 저녁 식사를 챙기고 다시 돌아왔더니, 계단 아래로 쿵쿵 트렁크를 끄는 소리가 들리더군요. 바깥을 내다보니, 손수레를 끌고 가는 정원사와, 씩씩거리면서 현관 쪽으로 걸어가는 해나의 모습이 보이더군요. 그래서 제가 물었지요. '오, 주인님, 대체 뭐라고 말씀하셨나요? 저라도 해나를 달래게 해 주세요!' 저는 거의 애걸복걸했답니다. 그런데 주인님은 새하얗게 질린 얼굴로, 놀랍도록 침착하게, 제 팔을 붙잡으며 말씀하셨어요. '걱정하지 마, 캐서린. 이번 일은 조용히 지나갈 거야. 저 아이도 별문제 안 일으킬 테고.' 그래서 제가 다시 말했지요. '해나가 아무 문제도 안 일으킨다고요, 주인님? 오, 부디 저 아이를 불러, 제가 직접 해결할 기회를 주세요!' 하지만 해나는 그대로 떠나 버렸고, 주인님은 내 팔을 놔주지도, 내 말을 들어주지도 않으셨어요. 그저 대리석 덩어리처럼 제자리에 서서, 마차를 타고 떠나가는 해나의 모습을 지켜보기만 했지요. 굳이 그 애를 막으려 하지도 않으셨어요. 그러고는 이렇게 말씀하시더군요. '캐서린, 차라리 내가 죽는 편이 낫겠어.' 그 순간, 이 가문에 저주를 불러들인, 응접실 벽에 걸린 스페인 마귀할멈의 초상화처럼 주인님 얼굴이 돌연 달라지더군요……. 그리고 오늘 아침에 경찰이 찾아왔습니다. 먼저 그 소식을 접한 정원사가, 곧 경찰이 조사하러 올 거라고 귀띔해 주었지요. 그때

주인님은 방에서 오랫동안 뭔가를 적고 계셨어요. 그러고는 우체국에 다녀오겠다고, 이곳에 경찰이 도착하기 전에 돌아올 거라고 말씀하셨지요. 그 뒤로 경찰이 바닷가에서 주인님을 수습해, 이곳 침대로 모셔 온 게, 제가 본 그분의 마지막 모습이랍니다…… 어쩌면 이제야 주인님께서 편히 쉴 수 있게 되었으니 감사한 일인지도 모르겠습니다. 하지만 우리 어린 도련님들은…… 도련님들은 어쩌지요!"

6

그 뒤로 다시는 '어린 도련님들'을 볼 수 없었다. 아마 대부분의 남자들은 돌이킬 수 없는 비극을 또다시 마주하는 데에 겁을 낼 것이다. 아침마다 늘 새롭게 마주해야 하는 그런 비극을 말이다. 그렇다 보니 그런 무거운 짐을 짊어지고 살아가야 하는 것은 대개 여자의 몫이다…… 비극을 품에 안은 채 결코 놓지 않으려 하는 모습…… 나는 그 모습을 캐서린에게서 보았고, 듀란 부인마저 그 비극을 껴안고 싶어 하는 듯 보였다…….

월도 크랜치 씨의 장례식을 치른 다음 날, 나는 캐서린을 만나 직접 그 문제에 대해 이야기를 나눌 수 있었다. 경찰이 월도 크랜치 씨의 책상 위에서 발견한 여러 편지들 가운데, 내 주소가 적힌 것도 있었다. 듀란 부인에게 보낸 서신처럼 아주 짧은 내용이었다. '내 아들을 돌봐 줄 사람을 특별히 지정하지는 않았소. 내가 더 오래 살리라 생각했으니까. 만약 아이들의 엄마가 살아 있었더라면, 분명 캐서린이 돌봐 주기를 바랐을 거요. 부디 이 문제에 대해 자비를 베풀어 줄 수 있겠소? 내게 돈은 많지만 더는 내 머리가 굴러가지 않을 테니 말이오. 잘 있어요. 친구.'

일단 이 문제는 법적으로 처리해야 할 사안이었다. 그러나 법적 문제를 처리하기에 앞서 캐서린과 이야기하고 싶었다. 그녀는 검은 상복을 말끔히 차려입고 내게 다가왔다. 나로서는 그 끔찍한 저택을 다시 방문할 용기가 좀처럼 나지 않았다. 캐서린의 입장에서도, 저택이 아닌 다른 공간에서 이야기를 나누는 편이 더 나을 터였다. 어쨌든 그토록 오랜 세월을 침묵으로 버텨 온 사람이니만큼, 이제야 입을 열게 되어 오히려 후련한 것 같았다. 아마 왈도 크랜치 씨도 마찬가지였을 것이다. 아, 가엾은 사람. 단 한 번이라도 용기를 내서 고백했더라면! 하지만 듀란 부인이 지적했듯이 '스페인 혈통 특유의 자존심', 바로 그 자존심 때문에 마지막까지 솔직하지 못했던 것이다.

"주인님께서 살아 계셨다면 제가 이런 얘기를 하는 걸 무척 싫어하셨겠지요. 주인님에게 흐르는 그 스페인 혈통, 그것과 관련한 모든 걸 주인님께선 끔찍이도 싫어하셨으니까요……. 하지만 뼛속보다 더 깊은 곳에서 아직 그 피가 흐르고 있었던 것이지요……. 아, 그 사악한 스페인 여자가 크랜치 가문에 무슨 짓을! 아주 오래전에 주인님께서 이렇게 말씀하시더군요. 아마, 우리 도련님들이 여느 평범한 신사분의 자제들처럼 정상적이지 않다는 사실을 막 깨닫기 시작한 무렵이었던 것 같습니다. '그 악마 같은 여자 때문이야!' 주인님께서는 그 대단한 스페인 가문의 상속녀에 관한 이야기를 들려주셨지요. 무척 부유한 상인 집안의 딸로, 그곳의 혼인 풍습에 따라 어느 젊은 귀족과 약혼하기로 되어 있었답니다. 서로 한 번도 만난 적 없는 사이인데 말이지요. 그러다 예비 신랑이 몰래 약혼녀가 사는 도시로 찾아왔고, 그날 저녁 극장에서 장인 될 사람 옆에 앉은 예비 신부를 훔쳐보았답니다. 그런데 그 남자는 약혼녀의 모습을 보자마자 줄행랑치듯이 말을 타고 도망쳐 버렸지요. 그러고는 두 번 다시 연락이 닿지 않았대요. 아, 수치심이 어마어마했겠죠! 그녀는 그 일로 거의 죽을 만큼 힘들어했고, 당장 스스로에게 맹세했다고 해요. 외국인과 결혼해서 스페인 땅을 영원히 떠나 버리겠다고. 그렇게 그녀는 자기 아버지의 은행에서 일하던, 젊은 시절의 증조부와 만났다고 합니다. 여자의 아버지는 크랜치 가문의 해운 사업에 막대한 자금을 투자했고, 그 덕분에 딸을 하플던으로 시집보낼 수 있었다고 해요…… 그러나 가엾게도 예전 약혼자에게 받은 치욕을 완전히 치유하진 못했다고 하더군요. 게다가 이곳의 차가운 날씨, 눈, 외국인들의 낯선 모습에도 끝내 적응하지 못했지요. 그녀는 살아가는 내내 항상 겉돌면서, 오렌지꽃과 따뜻한 햇볕을 늘 그리워했답니다. 마침내 남편에게 아들을 안겨 주었지만, 제 생각엔, 자신의 아들마저 증오했던 것 같아요. 아무튼 죽음으로 하플던에서 벗어난다는 사실에 기뻐하며, 일찌감치 세상을 떠난 것이지요…… 이 모든 것이 왈도 크랜치 주인님한테 들은 이야기랍니다.

맞아요, 나리. 주인님은 스페인 혈통의 증조모보다 자기 증조부를 더 깊이 경멸하셨어요. 심지어 '그깟 돈 때문에 그 뒤틀린 꼬챙이 같은 여자를 아내로 맞이해서, 우리 가문과 나에게 독약을 풀다니!'라고도 말씀하셨지요. 특히 일진이 사나운 날이면 더 심하게 저주했고, 평소에도 자주 그렇게 분풀이를 하시곤 했어요. 그러다 스물한 살 무렵이었나? 주인님께서 해외여행을 하던 중에, 당시 제가 모시고 있던 영국인 아가씨를 만났지요. 아마 주인님이 한평생 만난 사람 중에서 가장 아름답고 건강한 분이었을 거예요. 두 분은 곧 사랑에 빠졌고 결혼을 했답니다. 그리고 다음 해에…… 아, 가엾기도 하지! 아가씨께서 우리 쌍둥이 도련님을 낳으신 거예요……. 그러고는 몇 주 뒤에 아가씨가 돌아가셨지요. 주인님은 엄청난 절망에 빠졌고…… 아, 그토록 절망한 모습은 그 뒤로 결코 본 적이 없답니다. 그렇게 세월이 흐르고, 주인님께서도 이젠 우리 어린 도련님들이 다른 아이들처럼 성장하지 못하리라는 사실을 받아들이셨지요. 차라리 아내가 먼저 세상을 떠나서 다행이라고 생각하셨답니다. 그것이 주인님의 인생에서 가장 쓰라린 아픔이었을 거예요.

우리 도련님들이 아홉 살, 열 살 무렵이었을 거예요, 비로소 주인님도 현실을 직시하게 되었답니다. 물론, 저는 그보다 훨씬 전부터 알고 있었지요. 아마 우리들 모두가 이탈리아에서 살 때였는데, 어느 날…… 오, 그 끔찍해라! 편지 한 통이 도착했어요. 우리 불쌍한 쌍둥이 도련님에 관한 소문을 들었다면서, 어떤 서커스단이 연락해 온 거예요……. 오, 맙소사! 바로 그때 주인님은 유럽을 떠나, 하플던에 돌아가기로 결심하셨지요. 당시만 해도 하플던은 그야말로 외딴 마을이었으니까요. 게다가 이곳엔 어린 도련님들이 따로 지낼 수 있는 별채도 마련되어 있었지요. 이 오래된 저택에서, 우리들 모두는 나름대로 행복한 시간을 보냈어요. 한창나이인 크랜치 주인님의 입장에선 아주 고독한 삶이었을 테죠. 그래서 저는 여름 관광객들이 하나둘 하플던에 정착할 때면, 오히려 반가운 생각이 들었지요. 주인님께 '이제 집 밖에 나가셔서 친구분들도 사귀고, 이곳 저택에 초대하셔서 여흥도 즐기세요. 우리 도련님들의 비밀은 제가 철저히 지킬 테니까요.' 저는 약속을 지켰습니다, 나리. 철두철미하게 비밀을 숨겼지요…… 그래서 주인님도 저를 항상 신뢰하셨어요. 주인님도 나름대로 인생을 누리고 사람들과 어울리며 살아야 했을 테니까. 물론, 아이들과 영원히 떨어져 살 수는 없겠지만요. 주인님은 자존심이 무척 강하셨지만, 다른 한편으로는 마음이 무척 여린 분이셨어요! 그러니 아이들을 어디에 떼어 놓을 수 있겠어요? 어디를 가든 자신들의 장난감보다 더 성장하지 못할 처지인데 말예요. 성장하지 않는 아이들, 그것이야말로 최악이었지요. 해마다 주인님은 쌍둥이 아들을 위해 산더미같이 장난감을 사들이기 시작했어요. 반려동물도 키워 보려고 했지만…… 동물들마저 그 가엾은 도련님들을 무서워했어요. 아마 나리도 처음 우리 도련님들을 보시고 비슷한 감정을 느끼셨을 거예요." 캐서린이 덧붙였다. "하지만 전혀 겁낼 필요가 없답니다. 우리 도련님들은 이 세상 무엇보다 온순한 존재니까요. 특히 둘째 도련님은…… 마치 부친의 무거운 짐을 덜어 주려는 듯 양처럼 순한 성격이지요…… 오, 그러니 제발 부탁드립니다, 저와 두 도련님이 이곳 저택에서 이대로 머물 수 있게 도와주세요. 이렇게 간청합니다."

결국 문제는 캐서린이 원하는 대로 해결되었다. 법적 절차가 마무리되는 데는 그리 오랜 시간이 걸리지 않았다. 특히 크랜치 가문의 후손을 찾기가 힘들었는데, 하플던에서 멀리 떨어진 지역에 사는 먼 친척 몇 명이 전부였다. 결국 법원은 캐서린이 크랜치 저택에 남아 어린 도련님들을 계속 돌볼 수 있도록 허락해 주었고, 그들의 후견인으로서 나와 듀란 부인을 지정했다.

정말 믿기는가? 듀란 부인 스스로 그 끔찍한 현실과 책임을 모조리 짊어지기를 원했다는 사실을 말이다. 그 뒤로 부인은 일 년 내내 하플던에 머물렀다. 아마 매일매일 크랜치 가문의 쌍둥이를 보러 찾아갔을 것이다. 그러나 나는 절대로 그곳을 찾지 않았다. 되레 듀란 부인이 이따금 나를 만나러 보스턴에 왔다. 그 사건이 있은 지 일 년쯤 지나서였나? 처음 보스턴으로 찾아온 그녀의 모습은 정말 몰라볼 정도로 변해 있었다. 완전히 허리가 굽은 데다, 새하얀 머리카락은 그저 장식품이 아니라 노화에 걸맞은 흔적처럼 보였다. 그 뒤로 부인을 만날 때마다, 그녀는 점점 더 늙고 몸도 구부정해졌다. 그런데 언젠가 듀란 부인이, 자신은 전혀 불행하지 않다고 말했다. 그리고 잠시 머뭇거리더니 '예전만큼 불행하지는 않아요.'라고 덧붙였다.

그로부터 불과 몇 달 사이에 보스턴을 찾은 듀란 부인은, 쌍둥이 중 하나가 많이 아프다고 전했다. 앞으로 오래 버티지 못할 것 같다고. 캐서린도 자신과 같은 생각이라고 했다. "둘째 아이요. 아버지의 죽음을 형보다 더 깊게 느꼈답니다. 워낙에 좀 어두운 아이이기도 하고요. 아무래도 모든 상황을 이해하고 있는 모양이에요. 동생이 떠나고 나면, 아마 형 도널드도 오래 버티지 못할 거예요." 듀란 부인의 눈가에 눈물이 가득 고였다. "그러면 나는 또다시 혼자 남겨지겠지요." 그녀가 덧붙였다.

나는 쌍둥이의 나이를 물었고, 부인은 잠시 생각하더니 숨을 죽인 채 한 살씩 헤아렸다. 마치 '이제 겨우 네 살밖에 안

됐다.'라고 말하듯이 그녀는 "겨우 마흔한 살이에요."라고 대답했다.

　여자들이란 정말 알 수 없는 존재다. 나 역시 쌍둥이의 후견인 중 하나지만, 여전히 하플던으로 다시 돌아가서 선뜻 그들을 마주할 용기가 나지 않는다.

옮긴이
김지혜

한국외국어대학교 통번역 대학원에서 한영 통역을 전공하였으며, 어린 시절 영국과 대만 등지에 거주하였다. 현재, 번역 에이전시 엔터스 코리아에서 전문 번역가로 활동 중이다.

옮긴이
정윤희

서울여자대학교 영어영문학과 박사 과정을 마치고, 동국대학교, 세종대학교, 중앙대학교, 숭실사이버대학교, EBS, IMBC에서 영미 문학과 번역 그리고 통역을 강의했다. 현재, 번역 에이전시 엔터스 코리아에서 영미권의 좋은 작품들을 우리말로 옮기고 있다.

무덤의 천사

1판 1쇄 찍음 2025년 9월 12일
1판 1쇄 펴냄 2025년 9월 19일

지은이 이디스 워튼
옮긴이 김지혜, 정윤희
발행인 박근섭, 박상준
펴낸곳 (주)민음사

출판등록 1966. 5. 19. 제16-490호
서울시 강남구 도산대로 1길 62(신사동)
강남출판문화센터 5층 06027
대표전화 02-515-2000 팩시밀리 02-515-2007
www.minumsa.com

© 김지혜, 정윤희, 2025. Printed in Seoul, Korea

ISBN 978 89 374 3137 1 04800
ISBN 978 89 374 2900 2 (세트)

쏜살

세 여인　로베르트 무질 | 강명구 옮김

시민 불복종　헨리 데이비드 소로 | 조애리 옮김

헛간, 불태우다　윌리엄 포크너 | 김욱동 옮김

현대 생활의 발견　오노레 드 발자크 | 고봉만·박아르마 옮김

나의 20세기 저녁과 작은 전환점들　가즈오 이시구로 | 김남주 옮김

장식과 범죄　아돌프 로스 | 이미선 옮김

개를 키웠다 그리고 고양이도　카렐 차페크 | 김선형 옮김

정원 가꾸는 사람의 열두 달　카렐 차페크 | 김선형 옮김

죽은 나무를 위한 애도　헤르만 헤세 | 송지연 옮김

도리언 그레이의 초상 1890　오스카 와일드 | 임슬애 옮김

아서 새빌 경의 범죄　오스카 와일드 | 정영목 옮김

질투의 끝　마르셀 프루스트 | 윤진 옮김

상실에 대하여　치마만다 응고지 아디치에 | 황가한 옮김

납치된 서유럽　밀란 쿤데라 | 장진영 옮김

모든 열정이 다하고　비타 색빌웨스트 | 임슬애 옮김

수많은 운명의 집　슈테판 츠바이크 | 이미선 옮김

기만　토마스 만 | 박광자 옮김

베네치아에서 죽다　토마스 만 | 박동자 옮김

팔뤼드　앙드레 지드 | 윤석헌 옮김

새로운 양식　앙드레 지드 | 김화영 옮김

노인과 바다　어니스트 헤밍웨이 | 김욱동 옮김

단순한 질문　어니스트 헤밍웨이 | 김욱동 옮김

겨울 꿈　F. 스콧 피츠제럴드 | 김욱동 옮김

위대한 개츠비　F. 스콧 피츠제럴드 | 김욱동 옮김

밀림의 야수　헨리 제임스 | 조애리 옮김

너와 세상 사이의 싸움에서　프란츠 카프카 | 홍성광 옮김

마음의 왕자　다자이 오사무 | 유숙자 옮김

강변의 조문객　메리 셸리 | 정지현 옮김

세 가지 인생　거트루드 스타인 | 이은숙 옮김

페르시아에서의 죽음　안네마리 슈바르첸바흐 | 박현용 옮김

토볼트 이야기　로베르트 발저 | 최가람 옮김

가스등　패트릭 해밀턴 | 민지현 옮김

싱클레어 노트　헤르만 헤세 | 박광자 옮김